화양동 가는 길

김홍숙 外

화양동 가는 길

충북소설 2024_ 17人 소설 選(통권 27호)

펴 낸 날   2024년 10월 15일

지 은 이   김홍숙 외 16人
발 행 처   충북소설가협회
펴 낸 이   이기성
기획편집   서해주, 윤가영, 이지희
표지디자인 서해주
책임마케팅 강보현, 김성욱
펴 낸 곳   도서출판 생각나눔
출판등록   제 2018-000288호
주 　 소   경기도 고양시 덕양구 청초로 66, 덕은리버워크 B동 1708호, 1709호
전 　 화   02-325-5100
팩 　 스   02-325-5101
홈페이지   www.생각나눔.kr
이 메 일   bookmain@think-book.com

충청북도 / 충북문화재단

※ 이 책은 **충청북도 · 충북문화재단**의 후원으로 예술창작활동지원사업의 일환으로 지원받아 발간
  되었습니다.

충북소설-2024-27호

화양동 가는 길

김홍숙 外

특집

충북소설 창간호 『조각보 만들기』 돌아보기

단편소설 選

강준희 / 박희팔 / 전영학 / 문상오 / 김창식 / 이종태 / 김홍숙 / 오계자

강순희 / 이영희 / 이귀란 / 정순택 / 정진문 / 한옥례 / 김미정 / 김용훈 / 이강홍

생각나눔

소설과 외곬

코로나를 앓고 나서 후각에 문제가 생겼다. 몇 퍼센트인지는 가늠하지 못하지만, 맡지 못하는 냄새가 분명하게 생겼다. 삼 년 전의 상황이다. 올봄에 목이 아프고 미열이 나는 상황이 한 달 지속되었다. 검사를 하지 않아서 코로나에 감염이 되었는지는 확인되지 않았다. 그런 후 후각의 상실이 심해졌다. 표현할 수 없는 특정 냄새 몇 가지만 맡을 수 있으니, 후각에서 장애나 다름없게 되었다.

문득 소설 문학에서도 잃어버린 후각처럼 망각하거나 외면하면서 깨닫지 못한 게 있을까, 생각했다. 특정 냄새만 느낄 수 있는 것처럼, 작품 성향에서 외곬으로 고집스러워진 게 아닐까. 한쪽만 주목하면서 보이는 것만 인정하려 하고, 외면한 다른 상황은 인정하려 하지 않고 심지어 부정하거나 비난하지는 않았을까.

　창간호가 발간되고서 27년이 흘렀고, 27번째 동인지를 내놓게 되었다.
　27년의 세월이 흘렀으니, 당시 15인의 발기인 모두가 현재까지 참여하지는 못하지만, 뜻을 같이하고자 동참하는 소설가 해마다 꾸준히 늘었다. 올해는 더욱 그렇다. 탄탄한 수필 문학 이력의 김애중, 김도환, 최한식, 김경재, 이근형 신입회원을 환영한다.

　충북소설 창간호 『조각보 만들기』 돌아보기를 특집으로 구성하였다.
　초대 회장 안수길 소설가의 발간사, 초대 주간 전영학 소설가의 편집후기에서 충북소설가협회(창간호 당시는 충북소설가회)의 탄생 과정을 들여다볼 수 있다. 아울러 창간호의 표제 작품인 안수길 소설가의 「조각보 만들기」를 수록하였다.

2024년 가을
충북소설가협회장 김창식

충북소설-2024-27호
17人 소설 選

책머리에

소설과 외곬 • 김창식

특집

단편 소설

부록

✎ 특집

충북소설 창간호 『조각보 만들기』 돌아보기

:: 창간호 『조각보 만들기』
 –발간사(책 머리에)
 –편집 후기
 –(표제작)_조각보 만들기(안수길)

:: 창간호 수록 작가

척박한 땅에 뿌리는 언어의 씨앗

문학이 설 자리가 점차 좁아지고 있다. 대중의 얄팍한 호기심에 영합하거나 시장논리에 맞춰 의도적으로 편집된 교양물이 아니면 서점가에 내놓기조차 어려운 시대다.

작가가 비록 뼈를 깎는 고통을 견디며 만든 작품일지라도, 페이지마다 말초적인 요깃거리 없이는 상업출판 자체가 거부되기 때문이다.

이 시대를 사는 대부분의 사람들은 넓은 바다에서 투망질로 싱싱한 고기를 얻는 수고로움보다는, 구미에 맞도록 양념 된 요리남비 속에서 단백질을 건져내는 편리함을 택한다.

때문에 갈등과 사고를 거쳐 진실을 찾고 감동하기보다는 즉답의 쾌감을, 문학이라는 이름의 머리 아픈 책보다는 얄팍한 흥미 본위의 활자본을, 활자보다는 화려하고 속도감 있는 영상을 택한다.

문학이 설 자리가 좁아진다 함은 이렇듯 수고로움을 피하려는 인간의 속성과 발달된 매체의 화려한 변신에 기인한 것이다.

그러나 아무리 척박한 땅이라도 농부는 괭이질을 멈추지 않는다. 아무리 험난한 암벽이라도 알피니스트는 등반 도중에 하산을 택하지 않는다. 괭이질하는 농부의 수고를, 암벽을 오르는 알피니스트의 의지를 주목하는 이는 아무도 없지만, 그들의 땀이 헛되지 않음은 세상의 모든 이들이 안다.

여기 모인 열세 사람의 작가는, 서툰 괭이질로 척박한 땅을 일구는 농부처럼, 암벽을 타는 알피니스트처럼 세상의 이목에 연연치 않으면서도 땀 흘리기를 사양치 않는 사람들이다.

척박한 땅에 괭이를 꽂아 언어의 싹을 틔우고 암벽에 하켄을 박아 삶의 정체성을 확인하고자 하는 열세 사람의 수고는, 오색머리 가수의 콘서트에 열광하는 대중들로부터는 영원히 외면 당할는지도 모른다. 그러나 그 수고로움의 끝에 흘리는 땀의 의미를 아는 이가 어딘가에는 있으리라는 것을 우리는 확신한다.

그러한 확신이 있는 한 우리들의 외로운 작업은 계속될 것이고, 다만 한 사람뿐일지라도 믿어주는 그를 배반하지 않기 위해 서로를 채찍질하며 책임을 다지고 극기를 배울 것이다.

우리 열셋의 이름을 한데 묶은 것은, 문학과 사회에 대한 특이한 시각을 지녔다거나, 작품의 경향이 같아서는 아니다. 다만, 소설이라는 한 범주 내에서 서로에게 내리는 채찍에 강도를 더해 보자는 것일 뿐이고, 그 범주에 이름을 같이하고자 하는 이는 누구라도 환영할 것이다.

편집을 맡아준 동료와 표지를 장식해 준 화가. 그리고 발간을 후원해 주신 분들에게 감사를 드리며, 이 책을 읽은 이들의 애정에 답하기 위하여 우리는 천천히 제2집을 준비할 것이다.

1998. 9. 1.
충북소설가회장 安秀吉

편집을 마치고

비가 많은 여름이었다. 작업하는 데 덥지는 않았지만, 전국적인 수해가 너무 컸다. 2년 전에는 나왔어야 할 책인데, 늦었다는 자성이 인다. IMF 때문이었을까. 첫 호는 비록 보잘것없게 됐지만 장차 크게 되리라 믿는다. 우리 지방의 많은 문학지가 있지만, 소설 전문 문학지로는 처음이라는 데 조그만 의미를 갖고자 한다.

1995년 1월 19일 청주 시내 B 식당에서 강태재, 안수길, 이재기, 이현숙, 전영학, 지용옥, 최창중(가나다 순) 씨가 모여 충북 거주 소설인의 모임을 결성키로 의견을 모은 뒤, 1996년 2월 13일 청주 시내 C 식당에서 강태재, 박희팔, 안수길, 전영학, 지용옥, 최창중 씨를 발기인으로 가칭 '충북소설가회'를 결성하기로 하고, 1996년 3월 30일, 같은 식당에서 기 회명의 창립모임을 가졌다. 회원에는 강준희, 강태재, 김창식, 김혁, 문상오, 민병완, 민영이, 박희팔, 안수길, 이항복, 전성규, 전영학, 지용옥, 채길순, 최창중(15인) 씨였으며, 회장으로는 안수길 씨를 뽑았다.

첫 소설집의 표제에 관해 의견이 분분했다. 여러 회원의 의견을 따라 작품 중의 하나로 책 제목을 삼기로 했고, 안수길 씨의 '조각보 만들기'가 제목으로서의 상징성이 높아 (스토리와는 관계없지만) 결정되었다. 본인이 회장인 관계로 극구 사양했으나 13낱의 헝겊조각을 모아 하나의 의미 있는 보자기를 만드는 것 아니냐는 설득에 지고 말았다. 물론 창작은 혼자 하는 것이다. 더욱이 소설 창작은 무수한 불면의 날과 체력의 뒷받침이 없이는 힘든 작업이다. 모쪼록 우리가 엮은 이 보자기로 독자들의 땀도 닦아주고, 마음의 짐도 담아다 버려주고, 깃발도 되고, 휘날리는 응원 도구도 됐으면 하는 바람이다.

전영학 주간

조각보 만들기

·

안 수 길

"환자가 고통스러워 해도 본체만체하고 시간이 되면 주사나 찔러주는 게 고작이니 이게 무슨 간호사야. 화장실, 병실은 쓰레기장인데도 소독은커녕 청소도 안 하고 말이야…"

한쪽 다리에 석고붕대를 칭칭 감아올린 채 목발을 짚고 선 환자가 간호사실 앞에서 고래고래 소시를 지르고 있었다.

휠체어를 타거나 목발을 짚거나 혹은 자신의 팔에 꽂은 링거병을 높이 치켜들고 선 여러 가지 모습의 환자들이 소리치는 환자를 구경하고 있었다.

비록 팔다리, 어느 한 곳은 제모습이 아니더라도 얼굴엔 핏기가 있으며, 눈에는 광채가 살아있는 온전한 사람의 모습을 느끼게 했다.

이따금, 층계를 오르내릴 때마다 보게 되는 3병동의 외과환자들에게는 그만큼 활기가 있는 것이다.

보조기구에 의지한 채 복도를 오락가락하는 환자도 있고, 간호사나 다른 성한 사람, 이를테면 가해자나 방문객을 상대로 고함치거나 웃고 떠드는 사람이 있는가 하면, 병실 문을 활짝 열어 놓은 채 고스톱을 치는 환자들도 있었다.

한마디로 3병동의 외과 환자들은 몸의 어느 한 부분이 다소 망가졌을 뿐, 병원 밖의 성한 사람들에 못지않은 삶에 대한 강한 의욕을 가지고 있었다.

그래서 그들의 얼굴엔 분노와 희열이 드러나고, 행동은 억척스럽다.

그에 비하면 5병동의 분위기는 항상 깊디깊은 물속처럼 가라앉아 있었다. 마치 죽음의 공포에 짓눌려 있는 것 같이 모든 사람의 움직임은 물론, 목소리마저도 몇 배의 중량감을 느끼게 했다.

다만 환자복을 걸쳤을 뿐, 온전한 팔다리를 가지고 보조기구나 부축하는 사람 없이 스스로 움직이고 있지만, 그 모습은 마치 높은 수압을 견디며 힘겹게 팔다리를 놀리는 잠수부들처럼 무겁고 느리고, 그리고 조심스러웠다.

얼굴은 수척하고 핏기가 없으며, 눈에는 광채가 없다. 물론 말소리조차도 극도로 절약하고 있다.

내과병동, 말 그대로 5병동의 내과환자들은 병동(病痛)을 몸속에 감추고 있는 사람들이었다.

팔다리의 뼈나 늑골, 혹은 두개골에 손상을 입거나 피부질환으로 병상 생활을 하는 3병동의 외과환자들은, 상처나 병동(病痛)의 부위처럼 말씨도 행동도 감정도 모두 거리낌 없이 몸밖으로 드러내놓고 쏟아버리는 데 비해, 5병동의 내과환자들은 그 모든 것을 자기 몸안 깊숙한 곳에 감춰두고 있는 것이다.

병동(病痛)을 눈에 보이게 드러내놓을 수도 없으려니와 드러내 보인다 해도 그 뒤에 덮쳐 올 절망이 두렵기 때문이다.

간이 붓거나 돌덩이처럼 굳어가고, 워나 장의 어느 한 곳, 심지어 폐와 유방과 후두부(候頭部)가 악성세포에 점령 당해가고 있다는 사실을 의사와 환자와 보호자가 모두 알고 있으면서도 말하기가 두려워 자제하고 있는 것이다.

그래서 그들이 쓰디쓴 약을 삼키듯, 두려움과 공포와 절망을 꿀꺽꿀꺽 삼켜 버린 채 뱉어내려 하지 않는다.

감춰진 병동(病痛). 감춰두고 있는 두려움, 그리고 깊디깊은 물속처럼 가라앉은 정적이 싫어서 여자와 나는 매일 병동 밖의 잔디밭으로 도망쳤다. 마네킹처럼 항상 얼굴이 굳어있는 간호사가, 약봉지나 주사기를 들고 찾아올 시간에 맞춰 병실로 들어갔다가 간호사의 등을 바라보며 우리는 다시 나왔다.

"댁도 병동 분위기가 꽤 싫은 모양이죠?"

어느 날 잔디밭에 길게 다리를 뻗고 앉아있는 내게 여자가 말을 걸어왔다. 나는 그 당돌한 여자의 얼굴을 잠시 쳐다보다가 가볍게 고개를 끄덕여 주었다.

"좀 앉아도 되겠어요?"

여자는 이미 내 허락 따위와는 관계없이 앉을 자세를 취한 채였다.

'좀 피곤한 여자로군.'

대답 대신 혼자 생각에 잠긴 나를 전혀 경계하지 않는 듯, 여자는 아주 편안한 자세로 잔디 위에 앉았다. 그리고 곧바로 하늘을 향해 고개를 치켜들면서 말했다.

"후! 예전엔 하늘이 저렇게 탁하고 무겁지가 않았는데 깨질 것처럼 파랗고 투명하고…."

나는 그렇게 말하는 여자를 다시 쳐다보았다. 그리고 처음으로 여자에게 말했다.

"먼지, 매연… 그런 것에 오염된 탓이죠."

"맞아요. 오염된 탓이죠."

나의 대꾸가 반가운 듯, 여자는 얼른 맞장구를 쳤다. 그러나 이내 토를 달았다.

"하지만 하늘이 저렇게 탁하고 무겁게 보이는 건 단순히 오염된 탓만은 아니죠."

"그럼?"

"보는 눈, 바로 제 눈에도 안개가 꼈기 때문이죠."

"안과 환잡니까?"

내가 묻자, 여자는 갑자기 터져 나오는 웃음을 손아귀로 움켜 잡으려는 듯 두 손으로 입을 막았다. 그리고 이내 손을 떼면서 말했다.

"눈은 아직 멀쩡해요."

"그런데…."

내 물음이 끝나기 전에 여자는 친절한 오누이처럼 손가락으로 자신의 눈과 가슴을 차례로 가리키면서 말했다.

"여기 이 눈이 아니라, 여기 가슴속에 있는 마음의 눈, 여기에 안개가 낀 거라고요."

나는 비로소 5병동의 로비에서 이 여자를 본 기억이 떠올랐다. 의자에 앉아있던 너댓 명이 모두 텔레비전에 눈을 주고 있는데, 유독 여자 혼자만이 텔레비전 쪽으로 등을 돌린 채 창밖을 향하고 있었다. 한참을 그렇게 서있던 여자가 몸을 돌려 자신의 병실로 돌아갈 때, 나는 그녀의 얼굴을 잠깐 보았다. 몹시 우울하고 그리고 고집이 센 듯한 얼굴이었다.

그런데 지금 내 옆에 앉아있는 여자의 표정은 전혀 그렇지 않았다.

병실에 갇혀있는 여자, 가슴에 안개를 품고 있는 여자 같지도 않았고, 내가 처음 느낀 인상처럼 우울하고 고집이 센 듯한 얼굴도 아니었다. 처음 내 옆에 와서 '앉아도 되겠어요?'라고 물을 때처럼 피곤한 인상도 물론 아니었다.

"사물은 늘 같은 형상인데도 사람들은 각기 자기가 가진 눈높이대로 그걸 바라보고 느끼고. 그리고 해석하죠."

여자는 이제 아주 편안한 자세로 앉아서, 오랜 친구에게 심금을 털어놓듯 담담하게 말했다.

'참 재미있는 여자다.'라고 나는 생각했다.

그러나 알 듯 말 듯 한 여자의 말에 내가 일일이 대꾸할 마음은 없었다. 또 그럴 필요도 없었다.

여자는 색종이로 하나하나 고리를 만들어 긴 종이사슬을 엮어 가듯 자신의 말끝에 자신이 토를 달아 가면서 얘기를 이어갔기 때문이었다.

"진단을 받고 나니까 온 세상 사물의 색깔이 갑자기 변하는 거 있죠. 노랗게… 아니 그건 갈색에 더 가까운 거였어요. 아마 죽음에 빛깔이 있다면 그런 거였을 거예요."

"지금도 갈색으로 보입니까?"

내가 물었다.

"지금은 아녜요. 다만 안개에 묻힌 것처럼 윤기 없이 흐리고…. 그리고 신비감이나 신선감, 경이감 같은 것이 없을 뿐이죠."

"그건 건강한 사람도 그럴 수 있죠. 흥미 없는 일에는 감각이 무뎌지기 마련이니까요."

"맞아요. 죽음이라는 것이 몸 가까이 왔다는 걸 깨닫는 순간부터 모든 일, 모든 사물에 흥미를 잃게 되고 신체 감각도 따라서 그 기능을 잃게 되나 봐요. 다만…."

여자는 말을 맺지 않고 입을 동그랗게 오므려 길게 입바람을 내뿜었다.

잠시 어색한 침묵이 우리 둘의 가슴을 답답하게 내리 눌렀으나 나는 묻지 않았다. '다만, 죽음에 대한 공포감'은 살아있다는 말이겠거니 짐작하고 있을 뿐이었다.

그러나 내 짐작은 틀렸다.

"통각(痛覺). 그것만은 살아서 제구실을 하거든요."

더운 날씨가 아닌데도 여자의 이마에 송글송글 땀이 맺혀있었다.

아무튼 여자는 5병동의 다른 사람들과 달리 자신의 병집을 스스로 그리고 전혀 두려움이 섞이지 않은 목소리로 내게 말해 준 최초의 환자였다.

그녀는 위암으로 수술을 받았다고 했다.

"퇴원한 뒤 짧으면 1년, 길면 2, 3년쯤 더 살 수 있을 거예요."

스물일곱. 죽음에 대해서 생각조차 거부할 나이인데 그녀는 그것을 남의 얘기하듯 쉽게 말했다.

"두렵지 않습니까?"

내가 묻자, 여자는 흰 이를 드러낸 채 웃으며 말했다.

"죽음. 그 자체가 두려운 건 아닌데 잠시나마 내가 이 세상에 존재했다는 흔적을 남길 수 없는 게 안타까울 뿐이죠. 한 십 년쯤의 확실한 시간이 주어진다면 뭔가를 남길 수도 있을 거 같은데…. 욕심이 너무 크죠?"

"겨우 10년? 그 짧은 세월로 뭘 남긴단 말입니까? 남들은 칠, 팔십 년을 살아도 겨우 뗏장 덮인 봉분 하나가 고작인데…."

"월광곡. 전원교향곡 같은 명곡? 멕베드 상수록 같은 명작, 대작? 그런 덴 소질이 없고, 전공이 미생물학이었으니까 그쪽 분야에 내 이름 석 자를 남겼으면 했죠."

"살고 싶은 세월보다는 욕심이 컸군요."

"정말 과욕이었는지도 모르죠. 그러나 일단 포기하고 나니까 2, 3년 아니 1년을 살 일도 되게 심심할 것 같아요."

"아니죠. 살다 보면 1년은 금세 지날 거고 2, 3년도 역시…."

"아녜요."

여자가 갑자기 큰 소리로 내 말을 끊었다. 그리고 화난 표정으로 말했다.

"도대체 사람 약오르기 좋을 만큼 찾아오는 통증, 그걸 참아내는 일 말고는 아무것도 할 일이 없고 할 수도 없는데, 어떻게 시간을 보내느냔 말예요? 목적 없는 삶, 쓸 곳 없는 시간은 차라리 없느니만 못해요."

"그럼?"

"차라리 예약된 죽음이니 그게 빨리 오는 게 낫겠죠."

나는 잠시 할 말을 잊은 채, 여자를 쳐다보았다. 수척한 얼굴이었으나 예약된 죽음으로 해서 두려워하는 그런 표정은 아니었다.

"정말 죽음이 두렵지 않습니까?"

한번 물었던 말을, 나는 다시 물었다.

"생명은 어차피 시한부가 아닌가요? 길거나 짧거나 일정 기간이 정해진 걸 누구도 부인할 수는 없지요. 생명이 소중한 건 그 생명으로 해서 뭔가를 이룰 수 있다는 목적이 있기 때문이죠. 그런데 아무것도 이룰 수 없는 짧은 세월, 잘라 쓰고 남은 헝겊조각 같은 자투리 세월을 버리는 건데 두려워할 이유가 뭐죠? 쓸데없는 자투리는 누구나 다 버리죠, 미련 없이…"

여자는 혼잣말처럼 중얼거렸다.

꿈도 야무졌지만, 그 꿈을 포기하고 생(生)에 대한 미련을 버리느 결단도 야무지고 그리고 간단했다.

그날 이후, 여자와 나는 거의 매일 잔디밭에 앉거나 병동 주변을 산책하면서 여자의 말대로 자투리에 남겨진 시간을 보냈다.

"안 나가실 거예요?"

오늘도 내 병실 앞 복도에서 기다리고 있던 여자가 먼저 제의했다. 나는 말 없이 엘리베이터가 아닌 층계 쪽으로 발길을 돌렸고, 여자는 익숙한 연인처럼 내 옆으로 다가왔다.

천천히, 아주 천천히 4층을 지나고 3층에 다다라서 우리는 간호사실 앞의 소란을 목격했다.

빨리 밖으로 나가야 할 아무런 이유도 없었으므로 나와 여자는 계단 위에 나란히 서서, 고래고래 소리를 지르는 목발환자의 기운 찬 모습을 구경했다.

"원장 어디 갔어? 원장 오라고 해!"

목발환자는 계속 소리를 질렀으나 간호사들은 아무런 대꾸를 하지 않았다.

간호사들은 마치 바깥의 소음에 관계없이 어항 속을 유영(遊泳)하는 열대어들처럼 목발환자의 고함에 상관없이 각자의 일에 열중하고 있었다.

간호사들은 이제 목발환자의 고함에 충분히 면역이 된 듯했다. 전에는 그렇지가 않다. 경비원이나 의사, 아니면 수간호사가 달려와 목발환자를 달래거나 부축해서 병실로 돌려보내기 위해 애를 썼다. 그럴수록 더욱 목소리를 높이고 오직 자유로울 수 있는 한쪽 팔을 내젓는 목발환자의 모습이 다른 환자들의 구경거리가 됐다.

그러나 오늘은 달랐다. 아무도 대거리를 해 주지 않는 고함에 스스로 지친 목발환자가 전쟁을 포기한 듯했다.

"내가 직접 원장을 만날 테니 두고 봐."

목발 사내는 스스로 자기 병실로 돌아갔고, 구경꾼들은 흩어졌다.

"오늘은 활극이 좀 짧지요?"

여자가 작은 소리로 속삭이듯 말했다.

우리들이 산책을 위해 층계를 오르내리다가 구경하게 되는 3병동의 소란을 여자는 활극이라고 했다.

어쩌면 3병동의 소란은 여자의 말대로 활극이라 해도 맞는 말일지도 모른다. 5병동의 무겁고 우울한 분위기에 비하면 3병동은 확실히 활기 있고 기운차며 살아있는 모습들이었으니까.

심해(深海)의 해저(海底)처럼 음향이 사라진 세계. 느린 동작과 표정 없는 얼굴들…. 5병동의 그것에 비하면 3병동은 확실히 활극지대인 셈이었다.

"저 사람들은 생명에 대한 시한(時限)을 의식할 필요가 없으니까 단지 조금 불편한 현재가 짜증스러운 거겠지요. 배부른 사람들의 반찬 투정 같은…."

여자는 구경거리가 없어져 서운한 듯 이제는 조용해진 간호사실 쪽에서 눈을 떼지 않은 채 말했다.

"투정?"

나는 여자의 말을 되뇌어 보았다. 그것이 너무 적절한 비유 같았기 때문이었다.

생명, 죽음 그것에 대한 강박감 말고는 다른 어느 것도 생각할 여유가 없는 5병동 환자들에 비하면 3병동 환자들이 느끼는 불편이나 불만 따위는 정말 배부른 사람들의 투정이나 다름없는 것이었다.

"댁은 늘 말을 재미있게 하는군요."

내가 말하자 여자는 그 말을 기다리고 있었다는 듯 반가운 표정이 되었다.

"고마워요. 실은 제가 글도 좀 잘 쓰는 편이거든요. 백일장 같은 데는 한 번도 나가보지 못했지만, 고등학교 때는 교지(校誌)에 내 글이 실리기도 했어요. 소설가가 될까 그런 생각도 했고요."

"그런데 왜 미생물학을 택했죠?"

내가 묻자 여자는 뭔가 비밀한 사연을 음미하고 있는 듯 입가에 웃음을 띤 채 침묵했다.

"뭐 특별한 동기라도 있었나 보죠?"

내가 다시 묻자 여자는 아주 행복한 표정으로 천천히 얘기했다.

"실은요, 그 동기라는 게 좀 엉뚱했거든요. 미생물학은커녕 생물학이 뭘 배우고 어떻게 연구하는 것인지도 도통 몰랐지요. 단지 다른 과목보다 성적이 좀 좋았다 뿐인데, 고3 때 담임 선생님이 과 선택을 권했죠."

"생물 성적이 좋았던 건 그쪽에 학문적인 소질이 있었기 때문이었 겠죠!"

"아녜요. 그건 아녜요. 다만…."

여자는 잠시 말을 끊고 하늘을 쳐다보았다. 그리고 혼자 웃었다. '이 여자가 오늘은 참 많이 웃는구나.'라고 나는 생각했다. 그리고 이렇게 웃으며 바라보는 하늘도 뿌연 잿빛으로 보일까? 그러나 나는 묻지 않았다.

"고2 때부터 우리에게 생물을 가르쳐 주시던 선생님을 무척 좋아했거든요. 물론 다른 애들도 좋아했죠. 꽃도 꽂아 드리고, 무슨 구실을 붙여서라도 선물을 바치거나…. 그렇게들 인정받고 싶어서 애를 썼죠. 그런데 저는 방법을 달리했어요. 늘 생물 과목은 만점을 받으려고 노력한 거죠. 그게 적중해서 선생님이 저를 많이 귀여워해 주시고, 늘 칭찬해 주셨거든요. 다른 애들이 질투를 할 만큼."

여자는 그 말을 하는 순간은 환자가 아니었다. 어리고 순진한 여고생의 얼굴로 돌아가 있었다.

"생물 선생님이 굉장한 미남이었던 모양이죠?"

"그때는 그랬죠. 알랑들롱이라고 우리가 별명을 붙일 정도였으니까요. 그런데 제가 대학을 졸업하고 만나 뵈니까 알랑들롱은 아니었어요. 평범한 아주 평범한 남자에, 다만 반가운 스승일 뿐이었어요."

"나이가, 세월이 사람을 변하게 했군요."

"그런 셈이죠. 외양이 아니라 생각을 변하게 한 거죠. 하지만 그 선생님의 인정을 받고 칭찬을 독차지했을 땐 무척 행복했죠. 지금도 격렬한 통증이 사라진 뒤에 찾아오는 평온한 순간에 그 시절을 생각하면 아주 행복해지죠."

격렬한 통증과 그 뒤에 찾아드는 평온과 행복감, 죽음에 대한 두려움을 이미 초월해 버린 여자는 그것을 즐기는 듯한 말투였다.

통증, 오장을 뒤틀고 신경세포 곳곳을 마구 찔러대는 듯한 고통. 전신에 땀을 흘리며 몸을 웅크린 채 그것을 참아내고 있는 여자의 모습을 나는 보았다. 급히 달려온 의사와 간호사가 그녀의 병실로 뛰쳐 들어가며 미처 닫지 못한 병실 문밖에서 나는 신음하는 여자의 모습을 보았다. 물론 수술받기 전이었다. 그러나 수술 후에도 여자는 가끔 통증을 참아내기 위해 고통스러운 표정을 지었으나 애써 그것을 감추려 했다.

그런데도 여자는 바라보기조차 두려운 그 격렬한 통증을 즐기듯 말하고 있는 것이다. 통증 뒤에 찾아오는 평온과 회상이 안겨준다는 행복감 때문인가?

하지만 나는 좀처럼 여자의 말에 공감되지 않았다. 통증 그것을 나는 겪어보지 못했기 때문인지도 모른다. 밤톨만큼 남겨놓고 돌덩이처럼 굳어진 내 간(肝)은 도대체 통증이란 걸 몰랐다.

"난 아무렇지도 않은데 무슨 엉뚱한 소리요?"

어처구니없는 얼굴로 항의하는 내게 의사도 역시 어처구니없는 표정으로 말했다.

"간에는 원래 신경세포가 없으니 통증을 못 느끼는 건 당연해요. 다만 간이 제 기능을 다 못 할 때는 음식물의 소화나 혈액순환에도 이상이 생길 뿐 아니라 배뇨에도 자연히 적신호가 오기 마련인데 댁은 그 신호를 너무 오랫동안 무시했던 거요."

의사는 더 긴 말을 하지 않았다. 나는 몇 군데 병원을 전전하면시 목을 조이고 있는 절망의 줄을 끊으려 했다. 그러나 결과는 모두 같았고, 절망은 질기게 내 목을 졸랐다.

"이게 웬 날벼락인고? 3대 독자인 저놈이 아직 혼례도 못 치렀는데 죽을병이라니…"

할머니는 땅을 치고, 아버지는 쉴 새 없이 담배를 태우고, 어머니는 소리 없이 울었다.

의사는 말했다. 술, 담배가 지나친 사람이 그렇게 되는 확률이 많긴 하지만 반드시 그런 건 아니죠. 체질이나 환경문제에 오히려 확률이 높을 수 있습니다. 그러면서도 의사는 내 수명의 끝이 어디쯤인가는 정확히 내게 말해 주지는 않았다. 다만 푸념하는 어머니의 입에서 부지중 나온 말을 내가 듣게 되었을 뿐이었다. 육 개월, 그건 너무 짧은 시간이었다. 그리고 억울한 일이었다. 나는 담배도 피우지 못한다. 술은 회식자리나 모임의 분위기를 깨지 않기 위해 시늉이나 할 정도다. 할아버지도 80이 넘게 장수하셨고, 아버지 역시 60이 가까운 지금도 건강하다.

그런데 왜, 하필 내게 이런 절망스러운 일이 닥치는가? 뭇사람 다 놓아두고 왜 하필이면 나란 말인가?

나는 대상을 모른 채 가슴 가득 원망을 품었다. 분노하고 그리고 절망했다. 아무런 통증도, 신체 변화도 없이 멀쩡한 모습으로 원망과 분노를 삭이고 절망을 이겨내기란 참으로 힘이 들었다.

차라리 통증이라도 있었으면 마음껏 신음하고 고함치고… 솟아오르는 분노만큼 격하게 폭발이라고 하련만…. 처음 한 달여를 나는 참으로 괴롭게 보냈다. 그러나 입원 후 나는, 여자의 고통스러운 모습을 훔쳐본 후에 나를 달랬다.

통증, 저렇듯 고통스러운 통증이 없는 것이 그나마 얼마나 다행한 일인가? 편안히, 육체적인 고통 없이 편안히 죽을 수 있는 것만이라도 신의 축복이라고 생각하자…. 그렇게 나를 달랬다.

그러므로 그 격렬한 통증을 즐기듯 말하는 여자에게 나는 쉽게 공감할 수가 없었다.

"그런데 가끔 저는 이렇게 생각을 해요."

잠시 잠겼던 내 반추의 끈을 끊고 여자가 다시 입을 열었다.

"아주 심한 통증이 올 때, 전에 실험실에서 내가 다루던 무수한 미생물들이 내 몸속에 들어와 요동을 치는 건 아닌가, 그런 생각을 하죠. 물론 터무니없는 일이지만 투명한 '샤레'에 분리된 미생물을 넣고 항성(抗性) 실험을 할 때는 갖가지 시약이나 대항 생물체를 넣고 번식해 가거나 혹은 소멸되는 과정을 관찰하죠. 현미경으로 그 결과를 관찰하면서 저는 많은 희열을 느끼죠. 어느 것은 아주 흉측하고 징그러운 모습으로, 어느 것은 아주 아름답고 신비한 형태로 증식되거나 죽어가는 모습을 보고 신비와 희열감을 함께 맛보게 되거든요. 그런데 암세포는 외부로부터의 전염이나 감염되는 것이 아니라는 것을 알면서도, 그때의 그 미생물이 내 몸속으로 파고들어 와 고통을 주는 것이라는 생각, 물론 그것이 착각이나 환상일 텐데도 통증이 올 때마다 그걸 떨쳐버릴 수가 없어요."

"그게 왜 그럴까요?"

내가 물었다. 통증도 없이 죽음 앞으로 한발한발 끌려가고 있는 나는 원망과 분노에 시달리면서도 그 대상이 분명치 않은데 여자는 원인이 분명한 통증에 시달리면서도 그 원인을 엉뚱한 곳에 전이시키고 있기 때문이었다. 물론 여자의 말대로 착각이고 환상이겠지만 쉽게 이해되지 않는 일이었다.

"일종의 죄의식인가 봐요."

여자는 쉽게 말했다.

"죄의식?"

내가 반문하고 여자가 이어서 말했다.

"항성(抗性) 실험이라는 게 그렇잖아요. 두 미생물을 대립시켜 놓고 어느 하나가 도태되는가를 알아내는 그런 거거든요. 그러니 육안으로 볼 수 없는 미생물 세계의 적자생존 과정을 인위적으로 조작해서 어느 한 미생물의 도태나 몰락을 촉진시키자니 실험할 때마다 무수한 살생이 반복되는 셈이죠."

"살생? 미생물을 죽였다는 그걸 죄라고 생각한단 말입니까?"

"희열을 느끼는 의식 밑바닥에 그런 게 잠재돼 있었나 봐요."

"불교를 믿습니까?"

내가 물었다.

여자는 고개를 저었다. 그리고 말했다.

"종교는 아무것도 안 믿어요."

"그렇다면 그건 일종의 습관이나 천성 때문인 것 같군요."

"뭐가요?"

"살생에 대한 죄의식. 생명체에 대한 미시적인 관찰이 의식을 섬세하게 분화시켰거나 아니면 타고난 성격 자체가 그렇게 섬세하거나….."

"글쎄, 그럴까요?"

여자는 그저 막연하게 받았을 뿐, 내 말이나 자기 생각에 대한 마무리를 하지 않았다.

3병동의 활극이 짧았던 대신, 우리들의 말이 길어졌다. 날씨가 유난히 맑고 따뜻한 때문이기도 하였다.

3대 독자가 혼례를 올리기 전에 죽음을 앞두게 된 사실은 당자인 내 자신뿐만 아니라 주위의 여러 사람에게도 큰 충격을 주었다.

내 얘기를 듣고 약혼자는 울었다. 그러나 우리가 결혼까지 가지 못하고 이미 이뤄진 약혼도 파기해야 한다는 것을 설득시키는 데는 그리 어렵지 않았다. 내 가슴에 얼굴을 묻고 어깨를 들먹이던 이튿날, 여자는 동양란 한 분을 가지고 다시 찾아왔다.

'회복을 빕니다.'

난분에 달린 리본에 그렇게 써있었다.

"당신은 꼭 나을 거예요."

말도 그렇게 했다. 다소 침울해 보일 뿐 변한 것은 없었다.

열애 끝에 결혼을 약속한 처지가 아니라 중매 후 잠시 사귀다가 약혼을 한 사이이므로, 둘 사이에 그렇게 많은 말을 할 기회도 없었다. 물론 묻어두었다가 훗날에 반추할 만한 추억거리도 별로 없었다.

그날도 별로 말이 없어 내 옆에 앉아있던 약혼녀가 '그만 가겠어요.'라고 일어섰을 때에야 나는 비로소 내 결심을 말했다. 의사로부터 선고를 받은 이튿날 이미 세워둔 결심이었다.

"불행은 한 사람으로 끝내는 게 좋아요. 내 불행에 당신이 연관될 필요는 없어요. 지금으로 우리 관계를 끝내는 데도 내겐 부담이 많습니다. 우리가 깨끗하게 지낸 건 다행이지만, 주위가 그걸 믿어주지 않을지도 몰라요. 그것만도 당신에겐 큰 상처가 될 겁니다."

"그만하세요."

여자는 또 울었다. 그러나 안 된다는 말은 하지 않았다.

3일 후에 처남이 될 뻔한 약혼녀의 오빠가 왔다.

"미안하네. 본인은 아직 방황하고 있지만 다행히 자네가 먼저 결심을 했다니 우리로선 고맙네."

오빠라는 사람은 점잖게 말했다.

그가 돌아간 뒤 나는 '휴' 하고 크게 숨을 내쉬었다. 이제 한 가지 짐은 덜게 된 셈이었다.

그러나 내 친족들은 달랐다. 충격의 도가 약혼녀와 어떻게 다른지는 몰라도 절손(絶孫)을 감수해야 한다는 설득은 절벽을 뚫는 일이나 다름없었다.

젊은 간병인을 구해 넣을 테니 병실에서 함께 살거라.

애 잘 낳고 혼자 된 여자가 있으니 며칠만 동침하거라.

의술이 발달해서 네가 직접 동침을 하지 않아도 네 핏줄을 이을 수 있다니 그렇게 하거라.

다행히 경제적으로 그리 궁색하지 않은 형편 덕에 어떤 담보라도 감수할 각오가 돼있었는지, 가족들은 실로 놀라운 제안을 내놓고 내게 그것을 허락하도록 강요했다.

그러나 나는 그 어느 것에도 찬동할 수 없었다. 내 혈통을 잇는 방법이 씨받이여자에 의해서든 시험관에 의해서든 나는 싫었다.

지극히 전근대적이고 비인간적인, 그리고 사랑도 없는 메마른 방법. 단지 동물적이 교접, 아니면 과학적인 세포조작으로 태어난 생명체가 어찌 내 혈통을 잇고 내 자식이 되며, 내 아버지의 손자가 되게 할 수 있는가? 아이는 또 어떻게 비정상적인 자기 출생의 과정을 극복하고 정상적인 인간으로 적응해 갈 수 있을 것인가? 차라리 혈족이 전혀 없는 천애고아라도 자신은 지극한 부모사랑의 결과로 태어났다는 사실만 안다면 고단한 삶이라도 견딜 수 있는 의지가 있고, 떳떳이 살아갈 긍지가 있을 것이다.

나의 완강한 고집을 꺾지 못해서 아버지는 분노하고, 어머니는 울었다.

그러나 나는 아버지의 분노를 풀어줄 수 없었고, 어머니의 눈물을 그치게 할 수 없었다.

형태는 다르지만 불행을 잉태한 삶이 나로 해서 새로이 시작되거나 확산되게 할 필요를 느끼지 않기 때문이었다.

나 하나의 온전치 못한 삶으로 해서, 내 가족과 약혼녀에게 준 고통만으로도 나는 편히 죽을 수 없는 무거운 짐을 지고 있는 셈이었다.

파혼을 받아들였다고 해서 약혼녀의 고통이 끝난 것은 아니었다. 그러나 짐은 다소 벗은 셈이었다.

"부모가 죽으면 땅에 묻고 자식이 죽으면 가슴에 묻는다는데 어차피 네가 부모 앞서갈 거라면 네 대신 손자라도 부모 품에 안겨드려야 자식 된 도리가 아니냐?"

누이와 매형의 독촉, 고모와 고모부의 채근도 부모 못지않게 질겼다.

그래서 나는 여자처럼 편안하게 죽음을 받아들이기가 어려웠다. 두려움을 이겨내기가 힘이 들었다. 때로는 여자처럼 격렬한 통증이라도 있다면 그 통증을 기회 삼아 맘껏 소리치고 몸부림치면서 원망을 삭이고 분노를 삭이고 그리고 그 무거운 짐을 벗고 싶은 심정이었다.

나는 여자가 부러웠다. 나보다 1년이나 2년쯤 더 살 수 있는 생명의 길이 때문이 아니라 간단히, 그리고 야무지게 결단을 내릴 수 있는 여자의 처지가 부러운 것이다.

"언젠가 제가 말한 것 기억하세요?"

여자가 불쑥 물었다.

"…?"

나는 여자의 심중을 헤아릴 수가 없었다. 여자가 내게 해준 말은 생각하기에 따라 무수히 많을 수도 있고, 아주 조금일 수도 있었다. 미처 갈피를 잡지 못한 채 어리둥절해 있는 나를 여자가 일깨워 주었다.

"아마 우리가 처음 만나던 날이었지요. 여기 이 잔디밭에서."

"아! 생각납니다. 하늘이 뿌옇게 흐려 보인다고…."

언뜻 떠오르는 내 기억대로 나는 말했다. 그러나 여자는 고개를 저었다.

"아니 탁하고 무겁게 보인다고 했던가요?"

"틀렸어요."

"그럼 죽음의 빛깔에 대한 얘깁니까? 갈색, 갈색이라고…."

"아녜요."

여자는 단호하게 내 말을 자르고 퉁명스럽게 말했다.

"굳어진 간처럼 머리도 굳어지는 것 아녜요?"

나는 무안해졌다. 그래, 내 머리도 돌덩이처럼 굳어가고 있다. 내 맘대로 편히 죽지도 못할 만큼 짐이 무겁다 보니 머리도 헝클어지고 굳어지고…. 그러니 여자의 말을 또박또박 기억해 둘 능력도 이젠 없나 보다. 나는 어눌한 시선을 여자에게 던진 채 할 말을 잊었다.

"제가 잠시나마 이 세상에 존재했다는 흔적을 남기고 싶다고 했죠."

내가 계속 시무룩해 있을 필요가 없도록 여자는 분명하게 내 기억을 상기시켜 주었다.

"그 얘기라면 기억하고 있지요. 예, 기억이 나요."

내가 말하자 여자는 내 손을 잡았다. 이제까지 여러 번 만나서 여러 얘기를 나누었어도 서로 손을 잡아보고 싶다든가 키스가 하고 싶다는 생각 같은 건 해본 일이 없었다. 서로 손을 잡기는, 더구나 여자가 먼저 내 손을 잡는다는 것은 처음이고 또 전혀 뜻밖의 일이었다.

"정말 기억하고 있는 거죠?"

"네, 정말입니다."

여자에게 손을 잡힌 채 당황하고 있던 나는 얼떨결에 그렇게 말했다.

"그럼 됐어요."

여자는 그때까지 잡고 있던 내 손을 흔들며 반색을 했다.

2, 3일 후면 퇴원하게 될 거라고 이른 아침에 여자가 말했다. 내 병실 밖에서 여자는 오래 기다린 듯했다.

이제 수술 부위도 아물고 통증도 없으므로 한 달에 한 번쯤 내복

약 처방을 받고 두 달에 한 번씩 방사선치료를 받는다고 했다.

"아, 그래요? 잘됐군요. 그리고 앞으로도 잘되겠죠."

나는 잠이 덜 깬 듯한 덤덤한 목소리로 말했다. 그러나 나는 여자가 퇴원할 거라는 말을 듣는 순간, 내 삶을 지탱하고 있는 몇 가닥의 가는 줄 가운데서 또 하나가 '툭' 하고 끊어져 나가는 느낌이었다. 하지만 그런 내 심중을 여자에게 말할 수는 없었다.

"퇴원 후에 어떻게 지낼까 그게 걱정이에요."

여자는 다소 흥분한 표정으로 퇴원 결정을 알려줄 때보다 풀이 죽은 목소리로 말했다.

"아무래도 병원보다는 집이 자유롭겠죠. 자연히 할 일도 많을 거고요."

내 목소리는 여전히 메말라 있었다.

"아녜요. 나는 견디지 못할 거예요. 자기 잔명(殘命)을 모르고 무한히 오래 살 줄 믿고 있는 사람들, 그래서 매사에 여유 있고 느긋한 사람들과 어울릴 자신이 없어요. 나는 어쩌면 미칠지도 몰라요."

여자는 늪 속으로 빨려 들어가면서 구원을 요청하는 듯한 그런 눈으로 나를 바라보았다. 여자가 퇴원하고 나면 남아있어야 할 내가 오히려 견디기 어려울 것이었다. 그러나 나는 여자에게 아무 말도 할 수가 없었다. 여자도 나도 어차피 자투리로 남은 목숨이 아닌가? 아무런 짐도 없이 두려움도 없이 죽음을 맞을 것 같던 여자가 퇴원 후의 생활을 두려워한다는 것은 전혀 뜻밖의 일이었다. 하지만 나는 왜 미칠 거라고 생각하는지를 물을 수가 없었다. 두려워하지 말라고 말할 수도 없었다.

"퇴원하면 내가 미칠지도 모른다고요. 내 얘기 들은 거예요?"

내 침묵을 견딜 수 없었던지 여자가 다시 말했다.

"들었어요."

나는 또 잠이 덜 깬 것같이 어눌하게 말했다.

"그런데도 할 말이 없어요?"

여자는 이제 화가 난 표정이었다.

나는 여전히 침묵할 수밖에 없었다.

여자가 퇴원한다는 말을 할 때, 내 가슴속에서 '툭' 하고 줄이 끊겨져 나가는 듯한 그런 느낌을 어떻게 말해야 할지, 그리고 그것을 여자에게 굳이 해야 하는 것인지 알 수가 없었을 뿐이었다.

"알았어요. 알았다고요."

여자는 화를 내고 돌아갔다. 돌아가는 여자의 등 뒤에서 찬바람이 이는 듯했다.

내 가슴속에서 또 한가닥의 줄이 '툭' 소리를 내며 끊어져 나갔다.

나는 아침식사를 걸렀다. 그리고 오전 내내 침대에 누운 채 지냈다. 나는 마치 인형극 속에서 줄이 끊어진 인형처럼 늘어졌다.

"젊은 양반, 의사를 부를까?"

아침도 거른 채 갑자기 늘어져 있는 내가 염려스러웠던지 옆의 환자가 물었으나 나는 거절했다.

"이거 봐 젊은이. 밖에 좀 나가보지그래. 그 색시가 찾는 눈치던데."

오후에 옆의 환자가 귀띔해 주는 바람에 나는 겨우 몸을 추스르고 일어났다.

"밖으로 나가요."

내 병실 앞 맞은 편 벽에 기대섰던 여자가 내 의견 따위는 묻지도 않은 채 앞장을 섰다.

"거기 오래 있었어요?"

두어 발짝쯤 간격을 두고 따라 걷던 내가 물었다.

"한 시간쯤요."

"미안해요."

역시 까닭은 알 수 없었지만 여자에게 미안하다는 생각은 진심이었다.

"댁은 한 번도 우리 병실 앞에 온 적이 없었죠? 나를 기다린 적도 없고요."

충계를 내려가면서 여자는 여전히 볼멘소리로 말했다.

여자의 병실은 건물의 동편 끝에 있었다. 그래서 여자가 중앙계단이나 엘리베이터를 이용해서 밖으로 나가자면 자연 건물 중앙에 있는 내 병실을 지나쳐야 했다. 산책을 위해 밖으로 나갈 때마다 여자가 내 병실 앞으로 오거나 또는 기다려야 했던 건, 단지 그녀와 나의 병실 위치가 그런 때문이라고 생각했다. 그런데 여자는 그런 내 생각이 잘못된 것임을 일깨워 주었다.

"미안합니다."

이번엔 까닭이 분명한 사죄인 셈이었다. 여자가 번번이 내 병실 앞에 와서 나를 기다린 것은 단순히 병실의 위치 때문만은 아니었다. 그렇다면 우리의 만남은 여자 쪽에서 더 원하고 또 적극적이었던 셈이다. 둘 사이에 있었던 대화도 마찬가지였다. 여자는 늘 말하는 쪽이었고, 나는 거의 듣는 쪽이었다. 그러나 여자도 죽음 앞에 선 내가 짊어지고 있는 짐이 얼마나 질기고 무거운 것인가를 충분히 들어서 알고 있었다.

"그럼 됐어요."라는 말과 함께 내 손을 덥석 잡은 여자는 먼저 일어나서 내 팔을 당겨 나를 일으켰다.

"우린 내일 외출하는 거예요."

여자는 느닷없이 말해 놓고는 처음으로 얼굴을 붉혔다. 나는 미처 대답을 못 한 채 붉어진 여자의 얼굴을 쳐다보았다. 이별식을 하자는 거구나, 나는 혼자 생각하면서 더욱 우울해졌다. 자신의 퇴원을 알리면서부터 내내 기분이 평탄치 못한 여자의 심중을 알 것 같았다.

"저는 외출 허락받기가 쉽지만, 그쪽은 좀 곤란할 거예요. 그렇지만 제가 알아서 할 테니까 가만히 계세요. 제게 맡기세요. 맡기면 돼요."

다음 날 우리는 나란히 외출했다. 외출하면서 여자는 두 가지 사실을 내게 전해 주었다.

하나는 내가 술과 담배를 금하는 병원 규칙을 병원 밖에서도 지킬 것. 다른 하나는 간호사가 전해 준 5병동 내에 퍼져있는 우리들에 관한 소문이었다.

"소문 알고 있었어요?"

전달을 마치고 난 여자는 나를 쳐다보며 웃었다. 나는 고개를 끄덕였다.

"아주 엉큼해요. 그런데도 어째서 나한테 얘기 안 해줬죠?"

여자는 내게 눈을 흘겼다. 짧은 스커트 위에 흰 블라우스를 입고 거기에 스커트와 같은 검정색 조끼를 걸친 여자의 모습은 전혀 새로운 인상이었다.

따라서 눈을 흘기는 모습도 애교스럽게 보였다. 그런 여자의 모습을 바라보면서 나는 묘한 심정이 되었다. 달콤한 것도 같고 아픈 것도 같고….

"말하기 쑥스럽기도 하고 또 모르시는 게 좋을 것 같아서…."

더듬더듬 지껄인 내 말 끝에, 여자는 거침없이 꼬리를 달았다.

"뭐가 쑥스러워요? 우리 연애한다는 소문이 퍼졌다. 그러면 되는 거죠."

"연애?"

여자의 대담한 표현에 나는 놀랐다.

"소문이 그렇게 났잖아요."

"그래도 연애라니…."

"그럼 이제까지 저하고 만나고 얘기한 거 모두 장난이었어요?"

"아니요. 절대 장난 아니었어요."

"그럼? 뭐였어요?"

나는 또 말이 막혔다. 이제 이별 잔치를 하러 가는 마당에 그게 뭐 그리 대단한 것인가? 그러나 여자의 생각은 달랐다. 뿌리를 캘 모양인지 재차 내게 다그쳤다.

"뭐였지요?"

생각해 보면 내게 그런 감정이 전혀 없었다고 한다면 거짓말이 될 것이다. 시한부 목숨, 자투리 삶을 살고 있는 사람끼리 나누는 동병상련만은 아니었다. 내가 대답을 미처 못 하자 여자는 미리 준비했던 것처럼 단숨에 말했다.

"저도 소문 알고 있어요. 그러나 댁은 모르는 줄 알았죠. 언제나 여자들의 입이 빠르니까. 여자 환자들 사이에만 퍼진 것이겠거니 그렇게 생각했죠. 그런데도 제가 말해 주지 않은 건 소문을 알게 되면 댁이 저를 피할 거라고 생각했기 때문이죠. 댁은 약혼자도 짐이라고 생각하고 일부러 피한 분이잖아요?"

"그런데도 알고도 말하지도 않고 피하지도 않아서 엉큼하다는 겁니까?"

내가 물었다.

"아니요."

여자는 강하게 고개를 저었다. 그리고 팔을 내저어 앞뒤로 손바닥을 치면서 말했다.

"지금은 아주 다행이에요. 안심이에요."

"안심? 왜요?"

내가 물었으나 여자는 대답하지 않았다.

우리는 경양식집으로 갔다. 여자는 종업원이 미처 안내하기도 전에 익숙하게 자리를 잡고 앉았다. 내가 맞은편 자리에 앉으려 하자 여자가 내 팔을 당겼다.

"우린 이미 소문 난 연인이잖아요. 떨어져 앉을 필요가 뭐 있어요?"

나보다 1년이나 2년쯤의 세월을 더 살 수 있는 여유 때문인가. 여자는 항상 나보다 당당하고 그리고 적극적이었다.

주문한 식사는 둘 다 아주 조금씩밖에 먹지 못했다. 병원 식단과 다른 것이라서가 아니라 입맛이 통 없었기 때문이었다.

그러나 여자는 내 만류를 뿌리치고 반 잔쯤 되는 포도주를 다 마셨다.

"이것 마신다고 남은 자투리 목숨이 더 짧아지진 않겠죠? 설사 짧아진들 어때요? 어차피 자투리는 자투리인 걸요."

여자는 술이 약했다. 얼굴에 홍조를 띠기 전에 말씨가 먼저 알코올에 젖은 것 같았다.

"제가 퇴원해서 집에 가면 미쳐버릴 거라고 하는데도 댁은 아무렇지도 않아요? 아무 생각도 안 했어요?"

여자는 이미 비어버린 유리잔을 만지작거렸다.

"미치지 않을 거라고 생각했죠."

"겨우 그 생각이었어요?"

여자는 만지작거리던 유리잔을 탁자 위에 소리 나게 내려놓았다. 속마음과 달리 얘기를 원점에서 멀리 돌리고 있는 내 심중을 꿰뚫어 보는 듯 나를 똑바로 쳐다보았다. 나는 고개를 돌렸다. 장식용으로 벽에 걸어놓은 낡은 색소폰이 쓸쓸한 모습으로 내 눈에 들어왔다. 이미 구실을 잃은 색소폰이었다. 주인은 아마 연주 실력을 자랑하던 자신의 과거를 회상하기 위해 고객의 눈에 잘 띄는 곳에 그걸 걸어놓았는지도 모른다. 아니면 색소폰의 그 목쉰 듯한 애절한 소리가 좋아서 시각으로나마 그 소리에 얽힌 향수를 달래려고 그랬는지도 모른다. 그러나 여자와 나의 만남은 낡은 색소폰처럼 벽에 걸어두고 추억을 반추할 자랑거리나 향수를 달랠만한 그런 것이 못되었다.

얼마 안 있으면 내가, 그리고 1년이나 2년쯤 후엔 여자가 이 세상에서 사라질 것이다. 여자가 내게 확인하고 싶은 것이 무엇인가를 나는 어렴풋이 알 수 있었다. 그러나 이내 저 낡은 색소폰처럼 구실 없는 물건이 돼버릴 텐데 굳이 그것을 확인해서 무얼 할 건가.

나는 아예 입을 다물었다.

약혼녀와의 관계도 비록 청산을 했다지만 완전하게 짐을 벗은 것은 아니다. 절손을 안타까워하는 가족들의 끊지 못하는 소망도 역시 내가 벗을 수 없는 무거운 짐이다. 여자가 내게 확인하고 싶어하는 말, 그걸 내 입으로 꺼내놓으면 그것 역시 새로운 짐으로 남게 될 것이다. 낡은 색소폰처럼 아무런 구실도 못 하면서 여자가 바라보는 마음의 벽에 할 일 없이 걸려있게 될지도 모른다. 추억이 아름답다는 것은 그것을 반추하며 즐길 여유가 있는 사람들의 얘기일 뿐이다. 나처럼 죽음이 예약된, 그리고 그것이 아주 촉박한 사람들에겐 공연한 사치요, 짐일 뿐이다.

"와인에도 알코올이 있는데 알코올은 몸에 안 좋을 걸요."

내 몫으로 남아있는 포도주잔을 집으려는 여자의 손을 잡고 내가 말했다.

"댁은 뭐든지 감추고 숨기고 피하는 것뿐이군요."

포도주잔을 빼앗긴 여자가 말했다.

"그게 아니라…."

"아니면 뭐예요? 연애한다는 우리 소문도 감추고 속마음도 숨기고, 그리고 죽기 전에 댁이 해야 할 일도 피하려 하고…. 지금이라도 왜 말 못 해요. 자기 속마음을 왜 털어놓고 말 못 해요? 댁은 양심가인 척하지만 비겁한 분이에요. 용기도, 결단력도 없이 자기 자신까지 속이는 사기꾼, 이기주의자예요."

여자는 숙적의 가슴에 비수를 던지듯 내게 화난 소리로 마구 말했다.

"왜 이러십니까? 이러면 몸에…."

나는 갑자기 말이 막혔다. 여자의 입이 내 입을 막았기 때문이었다.

두 팔로 목을 끌어안은 채, 내 입술을 빠는 여자의 숨소리가 점점 가빠지자 나도 마침내 여자의 가슴을 당겨 안았다.

"그동안 죽음이 두렵지 않은 척한 건 거짓말이었어요. 다만 그렇게 생각하려고 노력한 것뿐이지요. 실은 누구보다도 죽음이 두렵고 억울해요. 아무런 흔적도 남길 수 없다는 것이 쓸쓸하기도 하고요."

포옹을 푼 뒤 내 어깨에 머리를 기댄 여자가 이제까지와는 다른 쓸쓸한 목소리로 말했다. 나는 아무 말 없이 여자의 볼에 흐르는 눈물을 손으로 닦아주었다.

병원으로 돌아오는 동안 우리는 아무 말도 하지 않았다. 다만 병원 정문에 들어설 때까지 서로 힘주어 잡은 손을 놓지 않고 있었을 뿐이었다.

외출을 마지막으로 우리는 다시 만나지 않았다.

여자가 퇴원하기 전에 만 하루쯤의 여유가 있었지만 여자는 전처럼 내 병실 앞에 와서 기다리지도 않았고, 누구를 시켜 전갈을 보내지도 않았다. 나도 물론 여자를 만나기 위해 그녀의 병실을 찾아가지 않았다. 다만 나는 여자와 함께 외출했던 날 밤을 꼬박 뜬 눈으로 새우면서 가슴속 한구석, 굳어진 간이 아닌 엉뚱한 곳에서 격렬하게 일고 있는 통증을 참기 위해 잦은 신음을 내고 있었다.

약혼자를 돌려보내고 그녀가 가져다 놓았던 난분을 쓰레기통에 던져 넣으면서도 느끼지 않았던 통증을 나는 아주 심하게 겪어야 했다. 그것은 내 생후, 그리고 임종 전에까지도 다시 겪을 수 없는 통증이었다.

마침내 여자는 퇴원했다.

여자의 늙은 아버지가 몰고 온 승용차에 올라타는 여자의 모습을 나는 내 병실의 창가에서 바라다보았다.

"저 색시가 507호실의 그 색시 아녀?"

내 옆의 환자가 나를 쳐다보고 물었다.

"네, 맞아요."

"소문이 파다하더니 결국 그냥 헤어진 건가?"

옆의 환자가 물었으나 나는 대답할 수 없었다. 그러나 그 대답은 여자가 떠난 지 한 시간쯤 뒤에 약봉지와 함께 간호사가 전해 준 쪽지가 대신해 주었다.

'하루살이의 생명은 하루가 고작이죠. 그 중에도 세뿔알락하루살이라는 긴 이름을 가진 하루살이의 생은 만 하루도 못 된다는데, 그래도 종족이 끊기진 않는답니다. 내겐 2년, 당신에겐 반년이라는 세뿔알락하루살이보다 긴 시간이 있으니 우리의 자투리 삶을 우리들 스스로가 포기하지 않는다면 부모님 소망을 이루는 당신의 짐도 벗고 나도 이 세상에서 흔적 없이 사라지는 쓸쓸함을 면할 수 있겠지요. 우리의 결심을 모두들 행복하게 하고 거기서 태어날 새생명을 신은 분명히 축복해 줄 거라고 믿습니다. 자투리 헝겊을 이으면 예쁜 조각보가 된다는 걸 우리는 미처 생각지 못하고 있었어요. 우리의 만남은 신의 은총이었어요. 269-1854 淑'

　나는 여자의 이름이 '숙'이라는 걸 처음 알았다. 그리고 읽은 쪽지를 원래 모양대로 접으면 내 삶의 한계가 단지 육 개월이 아닌, 긴 세월로 이어지리라는 예감을 받았다. 그건 확신이었다.

단편
소설

어떤 풍경

•

강준희

풍경 1

달호 씨는 오늘도 집 가까운 식당으로 점심을 먹으러 갔다. 달호 씨는 입맛이 없거나 반찬이 마땅찮으면 가끔 외식을 하는데 오늘은 혼자였다. 어떤 날은 서너 사람의 친지한테서 점심을 먹자고 전화가 걸려와 즐거운 고민에 빠지기도 하는데 이럴 때는 당연히 맨 먼저 전화한 친구와 약속을 한다. 그런데 오늘은 짜기라도 한 듯 한 사람의 친지한테서도 전화가 없다. 그러면 달호 씨 쪽에서 이 친구 저 친구한테 전화를 거는데 이럴 경우 대개는 선약들이 있어 허탕 치기 일쑤다.

달호 씨는 일주일이면 반나마 외식을 하는 관계로 점심 아닌 저녁은 혼자 외톨이로 독식하기 예사다. 달호 씨가 남들처럼 가정이 있어 끼니 챙겨줄 사람이 있다면 굳이 식당에서 저녁까지 사 먹을 필요가 없겠으나 혼자 사는 달호 씨는 요즘 말로 이른바 '독거노인'이다 보니

밖에서 밥을 사 먹는 날이 많았다. 나잇살이나 먹은 늙은이가 밥하고 반찬 만드는 게 여간 귀찮고 성가신 게 아닐 뿐 아니라 궁상맞고 청승맞기까지 해 되도록 밖에 나가 매식을 한다. 그러나 예외라는 게 있다. 친지들과 식사 약속이 없거나 몸의 상태가 나쁘면 아이들 말처럼 '라보떼'로 점심을 대강 때운다. 저 천구백칠팔십 년대 대학 자취생들이 유행시킨 라면으로, 식사 보통 때우기의 라보떼 말이다. 그래도 달호 씨는 흔히 말하는 일건(一健), 이처(二妻), 삼재(三財), 사사(四事) 오우(五友) 중에 두 번째 마누라가 없고, 세 번째 재산(돈)이 없어 그렇지 첫 번째의 일건과 네 번째의 사사와 다섯 번째의 오우는 그런대로 괜찮아 여기저기 아픈 데가 많은 희수의 나이에도 연단이나 강단에 섰다 하면 120분 강의는 보통이다. 건강이 좋은 편이 아닌데도 달호 씨는 연단이나 강단에만 서면 물 만난 고기여서 산 진 거북이요, 돌 진 가재가 된다. 달호 씨는 또 네 번째의 소일거리 사사도 심심찮게 있어 가끔씩 여기저기서 강의 청탁이 오고, 그 밖에 며칠이고 시간이 나면 확대경의 힘을 빌려 독서하고 기원에 가 신선놀음에 도낏자루 썩는 줄 모르는 판맛의 난가(爛柯)로 하루해가 언제 가는지 모른다. 달호 씨의 바둑 실력은 만만찮아 아마 3단이다. 남자 나이 50이 넘으면 첫째 건강하고, 둘째 부부가 해로하고, 셋째 돈이 있어야 하고, 넷째 할 일이 있어야 하고, 다섯째 속 터놓고 얘기할 수 있는 친구가 있어야 된다 했는데, 달호 씨는 이 다섯 가지 중에 첫 번째 일건은 겨우겨우 소강상태를 유지하고, 두 번째 이처와 세 번째 삼재는 복이 없어 아예 단념했고, 네 번째 사사와 다섯 번째 오우는 그런대로 복이 있어 환과고독만은 면하고 있다.

각설하고, 달호 씨가 지금 말하고자 하는 핵심 골자는 밖에 나가 외식을 하고 그렇지 않은 날은 청승맞고 궁상맞게 라면이나 끓여 먹는 따위의 고리고 배린 얘기로 가납사니 하자 함이 아니다. 그리고 칠월열쭝이처럼 수다 떨며 귀한 시간 해망쩍게 축내자 함도 아니다.

달호 씨는 자리에 앉자마자 이게 대체 어찌 된 일인가 싶어 적이 놀랐다. 그도 그럴 것이 식당 안에 사람이 많은데도 생각보다 조용했기 때문이다. 그전 같으면 웃고 떠들고 소리치느라 식당 안이 왁자지껄해 대목장날이나 도떼기시장을 방불할 텐데 오늘은 삼삼오오 둘러앉은 사내들의 왁자한 소리도 거의 없고, 계 모임인지 친목 모임인지 알 수 없는 여인들이 참새 떼 여울 건너듯 시끄럽게 떠들어대며 동네 접시 다 깨는 수다 소리도 별로 없었다. 여자들이 여남은 명이나 스무남은 명쯤 한자리에 모여 떠들어대면 이는 거의 패닉 상태에 빠져 밥이 입으로 들어가는지 코로 들어가는지 모를 지경이 된다.

한번 생각해 보라.

여자들 수십 명이 한꺼번에 떠들어대는 수다의 진동 데시벨을. 이는 과장 없이 참새떼 수백 마리가 여울을 건너가며 한꺼번에 떠들어대는 소리와 다르지 않아 난형난제 팔량반근(八兩半斤)이다. 멍석 같은 떼 참새 수백 마리가 개울을 건너가며 떠들어대는 수다 소리는 미상불 시끄러움의 극치여서 여자들 수십 명이 한꺼번에 떠들어대는 음량과 비등하다. 여북하면 「저 산 너머」란 시로 유명한 20세기 독일의 시인이자 소설가인 칼 붓세도 "여자에게 말을 시키는 방책은 여러 가지가 있지만 입을 다물게 하는 방책은 하나도 없다."라고 했을 것인가. 그리고 또 오죽하면 영국 속담에 "여우가 전신이 꼬리인 것과 같이 여자라는 것은 전신이 혀로 돼있다고 해도 좋다."라고 했을 것인가.

달호 씨는 참 이상도 하다 싶어 고개를 들어 사방을 한 바퀴 둘러봤다. 여기저기 몇 군데서 웅성웅성 떠들고 몇 사람이 주고받는 잡담 외엔 이렇다 할 수다나 떠드는 소리가 들리질 않아 이상했던 것이다. 달호 씨는 왜 그런지 그 이유가 알고 싶었다. 불과 얼마 전까지만 해도 식당에 여자들이 떼로 몰려오면 식당은 매상을 올려 좋을지 모르지만 손님, 특히 남자 손님들은 정신을 빼놓고 식사를 해야 했다. 그런데 오늘은 그게 아니었다. 달호 씨는 일순 흠칫 놀랐다. 손님이 홀과 방에 가득 차다시피 해 줄잡아도 50명은 됨직한데 이 사람들 거의가 스마트폰을 들여다보고 있었기 때문이다. 어떤 사람은 식사가 나와도 식사를 하지 않았고, 어떤 사람은 식사를 하다 말고 스마트폰을 작동하기도 했다. 그런가 하면 또 어떤 사람은 헛손질하듯, 아니 흡사 파리나 날벌레 쫓듯 오른손바닥을 세워 왼쪽이나 아래위로 날려 보내기도 했다. 뭔가 미치고 환장하게 재미난 일이 벌어지고 있는 모양이었다. 어떤 남자는 쿡쿡 웃다가 "아이구야." 하기도 했고, 어떤 여자는 또 연방 "어머어머, 이를 어째. 오 마이 갓! 오 마이 갓!" 하며 안반짝만 한 엉덩이를 들썩이기도 했다. 아마 몹시 급하거나 신통방통한 일이 생긴 모양이었다. 아니면 초자연적 현상이나 불가사의한 오카르트 현상이라도 생긴 게 분명했다. 안 그렇고야 저리 몸달아

똥 마려운 강아지 꼴이 될 리 만무다. 자세히 보니 여자는 40대 후반쯤으로 보였고, 얼굴은 보톡스를 맞았는지 빨래를 풀 먹여 다림질해 놓은 것처럼 탱탱해 주름살 하나 없었다. 그래 그런지 여자는 웃고 있는 것 같은데도 근육이 잘 움직이지 않아 웃어지지가 않았다. 얼굴에 살이 너무 탱탱해 그런 모양이었다. 그런데도 여자는 까짓것 얼굴에 주름만 없으면 됐지 웃음 제대로 못 웃는 게 무슨 대수랴 싶은 표정이었다. 보톡스 여인 바로 맞은편에 앉아있는 여인도 손에 스마트폰이 들려있었는데 이 여인은 눈썹에 문신을 얼마나 요란하게 했는지 시커먼 송충이가 꿈틀꿈틀 기어가는 것 같고, 콧날은 또 얼마나 높이 세웠는지 여차하면 우르르 무너져 주저 물러앉을 것처럼 위태위태해 보였다.

여자들은 모두 여덟 명으로 나이가 비슷비슷한 또래들이었다. 여자들은 계 모임임인지 친목 도모인지 그도 아니면 어디 해외여행이라도 가기 위해 모였는지 알 수 없었으나 손에는 하나같이 스마트폰이 들려있어 전화를 하거나 받거나 작동 중이었다.

달호 씨는 이 광경을 소난 장에 말난 듯 신기한 눈으로 바라보다 옆자리로 눈을 돌렸다. 문득 옆자리는 어떨까 궁금했던 것이다.

아, 옆자리도 도개간의 오십 보 백 보로구나! 달호 씨가 눈을 돌린 곳은 부부인 듯한 40대 중반의 남녀와 대학생인 듯한 20대 초반의 청년, 그리고 고등학교 1학년쯤 돼 보이는 10대 중 후반의 소년과 중학교 3학년쯤 돼 보이는 10대 중반의 소녀가 앉아있었다. 아마 한 가족이 주말을 맞아 오붓하게 외식을 하러 나온 모양이었다. 그런데 이

가족도 경쟁이나 하듯 혹은 전화를 받고 혹은 전화를 걸고 혹은 게임놀이와 문자와 메시지를 주고받기에 정신이 없었다.

아, 모두가 철저히 스마트폰에 미쳐있구나. 아니 모두가 하나같이 스마트폰에 노예가 돼있구나!

달호 씨는 바지주머니에 손을 넣어 핸드폰을 꺼내 들었다. 십 년도 훨씬 전에(아마 십오륙 년 전일 것이다.) 중학교 때 가르친 제자 K 군이 사 준 구닥다리 핸드폰이었다. 한데 딱하게도 달호 씨는 이 구닥다리 핸드폰조차 잘 사용할 줄 몰라 가까운 친구와 지인, 그리고 꼭 필요한 사람만 번호로 입력시켜 놓고 번호 몇 번은 누구 번호, 몇 번은 누구 식으로 번호를 사용한다. 이것도 달호 씨가 직접 입력 못 해 남의 힘을 빌린다. 이렇듯 달호 씨는 기계에 관한 한 젬병이고 손방이어서 안동(按棟) 답답이의 기계치였다. 남들은 몇 년이 멀다고 핸드폰을 바꾸고 새 기능 새 모델의 핸드폰이 출시되면 득달같이 개비하는데, 달호 씨는 그 식이 장식으로 박물관에나 보내야 할 태초의 핸드폰을 그대로 가지고 있어 걸핏하면 고장이 나 사용을 못 했다. 달호 씨는 구닥다리 핸드폰을 손에 쥐고 식당 안을 휘이 한 바퀴 둘러봤다. 그러며 속으로 이렇게 지껄였다.

'까짓것, 어중이떠중이 다 가지고 다니는 스마트폰 나도 한 번 사서 배워봐? 장삼이사 갑남을녀 다 가지고 다니는 거, 나라고 왜 못 가져!'

달호 씨는 그러나 이내 도리질을 했다. 그러며 독백하듯 이렇게 뇌까렸다.

"망둥이가 뛰니까 꼴뚜기도 뛴다고, 내 깜냥에 무슨 놈의 스마트폰

이람. 어쩌다 십년일득으로 걸려오는 전화, 이 구닥다리 하나로도 족
하지!"

풍경 2

대우 씨는 아침 일찍 회사로 나갔다. 여느 날 같으면 여덟 시 반쯤
출근을 하는데 오늘은 한 시간이나 앞당겨 일곱 시 반에 출근을 했
다. 어제 처리 못 한 잔무가 있는 데다 열 시부터 임원회의가 있어 이
것저것 준비할 게 있어서였다. 대우 씨는 이 회사의 브레인으로 현재
상무라는 요직에 있지만, 회장단과 이사진들에게 미쁘게 보여 머지
않아 부사장으로 승진할 사람이었다. 그러므로 대우 씨는 회사 일이
라면 밤중에라도 뛰쳐나가는 사람이었다. 회사도 어디 보통 회사인
가. 누구나 들어가기를 부러워하는 굴지의 기업체로 전국에 계열사만
40여 개나 거느린 대기업이었다. 게다가 대우 씨는 미구불원 부사장
까지 떼어놓은 당상이어서 살맛이 절로 나는 사람이었다. 대우 씨는
가정적으로도 다복해 어머니는 몇 해 전에 돌아가셨지만 아버지는
70대 후반인데도 그런대로 건강하시고, 위로 대학교 1학년인 딸아이
와 밑으로 고등학교 2학년인 아들 녀석은 공부까지 잘해 두 놈이 경
쟁이라도 하듯 반에서 일이 등을 다퉜다. 이러니 대우 씨는 속된 말
로 살맛이 절로 나 어천만사가 즐겁기만 했다. 그랬다. 적어도 겉으
로 보기에 대우 씨는 행복한 사람이었다. 그러나 이는 대우 씨가 집
안 속내를 전혀 모르고 있는 소이였다. 좋은 집에, 좋은 차에, 좋은

직장에, 좋은 위치에, 좋은 수입에, 건강한 아버지에, 세련된 아내에, 공부 잘하는 아들딸에 뭐 하나 부족한 게 없어 이만하면 상팔자다 싶어 스스로 자족했던 것이다.

하지만 아니었다. 이는 우선 대우 씨의 가족 서열만 봐도 알 수가 있다. 제대로 된 가정이라면 그 서열이 당연히 장유유서(長幼有序)에 따라 제일 큰어른인 아버지가 첫 번째 서열 1위가 돼야 하고, 두 번째 서열은 아들인 대우 씨가 돼야 하며, 세 번째 서열은 며느리 서 여사가 돼야 한다. 그런데 어찌 된 노릇이 이 집에서는 고등학교 1학년짜리 아들놈이 단연 서열 1위고, 서열 2위는 대학교 1학년짜리 딸년이었다. 서열 3위는 대우 씨와 아내 서 여사였는데 이들은 부부가 공동 서열 3위였다. 서열 4위는 서 여사가 너무너무 사랑해 죽고 못 살아 밤낮으로 안고 다니며 물고 빨고 하는 여우 같은 애완용 강아지 리베였고, 서열 5위는 대문 앞에 턱 버티고 있는 훈련 잘된 집지킴이로 엇부루기 송아지만 한 셰퍼드 용맹이었다. 이러니 6위는 주말만 빼고 매일 오후 한 시에 출근해 다섯 시까지 청소하고 세탁하고 반찬 만드는 돌봄이 아줌마였고, 맨 마지막 서열 7위는 올해 나이 일흔일곱의 희수(喜壽)를 맞은 최 노인이었다.

최 노인에 대한 말이 나왔으니 말이지만 최 노인은 아침 열 시만 되면 집을 나선다. 아침은 언제나 아홉 시가 넘어야 먹는데 식사는 밥이 아니고 빵 두 개에 우유 한 컵이 전부였다. 동절기엔 일곱 시나 돼야 날이 새지만 하절기엔 아침 네 시면 날이 새 고향에선 일곱 시엔 아침을 먹고 들에 나갔다. 그러니 아홉 시면 해가 중천에 떠 얼추

반나절이나 되는 시각이다. 아들과 손자 손녀는 우유 한 컵과 빵 몇 개로 아침 식사가 되는 모양이지만 최 노인은 도대체가 우유 한 컵과 빵 두 개론 식사가 안 될 뿐만 아니라 입에 맞지도 않아 생배를 곯다시피 했다. 반찬 없는 매나니 밥이라도 밥을 먹어야지 서양 양코배기들이나 먹는 빵을 아침이랍시고 내놓으니 죽을 노릇인 것이다. 게다가 아침도 아홉 시가 넘어야 우유 한 컵에 빵 두 개를 주니 헛헛증이 나서 도무지 견딜 수가 없었다. 그래 최 노인은 아침이랍시고 빵 두 개와 우유 한 컵을 마시면 무조건 집을 나선다. 딱히 볼일이 있어서가 아니다. 무료한 것도 무료한 것이지만 생지옥 같은 집에 있어 봤자 따분하기 짝이 없는 징역살이어서 발싸심이 생겨서였다. 집이라도 어디 작은가. 아래위 층과 정원이 백 평도 넘으니 적적하고 휘휘해 무섭기까지 했던 것이다. 최 노인은 며느리 서 여사가 집을 나가면 탈출하듯 집을 나선다. 며느리는 무슨 볼일이 그리 많은지 쇠털같이 수많은 날 아침 아홉 시 반쯤 커피 한 잔에 비스킷 두어 개 먹으면 애완용 강아지 리베를 차에 태우고 집을 나가 밤이 늦어서야 돌아왔다. 아들 대우야 회사 일이 바쁘니 밤늦게 들어온다 쳐도 손자, 손녀는 일찍 귀가해야 하는데 이 녀석들도 제 에미, 애비 삼신이 걸렸는지 뺄때추니처럼 짤짤거리다 밤 열 시가 넘어야 들어온다. 모두가 하나같이 산매가 들렸거나 거리 귀신이라도 덮어씌운 것 같다. 안 그렇고야 식구가 하나같이 야행성 동물처럼 밤늦게 들어올 리 있겠는가.

밖으로 나온 최 노인은 갈 데가 있는 게 아니어서 하릴없이 거리를 배회하다 공원 벤치에 가 앉아도 보고, 전철을 타고 맥쩍게 왔다 갔다 하기도 하고, 고궁이나 박물관을 관람하기도 한다. 그런가 하면 또 어떤 날은 미술전시회나 서예전시회 구경도 하고, 구청이나 동사 무소 혹은 사회단체에서 제공하는 무료급식소에 가 점심을 얻어먹기 도 한다. 그러나 이것도 하루 이틀 한두 번이지 허구한 날 개미 쳇바 퀴 돌듯 반복할 수가 없다. 생각다 못한 최 노인은 이래서는 안 되겠 다 싶어 발상의 전환을 꾀했다. 노인복지회관이라는 데 나가 취미생 활을 해보자 함이 그것이었다. 듣기로 노인복지회관은 많은 사람을 만날 수 있고 또 다양한 분야의 취미생활도 즐길 수 있다 했다. 한문 을 비롯해 서예, 사군자, 판소리, 사물놀이, 수지침, 풍수지리 등을 배우고 요가, 노래교실, 건강댄스, 하모니카와 아코디언도 배울 수 있 다 했다. 그리고 실버교실까지 있어 명상과 죽음에 대한 공부, 건강 에 대한 노후 관리, 자서전, 유서 쓰는 방법까지 배울 수 있다 했다.

최 노인은 용기를 내 노인복지회관을 찾았다. 웬만하면 한번 다녀볼 심산에서였다. 아무려면 감옥 같은 집에 혼자 처박혀 앉아 죽은 말 지 키듯 우두커니 있기보다야 낫겠지 해서였다.

그러나 아니었다. 도무지 안 되던 것이었다. 최 노인은 한 달 소수 나 실히 다니며 이것저것 배워봤지만 하나도 이거다 싶은 게 없었다. 기초 학력이 없어서인지 처음 대하는 낯선 문화에 이질감을 느껴서 인지 모든 게 생경했다. 아니 몰취미 바사기에 열쭝이 부둥깃이어서 도대체가 늘품성이 없었다. 최 노인은 다 집어치우고 다시 죽은 말 지키듯 집을 지키기 시작했다. 최 노인으로서야 그럴 수밖에 없는 것 이 자아시(自兒時)로 산과 들과 흙에서 잔뼈가 굵은 농투성인 데다 배

운 것이라곤 국민학교(요즘의 초등학교) 3학년이 전부여서 자고 나면
국으로 일밖에 몰랐다. 그러니 어쩌면 당연한 일인지도 몰랐다. 살기
가 어렵던 최 노인은 삼순구식(三旬九食)의 애옥살이 시절 비탈진 산
에 화전(火田) 일궈 메밀푸저리를 비롯해 감자, 옥수수, 조 농사를 짓
고 마름한테 칠촌의 양자 빌듯 사정사정해 소작논 몇 마지기 얻어
부치는 형편이어서 3~7제의 소작료(지주 7할 소작인 3할) 도지 주고
나면 입에 풀칠하기도 어려웠다. 그런데도 최 노인은 이를 물고 악착
같이 일을 했다. 어떻게 해서라도 하나 자식 대우만은 여봐란 듯 가
르쳐 가난과 무식의 대물림만은 시키지 말아야지 했다. 한데 집안이
되느라고 그런지 대우는 승어부(勝於父)를 해 최 노인을 살맛 나게
했다. 공부는 초등학교부터 고등학교까지 1등을 한 번도 놓친 적이
없고, 대학교는 누구나 부러워하는 일류 대학에 전액 장학금으로 졸
업을 했다. 뿐만이 아니었다. 대우는 대학교 3학년 때 벌써 지금 상
무로 있는 대기업에 스카우트가 됐고, 졸업과 동시에 특별채용이 돼
주위의 부러움을 샀다. 그러자 여기저기 내로라하는 집안에서 사위
로 삼겠노라 자청했고, 대우는 한다 하는 집안의 딸과 결혼을 했는
데 그 규수가 바로 지금의 아내 서 여사였다. 대우는 욱일승천의 기
세로 승승장구했고, 30대 중반에 일찌감치 부장의 반열에 올라 동료
들의 선망의 적(的)이 되었다. 그런데도 최 노인은 어느 한 날 고향을
생각 안 하는 날이 없어 일구월심 망향에 회향(懷鄕)이었다. 눈만 감
으면 고향 산천이 보였고, 잠만 자면 고향에 대한 꿈을 꿔 오매불망
고향 생각뿐이었다.

그랬다. 최 노인은 생각나느니 고향 마을이요, 보이느니 고향산천이었다. 마을 앞 버들방천과 실개천이 그립고 질펀한 들판의 푸른 초원이 그리웠다. 뒷동산에 눈물겹게 핀 참꽃(진달래)이 그립고, 밭둑에 소금을 뿌려놓은 듯 지천으로 핀 조팝꽃이 그리웠다. 뒤란과 앞마당에 오복조복 핀 분홍빛 복사꽃도 그리웠다. 건넛산 중턱에 구름처럼 핀 산벚꽃이 명지바람에 눈처럼 흩날려 어질거리던 꽃멀미도 그리웠다. 보춤나무가 바람에 일렁이며 허옇게 배를 뒤집는 것도 그리웠다. 봄이면 밭자락이나 언덕배기에 아른아른 타오르던 아지랑이가 그리웠고, 참꽃 따 먹고 찔래순 꺾어 먹으며 괜히 안타깝던 때도 그리웠다. 여름이면 동구의 느티나무 그늘에 앉아 귀가 쨍하게 울어대던 매미 소리 들으며 세상 얘기 시절 얘기하고 소증(素症)이 나면 동네 앞 개울에 나가 고기 잡아 국 끓여 먹으며 천렵하던 친구들이 그리웠다. 가을이면 큰 산에 가 송이를 주루막 가득 따다 묵나물 먹듯 흔전만전 먹던 게 그리웠고, 머루며 다래를 따다 퇴가 나도록 먹던 게 그리웠다. 겨울에 눈이 장설하면 덫을 놓아 새를 잡고 눈에 빠져 잘 못 뛰는 산토끼 몰아서 잡던 재미도 그리웠다. 홰를 치며 자처울던 새벽닭 소리도 그립고 등성이 너머에서 들려오던 개 짖는 소리도 그리웠다.

하지만 그리운 게 어찌 이것뿐이겠는가. 까치 소리 종다리 소리 산꿩 소리 두견이 소리 소쩍새 소리 부엉이 소리 올빼미 소리 지족새 소리 휘파람 새소리도 그리웠다. 여름밤 모깃불 피워놓고 마당에 멍석 깔고 앉아 쏟아질 듯 현란한 밤하늘의 별을 쳐다보며 외양간에서 댕경댕경 들려오던 황소의 워낭 소리도 그립고, 곱삶이 보리밥을 토

장국과 상추 겉절이에 썩썩 비벼 먹을 때면 고샅에 어지러이 날아다니던 반딧불이도 그리웠다. 달 밝은 가을밤, 바람이 우우 불면 뒤란의 밤나무 그림자가 문살에 어른대며 알밤 떨어지던 소리가 투욱툭나던 게 그립고, 한겨울 깊은 밤 정한(情恨)을 토하듯 바르르바르르떨던 문풍지 소리도 사무치게 그리웠다. 그래 최 노인은 언젠가 벼르고 벼른 끝에 아들과 며느리한테 말했다. 나는 태생이 천생 촌사람이라 그런지 서울이 너무 싫다. 그러니 고향에 내려가 살게 해달라고. 그러자 며느리 서 여사가 총알처럼

"그건 안 돼요. 왜 자꾸 고향고향하세요. 촌스럽게시리. 아들 며느리 망신시킬 일 있으세요?"

하고 땡비처럼 쏘아붙였다. 말투가 여간 되알지고 표독한 게 아니었다.

"아니 난 그냥 고향 생각이 너무 나서…."

최 노인이 한풀 꺾여 시르죽은 소리로 말했다.

"그냥이고 저냥이고 가만히 계세요. 뭐가 부족해 그러세요. 용돈 달래면 용돈 드리고, 드시고 싶은 것 있으면 사 드리면 되잖아요. 하는 일 없이 맨날 노시는 양반이 뭐가 부족해 고향타령이세요. 내 팔자가 상팔자거니 생각하고 가만히 좀 계세요. 제발!"

며느리 서 여사가 윽박지르다시피 말하며 시아버지 최 노인을 좁은 골에 돼지 몰 듯 몰아붙였다.

"아버지, 그건 아이 엄마 말이 옳습니다. 부족하신 거 있으시면 말씀하세요. 그리고 고향이 그리우시면 한 번 다녀오세요."

며느리 말에 아들 대우가 토를 달았다.

"아니 내 말은, 뭐가 부족해 그러는 게 아니여. 다만 내 태생이 촌이다 보니 촌 고향이 그립다는 거지. 듣자니 요즘 촌엔 빈집들이 쌨다는구나. 웬만한 헌 집 손질해 살면 되잖어. 그리고 너희가 아이들이랑 가끔 내려오고, 나도 가끔 올라오면 서로 좋을 것 같은데…"

최 노인은 이왕 내친걸음이다 싶어 속내를 드러냈다.

"글쎄 안 됩니다. 정히 집을 나가고 싶으시면 차라리 양로원이나 실버타운 같은 시설에 가세요. 그럼 보내드릴게요. 고향엔 절대로 안 돼요. 누구 얼굴에 똥칠을 하려고 그러세요. 정말!"

며느리 서 여사가 혀를 끌끌 차며 최 노인을 흡떠봤다. 빈말이나마 '아버님' 소리 한 번 하질 않아 흡사 행랑할아범 대하듯 했다.

"어허, 당신은 무슨 말을 그렇게 해요. 아버지한테."

아들 대우가 보다 못했는지 서 여사를 나무라는 투로 말하자 서 여사가

"그렇잖아. 우리 체면도 생각하셔야지 왜 자꾸 당신 생각만 하신데요, 글쎄. 내 말이 틀려요?"

서 여사가 오금 박듯 말하며 여우처럼 이 사람 저 사람 얄밉게 핼금거리는 애완용 강아지 리베를 담쑥 안고 입에 뽀뽀를 했다.

"리베야, 배고프지? 그래. 엄마가 밥 갖다 줄게."

서 여사가 주방에 나가 쇠고기 등심살 다진 것을 가져와 먹이기 시작했다. 리베는 꼬리를 살랑이며 등심살을 깨작깨작 먹었다. 최 노인은 구경도 못 한 등심살이었다.

'세상에, 죄 받지 죄 받어. 사람도 먹기 힘든 쇠고기 등심살을 강아

지 새끼가 먹다니. 그리고 뭐 강아지 새끼 보고 엄마라고? 그럼 저는 뭐여. 개 에메니 개 아니여. 개!'

최 노인은 속으로 이렇게 뇌까리며 황소숨을 내쉬었다. 세상이 아무리 말세기로니 사람이 개한테 에미라니. 천지 조판 이래 이런 법은 없었다. 최 노인은 하도 기가 막혀 눈을 감았다.

"여보, 내일 리베 병원 가는 날이에요. 내일이 15일이니 정기 검진 날이잖아. 리베 병원에 데리고 갔다가 당신 사무실에 들를 테니 그리 알아요. 모레가 엄마 생신날이잖아. 내일 백화점에 좀 같이 가요. 이번엔 뭘 사다 드릴지도 생각 좀 해놓구요."

서 여사가 갑자기 얼굴 가득 웃음꽃을 피우며 생글거렸다. 대우는 듣기가 민망한지 잔기침을 연해하며 몸을 버르적거렸다.

"여보. 그런 말을 왜 여기서 하고 그래."

대우가 서 여사에게 눈을 찡긋하더니 최 노인에게 말했다.

"아버지. 겨울에 입으실 털잠바 하나 사다 드릴까요? 아니면 털신은요? 아버지, 이참에 아주 춘추복 정장 한 벌 사 입으시죠 뭐."

대우가 서 여사 눈치를 슬쩍슬쩍 보며 힘담 없는 소리로 말했다.

"됐다. 나는 그런 거 하나도 필요 없다."

최 노인이 불편한 심기로 말하고 방을 나갔다.

다음 날 최 노인은 아침부터 보이질 않았다. 대우는 부산으로 며칠 출장 갈 일이 생겨 일찍 집으로 들어왔다. 옷도 갈아입고 챙길 서류도 있고 해서였다.

"아버지, 아버지!"

최 노인이 안 보이자 대우는 이 방 저 방 찾아다니며 아버지를 불렀다. 그런데도 아버지는 대답이 없었다. 대우는 세 개의 화장실마다 문을 열어보고 집 안팎을 샅샅이 살폈지만 아버지는 없었다.

이상하다. 벌써 어디 노인정에라도 가셨나. 대우는 안 되겠다 싶어 옷을 갈아입고 필요한 서류 등속을 챙긴 다음 아내 서 여사한테 부산에 며칠 출장 갈 일이 생겨 집에 옷 갈아입으러 왔으니 그리 알라 전화하고 밖으로 나왔다. 그러다 대문 옆의 개집(셰퍼드 용맹이 집)을 보니 개집 안에 천만뜻밖에도 아버지 최 노인이 들어앉아 있었다.

"아니, 아버지. 거기서 뭐 하세요?"

아들 대우가 개집 안에 쪼그리고 있는 최 노인을 보고 대경실색 물었다. 집지킴이 셰퍼드 용맹이는 개집 옆 등나무에 매어져 있었다.

"아버지, 얼른 나오세요. 왜 개집에 들어가 계세요 그래!"

대우가 손을 넣어 최 노인을 끌어내려 하자 최 노인이

"아니다. 나는 여기가 좋다. 나도 여기서 개들처럼 고기반찬 좀 먹고 살자. 그러니 가만둬라."

최 노인은 천만의 말씀이라는 듯 손사래를 쳤다.

"아이구 아버지 왜 자꾸 이러세요. 얼른 나오세요."

대우가 안 되겠다 싶었는지 두 손으로 최 노인을 강제로 끌어냈다. 최 노인은 강약이 부동이라 할 수 없이 개 끌리듯 끌려 나왔다.

"아버지! 이게 대체 무슨 짓이에요. 예? 아버지!"

대우가 기가 막혀 최 노인에게 힐책조로 말했다.

"이게 무슨 짓이냐고?"

최 노인이 화난 얼굴로 대우를 노려봤다.

"예, 아버지!"

"그걸 몰라서 묻냐? 내가, 이 애비가 너희들한테 개만큼이라도 대접받고 싶어서 그런다 왜. 됐냐?"

"예?!"

풍경 3

나는 세상 사람들이 흔히 말하는 G그룹의 이른바 재벌 3세다. 나는 머리가 괜찮은 편인지 한국에서 수재들만 들어간다는 대학에 합격해 경영학을 전공했고, 대학원은 미국에 건너가 명문이라 일컫는 대학에서 공부해 명색은 경영학 박사 학위를 받고 돌아왔다. 내 나이는 올해 서른세 살이고, 군대는 한국에서 대학을 나오자마자 입대해 신성한 국방의 의무를 필한 사람이다. 나는 성과 이름이 오얏 이 반드시 필 그러할 연의 이필연(李必然)이고 키는 181cm며 몸무게는 80kg이다. 나는 혈액형이 O형이며 좋아하는 음식은 된장찌개와 김치찌개 그리고 칼국수다. 나는 성질은 좀 급하지만 감상적이고 감성적이어서 마음이 여린 편이다. 나는 군청색을 좋아하고 즐겨 부르는 노래는 요즘 노래가 아닌 흘러간 노래여서 「이 강산 낙화유수」와 「감격시대」, 「봄날은 간다」와 「고향설」 같은 곡이다. 내가 좋아하는 넥타이는 원색으로 빨강 파랑 노랑 분홍인데 화려한 것을 즐겨 맨다. 나는 축구를 좋아하고 영화를 좋아하며 소설 읽기를 좋아한다. 영화는 순정영화나 청순가련형 영화를 좋아하고 소설도 크게 다르지 않아 순애(殉愛) 소설을 좋아한다. 그래 그런지 나는 천구백삼사십 년대를 풍미, 많은 독자의 심금을 울렸다는 박계주(朴啓周)의 순정소설『순애보(殉愛譜)』를 특별히 좋아한다. 그냥 좋아하는 게 아니라 탐닉해 헤어나질 못했다. 나는 많은 소설은 읽지 못했지만 국내외 소설 백여 권은 실히 읽었고, 그중에서 박계주의 순애보는 천구백삼사십 년대에 많이 읽히던 소설이라 이천 년대인 지금과는 문화적인 차이가 너무 커 잘 읽히지 않을 텐데도 나는 그렇질 않았다. 나는 순애보를 이천 년대 초, 그러니까 내 나이 스무 살이 좀 넘었을 약관 때 읽고 얼마나 감동을 받았는지 손에서 책을 놓지 못했다. 이런 나를 내 또래의 젊은이가 안다면 젊은 놈이 수구 골통처럼 이게 뭐야. 과학의 최첨단 국 미국에 가 유학까지 했다는 놈이 천구백삼십 년대의 소설을 읽었다니 한심하다며 비아냥댈지도 모른다. 안 그래도 내가 미국에 유학 가자 나를 시기 질투로 승기자염지(勝己者厭之) 하던 무리는 내가 미국에서도 돈 많은 자들만 산다는 베벌리 힐스에서 호화롭게 살고 최고급 승용차 캐딜락을 몰고 다니며 폼을 잡는다는 말로 안 되는 소리가 미국의 나한테까지 들려오고 보면 무슨 소리인들 못 하겠는가. 이들의 눈엔 내가 최신형 뉴 모드만 찾고 뭐든 최고급이 아니면 거들떠도 안 보며 돈을 물 쓰듯 펑펑 쓰면서 발김쟁이로 갖은 못된 짓 다 하고 다니는 막된 재벌 3세쯤으로 볼지 모른다. 그러나 나는 미국에서 싸구려 다락방을 월세로 구해 자취생활을 했고, 학비도 내가 이것저것 닥치는 대로 아르바이트해 번 돈으로 공부를 했다. 그러니 내가 된장찌개에 칼국수를 좋아하고 노래며 소설책도 고리타분하게 고릿적 냄새나는 것만 좋아하고 보면 딴은 비아냥댈 만도 하다. 그렇다. 내 이런 사고방식과 행동이 저 농경사회 때나 산업사회 때라면 별로 이상할 게 없다. 그러나 지금은 정보기술의 IT와 생명공학의 BT를 지나 나노기술의 NT 시대까지 이르러 앞으로 문화기술의 CT와 환경기술의 ET 사회로 갈 단계에 이르렀다. 그런데 이렇듯 정신없이 돌아가는 세상에 신파조 고답(高踏) 놀음이라니. 나를 섣불리 아는 친구들은 나를 한껏 비웃을 것이다.

그러나 단언하건대 나를 비웃는 자들은 머지않아 나한테 무릎을 꿇을 것이다. 이는 사마천의 『사기(史記)』가 다음과 같은 말로 대답해 줄 것이다. "자기보다 열 배 부자면 그를 헐뜯고, 자기보다 백 배 부자면 그를 두려워하고, 자기보다 천 배 부자면 그에게 고용당하고, 자기보다 만 배 부자면 그의 노예가 된다"고 한 것으로.

내 취향이 촌스럽다면 촌스럽고 늙은이 같다면 늙은이 같은 취향인지는 모르지만 그렇다고 의식이나 시대정신마저 뒤떨어진 건 결코 아니다. 내 취향이 선천적으로 한국 혹은 토속적으로 타고났으니 도리 없는 일 아닌가. 하지만 나도 최신간 서적 읽고 뉴스 위키지를 보며 미국 노래 팝송도 부를 줄 안다. 그리고 「워싱턴 광장」을 비롯해 「오 수재너」, 「콜로라도의 달」, 「내 고향으로 날 보내주」 같은 가곡도 원곡으로 부를 수 있다. 어찌 미국 가곡뿐이겠는가. 이탈리아 가곡 「잘 있거라 나폴리」와 「푸니쿨리 푸니쿨라」, 「돌아오라 소렌토로」, 「오 나의 태양」도 원곡으로 부를 수 있다.

자, 이쯤 되면 내가 누구이며 어떤 사람인가는 대강 설명이 돼 내 신상명세서는 그런대로 기록이 된 셈이다.

아니다. 깜빡 하나 잊은 게 있다. 그게 무엇인가 하면 한문이다. 나는 희한하게 한자나 한문이 좋아 초등학교 때 벌써 독학으로 『천자문』과 『동몽선습(童蒙先習)』을 읽었고 중학교 때 『명심보감(明心寶鑑)』과 『논어(論語)』를 읽었다. 그리고 고등학교 때 『소학(小學)』과 『대학(大學)』을 읽었고, 대학교 때 『중용(中庸)』과 『사기(史記)』와 『회남자(淮南子)』를 읽었다. 그리고 근래에 『노자(老子)』와 『장자(莊子)』를 읽었다. 남들은 다 싫어해 기피하는 한문과 고전을 나는 마냥 좋고 재미나 읽고 또 읽었다. 특히 내 또래의 젊은이들은 한문이라면 지레 겁을 집어먹고 머리부터 흔들었다. 한문은 뜻글자여서 글자만 알면 뜻은 저절로 알게 돼 아주 좋았다. 특히 퀴즈 문제가 한자로 된 게 나오면 거저먹기였다. 국어사전에 실린 우리 어휘는 30퍼센트밖에 안 되고, 나머지 70퍼센트는 한문에서 파생된 낱말과 외래어들이다. 내가 한문에 소질이 있고 좋아하는 것으로 봐 전공을 경영학 아닌 한문학이나 중문학을 택했더라면 그쪽 방면으로 유명한 학자가 됐을지도 몰랐다. 그러나 나는 G그룹의 3세요, 장차 G그룹의 후계자가 돼야 할 사람이니 다른 일을 하고 싶어도 할 수가 없다. 그래 나는 미국 유학에서 돌아오자마자 말단 사원부터 시작해 차례차례 경영 수업을 쌓아 총괄본부장으로 올라왔다.

자, 그럼 이제 내가 선본 얘기를 좀 해야겠다. 아니 내 색싯감 고른 얘기를 한다는 게 옳은 말일 것이다.

나는 G그룹의 명예회장이신 올해 미수(米壽)를 맞으시는 고령의 할아버지와 G그룹의 회장이신 올해 이순(耳順)을 맞으시는 아버지의 성화에 못 이겨 내가 평소 단골로 드나드는 호텔 커피숍에서 선을 봤다. 상대는 재계에서도 내로라하는 K그룹의 고명딸로 올해 나이 서른 살의 아기씨였다. 아가씨를 보니 첫 느낌이 왠지 스포츠카나 씽씽 몰고 전국이 좁다 누비고 몇 달에 한 번씩은 동남아는 물론 구미까지 돌아치며 돈을 물 쓰듯 펑펑 쓸 그런 허영덩어리 아가씨처럼 보였다. 나는 속으로 이 여자는 안 되겠다 가위표를 하고 찬찬히 여자를 뜯어봤다. 여자는 의상이 연예인 저리 가라로 화려했고, 의상 디자인도 패션모델이 무색할 지경으로 과감했다. 게다가 더욱 거슬리는 건 심한 성형이었다. 콧날을 얼마나 높이 세웠는지 콧등의 선이 또렷이 보였고, 눈은 또 얼마나 크게 성형을 했는지 마치 빙판에 자빠져 놀란 황소 눈 같았다. 여기에 또 머리는 금발머리 블론드였고, 입술은 훌렁 뒤집어 까서 제 모습이라곤 없어 보였다.

　나는 볼 것 없이 다음에 연락한다 말하고 그날로 딱지를 놨다. 할아버지와 아버지께 효도하는 의미에서도 웬만하면 결혼을 하려 했는데 그 여자의 얼굴과 복장부터가 영 봐줄 수가 없었다.

　이후로도 나는 선을 너댓 번이나 더 봤지만 그때마다 여자가 지나치게 똑똑하지 않으면 되바라지고 그렇지 않으면 시건방져 보여 싫었다. 물론 직업도 가지가지여서 세상에서 제일 선호한다는 변호사에 의사에 대학교수까지 있었다. 한데도 내 눈에 수더분하고 어련무던한 여자는 하나도 없었다. 모두가 세련되고 옹골차서 깍쟁이처럼 보였다.

이러던 어느 날이었다. 이날 나는 오랜만에 할아버지 할머니와 아버지 어머니를 모시고 내가 선 보던 단골 호텔 한식당에서 저녁 진지를 대접했다. 그 자리서 나는 가장 한국적인 이름의 여인을 하나 발견했다. 서빙하는 아가씨 가슴에 달린 명찰을 보니 김순이였다. 나는 가장 한국적인 그녀의 이름이 마음에 들어 그녀를 예의 주시했다. 그녀는 우선 자세가 아주 공손했고 수저며 음식 등속을 할아버지 할머니 아버지 어머니 순으로 놓고 내 것은 맨 나중에 놓았다. 물론 모두 다 그런 건 아니지만 대개는 서빙하는 쪽에서 가장 가까운 자리부터 수저와 음식을 놓아 어른, 아이 차례가 따로 없는데 이 아가씨는 그게 아니었다. 옳거니! 이 아가씨는 공경법(恭敬法)을 제대로 배웠구나. 이런 아가씨라면 배필로 삼아 손색이 없겠구나. 옛글에도 있지 않은가. "요조숙녀(窈窕淑女)는 군자호구(君子好逑)라", 요조한 숙녀는 군자의 좋은 짝이라는.

나는 순이라는 아가씨의 일거수일투족을 눈여겨 살피며 그녀의 얼굴을 찬찬히 뜯어봤다. 얼굴은 전형적인 한국 여인상을 하고 있어 코는 납작하고 눈은 맑았으며 얼굴은 계란형으로 갸름한 데다 살색은 흰 편이었다. 그리고 머리는 삼단 같았는데 옻빛처럼 검었다. 얼굴 어디에도 칼 댄 자국을 찾을 수가 없었다. 무위자연(無爲自然)이라, 손대지 않은 그대로의 모습보다 더 아름다운 게 어디 있을까. 나는 여기서 또 문득 옛글이 생각나 몸과 터럭과 살갗은 부모로부터 받은 것이니, 감히 상하지 않게 해야 효의 시작이라는 "신체발부(身體髮膚)는 수지부모(受之父母)라, 불감훼상(不敢毀傷)이 효지시야(孝之始也)"

를 떠올렸다. 이 말은 일찍이 공자가 증자에게 한 말인데 공자는 여기서 다시 몸을 세워 도를 행하고(立身行道), 이름을 후세에 드날려(揚名於後世), 부모를 빛나게 하는 것이(以顯父母), 효도의 마침(孝之終也)이라 했다.

이날 이후 나는 여러 차례에 걸쳐 순이가 일하는 호텔 한식당에서 식사를 했고, 그때마다 순이를 꼼꼼히 살폈는데 순이는 언제나 깍듯했고 공대나 예의범절도 흐트러짐이 없었다.

됐다. 순이를 내 짝으로 받아들이자. 아니 순이는 하늘이 준 내 비익(比翼)이다. 이로부터 3개월 후 나는 순이와 결혼을 했고 이런 나를 두고 세간에서는 폐쇄적 민족주의자니 배외적 국수주의자니 하며, 흉인지 칭찬인지 모를 말들이 무성했다.

✐ 강준희

신동아 소설 당선, 서울신문 신춘문예 당선, 충북문화상, 한국농민문학작가상, 전영택 문학상, 세계문학대상, 한국문학상『강준희 문학 전집』전 10권, 『강준희 문학상 작품집』, 『촌놈』전 5권 외

응분이

박 희팔

집사람은 양자로 들여놓은 선만이가 애를 못 낳는 고자라는 것을 큰애(신탄진으로 시집간 여덟째)에게 말했다.

큰애(여덟째)는 이 무렵 몸시중 하는 여섯 살짜리 어린애를 두고 있었다. 충북의 문의가 고향으로 부모가 돌아가시고 시집간 고모가 데리고 있었다.

하루는 고모가 그 애와 절에 갔다. 아마 무슨 날인가 보다. 알록달록한 등이 많이 걸려있었다. 고모를 따라 대웅전으로 갔다. 고모는 백팔 번의 절을 하느라 아무 말을 하지 않았다. 절을 다하고 두 손을 허리에 받치고 말했다.

"애 응분아, 너도 절해야지! 백팔 번 하는 거야."

응분인 고모가 시키는 대로 절을 다 하고 일어났다. 허리가 굉장히 아팠다. 고모가 했던 대로 두 손으로 허리를 받쳤다.

"이 절이 문의에선 제일 큰 절이란다. 이 절하고 백팔 번 절한 건 잊어서는 안 돼! 알았어?"

이게 응분이가 생전 처음 맞는 절이었다.

'아하, 절을 많이 한다고 해서 절이구나!'

응분인 혼자 생각했다.

그리고 절을 나와 고모 집에서 마지막으로 자고 응분인 신탄진의 아줌마(큰애, 여덟째)에게로 인계됐던 것이다.

"여기는 신탄진이야. 요기 인근에 대전이란 데가 있는데 여기보다 큰 도시야."

"난 충청북도 '문의'라는 데서 왔는데 나 다섯 살 때 엄마, 아버지가 다 돌아가시고 삼 남매 중에 둘짼데, 난 다섯 살부터 고모 집에 있었어요."

"오, 그랬어. 아까 그이한테서 들어서 알고 있어. 그런데 오빠, 남동생 안 보고 싶어?"

"오빠는 나하구 세 살 차이구, 남동생은 나하구 두 살 차인데, 오빠는 증평이라는데 살구 있다 소리 듣구, 남동생은 어디 있는지 잘 몰라요. 그래서 보구 싶은지 모르겠어요."

"아, 똑똑하다. 그런데 여섯 살이면 키가 좀 작다. 그렇지만 얼굴은 예쁘네. 오늘부터 나하구 사는 거야 알았지?"

"고모한테 얘기 들었어요. 잘할게요."

"그랬어?"

"예."

응분은 가끔 고모 생각을 했다. 절에 갔을 때 절을 백팔 번이나 해서 허리가 아팠지만 그래도 그렇게 해야 부처님이 복을 주신다고 했던 고모였다. 그 절이 생각난다. 그렇지만 이 아줌마에게 데려다주시면서, "아주머니가 참 좋으시단다. 응분이가 잘 보살펴 드리면 되는 거야. 그래서 옛날 말이 있다. '몸종이 달래 몸종이냐. 잘 모셔야 몸종이지.' 하는 말이 있단다." 하던 고모였다.

그래서 이 아줌마를 하늘같이 모셨다. 삼시 밥 공경을 하는 데다 아줌마가 입던 옷 빨래를 이틀 도리로 했고, 신탄진 철교 아래로 가서 냉이를 캐서 국을 끓여 바치는가 하면 쑥을 뜯어다 쑥국을 해드렸다. 그래 아줌마가 이런 말을 했다.

"참 여섯 살 먹은 애가 어떻게 그런 생각을 할까 신통두 해라."

아줌마는 얼굴에 웃음기를 보인 적이 없다. 늘 수심에 찬 얼굴이다. 아저씨는 이따금 온다. 아저씨가 올 때도 그 얼굴이 그 얼굴이다. 가끔 오는 아저씨가 반가우련만 그렇지가 않다. 그래서 하루는 물었다.

"아저씨가 오시면 안 반가우셔요?"

"글쎄다."

하면 그만이었다. 나중에 알고 보니 속아서 오신 거란다. 시집와서 보니 큰마누라가 있다는 걸 알았단다. 대전에 있는 농업협동조합에 다닌다는 말만 믿고 결혼하고 보니 속은 것이다. 충청남도 온양엔 큰 양조장이 있다는데 그건 큰이의 앞으로 되어있어서 아무런 도움이 안 된다는 걸 응분이는 알았던 것이다. 그렇기에 핀 얼굴이 아니었다.

아줌마는 친정어머님께 여자로서의 도리를 많이 익혔다. 그걸 응분이에게 하나하나 들려주었다.

"너도 나중에 크면 이렇게 해야 한다."

라며, 여자로서의 도리를 가르쳐 주었다. 그뿐 아니었다. 마음가짐, 가져야 할 태도. 여자로서의 도리를 우리 어머니는 가르쳤지만 나는 그렇게는 안 되더라만 너는 그러면 안 된다며 나를 하나하나 가르쳤다.

응분이는 나물을 캐서 그런 아줌마에게 보답하기 위해 신탄진의 허허 벌과 철교 아래를 더듬었다. 새로 싹트는 나물을 캐고, 기차를 타고 가면서 손을 흔드는 낯모르는 사람들의 모습을 보기 위해서였다.

'나도 기차를 타고 언제 여행을 가볼까!'

이렇게 9년을 이 아줌마와 같이 살았다.

이때 시골 논산의 연산 땅에서 아줌마의 친정엄마로부터 연락이 온 것이다.

"두 번째 선만이 댁이 죽은 거 너도 알지? 이상해서 선만이를 데리고 논산 병원에 가지 않았겠니. 그런데 말이다. 의사 말이 선만이가 이상이 있다는 게야. 그것도 모르고…."

"아니, 선만이가?"

큰애는 장고 끝에 엄마께 연락했다.

"엄마, 그럼 엄만 가만히 있어요. 제게 생각이 있으니까요."

진아는 청원의 시골에 내려갔다. 청원의 그 삼촌 아저씨로부터 이야기를 듣는다.

"내가 집안의 조카를 양자로 들였네. 진성이라고 해. 그러니까 자네하고는 이제 사촌 간이 되는 거지. 돌아가신 자네 어머니의 조카뻘

되는 거니까. 아무래도 그렇게 진성이를 들여와야 대가 끊기질 않을 것 같아서 말이야. 자네가 음성 형님의 막내를 양자로 들였다는 건 그때 알았지."

"잘하셨어요. 그러지 않아도 그동안 어머님 기제사를 지내시느라 고생이 많았습니다. 이제는 제가 논산으로 가서 자리가 잡혔습니다. 그래서 실은 이제부터 제가 어머니 기제사를 모시려고요."

그리고 이번에 온 것은, 양자로 들어온 선만이를 두 번 장가를 보냈다는 이야기. 그리고 두 번째 선만이의 처가 죽는 바람에 병원에 가서야 선만이가 이상이 있다고 이야기했다.

"그러면 자네가 또 대가 끊기는 셈이네."

"그래서 아저씨가 진성일 양자로 들인 것이 잘된 일이라고요. 그렇지 않았으면 정말로 대가 끊길 뻔했습니다."

그리고 논산 연산의 집으로 왔다. 와서 보니 열여덟 살이라는 처녀애가 와있었다.

"얘는 큰애가 보낸 응분이라고 하는 애예요. 선만이가 이상이 있다는 말을 듣고는 제가 그동안 데리고 있었다는 애를 보냈네요. 엄마, 아버지가 얼마나 실심이 크냐면서요. 그 애는 똑똑한 애니까 두 분이 많은 위로가 될 거라는 말과 함께요."

진아의 집사람 얘기였다. 그리고 큰애는 어저께 신탄진으로 돌아갔다는 얘기를 덧붙였다.

응분이는 큰애가 얘기한 대로 똑똑했으며 얼굴도 곱상했다. 그리고 싹싹했다.

"할머니 혼자 계시네요, 할아버진 사랑에 계시고요. 할머니 책 많이 읽으셨다는 말 신탄진 아줌마에게 늘 들었는데 얘기 좀 해주세요."

설거지까지 마치고 와서 할머니께 졸랐다. 꼭 진아의 집사람을 할머니라 했다. 그의 나이 이제 쉰여섯이라 그리고 신탄진 아줌마의 어머니라 그렇게 부른다. 그러면 옥단춘 얘기, 홍길동, 춘향전 얘기를 해준다. 특히 춘향전 얘기에서 이몽룡이 암행어사가 되어 일부러 추레한 옷을 입고 어사가 아닌 척할 때, 춘향의 어머니가 그러한 몰골을 보고는, '니 서방인가 남방인가 동방인가 왔단다.' 하는 대목을 춘향에게 말할 때 할머니의 말은 두고두고 잊을 수가 없어 응분인 그 소릴 되뇌곤 했다. 여하튼 할머닌 그 밖의 많은 얘기를 들려주었다.

선만이와는 나이 차이가 4살 위여서 해라체를 놓았다. 이것도 응분에게 특별히 말할 때가 아니면 그냥 본체만체했다. 그리고 혼자 있는 것 같이 보여서 말할 기회가 없었다. 그리고 할아버진 족보일과 땅 마름 일로 늘 사랑방에서 여러 손님과 계셨다. 그래서 할머니와의 대화가 많다.

응분이 나이 21살이 되었을 때 할머니가 화려한 한복을 응분에게 입혔다. 그리곤 말했다.

"야, 잘 어울리는데 그 차림으로 동네 한 바퀴 돌아보고 와!"

그래서 응분인 그 화려한 한복을 입고 동네를 한 바퀴 돌았다. 동네 사람들이 그것을 보자 한마디씩 했다.

"할머니 솜씨지. 참 옷도 잘 지으셔!"

"응분이 저런 옷 첨 입어보잖어. 참 화려하다."

"응분인 좋겠다. 저런 옷을 다 입어보구!"

"저 옷 입구 시집가도 되겠네."

"응분이 올해 스물한 살 됐지. 나이에 참 잘 어울리네."

그걸 본 동네 아낙마다 한마디씩 한다. 응분인 기분이 좋았다. 이런 옷 입어본 건 난생처음이다. 노란 저고리에 청색 치마라! 응분인 할머니가 대단히 고마웠다. 신탄진에서 아줌마가 해준 건 아래위가 붙은 신식 원피스라는 거였다. 그때는 일곱 살이라 멋도 모르고 좋았다. 그런데 이번의 할머니가 해준 치마저고리는 참으로 황홀했다. 이걸 입고 오빠나 남동생에게 으스댔으면 좋겠다는 생각을 했다. '나도 오빠가 있다. 나도 남동생이 있다.' 하면서 동네 아낙한테 뻐기고 싶었다. 생전 이런 생각은 처음이었다. '오빠는 어떻게 생겼을까. 남동생은 오빠를 닮았을까.' 하는 생각도 처음으로 해보았다. 그러나 머리에 모습이 떠오르지 않는 오빠나 남동생이었다. 이런 생각을 하면서도 할머니가 좋았다. 이런 치마저고리를 해주다니.

집에 들어온 응분이를 빤히 보면서 할머닌 아무 말이 없었다. 무슨 말을 할까 말까 하면서도 아무 말이 없었다. 그러기를 한 한 시간은 될 성싶었다. 할머니가 이러기는 처음인 것이다. 응분이가 먼저 말을 했다.

"할머니도 내가 입은 옷이 잘 어울린다고 생각하시나 봐. 아무 말 없이 쳐다만 보고 있으시니 말야. 그렇지 할머니?"

"그렇게 보여. 사실은 너한테 할 얘기가 있어서 그래."

"무슨 말인데 해봐요!"

"저기…."

"뭐예요. 말해 봐요!"

"저기…너 싫으믄 싫다고 얘기해!"

"무슨 얘긴데요. 그럴게요."

"너 우리 집 사정 알지?"

"예, 할머니가 딸만 아홉을 낳고 단산을 해서 삼춘(선만이)을 양자했는데 두 번이나 장가를 보냈지만 다 실패했다는 거요?"

"그래. 그러면 우리 집의 대가 끊기지?"

"네, 그래서요?"

"그래서 너 보구 우리 집 대를 이어 달라구."

"제가요. 어떻게요?"

"네가 할아버지의 작은마누라가 되면 안 될까?"

"제가요?"

"그러면 나하곤 같은 처지가 되지."

"예?"

둘은 서로가 와락 붙잡았다. 그렇게 두 달을 울었다.

가만히 생각해 보면 신탄진 아줌마가 나를 이리로 보냈다. 보내면서 할머니 말씀을 잘 들으라고 했다. 할머닌 딸만 아홉이나 낳고 단산했다. 아들 하나 보려고 하다 뜻대로 안 되었다. 그래서 신탄진 아줌마는 나를 이리로 보냈고, 할머닌 그동안 나를 눈여겨보다가 오늘 새 옷을 입히고 나에게 할아버지와 동침을 하라는 것이다. 이것이 다 신탄진 아줌마와 할머니의 계산이 아니었던가. 신탄진 아줌마는 나를 데리고 산 은인이다. 할머닌 나를 데리고 있으면서 자신을 대신할 사람으로 인정한 사람이다. 생각이 여기에 이르자 응분이는 결심했다.

"제 한 몸 할머니를 대신 한 난 이 집의 귀신이 되겠습니다."

응분인 할머닐 붙들고 운 지 두 달 만에 할머니께 단호히 말씀드렸다.

응분이의 결심을 듣고 할머닌 사랑으로 들어가 할아버지에게 말씀드렸다.

"응분이 어때요? 말 잘 듣고 싹싹하지 않아요?"

"느닷없이 그건 왜 물어요. 애는 신통하지 안 그래요?"

"그래서 말씀인데요. 저기…."

"저기…라니요. 오늘 당신 이상한데?"

"저기요. 당신께 이런 말해도 괜찮겠어요?"

"무슨 말인데 그래요?"

"응분이 말예요. 응분이…."

"왜요. 응분이 신탄진으로 다시 보내자구요?"

"아니 그게 아니라, 당신이 데리구 있으믄 안 되냐구요?"

"신탄진 딸애가 우리 두 내우 적절할까 봐 응분일 보낸 거 아냐?"

"선만이 그런 후의 말을 듣고 다 꿍꿍이가 있어서 보낸 거 같구, 또 응분일 겪어봐두 애가 참하구. 당신에게 내 대신으루…?"

"그러니까 당신 대신으로 응분이를 들여앉히라구요. 선만이가 그렇게 돼서요. 안 돼요."

일언지하에 거절했다. 말이 되느냐 이거다. 그리곤 자리를 박차고 횡 나가버려다.

할머닌 이튿날 다시 할아버지에게 갔다.

"저기요, 생각해 보셨어요?"

"또 그 얘기요. 안 된다구 했잖아요?"

"다시 잘 생각해 보세요. 애는 당신을 좋다구 했어요!"

"당신두 생각해 봐요. 그게 될 소리요?"

"왜 안돼요. 대가 끊기믄 되구요?"

"안 되믄 안 되는 줄 알지…."

그리곤 휭 하니 나가버린다.

그래도 할머닌 또 사랑으로 갔다.

"다 내 잘못이에요. 내가 괜스레 이 집 대를 끊어놨어요. 내가 죽어야 돼요."

할아버지는 할머니의 한스러운 말을 듣고는 말을 눅이며,

"정말로 그 애가 좋다구는 했어요?"

"그렇다니까요, 그러니까 내가 그러지요."

할아버진 슬그머니 일어나며,

"당신 말 안 들은 적 있어요? 당신이 그러면 그런 거지."

하며 쓴웃음을 짓는다.

그래서 할머닌 선만이에게로 갔다.

"너 어떻게 여길지 모르지만, 응분일 오늘부터 '어머니'라고 불러라!"

"에, 어머니요?"

"그래, 내 대신 어머니라 해!"

"아니 건 무슨 말씀예요. 혹 내가 애를 못나서 응분일 어머니 대신 들여앉힌 거예요?"

"그 점두 있어. 그렇지만 첫째 내가 이 집의 대를 끊어 놓은 데다 너마저 그러니 대는 이어놓아야 되잖어. 그래서 할 수 없이 응분이의 허락을 받은 게야. 그것두 두 달 만에 응분이의 답을 가까스로 얻었어. 너한텐 볼 낯이 없다만."

어머니의 얘기를 들으니, 선만은 더할 말이 없었다. 것두 그렇지만 나 땜에 응분이가 나 대신으루 희생을 하다니 참으로 안 됐다는 생각이 들었다. 어머니가 아니라 그보다 더한 것도 마다할 것이 못 되었다.

"그럼 어머니가 둘이네요. 어머니하구 응분이 보구두 어머니라 하니 말에요. 응분이한텐 서모라구 하면 어때요?"

"거야 서모지만 응분이 듣는 데서야 그렇게 부르면 되나 엄연히 어머니라 해야지. 안 그러냐?"

"알았어요."

선만이의 답까지 들은 할머닌 응분에게로 갔다.

"할아버지와 선만이도 다 얘기했다. 그런 줄 알고 너 맘 단단히 가지고 낼부터 이 집의 안주인이 되는 거야 알았지?"

"할머니가 이 집의 안주인이지요. 제가 어떻게 안주인이 돼요?"

"그러면 그런 줄 알어."

"알었어요."

응분인 할머니의 본뜻을 알았다. 나는 이 집의 대를 잇기 위해 있는 사람이다. 그 외에 아무것도 바라지 않았다. 그냥 할머니의 말에만 순종하면 되는 것이다. 응분인 그렇게 생각하기로 했다.

이튿날 할아버지와의 첫날밤이다. 응분인 할머니가 시키는 대로 했다. 할머니가 오늘을 위해서 만들어 놓은 속곳서부터 치마저고리로 새 단장을 하고 할아버지의 새 옷으로 새 단장을 한 안채의 방으로 할머니가 들여보낸다. 그러는 할머니의 마음을 헤아리기 전에 응분인 마음이 떨렸다. 그야말로 첫날밤이다. 스물한 살의 꽃다운 나이, 쉰여덟의 할아버지. 그러나 응분인 떨리기만 했다. 옷고름을 한손 한손 풀 때마다 떨려오는 마음, 환갑이 곧 닥칠 남자라기보다는 그냥 남자와 동침하는 떨리는 마음 때문에 응분인 그냥 부끄러울 뿐이었다.

그렇게 첫날밤을 보내고 할머니를 대하는 응분인 부끄럽기만 했다.

"아유, 벼슬했네. 이제 마음가짐을 잘해야지. 떡두꺼비 맞을 꿈 꿨어?"

"아유 몰라요. 할머니, 할머니 뵈니까 챙피해요."

할머닌 솥뚜껑을 열었다 닫았다 하며 아침밥 준비를 하는지 응분일 마주 보질 않았다.

첫애는 아들이었다. 그러나 이름도 짓기 전에 죽고 말았다.

"사내아이를 낳았으니 두 번째도 사내임에 틀림없어."

할머닌 첫애가 사내애라 두 번째도 아들임에 틀림없다고 오히려 응분일 안심시키는 듯했다.

그리곤 정한 수를 떠놓곤 밤마다 빌었다.

"신령님, 신령님 이렇게 빕니다. 다음에 또 아들을 낳게 하옵소서. 또 아들을 낳게 하옵소서!"

아들을 바라는 마음을 그대로 읊는 거였다. 그러는 것을 본 응분인 자신보다 더 아들을 바라는 마음이 깊은 것을 보았다.

'저렇게 아들을 갖고 싶어 하니…'

응분인 할머니의 마음을 이해하고 더욱 사내애에 대한 관심을 높였다.

"첫애는 실패했지만, 두 번째는 성공해야지! 부처님, 꼭 성공하게 해주어요. 나보다도 할머니가 저렇게 사내애를 바라시니, 아니 할아버지도 얼마나 사내애를 바란다구요. 저는 순전히 할머니와 할아버지 때문에 있는 겁니다. 그러니 이번엔 꼭 사내애를 낳게 해주셔요. 꼭요!"

응분인 몸가짐을 단정히 했다. 그리고 날마다 목욕했다. 할머니가 하라는 대로 하고 할아버지의 자기를 보는 은근한 눈빛을 살폈다. 또한 논산의 은진에 있다는 미륵에 빌면 소원을 푼다고 한 할머니의 말을 듣고 할머니께 졸랐다.

"할머니, 은진에 있는 미륵에 가고 싶어요. 예전에 어렸을 적에 고모 따라 한 번 절에 갔었는데 참 좋았어요. 백팔 번의 절을 하고 나서 신탄진으로 온 거예요. 여기는요. 논산에 있는 은진미륵에 절을 하믄 소원이 다 이뤄질 것 같아요. 절 구경도 하고 사내애를 점지해 달라고 하면 부처님은 들어줄 것 아녜요."

그 얘기를 듣고 빙긋이 웃으시더니, 하루는 날짜를 잡아 은진미륵에 가자고 했다. 자기의 말이라면 다 좋아하는 할머니가 좋았다.

"그런데 은진미륵에 가려면 이렇게 새 옷을 입어야 해요?"

"그럼, 미륵님에게 소원을 빌면 다 들어 주니까 몸단장을 깨끗이 해야지."

"그렇구나. 그래서 고모두 신탄진으루 가기 전날에 목욕을 시키구

옷을 갈아 입혔구나!"

혼잣말같이 하니 할머닌 그리 말하는 얼굴을 빤히 쳐다보며,

"그랬어?"

"네."

논산에 오니 문의보다는 번잡했다. 그리고 은진의 미륵이 왜 이리도 큰가. 우러러보는 목이 아플 지경이었다. 우선 미륵에게 빌었다.

"미륵님, 미륵님 제 소원을 들어주시옵소서. 이렇게 간청합니다. 이번에 또 사내애를 낳게 해주시옵소서. 꼭요. 꼭요!"

할머닌 할머니대로,

"미륵님, 미륵님, 우리 응분이에게 아들 하나 점지해 주옵소서. 점지해 주옵소서."

할머니가 간청하다시피 반복하는 걸 본 응분인 뼈저리게 책임감을 느꼈다.

그리고 난리 때 군인들이 해 먹었다는 솥도 구경했다. 솥은 왜 이리도 큰가. 집의 솥 몇 배는 되는 것 같았다. 어떤 아주머니가, 국을 군인들이 다 먹으니, 군인 시체가 있더라고 말하면서, 그렇게 솥이 크다고 입을 헤 벌리는 걸 보았다. 정말로 컸다. 절이 크니 사람들도 많다. 응분인 백팔 번의 절을 했다. 절을 하면서도 사내애를 점지해 달라는 기도를 빼놓지 않았다. 할머니도 그러한 같이 보였다.

그날 집에 오니 할머니가 또 옷을 갈아입힌다. 이번엔 가벼운 모시옷이다.

"할머니, 이 옷 못 보던 거네요."

"그려, 오늘 밤엔 이 옷을 입어야 소원을 풀지. 할아버지가 하자는 대로 하면 돼 알았어?"

"네, 할머니 말씀대로 할게요."

그리고 얼굴을 붉혔다. 그렇게 말하는 응분일 보고는 할머니가 얼굴을 한참이나 돌리고 있었다. 응분이 맘이 좋질 않았다. 할머닌 얼굴을 돌리곤 한참이나 말없이 옷매무새를 다독여 주었다. 아마 울었을 거였다. 응분인 이해가 갔다. 왜 안 그럴 것인가. 아마 할아버지를 빼앗겼다는 울음일 거였다. 그러면서도 안 그런 척하기가 어려울 거였다. 그 사내애가 무언지. 할머닌 아들 하나 보자고 당신이 데리고 있던 계집애를 자기 대신으로 삼고 있다. 그러면서도 안 그런 척하는 할머니가 안됐다고 생각했다. 생각이 이에 이르자 응분인 이번엔 꼭 사내애를 낳겠다고 다짐했다. 그러나 그게 마음대로 되는 것인가. 혹시 사내애가 아니면 어떡하는가. 그렇게 생각할수록 할머니가 더욱 가없다.

"할머니, 그러다가 사내애가 아니면 어떡해요?"

"아냐. 이번엔 틀림없어. 은진미륵이 가만히 보고만 있을까?"

할머닌 은진미륵에게 빌었던 걸 생각하는 모양이었다. 왜 안 그럴 것인가 응분이 자신도 진지하게 빌었었다.

"할머니 그렇게도 사내애를 바랄 거예요?"

"그럼, 내가 못한 것을 응분이가 대신해 줘. 그래야 응분이도 나도 조상께 떳떳하지."

"조상께요?"

"그래, 난 딸만 아홉을 낳고 다신 못 낳다만, 응분인 아직 나이가 있잖아. 안 그래?"

"나이가 무슨 상관이에요. 할머닌 내 나이 때 그런 생각 안 했어요?"

"글쎄다, 왜 안 했겠어."

"그러면서 나에겐 그래요?"

"넌 틀림없어."

할머니 말마따나 할아버지 갑년에 사내애를 쑥 낳다. 집안의 경사요, 온 동리의 경사였다.

"이번엔 얼른 이름부터 지어야겠다. 먼젓번엔 잃고 나서야 이름을 생각했으니…"

할아버진 그렇게 말하곤,

"'선갑'이가 어떨까, '선(善)'은 돌림이고 내 갑년에 낳았으니 '갑(甲)'을 써서 '선갑'이?"

"그게 좋겠네요. '선갑'이."

할머니의 대답이었다. 응분이도 좋다고 여겼다.

"우째 선만인 아무 말이 없어?"

"아버지가 좋으면 좋은 거지요 뭐."

이렇게 해서 사내애는 선갑이라 했다.

애는 할머니가 돌보았다. 똥도 오줌도 애가 입을 옷도 다 할머니의 차지였다. 이걸 제일 먼저 신탄진의 딸에게 할머니는 전했다. 이때는 신탄진의 큰애는 이미 여섯 달 전에 첫애를 보았다. '이민아'라고 했다.

신탄진의 큰애는 그 소릴 듣고 양심의 가책을 받았다. 응분이를 보낼 때의 일을 생각한 거였다. 열여덟의 나이라면 딸만 아홉을 낳고 단산을 한 엄마와 아버지를 생각해서 응분일 보낸 것이다. 겉으로는 얘기 안 하고 부모가 적적할 것 같아 응분이를 보낸다고 얘기는 했지만, 이것이 늘 마음 한편을 억누르는 거였다. '충분히 엄마라면 응분일 보낸 뜻을 알 것이다.'라고 생각했던 거다. 그래서 양심의 가책을 받고 있던 참에 두 번째 아들을 낳았다는 엄마의 소식을 들은 것이다. 이때는 자신도 뒤늦게 아들을 보아 6개월이 되었던 거다. 그 큰애는 이때부터 시름시름 앓기 시작하더니 급기야 한 달 만에 죽고 말았다.

신탄진 아주머니가 죽었다는 소식을 듣고 응분인 깜짝 놀랐다.

✍ 박희팔

『교육신보』 공모 소설 당선, 청주예술상, 청주문학상, 유승규문학상, 충북문학상
소설집 『바람 타고 가는 노래』 외, 장편소설 『동천이』, 『여느 배달겨레붙이들』 외,
꽁트집 『시간관계상 생략』, 스마트소설집 『풍월주인』, 중편소설집 『조홧속』, 엽편
소설집 『향촌삽화』 외

레드 리스트

·

전영학

골목길에 붉은색 에스유브이 차량 한 대가 덩그러니 서있다. 벌써 삼 개월째다. 승용차가 겨우 교행할 정도인 좁은 길에 에스유브이는 커다란 바윗덩이였다. 차주를 기다리다 못한 골목 사람들이 이윽고 구청에 방치 차량 신고를 냈고, 지체 없는 견인 조치를 바랐다. 차량 앞 유리에 노란 딱지가 붙었다. 그래도 차는 요지부동이었다. 두 달쯤 후에 색바랜 딱지를 대체하여 또 쪼가리가 붙었으나 꿈쩍 않기는 마찬가지였다. 골목 사람들은 슬슬 노수 씨를 살피기 시작했다. 남들은 몰라도 당신은 저 차를 어떻게 해볼 수 있는 입장 아니냐는 눈치였다.

때때로 차 주변에서 가빈이·나빈이가 보였다. 순전히 착각이었다. 그래서 불룩 담장 위에 팔꿈치를 걸고 물끄러미 골목을 내다보는지 몰랐다. 올해도 어김없이 장난감 튀밥 같은 노란 감꽃이 피었고, 그 열매가 제법 손가락 마디만 하게 커졌지만 별 관심이 생겨나지 않았다.

가빈이·나빈이와 함께 고양이도 보였다. 고양이는 남의 집 담장 위를 걷다가 에스유브이 루프에 올라가 골목을 내려다보았다. 가빈이·나빈이가 이리 와, 우리하고 놀자, 네로 네로, 하면서 손을 내밀기도 했다. 방에서 키우는 반려도, 울안에서 키우는 집고양이도 아니었다. 가빈이·나빈이의 제스처가 거북하다는 듯 고양이는 서둘러 담장 너머로 사라졌지만 가빈이·나빈이는 야옹이를 찾아다녔다. 남의 집 울안일지라도 문이 열려있으면 총총 따라 들어갔다.

가빈이·나빈이네가 노수 씨네 집에 세를 들어온 게 작년 봄이었다. 시내(市內)이기는 해도 정주 여건이 열악하여 구도심 재개발사업추진위가 결성된 지도 몇 년 된 곳이었다. 노수 씨 주택이, 돈을 받고 세를 놓을 만한 여건이 아님에도 가빈이·나빈이의 젊은 부모는 이 집에 들어와 세간을 풀었다. 노수 씨가 때때로 보수는 했다고 하나 문틀, 주방, 화장실, 어디 하나 내놓을 만한 게 없었다. 단열재를 쓸 줄 모르던 시절 지은 집이라 겨울에는 웃풍에 콧김이 서렸다. 다만 곁채가 안채와 떨어져 있고 앞에 골목길이 있어서 볕이 잘 들며, 마당이 넓은 편인 데다 한구석에 키 큰 감나무가 있다는 것에 호감이 갔을지도 모른다. 게다가 노수 씨 내외만 거주하는 안채의 단출함도 한몫했을 것이다.

적막감이 돌던 울타리 안에 쌍둥이 자매의 재잘거리는 소리가 나니 비로소 사람 사는 집다워졌다. 어떨 때는 새벽이 얼른 지나가서, 가빈이·나빈이가 유치원 가방을 메고 노란 버스를 타러 나가는 기척을 들었으면 싶을 때도 있었다. 혹 가다 가빈인지 나빈인지, 뭔가 수틀려서 앙앙 울 때도 있었다. 그 울음소리마저 청량감을 가져왔다.

아저씨, 애들이 너무 시끄럽지요? 쌍둥 엄마가 송구한 빛을 간혹 보이기도 했다. 떠들어야 애들이지. 노수 씨는 되려 쌍둥이가 잠잠하기라도 하면 자기도 마냥 가라앉는 기분이었다.

노수 씨는 안식구와 별 상의도 없이 페인트통을 사 들고 왔다. 녹물 흐르던 철문이 연두색 새 옷을 입었다. 갑자기 웬 색칠이우? 안식구가 의아해했으나 노수 씨는 재잘거리는 애들만큼 이제 좀 산뜻해졌다고 여겼다.

쌍둥 엄마가 노수 씨 내외와 친근해진 후, 봄볕이 화사한 평상에 함께 걸터앉은 적이 있었다. 재롱둥이들 이름은 누가 지었지? 노수 씨가 궁금해하던 차에 분위기를 봐서 물었다. 애들 이름요? 쌍동 엄마가 되물으면서 그런 소리 첨 들어본다는 표정으로 하얀 이를 드러냈다. 그러니까 한자(漢字)로 어떻게 쓰나 해서…. 노수 씨는 자기도 모르게 침을 꿀꺽 삼켰다. 그 틈새를 보지 못한 쌍동 엄마가, 아유, 아저씨 한자 없어요, 그냥 한글로 가빈이·나빈이에요, 했다. 거참 이쁘게 잘 졌네, 괜히 이상한 한자 끌어다 붙였으면 어쩌나 걱정을 했지. 아저씨, 작명 아니 한문에 조예가 깊으신가 봐요. 조예는 뭐, 이생각 저 생각 더듬어 보는 거지, 심심하니까. 그래두 우리 애들 이름까지 헤아려 주시고…, 그래선지 애들이 할아버지 엄청 좋대요. 쌍동 엄마가 발그레 웃었다.

한 골목 건너에 쌍둥이 또래의 유리네 집이 있었다. 이 골목에 산지 한 삼 년 되는가 싶은데, 유리 엄마는 그 낡은 집을 매입하여 들어왔다. 재개발 소문과 관련 있을 것이었다. 유리 엄마는 쌍동 엄마와 대면하자마자 친해졌다. 이 골목에 그만한 연배가 없는 데다 아이들 유치원의 학부모 멤버이기도 했다. 유리 엄마는 세상 물정 아는 것이 많았다. 외동딸인 유리에 관한 열의도 남달랐고, 그 목표도 화끈했다. 쌍둥 엄마는 그게 부러웠다. 그렇다고 눈앞의 사정이 그런 걸 허락하지 않았다. 우선 먹고 살아가는 문제가 발등의 불이니까.

　하루는, 유리란 이름이 세상에 스타처럼 떠오를 만한가요? 유리 엄마가 지나가는 투로 물어왔다. 이름 좋네, 부르기 쉽고, 어감도 쏙 들어와. 정말요? 연예인 이름 같아요? 유리 엄마가 반색하며 물었다. 연예인으로 키우려고? 그럼요, 연예인처럼 좋은 직업이 어디 있나요? 돈·인기·명예, 다 갖는 대박이잖아요. 유리 엄마는 이미 모든 걸 준비하고 있다는 투였다. 제 사촌 동생이 방송국에 다니거든요, 유리한테 조금만 끼나 재능이 엿보이면 밀어준다고 철석같이 약속도 했어요. 그녀는 마냥 들떠서 늘어놓았다. 얼마 후엔 유리 보기 힘들겠네. 노수 씨가 좀 빈정거렸으나 그녀는 귀밑 머릿결을 한번 쓱 다듬고는 아랑곳하지 않았다. 그럼요, 이 동네에서 기껏해야 앞으로 이 년? 그 후엔 상경해서 연기학원에 넣든가 예술학교에 입학시켜야죠. 유리 엄마는 더욱 신이 나 했다. 그리고 잠시 무언갈 생각하더니 노수 씨한테 물었다. 그런데 아저씨, 우리 동네 재개발 언제 들어가요? 뜬금없는 물음이었지만 노수 씨는 아직도 주춤거리는 저간의 상황을 알고 있는 한 자세히 일러줬다. 유리 엄마는 낙담이 짙은 얼굴로, 아저씨, 재개발 반대죠? 맞죠? 얼굴에 어울리지 않게 목 심줄을 붉혔다. 노수 씨는 재개발위원회 임원도 아니고 솔직히 그걸 적극 지지하지도 않는 입장이라고 털어놓았다. 그러면서 차라리 유리 엄마가 임원 자리를 차고 들어가 한번 강력 추진해 보는 게 어떠냐는 딴말로 눙쳐주었다. 그러면 왜 곧 철거될지도 모를 대문에 페인트칠을 했을까. 유리 엄마는 갸우뚱거리며 시름 깃든 얼굴로 돌아갔다.

쌍둥이의 젊은 아빠는 아마도 노수 씨 집으로 이사 오기 전부터 실직 중인 것 같았다. 좀체 그의 얼굴을 볼 수가 없었다. 어디 타처로 돈을 벌러 갔으려나 싶었는데 그것도 아니었다. 골목에 어둠이 내리고 가로등 빛도 힘없이 혼자 떨 즈음 그의 모습이 간혹 보이는 것이었다. 시커먼 잠바때기에 두 손을 주머니에 찔러 박고 어슬렁어슬렁 골목길을 걸어 다녔다. 낮 동안 방 안에서 찍소리 하나 없이 지내자니까 머리라도 식힐 요량인지 몰랐다. 쌍동 아빠가 방 안에 웅크리고 앉아 무엇을 하는지 궁금하기는 했다. 그러나 세상 물정 모르고 재잘거리는 쌍둥이나, 겸양미가 밴 그의 처에게 대놓고 묻는 것도 예의가 아니었다. 혹시 글 쓰는 사람? 컴퓨터 프로그래머? 주식투자가? 하여튼 노수 씨는 그들이 사는 두 칸의 방 중에 윗방의 조명이 새벽까지 밝든 흐리든 꺼진 것을 본 적이 없었다.

쌍둥이가 유치원엘 가면 곧이어 그 엄마가 출근을 했다. 쌍동 엄마는 대형 마트에 알바를 나간다고 했다. 그거라도 뛰어야 입에 풀칠을 한다고 했다. 어느 날인가 이슬비가 부슬부슬 밤공기를 못마땅해하는 시각이었다. 모처럼만에 스파크를 터뜨린 에스유브이 엔진 소리가 희떠운 톤으로 골목을 흔들었다. 아마도 쌍둥이네가 이사 온 후 그 차는 처음으로 바퀴를 굴려보는 것일 게다. 차가 골목 밖으로 사라졌고, 노수 씨 내외는 잠덫에 빠졌다. 중야(中夜)가 됐을까, 쌍동 엄마의 보글보글 지지는 목소리 톤 때문에 잠을 깨고 말았다. 그녀는 이웃 눈치 때문에 입을 크게 열지는 않았지만 목을 꼿꼿이 하고 남편에게 대들었다. 대충 잘라 들은 내용으로는 또 술을 먹고 운전대를 잡았느냐는 것이었다. 그러고 보니 쌍동 아빠의 음주운전 이력이 처음은 아니었고, 아마도 그것으로 호된 곤욕을 치렀거나 치르고 있는 중임이 분명했다. 머리가 천근만근하여 잠시 산책이라도 하려는데 웬 놈의 철딱지 없는 비가 지분거렸고, 비를 보자 문득 친구 하나가 생각났고, 그래서 이렇게 됐다는 변명이 이어졌다. 소용없었다. 잠시 뒤 느닷없이 경광등을 번쩍이며 나타난 경찰이 쌍동 아빠를 불러내 음주 측정기를 들이댔다. 쌍동 아빠는 이미 각오했다는 듯 측정기에 입김을 불었고, 순경은 그의 운전 면허증 번호를 적어갔다.

얼마 후 쌍동 아빠에게는 벌금 삼백만 원이 떨어졌다. 음주운전으로 면허가 취소된 상황에서 다시 운전을, 그것도 음주운전을 했으므로 가중 처벌이었다. 다만 그 아내가 신고를 했다는 점이 참작되었는지 불구속이었다. 쌍동 아빠는 다시 자기 차를 쳐다볼 엄두를 내지 못했다. 벌금 낼 능력도 없었다. 게다가 할부 구입 차량의 대금도 여러 달째 미납이었다. 에스유브이는 이제 자기 것이 아니었다. 쌍동 엄마는 음주운전 버릇을 버리지 않는 한 차는 필요 없다고 단호히 마음먹었다.

아무리 그렇다 쳐도 부부간에 신고하는 사람이 어디 있느냐고 노수 씨는 불편해했다. 그렇게 숙부드럽기만 하던 쌍둥 엄마의 어디에 그런 뾰죽한 결기가 있는지, 한 길 사람 속은 모를 일이었다. 그 통에 오고 가며 쌍둥 엄마 얼굴 대하기도 심드렁한 판인데 유리 엄마가 놀러 와서는, 방 안에 애 아빠가 있건 말건 방아를 찧었다. 잘했어, 이참에 남편 버릇을 싹 고쳐놔야 돼, 한 번 두 번 그냥 넘어가면 영 고질 되는 거 알지? 노수 씨는, 주제넘긴 했지만 두 젊은 아낙들의 말틈에 끼어들지 않을 수 없었다. 유리 엄마, 그건 아니지 부부란 게 뭔가? 그렇게 살벌해서야 피차 어떻게 마음 붙이고 살겠나? 아저씨 모르는 소리 마세요, 요즘이 어떤 세상인데요, 여자가 하라는 대로만 하면 거덜 나는 남자는 없대요. 유리 엄마가 보란 듯이 나섰다. 순간 불뚝, 저런 가당치 않을 아낙이 있나, 하는 생각이 솟구쳤으나 눈을 지지 감고 자리를 뜨고 말았다. 필시 유리 엄마의 꼬드김으로 이번 사단이 벌어졌으리라.

날개 꺾인 새처럼 쌍둥 아빠는 방 안에서 미동도 하지 않았다. 희미하던 조명이 꺼졌으나 어쩌다 가까이 이르러 보면 무슨 외국말인지 알아들을 수 없는 소리가 새어 나왔다. 물론 밤중에 외출하는 일도 없어졌다. 대신 우체통에는 고지서가 쌓였다. 독촉장도 부리나케 날아들었다. 얼마 후에는 전기가 꺼졌다. 단전 조치가 있다는 말은 들었지만 실제로 사람 사는 집에 전깃불이 끊기는 경우를 처음 보았다. 밤이 되면 가빈이·나빈이의 재잘거림도 흔들리는 양촛불 속에 잠겨버렸다. 그것도 한두 시간 뒤에는 꺼져버렸다. 노수 씨는 암흑 속에서 두 눈을 말똥거리고 있을, 아니면 억지로 잠을 청하느라 뒤척일 쌍둥이 생각에 잠을 이룰 수 없었다.

이튿날 알바를 나가는 쌍둥 엄마에게 말했다. 전깃불 없이 애들이 얼마나 무섭겠어, 돈을 꾸어줄 테니 우선 밀린 요금을 내고 불을 켜 시게나. 쌍둥 엄마는 됩다 다부지게 나왔다. 아저씨 고마운 말씀이지 만요, 애아빠가 어떻게든 해결하게 두고 보세요. 그녀는 곧장 버스를 타러 한길 쪽으로 걸어 나갔다. 방 안에서는 조명도 외국어 소리도 없어졌다. 유치원에서 돌아온 쌍둥이나 그 엄마로 봐서는, 방 안에서 남자는 미동도 않은 채 시간만 죽이고 있을 것이었다.

노수 씨 아들 내외가 모처럼 찾아왔다. 정초에 다녀간 뒤 처음 오는 길인데 둘이서 달랑 손이라도 잡을 듯 다정하게 대문을 들어섰다. 노 수 씨는 배알이 확 틀리는 걸 느꼈다. 앉았던 마루에서 일어나 대접감 이 주렁주렁 익어가는 감나무 우듬지로 시선을 날렸다. 엇흠, 퉁명스 런 기침이 뒤따랐다. 아버님 안녕하셨어요? 며느리가 노수 씨의 시선 을 아랑곳 않고 상냥히 여쭈었다. 안녕하지 못하다, 왠지 모르겠냐? 노수 씨의 퉁한 얼굴이 말없이 그렇게 응대했다. 예부터 전해온 삼불 효(三不孝)가 뭔지 모른단 말이냐? 아무리 세상이 변했기로서니 멀쩡 한 젊은 남녀가 혼인을 했으면 응당 애를 낳아야지, 그게 사람의 본 분이고 효도고 지금 이 상황에서 안녕이지…. 노수 씨는 연신 속으로 뇌까렸다. 제 인사를 채 못 들었다고 생각했는지 며느리가 지척에 이 르러 다시 문후를 여쭈었다. 그제서야 노수 씨는, 별 탈 없다, 짧게 대 답하고 감나무 아래 평상으로 옮겨갔다. 아들과 며느리는 노수 씨가 왜 저렇게 나오는지 모르지 않았다. 하지만 이 험하고 고달픈 세상에 애를 낳아 기른다는 건 사서 옴팡 고생바가지 뒤집어쓰는 꼬라지다. 둘은 결혼 전부터 비출산을 전제로 사귀었고, 지금도 변함없이 그 선택이 탁월했다고 자부하는 마당 아닌가. 손주를 보고 싶어 하는 건 아버지의 노욕일 뿐이다. 그것도 아버지의 정신이 흐려질 나이가 되면 물거품처럼 사라질 것이다. 어머, 언제 이렇게 산뜻하게 문 단장을 했어요? 어색함을 어떻게 해보려고 며느리가 억지 호들갑을 떨었다. 글쎄다, 느 아부지가 어느 날 갑자기. 안식구가 대답은 했으나 분위기는 칙칙한 그대로였다.

유치원에서 돌아오는지 재잘거리는 소리를 앞세우며 가빈이·나빈이가 대문 안으로 들어섰다. 으레 활짝 웃으며 잘 다녀왔느냐, 오늘은 뭘 배웠느냐고 다가가 물을 일이지만 외면해 버렸다. 전과 달라진 할아버지를 보고 가빈이가 고개를 갸웃거리다가 툇마루에 웬 낯선 어른들이 있는 것을 보고 얼른 제집으로 들어갔다. 세 들어 사는 애들인가 봐. 며느리가 제 남편 들으라고 중얼거렸다. 방 안에 있던 노수 씨 안식구가, 느딜 아부지가 쟤덜을 을매나 귀애하는지…, 제 피붙인들 그렇게 할 순 없을 꺼다, 하면서 입술을 실룩였다. 며느리가 잠시 귓불이 빨개졌으나 곧, 저 방, 총각 때 자기가 쓰던 방 아냐? 하고 화제를 돌렸다. 총각 때 니가 쓰던 방에서 니 새끼덜이 도담도담 노는 소리가 나면 을매나 좋겠니…. 안식구는 말끝을 흐리며 노수 씨가 서있는 감나무 아래로 다가갔다. 쟤들 소식도 없이 왜 내려왔대? 노수 씨가 아들 내외가 듣거나 말거나 물었다. 글쎄요, 내한테도 아무 귀띔이 읎었어요. 안식구는 슬그머니 대문 밖으로 나갔다.

아버지의 낯빛이 마음에 걸렸던지 아들녀석이 다가왔다. 아버지 기분은 알아요, 제가 불효하고 있다는 것도 알고요. 그럼 손주를 하나 떡 낳으면 되는 거 아니냐? 몸에 이상이 있는 것도 아니고 느덜 당치도 않은 그 약속인가 뭔가 때매 애를 안 갖겠다는 게, 그게 아들 된 도리냐? 며느리가 퍽 불편해했으나 노수 씨는 감안하지 않았다. 시방 시대가 그렇게 흘러가는 거예요. 아들은 머리를 조아리다시피 했지만 뜻은 굽히지 않았다. 그래서 네가 이 시대상에 동참하니까 엄청 떳떳하다는 거냐? 노수 씨도 목소리를 낮추지 않았다. 영 거북한지 며느리가 방 안으로 피해 갔다. 자식이 없으면 제가 없는 거지 아버지가 없는 게 아니잖아요, 이건 저희들 일이니까 맡겨두시고 맘 편히 잡수세요. 아들 녀석이 이번에는 허리춤 아래로 두 손을 모았다. 네 일이라면 내가 굳이 나설 일도 아니구나, 난 언제부턴가 손주 이름도 생각해 논 걸 어쩌란 말이냐. 씁스레한 단념 뒤의 허망한 눈이 자식놈을 쳐다봤다. 그래 무슨 용건으로 왔느냐는 무언의 물음이었다. 아들이 잠시 머뭇거렸다. 쉽게 얘기를 꺼냈다가는 아버지의 눈빛이 어떻게 바뀔지 모를 일이었다. 어머니가 곁에 계시면 상황에 따라 중재라도 할 일인데 도무지 마땅치가 않았다. 그래서 감나무에 주렁주렁 열린 감을 올려다보며 짐짓 딴청을 부렸다. 올핸 감이 풍년이네요. 네 눈에도 잘 익은 건 뵈냐? 노수 씨가 어깃장을 놓았다. 그럼요 아버지, 노염 푸세요, 저희 생각이 일순간 바뀌면 떡두꺼비 같은 손주 낳아 드릴게요. 아들 녀석이 멋쩍게도 애교를 다 떨었다. 그럼 느덜 맘 바꿔라고 불공이라도 드릴까? 여전히 시틋했지만 그런 말이라도 해주는 게 고마웠다. 네가 몇 살이냐? 마흔셋인데요. 이 나무도 마흔셋이다, 너 낳던 해 심었으니까. 벌써 고목이 돼 가는데요. 너도 이놈아 조금 있으면 고목 돼. 노수 씨가 아들의 가슴을 향해 보란 듯이 한 방 날렸다. 데미지를 입고 내외가 완전 고목이 되기 전에 출산할 생각을 가졌으면 싶은 펀치였다. 아들녀석은 싱글싱글 웃는 것으로 대신했다. 괜히 실없는 소리를 했다 싶었다. 자식이 아무리 밉기로서니 고목 다됐다고 악담을 하다니. 사람의 마음을 움직이는 일은 인력으로 안 된다는 생각을 다시금 다독였다. 신불께 정성껏 빌어볼 일이다. 노수 씨는 겨우 마음을 가라앉히고 추녀 밑에 세워두었던 감 망태를 시선으로 가리켰다. 저 가지 끝에 빨갛게 익은 놈을 골라 따거라. 언제 이런 걸 다 만드셨어요? 아들이 장대를 집어오면서 신기해했다. 잘 익은 홍시로 터지지 않게 조심조심 따. 노수 씨가 홍시가 매달린 가지를 일일이 지적하면 아들이 다가가 조심스레 감을 따 내렸다. 장대가 모자라면 나무 줄기로 기어 올라가 기어코 꼭지를 비틀어 망태 속으로 들여보냈다. 그렇게 딴 홍시가 여나문 개나 되었다. 따다가 상처 난 놈을 아들녀석에게 맛이나 보라고 준 뒤, 나머지 것들은 대바구니에 담아 툇마루 한켠에 고이 모셔 두었다.

밖에 나갔던 안식구가 큼직한 비닐봉다리를 들고 들어서면서, 애들은 왔는데 해 먹일 게 마땅찮아서…, 했다. 그 소리를 들었는지, 아녜요, 어머니 아버지, 저녁 식사는 저희하고 외식하기로 마음먹고 왔는걸요. 아들녀석이 급히 나섰다. 그 뒤에 서있는 며느리도 어서 외출하실 채비나 하세요, 하고 제 남편을 거들었다. 됐다. 노수 씨가 단호히 거절했다. 동시에 안식구도, 모처럼 만에 우리 함께 집에서 오순도순 먹자꾸나, 이왕 장을 봐왔으니 어쩌겠냐? 하면서 부엌으로 들어갔다. 황송해하는 며느리가 우왕좌왕하더니 시어머니를 따라 들어가 도마를 꺼내고 칼을 들었다.

부엌에서 찌개 끓는 냄새가 솔솔 풍겨 나오는데 툇마루에 앉은 노수 씨 부자의 얼굴은 영 편치를 못했다. 회사 일이 바빠 눈코 뜰 새 없이 바쁘다는 핑계는 댔지만 저녁을 먹고 곧장 제집으로 가겠다고 했고, 은근히 요즘 이 동네 재개발 사업이 어떻게 돼 가는지 궁금하다고 물어 왔던 것이다. 그리고 제 딴에 여기저기 알아보기도 했는데 재개발에 참여해 신식 아파트 한 채를 받느냐, 집을 내주고 조금 떨어진 변두리로 옮겨 앉느냐, 잘 따져봐야 한다고 떠벌렸다. 서울이나 수도권처럼 인구 밀집 지역이야 재개발은 로또를 맞는 거지만 이런 한적한 지방 도시는 그렇지도 않다고 덧붙이기도 했다. 듣다못한 노수 씨가 나는 줄창 재개발 반대론자라고 다소 억지스레 면박을 주었다. 아들은 더욱 열을 올리며 재개발 호재를 내려놓지 않았다. 말끝도 다 사리지 못하고 부자의 대화가 끊어질 즈음 밥상이 올라왔다. 이참저참 뒤틀린 심사로 숟갈을 드는 둥 마는 둥 하더니 아들 내외가 자리에서 일어났다. 이 홍시는 얘덜 줄려고 땄수? 안식구가 바구니를 발견하고 물었다. 노수 씨가, 냅둬 내가 먹을 거여, 핀퉁이를 주었다. 머쓱했지만 아들 내외가 물러가는 인사를 공손히 아뢰었다. 노수 씨는 건성 헛기침 소리를 내면서 방 안으로 들어가고 말았다.

바깥 공기가 제법 싸아했지만 투명한 오후 햇살이 마당 구석구석 내려앉았다. 그 햇살 속으로 마치 실루엣처럼 가빈이·나빈이가 재잘거리며 들어섰다. 할아버지 안녕하세요? 꼭 숲에 사는 요정이 자신을 보러 나타난 것 같았다. 유치원이 지금 끝났구나. 노수 씨는 반색을 하며 아이들 곁으로 다가갔다. 엄마는 알바 나갔고 전기가 차단된 일이 있은 후 아빠는 어떻게 됐는지 모를 지경이다. 유치원 통원 차량에서 내려 제 발로 수백 미터 골목길을 토닥토닥 걸어왔을 것이다. 배고프겠구나, 이거 먹어볼래? 노수 씨 손에는 어제 딴 감 바구니가 들려있었다. 투명한 속살을 내보이는 바구니 바닥의 빨간 홍시가 과자 같기도 하고 그림책의 별난 크림 빵 같기도 했다. 이게 뭐예요? 가빈이가 물었다. 홍시란다, 저 나무에 달려있는…. 맛이 어때요? 달아요? 홍시를 눈으로 반기며 이번에는 나빈이가 물었다. 그렇고말고. 노수 씨가 홍시를 집어 반으로 갈랐다. 꼭지 부분의 노란 심지를 손톱으로 긁어내고 아이들에게 내밀었다. 그건 먹으면 안 되는 거예요? 암 이건 변비를 일으키지. 변비가 뭐예요? 그런 게 있단다, 심하면 배가 아픈 거…. 그럼 홍시에 독이 들어있나요? 아냐 노란 심지를 떼 내면 상관없지. 먹어 봐, 이게 세상에서 제일 단 과일이야. 정말요? 호기심과 기대감이 어린 얼굴로 아이들은 그걸 받아 입으로 가져갔다. 씨는 이렇게 오물오물 혀를 굴려 입안에서 발라내는 거야, 한번 해 봐. 아이들이 신기하다는 듯 혀를 오물거렸으나 대뜸 씨를 발라내지는 못했다. 대신, 할아버지 엄청 달아요, 초콜릿보다 더요, 하면서 황홀해하는 표정을 지었다. 씨를 잘 발라내면 또 주지. 노수 씨가 손수 혀를 오물거리며 씨 발라내는 시늉을 해 보였다. 할아버지, 더 주세요, 씨를 발랐어요. 가빈이가 입술을 볼록하게 하더니 씨를 뱉어냈다. 언니가 먼저 해냈구나. 노수 씨가 고놈 귀여워 죽겠다는 표정으로 이번에는 통째로 홍시 하나를 건네주었다. 제가 언닌데요, 할아버진 아직도 구별 못 하세요? 아직 씨를 발라내지 못한 진짜 가빈이가 입술을 종긋해 보였다. 아, 미안, 또 틀렸구나. 그러니까 네가 언니, 네가 동생…. 노수 씨가 다시 감을 꺼내 하나씩 손에 들려주며 나름 진지하게 아이들 얼굴 특징을 기억해 두려고 애를 썼다. 할아버지 더 주세요. 이번에는 진짜 가빈이가 손을 내밀었다. 잘 먹는구나, 이거 다 너희들이 먹어라. 노수 씨가 바구니째 내밀었다. 아이들 눈이 휘둥그레지더니 할아버지 고맙습니다, 할아버지 최고예요, 하고 어디서 배웠는지 엄지척을 해 보였다. 홍시를 반으로 갈라서는 꼭 노란 심을 떼어내야 변비가 안 생기지. 노수 씨가 또 챙겼다. 바구니를 계단 돌에 놓은 채 새로 하나를 집어 반으로 가른 가빈이가 다른 쪽을 동생에게 건넸다. 할아버지가 시킨 대로 노란 심을 떼어내고 한 입을 베어 무는 애들 모습이 아들 내외와 오버랩되었다. 괜히 울컥해지는 심사가 스스로에게도 못마땅했다. 바구니에는 이제 서너 개밖에 남아있지 않았다. 한꺼번에 많이 먹지 말고 이건 뒀다가 천천히 먹어라. 노수 씨가 바구니를 가빈이에게 내밀었다. 고맙습니다. 받아드는 가빈이 입 언저리에 묻은 감물이 무뜩 오물처럼 보였다. 노수 씨가 손가락을 펴서 검지로 쓰윽 그걸 닦아 주었다. 나빈에게도 마찬가지로 해 주었다. 아이들이 신이 나서 바구니를 껴안고 제 방으로 뛰어들어 갔다. 노수 씨는 마루에 걸터앉아 감나무를 바라보았다. 가지마다 주렁주렁 열렸다. 붉은색이 오르자 나날이 바알간 빛을 더해 가는 주먹만 한 대접감. 그래

너희가 좋아한다면 저걸 다 따 주마. 홍시로도 주고 깎아 말려서 반건 시로도 주고 곶감으로 갈무리했다가 내년 내내 주마. 노수 씨는 괜히 눈시울이 시큰해 왔다.

재개발 추진위와 주민 대책위가 맞붙었다. 추진위는 주민센터 이 층 회의실에서, 대책위는 그 앞 찬바람 부는 공터에서였다. 노수 씨 는 먼저 이 층으로 올라가 잠시 자리를 잡았다가 공터로 내려갔다. 메가폰을 잡은 남자의 카랑카랑한 목소리를 따라 휘갈긴 붉은 손 글씨 플래카드들이 춤을 추었다. 빙 둘러선 사람들 어깨 너머를 슬 쩍 훔쳐보았다. 그리고 집으로 돌아오고 말았다. 다 부질없는 짓이 다. 열매도 없는 초목이 아무리 무성한들 무엇에 쓰랴. 방에 아무렇 게나 누웠다. 별의별 생각들이 제멋대로 굴러갔다. 사람 사는 게 다 그런 거라지만 제 욕심대로 뭐든지 할 순 없으렸다. 평생 남한테 이 렇다 할 손가락질 안 받고 살아온 게 얼마나 자랑스러우냐. 돈과 명 예는 못 얻었지만 굶지는 않았으니 그것도 천행이다. 그런데 이제 무 슨 낙으로 여생을 보낼 건가. 조상님들이 노하실 테니 저승길에 편히 발이나마 붙일 수 있으려나. 눈물이 스르르 괴더니 관자놀이를 타고 내렸다. 노수 씨는 얼른 그걸 훔쳐내고 일어나 앉았다. 이 양반이 왜 눈물을 다 보이구 난리유? 어느새 들어왔는지 안식구의 목소리였다. 그런데 왠지 평상시와 다른 결이 느껴졌다. 새겨들으니 남편이 측은 해서 낸 목성이 아니었다. 노수 씨는 괴란쩍다 싶어 안식구를 똑바로 쳐다봤다. 당신 무슨 짓 했어요? 나한테 똑바로 고해요. 바싹 다가오는 안식구의 표정은 검붉어 있었다. 그게 무슨 소리여? 노수 씨가 황당하여 되물었다. 안식구가 무릎으로 한 뼘 더 다가왔다. 그리고 어인 일인지 목구멍 속에서 아주 작은 쇳소리를 긁어냈다. 당신 쌍둥이한테 무슨 짓 했우? 지금 쌍동 엄마, 유리 엄마 쑤군쑤군 난리 났어요. 무슨 짓을 하다니? 노수 씨가 되려 소리를 내질렀다. 홍시 주면서 애들 꾀어 뭘 했냐구? 그냥 줬어, 노란 심 떼 내는 거, 씨 발라내는 거, 그런 거 가르쳐 주면서 그냥 줬어. 노수 씨는 이게 무슨 옴뚝가지 소린가 싶어 정신이 번쩍 들었다. 사진도 찍었답디다. 누가, 무슨 사진을? 노수 씨가 벌떡 상체를 일으켰다. 그리고 문을 냅다 열고 밖으로 나갔다. 별채 문설주 아래에는 분명 쌍동 엄마의 것으로 보이는 신발이 놓여있었다. 노수 씨가 크게 헛기침을 하고는, 쌍동 엄마 안에 있으신가? 했다. 대꾸가 없었다. 다시 그렇게 물었다. 역시였다. 노수 씨는 정말 없나 하고 문을 열어보려다가 아차 싶어 얼른 손을 거둬들였다. 잠시 기다렸다가 다시 물었다. 그제서야 겨우, 아저씨 제가 나중에 갈 테니 기다리셔요, 하는 쌍동 엄마의 볼멘소리가 흘러나왔다. 이게 무슨 뚱딴지 같은 경우란 말인가. 노수 씨가 침착하려고 애쓰면서, 무슨 오해가 있나 본데, 피차 말을 해야 풀 거 아닌가, 하고 덧붙였다. 글쎄 제가 간다니까요. 다시 새어 나온 쌍동 엄마의 목소리에는 찬바람이 일었다. 노수 씨는 할 수 없이 발길을 돌렸다. 그토록 겸양스럽고 범절 있던 쌍동 엄마가 이다지 돌변하다니. 가슴이 콱 막혀왔다.

쌍동 엄마는 그날 오지 않았다. 노수 씨는 하얗게 밤을 새웠다. 옆에서 안식구가, 어쩐지 유난스레 애덜을 귀애한다 싶더라니, 하며 불을 질렀다. 마당에서 재잘거리는 쌍둥이들과 시선이 마주쳤지만 꼭 요괴를 보는 것처럼 섬뜩했다. 사람이 어쩌면 이렇게 간사할 수 있단 말인가. 저 애들이 제 엄마한테 뭐라고 종알댔는지, 누가 어떤 사진을 찍었는지 정말 답답해 죽을 노릇이었다.

쌍동 엄마가 다가오기를 초조하게 기다리는데 이윽고 그녀가 마루 끝에서 노수 씨를 찾았다. 쌍둥이를 유치원에 보내고 햇살이 좀 누그러지기를 기다렸다가 나타난 듯했다. 그런데 뜻밖에도 그녀 뒤에는 유리 엄마가 버티고 있었다. 그녀들은 한사코 노수 씨의 방으로 들어오기를 거부했다. 노수 씨가 잠바때기를 걸치고 밖으로 나가서는 두 여인 앞에 어정쩡히 섰다. 피곤한 기색이 역력한 쌍동 엄마 옆에 언제 보아도 이쁘장했던 유리 엄마의, 오늘따라 딴사람처럼 도도한 얼굴이 노수 씨를 쏘아보았다. 저도 믿고 싶진 않지만…. 쌍동 엄마가 애써 말머리를 꺼냈고, 유리 엄마가 가로채 단도직입으로 질렀다. 이건 아동 성추행이에요, 책임지셔야겠어요. 뒤따라 나온 안식구가, 그게 무슨 벼락맞을 소리여, 이 양반이 누굴 추행했다는 거여? 꽥 질러댔다. 왜 제삼자가 나서서 언성을 높이세요? 유리 엄마가 하얗게 눈을 흘겼다. 넌 삼자 아냐? 안식구가 유리 엄마한테 삿대질을 했다. 저는요, 아이 키우는 애엄마로서, 여러 엄마들과 연대해 이런 범죄를 미연에 방지하는 사람이라구요. 유리 엄마는 당당했다. 노수 씨가 크게 숨을 한번 들이쉬었다가 말했다. 그래 내가 어떻게 죄를 졌단 말입니까? 구체적으로 얘길 해보십시오. 애들 입술을 만지작거렸잖아요, 사진도 있어요. 그새 마음짝을 다져 먹었는지 쌍둥 엄마가 제법 날 선 대거리로 나왔다. 어디 사진 좀 봅시다. 노수 씨가 얼굴을 들여댔다. 유리 엄마가, 그건요, 우리가 증거로 제출할 거구요, 성추행을 인정 안 하시는 건가요? 물었다. 나는 애들을 귀애한 거, 홍시를 먹으라고 준 거, 그리고 입가에 홍싯물이 묻었길래 그걸 내 이 손가락으로 슥 닦아준 거 그거밖에 없습니다, 그게 죄라면 달게 받어야지. 노수 씨는 이 두 젊은 아낙 앞에 자기도 모르게 극존칭이 튀어나오는 게 어처구니없었다. 그만큼 엄중했다. 아저씨, 그게 바로 추행인 거예요, 애들 입술을 만지작거린 거. 유리 엄마가 거들었다. 만지작? 예이 여보시오, 젊은 사람들이 그렇게 악되발라서야. 나는 아까 말한 게 전부니까 고발을 하든 투서를 하든 맘대로 허시오, 판사가 징역을 때리면 징역 살 거구, 죽으라면 여한 없이 죽겠수. 오래 사느라 고생바가지 쓸 일도 없겠고. 노수 씨가 휙 돌아서서는 성큼성큼 방으로 들어갔다. 그럼 법의 심판을 받아보겠다는 거지요? 유리 엄마가 등 뒤에 대고 뇌까렸다. 안식구가 두 젊은 아낙에게, 이게 무슨 야론지 도통 모르겠네, 아이덜 감물 묻은 입서버리 좀 닦아줬다고 그게 그렇게 큰 죄가 되오? 하며 입술을 떨었다.

곰곰 생각해 보면 오고 가는 길에 유리 엄마의 눈초리가 예사롭지 않았던 것 같기도 했다. 재개발 임원이 된 유리 엄마가 주민투쟁위를 기웃거리는 노수 씨를 꼬나보고 있었는지도 모른다. 아니면 쌍둥이와 유리를 두고 자기 나름 편애 당한다고 기분 나빴을 수도 있다. 그도 저도 아니면 정말 아동 성범죄 근절을 위해 동네방네 뛰어드는 열혈 맘일 수도 있다. 무엇이건 간에 노수 씨가 걸려들었다는 게 현실이고, 이제 그걸 벗어나기 위해서는 피 말리는 싸움 복판에 처해야 된다는 게 노엽고 괴로웠다.

한 울타리 안에 살면서 결창이 터질 일이었으나 쌍동네는 움직일 조짐이 없었다. 정적과 적막이 울타리 안을 깊은 굴속으로 매몰시켰다. 쌍둥이의 재잘거림도 그쳤다. 분명 방 안에 들어앉아 있을 쌍동 엄마도 눈에 띄어주지 않았다. 불안했다. 잔뜩 웅크렸다가 일거에 달려드는 야수라도 된 걸까.

어디서 들었는지 안식구가, 판사한테 가면 열이면 열 다 가막소 간대요, 하면서 잔뜩 겁에 질려 돌아왔다. 판사란 양반이 귀먹고 눈 멀었나 보지, 천지신명 앞에 부끄럽지 않은데 뭘 상관이여, 나 같은 인생길 노객(老客)한테 징역을 때린대도, 지금 가통(家統)이 문을 닫을 판인데 뭔 대수겠소, 난 평안하다우. 노수 씨는 체념하려고 애를 썼다. 하지만 속으로는 억장이 무너지고 밥맛이 달아나더니, 요를 깔고 눕고 말았다. 그러지 말고 쌍동 엄말 찾어가 잘 눙쳐 보시우. 안식구가 콧물을 훌쩍거렸다. 눙쳐보라니? 내가 뭘 잘못했다고? 노수 씨는 갱신을 못 하면서도 안식구를 노려보았다.

며칠째 그런 나날이 이어졌다. 어디서 소환장이 날아오지도 않았고 경찰이 들이닥치지도 않았다. 다만 유리 엄마 낯바데기가 밤에 자주 대문 근처에 어른거렸다. 그들이 도모하는 퍼즐이 아직 확실히 맞춰지지는 않은 것 같았다.

눈이 내렸다. 첫눈치고는 아주 포시랍게 밤새도록 내렸다. 꼭지가 물러 땅에 떨어진 홍시도 파묻혔다. 넉가래로 눈을 치우는 안식구가 땅바닥에 깔린 홍시를 사정없이 구석으로 처박았다. 눈 더미 속에서 홍시가 유독 붉은 태깔을 냈으나 흉측할 뿐이었다. 함부로 따 먹일 수도 없는 감. 까치들이나 겨우내 배불리 쪼아 먹었으면 싶었다.

뽀송뽀송한 마당 한켠에서 모처럼 쌍둥이가 보였다. 유치원은 어느새 방학인 모양이었다. 겨우 몸을 추스른 노수 씨가 아이들과 눈이 마주쳤으나 일부러 외면을 해 버렸다. 가빈이가 쪼르르 노수 씨 앞으로 다가와, 할아버지 안녕하세요, 했다. 노수 씨는 이거 뭔 사단일까, 도리어 불안이 엄습해 왔다. 그래서 제대로 대답을 할 수도 없었다. 이번에는 나빈이가 앞을 막고 제 언니처럼 했다. 노수 씨는 겨우, 으응 그래, 하면서 외면까지는 못했다. 저 애들이 이 고통의 근원이 아니라는 생각이 스쳐 간 뒤였다. 그러나 다른 어떤 말을 섞을 켜도 정녕 아니었다. 나이도 지긋한 터수에 너무 좁아터진 게 아닌가 싶기도 했으나 냉혹한 현실이었다. 노수 씨는 입을 욱 물고 계단돌을 올라섰다. 등 뒤에서 쌍둥이의, 나비야 나비야, 네로 네로, 하는 재잘거림이 일었다. 배가 홀쭉하도록 굶주린 길고양이가 꼬리를 축 늘인 채 엉금엉금 담장 쪽으로 걸어가고 있었다. 가빈이가 담장 밑으로 달려가더니 눈 속에 묻힌 홍시 한 알을 파내, 배고프지? 이거 먹어, 엄청 맛있어, 하며 고양이 앞에 내밀었다 고양이가 혓바닥을 길게 **빼** 한번 핥기는 했으나 먹지는 않았다. 배고프지? 먹어, 먹어. 나빈이도 가세하여 고양이를 얼렀다. 그때 방문이 열리면서 쌍동 엄마가 나왔다. 노수 씨를 흘끔 보긴 했으나 무심한 얼굴로 딸들 곁으로 가며 소리쳤다. 이리 안

와? 쥐 잡아먹는 더러운 냐옹이야. 엄마, 그래도 이 야옹이가 좋아, 우릴 보면 피하지도 않아. 가빈이가 손에 쥐었던 홍시를 눈더미 속으로 던지며 대꾸했다. 엄마는 사나운 얼굴로 애들 머리에 꿀밤을 먹였다. 아이들이 손목을 잡혀 방으로 끌려갔다. 다시 정적이었다. 도대체 무슨 꿍심인지 초조하면서도 지루한 나날이었다. 아직도 퍼즐의 짝을 다 찾지 못한 걸까.

유리 엄마의 출입이 뚝 끊어졌다. 어느덧 새해가 밝아온 뒤였다. 골목 마트에 틀국수말이를 사러 갔던 안식구가 무슨 대단한 뉴스라도 들었는지 얼굴이 상기된 채 부리나케 돌아왔다. 유리 엄마가 서울로 이사를 갔다는 거였다. 싹수가 노란 재개발 사업을 미련하게 붙들고 있기에는 유리가 너무 빨리 자란다고 걱정했다는 거였다. 가슴에 얹혔던 돌덩이 하나가 빠져나가긴 했지만 무겁고 답답한 건 여전했다. 그 두 아낙이 소통하는 데는, 서울 아니라 나라 밖 어디라도 가로거릴 게 없는 세상 아니던가. 달이 가는지 해가 바뀌는지 모를 지경이었다. 그렇다고 이쪽이 먼저 결백을 주장하고 나설 수도 없는 노릇 아닌가.

깊은 겨울이 쳐들어왔는데도 쌍둥 아빠의 모습은 보이지 않았다. 쌍둥 엄마는 알바 일거리도 마땅찮은지 집에 있는 시간이 많아졌다. 그래선지 쌍둥 엄마의 짜증 섞인 호달굼이 자꾸 애들한테 퍼부어졌다. 쌍둥이가 눈물을 훔치며 방 밖으로 나오는 게 목격되기도 했다. 애들이 혹 단배를 주리는 건 아닌지. 하지만 어떤 말도, 어떤 손길도 애매했다.

바람이 쌩쌩 부는, 몹시 매운 먹구름 짙은 오후였다. 어디선가 콧물을 훌쩍거리는 소리가 났다. 마루 앞 계단 돌 위였다. 눈물 자국이 번들거리는 가빈이었다. 노수 씨 내외는 방문을 열었으나 지켜볼 수밖에 없었다. 할아버지…, 안녕…, 하세요? 가빈이가 그 작은 입으로 겨우 종알거렸다. 안녕하냐니? 노수 씨는 어리둥절할 수밖에 없었다. 곧 그 말이 할아버지한테 가까이 갈 수 있는 꼬마의 유일한 말임을 깨달았다. 노수 씨는 문득 가슴이 울컥했다. 눈시울이 뿌애 왔다. 자기도 모르게, 춥다, 추워, 하며 손을 내밀었다. 안식구가 옆에서 눈을 하얗게 흘겼으나 어쩔 수 없이 마루 끝으로 나가 가빈이 손목을 잡고 들어왔다. 온기가 묻어나는 방바닥에 아이를 앉히자 안식구가 눈물 자국을 닦아주었다. 엄마한테 꾸중 들었구나? 가빈이가 고개를 끄덕였다. 우리 이사 간대요. 가빈이의 목소리가 기어들어 갔다. 어디로? 몰라요, 엄마하고도 떨어져 산대요. 그게 뭔 소리냐? 안식구의 눈동자가 검어지더니 가을부터 갈무리해 놨던 감 한 알을 윗방에서 가져왔다. 땡감이었던 것이 그새 말간 홍시가 되어있었다. 눈물 자국인 채 가빈이가 할아버지 할머니 고맙습니다, 했다. 홍시를 받아들고는 그것이 으츠러지지 않도록 조심스레 꼭지를 따고는 반으로 갈라 노란 심을 손톱으로 긁어냈다. 한 입을 베어 물고 오물오물 씨도 발라냈다. 노수 씨는 말을 아꼈다. 이게 또 무슨 사달을 불러올지 통 모를 구석이었다. 이제 애를 방문 밖으로 내보냈으면 싶었다. 안식구가 그 뜻을 헤아리고, 어서 먹고 네 집으로 가 봐라, 엄마한테 혼날라, 했다.

마루 밖에 누가 다가오는 기색이더니, 너 나오지 못해. 퉁명스런 쌍동 엄마 목성이 들렸다. 가빈이가 노수 씨 곁으로 한 무릎 다가앉으며 얼굴이 파래졌다. 가기 싫어요, 싫어요. 가빈이가 입속으로 외치는 거 같았다. 엄마의 목소리가 더 날카로워졌고, 가빈이는 홍시를 베어 문 채 문밖으로 나갔다. 다음 날 쌍둥이가 사라졌다. 그날 저녁 쌍동 엄마도 자취를 감췄다. 세간살이는 그냥 둔 채였다. 며칠을 지켜봤지만 그림자도 보이지 않았다.

2월 하순 찬바람이 좀 누그러질 무렵 느닷없이 유리 엄마가 골목에 나타났다. 구매자는커녕 누구도 거들떠보지 않던 집이 팔려서 서류 정리차 내려왔다는 것이었다. 안식구가 일삼아 찾아가 쌍동네 소식을 염탐했다. 그리고 기겁을 해서 집으로 돌아오고 말았다. 글쎄 쌍동 엄마가 행방이 묘연해졌대요. 애들은? 노수 씨의 눈동자가 주먹만 하게 커졌다. 보육원인가 무슨 쉼턴가에 맡겨졌다네요. 안식구 눈가가 촉촉해졌다. 노수 씨는 창자가 끊어지는 것 같았다. 아리고 허전했다.

골목으로 나가 하염없이 에스유브이를 바라보는 버릇이 생겼다. 이 차라도 언제까지고 사라지지 않았으면 싶었다.

✎ 전영학

『충청일보』 신춘문예, 공무원 문예대전, 『한국교육신문』 현상문예에 단편소설 뽑힘, 소설집 『파과』, 『시를 팔다』, 장편소설 『을의 노래』, 『표식 애니멀』, 『맥궁, 울다』

알 몸

·

문상오

    금붕어가 지느러미를 하느작거렸다. 하얀 바탕에, 주황색과 검은색이 뒤섞여 경광등처럼 반짝거렸다. 20촉 흐릿한 조명이 금붕어 뒤를 따랐다. 팔짱을 낀 채 내려다보고 있던 비너스가 희고 길쭉한 다리를 들어 올렸다. 금붕어가 그 희고 길쭉한 가랑이 사이를 숨이 멎듯 유유히 지나갔다. 그때, 유리 항아리로 된 어항 앞으로 여자가 뛰어들었다. 슬립 가운을 걸쳤지만, 훤히 다 보이는 알몸이었다. 터진 어깨선을 추스르며 그녀가 울부짖었다.

"엄마! 나 저 손님 못 받겠어."

"왜? 또……."

"저 새끼, 변태야!"

나도 모르게 웃음이 나왔다.

"너두 참……. 이런 데 오는 사람치고 변태 아닌 사람이 어딨냐? 이번엔 왜?"

마사지 업소였다. 종종 있는 일이었다. 손님은 수위를 높여가며 자극적인 손놀림을 요구했고, 종업원은 그 손놀림에 들어주는 척하긴 했지만 나름대로 정해 놓은 선이 있었다. '된다. 안 된다.' 옥신각신하다 결국엔 '돈'으로 타협점을 찾았다. 벌거숭이 손님이 5만 원짜리 지폐를 흔들어 보이면 마사지걸은 손가락 하나를 더 펴 보이던가, 아니면 손사래를 쳤다. 손사래를 칠 땐 수용하기 힘든 무리한 요구로, 거절한다는 뜻이었다. 알몸으로 받는 오일마사지할 때면 흔히 볼 수 있는 광경이었다.

"다른 건 다 해주는데 연애는 안 된다고 해두, 딱 한 번만 하자며 개지랄을 떨어. 개 같은 새끼! 그게 얼마나 큰지 이따만 해."

"너는, 남자가 암만 싫어두 그렇지 말끝마다 욕이냐?"

하얗게 질린 얼굴로 봐서 그냥 웃어넘길 일은 아니었다.

난감했다. 사정이 좋을 때 같았으면 그깟 손님 하나쯤 내쫓으면 그만일 일이었다. 형편이 너무 안 좋았다. 월세 70만 원을 두 달이나 못 갚았다. 전기, 통신요금 같은 공과금 내기도 벅찼다. 코로나 때문에 막힌 손님이 좀 풀리나 싶었는데 이건 어디가 어떻게 잘못된 건지, 줄어들기만 하는 손님이었다. 다른 영업도 마찬가지겠지만 마사지업은 유별 더했다. 아가씨가 바뀔 때마다 문자도 넣고 전단도 뿌려봤지만, 효과가 없었다. 피부염으로 얼룩덜룩한 몸뚱이. 한시도 편한 날 없이 긁어대는 겨드랑이와 사타구니였다. 그 몸뚱이하고 약속했었다. 뭔 수를 써서라도 삿포로에 데려가 온천욕을 시켜주겠다고. 다른 것도 아니고 수시로 부려먹는 몸뚱이와의 약속이었다. 그 약속을 지켜보겠다고 기를 쓰고 넣던 반짓계도 파투날 판이었다.

"살살 달래서 내보내. 그런 진상 손님이 어디 한둘이냐? 너두 힘들지만, 날 봐서라두 좀 참아라. 니 성질은 안다만 어쩌겠냐."

"나도 어지간하면 참겠는데 엄마가 들어가서 해결해. 난 안 들어가! 아니, 못 들어가!"

"벌거벗고 있는 손님방에 주인이 어떻게 들어가니? 우리 집 사정 너두 잘 알잖냐. 잘못하면 쫓겨날지도 모른다는 거. 요새 손님 받기가 얼마나 어려운지 알면서 왜 이러냐?"

"엄마는 글쎄, 이거 봐! 저번 주에 산 새 옷이란 말야. 죄다 찢어놓고 뭐라는 줄 알아? 개새끼! 변태도 아냐. 변태 같으면 말이라도 들어 처먹지. 완전 또라이야! 사이코패스."

"너……, 정말 이럴래?"

울컥 화가 치밀었다. 이러면 안 되는데 하는 생각에 앞서, 명치 끝에서 송곳으로 찌르는듯한 통증이 밀려왔다. 딱성냥을 그어댔을 때처럼. 푸지직 하는 불길과 함께 노릿한 머리카락 타는 냄새가 났다.

원형탈모. 머리카락이 한 움큼 빠졌다. 한두 올 빠질 땐 그저 그러려니 했다. 지루성 두피염 때문에 그럴 거라고. 정확히는 지루성 두피염을 치료하는 '클로베타솔프로피오네이트'라는, 긴 이름만큼이나 독한 약성 때문일 거라고. 무심했으니 무시했다. 전조도 없이 들이닥치는 변고와 달리, 몸의 불균형은 냄비 뚜껑의 나사가 풀리듯 삐거덕거렸다. 그럴 때마다 무심히, 냄비 뚜껑을 휙 돌려 조여 쓰는 게 전부였다. 머리를 빗고 거울 앞에 섰다. 덜미가 허전했다. 고개를 숙이고 머리채를 돌리는 순간, 나도 모르게 아, 하는 탄식이 나왔다. 냄비 나사못이 빠져 달아났다. 못이 있던 자리가 뻥 뚫렸다. 횡뎅그렁한 구멍 속으로 한올 두올 머리채가 빨려들어 가더니, 나중에는 몸뚱이가 통째로 빨려들어 갔다. 어딘지 모를 깊은 심연 속으로. 그러나 그 끝 모를 어둡고 막막한 심연은, 태어나기 전 머무르다 온 어느 곳인 양 포근했다.

"애, 너 진짜 모르냐?"

"뭘?"

"진짜 모르나 보네."

"……?"

"등잔 밑이 어둡다, 손톱 밑에 가시 든다 하더라만 넌 어쩜 그렇게도 태평이냐? 하긴 나도 첨 그 말 들었을 땐 긴가민가했다만. 니네 가게 알바로 뛰던 상미 걔야 그렇다 쳐도, 우리 신랑 종배 씨야 어디 남 얘기할 사람이냐?"

"아니, 얘가? 뭔 얘긴데 그 꼴 보기 싫은 꿀꿀이 년까지 끌어들이고 그래."

"그래, 좋다 좋아! 친구고 뭐고 뺨따귀 맞든 혓바닥이 뽑히든, 자, 한 잔 찌끄리고 얘기하자."

무실 오거리, 약지와 소지 사이에 자리 잡은 단란주점 '말리부'. 안쪽의 여자는 노랑 물을 들인 곱슬머리 파마로 체구가 작았다. 맞은편, 창 쪽의 여자는 어깨까지 머리를 길게 늘였는데 몸집이 거구였다. 안쪽에 앉은 여자가 글라스에 소주를 채우더니 앞으로 쭉 내밀었다. 그리곤 자신도 글라스에 쭉 따라 마셨다. 쟁반에 놓인 멸치가 바닷바람을 불러왔다. 비릿했다. 비릿함을 초장으로 꾹꾹 찍어누르는 안쪽 여자의 말을, 묵묵히 듣고만 있던 거구의 여자가 머리를 뒤로 젖히더니 꽈배기 끈으로 돌돌 묶었다. 똥머리로 틀어 올린 창 쪽의 여자가 손사래를 쳤다. 거울에 비친 얼굴이 초췌해 보였다.

길게 얘기할 것 없이 불륜이었다. 간통죄도 없어진 마당에 불륜을 고발하다니. '청하지 않으면 응하지 않는다'는 법리에 따라 피해 당사자만이 소를 제기할 수 있는 친고죄이긴 했으나, 벌금형도 없이 징역형으로만 다스려지던 죄목이 간통죄였다. 그토록 엄하던 죄가 형벌에서 빠진 이유는, 개인 간에 은밀히 이뤄지는 알몸거래까지 국가기관이 나서서 간섭할 필요가 있느냐는 것이었다. 이런 연유로 형벌에서 빠지긴 했지만, 간통은 여전히 비난받았다. 간통을 뿌리로 둔 불륜 역시 마찬가지였다. 아무리 고상한 말로 둘러대고 포장을 해도 불륜은 불륜일 뿐이었다. 지금 '말리부' 주인 민효신이 하는 얘기는 덧붙이고 덜어내고 할 것도 없이 불륜이었다. 그런데도 덤덤했다. 마치, 게임에 져서 다 털리고 난 다음, 게임기 앞을 바라보는 기분이랄까. 독해서도 아니었다. 사랑의 농도가 옅어져서도 아니었다. 거짓말일지도 모른다는 희망 섞인 기대가 있어서는 더욱 아니었다.

그 남자와 수지가 붙어먹었다? 사실일 것이다. 둘 중에 어느 한쪽을 모르면 모를까, 한 명은 남편이고 다른 한 명은 데리고 있던 종업원이었다. 수지가 남편을 꾄 건지, 남편이 수지를 꼬드긴 건지는 중요하지 않았다. 냄비의 나사못이 헐거워지기 시작한 건 수지가 '로템'에 오기 전이었으니까.

결혼. 사랑이 만개해서 피운 꽃. 그 꽃의 씨방에서 아들, 딸도 생기고 손자들도 열린다. '결혼'이란 단어 뒤엔 자연스레 '사랑'이란 말이 겹쳐지게 되는 것이다. 그래서 사람들은, 사랑이 없는 결혼은 불가능하다고 믿는다. 과연 그럴까? 사랑이 없는 결혼은 없는 걸까? 되물어 본다. 결혼한 사람들은 모두 사랑하고 있냐고. 대답은 간단했다. 사랑 없이도 얼마든지 결혼할 수 있고 가정을 꾸릴 수 있다고. 또한, 사랑이 꼭 육체적 결합을 전제로 하는 것만도 아니라고. 섹스 없이도 혼인 관계는 유지되고 부부로 살아갈 수 있다고. 그렇게 생각했다. 그렇게 믿었다.

"어때요? 선녕 씨. 저는 선녕 씨의 그림자로만 있어도 행복할 것 같습니다. 선녕 씨가 꿈꾸고 계신, 그게 뭐든 힘껏 도와드리고 싶습니다. 진심입니다."

그는 진지했고 나는 차분했다. 앞이 훤하게 트인 후포항엔 여객선 한 척이 들어오고 있었다. 멀리서 왔거나 그만큼을 어디로 갈 사람들이었다.

"저한테 흠이 많다는 건 압니다. 재혼인 주제에 할 말은 아니지만 그래도 선녕 씨가 뭘 하든 도와드리면 도와드렸지, 걸림돌이 되진 않을 거라고 맹세할 수 있습니다."

이 남자, 지금 나한테 프러포즈하는구나. 다분히 신파조였지만 바닷가라 그랬던지 그의 말소리가 파도처럼 밀려왔다. 나쁠 것도 없지. 두 번 만났지만, 그 두 번이 다 달랐다. 장소나 시간이 아니라 사람이 그랬다. 마산인가, 어디 지방경찰청 형사였는데 부하 직원의 비위에 휘말려, 대신 책임지고 물러났단다. 지금은 개인 용달을 하는데 그건 부업이고 연체를 해결해 주던가 사람 찾아주는 일 같은 용역업

무에 종사하고 있다고 했다. 만나서는 그렇게 들었는데 집에 와서 뇌어 보니 그게 전부는 아닌 것 같았다. 그런데 싫지가 않았다.

"저 역시 결혼을 안 했다 뿐이지 별의별 남자들을 상대하고 있는데 그래도 괜찮으세요?"

"뭐가 어떻습니까. 선녕 씨는 그저 사장일 뿐인데요. 손님방에 들어가는 것도 아니고 그냥 카운터에 앉아서 계산만 하시는…. 그래서 제가 더 필요하다는 겁니다. 저하고 결혼하면 막말로, 든든한 울타리 하나 생기는 거죠. 마사지업 그거, 나 같은 남자 없이는 힘들다는 거 잘 아시잖습니까."

사실이 그랬다. 마사지업이라는 것이 말로만 되는 장사가 아니었다. 업소의 생리상 말썽은 늘 있기 마련이었다. 요금이 터무니없이 비싸다느니, 아가씨 서비스가 엉망이라느니, 서비스를 다 받아놓고도 환불을 요구하는가 하면, 흐릿한 실내조명까지도 꼬투리를 잡았다. 심지어 어떨 때는 마사지걸한테 성추행당했다며 신고하겠다는 손님도 있었다. 이런 모든 시비는 주인이 해결해야 할 몫이었다. 말로 안 되면 완력을 써서라도 해결해야 했다. 그러려면 남자가 필요했다.

그날따라 날이 쌀쌀했다. 한여름인데도 바람끝이 서늘했다. 긴 팔 블라우스에 레깅스 스타킹이 답답하지가 않았다. 바닷바람이 블라우스 깃을 스치며 소곤거렸다. 기회는 기다리는 것이 아니라 따라가는 것이라고. 따라가다 보면 행복이란 것도 만나게 된다고. 남자를 앞세우고 걸었다. 바닷바람이 그들 곁에 섰다. 등 굽은 해안선을 따라.

"넌 어째, 무심한 거냐? 포기한 거냐? 이 마당에 웃음이 나와?"

"그럼? 내가 엉엉 울기라도 할 사람으로 보이냐!"

"세상에……. 어디, 그 말이냐 내 말이! 넌 속도 없냐고! 남편이란 작자가 다른 사람도 아니고 지가 데리고 있던 종업원 년하고 붙어먹었다는 데도 웃기만 하고 있으니. 수지란 년, 예쁘장하고 콜라병이긴 하더라만 그래도 그렇지."

듣고 있자니 은근히 속이 뒤집혔다.

"야, 민 마담? 민효신! 근데 니가 왜 지랄이냐? 당사자는 나야, 나! 뭐? 내 남편? 넌, 그 인간을 내 남편으로 보았냐? 걱정해서 얘기해 준 건 고마운데 거기까지다. 더는 이러쿵저러쿵 남의 일에 끼어들지 말라고. 속이 뒤집어져도 내 속이고 도낏자루를 품어도 내 맘이니."

길게 얘기할 것도 없었다. 결혼식은 했지만, 혼인신고는 안 했다. 겉모습만 부부였지 법적으로는 남남이었다. 그런 그가 불륜에 빠져 떠났다고 해서 탓하거나 아쉬워할 일은 아니었다. 남남인 채로 있다 남남으로 헤어진 거 아닌가.

집에 돌아오자마자 휴대폰을 꺼냈다. 연락처 목록에서 신팔수를 찾아 '차단'을 눌렀다. 손이 떨렸다. 신팔수를 다시 찾았다. '삭제' 버튼을 누르자 조금 진정되었다. 담담하고 당당했는데 별거 아니라고, 남들에게선 흔하게 일어나는 일이, 나한테도 일어났을 뿐이라고. 태어난 곳이 구파발 쪽으로, 고향이 같다는 민효신 앞에서는 태연했는데……. 집에 돌아와 보니 태연했던 게 아니라 태연한 척했던 게 되었다. 혼인신고를 안 하고, 그래서 법적인 부부는 아니라고 해도, 썸을 타본 적도 없고 그 흔한 무인텔에 한 번 들른 적 없는, 육체적 결합 없이 섹스리스로 살아온 무늬만 부부였던 사이라 해도, 한집에서 밥을 먹고 잠을 자고 숨결을 나누던 식구였다. 손바닥을 뒤집듯 한순간에 돌아서 버리다니! 배신이었다. 그러나 남편이 떠난 자리보다 종업원의 빈자리가 더 컸다.

선미라는 아가씨가 있긴 했지만 이건 손님보다도 더한 상전이었다. 나이 마흔이 넘으면 업계에선 퇴물 취급했다. 마흔도 훌쩍 넘어, 쉰 살을 바라봤다. 아가씨들한테 툭 하면 '할매'라고 놀림을 받았다. 속이 넓어 그런 건지, 누가 '할매'라 놀리던 '할망구'라 깔보던 그냥 웃고 말았다. 순번이 돼서 제가 들어갈 차례인데도 다른 아가씨한테 양보하기 일쑤였다. 비 오는 날엔 관절염이 오고 바람 부는 날엔 통풍이 겹쳤다. 손님을 하도 접해서 얼굴만 봐도 안다나. 저 손님은 광대뼈가 튀어나온 게 성질 지랄 같겠어. 저 사람 눈 봐 봐. 황소 눈으로 부리부리한 게 마사지 받을 스타일이 아녀. 저 손님은…… 코 좀 봐. 코가 크면 그것도 큰데 그거 큰 사람처놓고 이런 데 와서 깽판 안 부리는 사람 봤어? 손님 방에 들어가기가 그렇게도 싫은지 온갖 핑계를 다 갖다 붙였다. 그런 그녀를 데리고 있자니 차라리 내가 손님을 받는 게 낫지 싶을 때가 한두 번이 아니었다.

"여기 남원주 로템인데요. 30, 40대 중에 육칠이나 칠칠로 한 명 보내 줄 수 있나요? 저번에 온 애는 아들 생일 해준다고 집엘 간 지가 벌써 일주일짼데… 아가씨 하나 있는 것두 건강검진이라나 뭐라나, 무슨 건강검진 받는 데 사흘씩이나 걸리는지."

오래된 거래처였다. 마사지 업소 '로템'을 열면서부터였다. 사장이 누군지, 얼굴이 어떻게 생겼는지 본 적도 없고 알지도 못했다. 상호도 없고 주소도 없었다. 아는 거라곤 휴대폰 번호와 목소리뿐이었다. 휴대폰 번호는 몇 번 바뀐 적 있었으나 목소리는 늘 그대로였다. 이제까지 한 번도 펑크 낸 적이 없었다. 그만큼 믿었다.

이쪽이 절박하다는 걸 알아서였을까. 대답에 뜸을 들였다. 6·7이나 7·7 같은 용어는 마사지 업소끼리만 통하는 은어였다. 예를 들어, 6·7이라고 하면 키 160cm 정도에 건당 시급을 7만 원 쳐준다는 말이었다. 급여가 적은 건 아니었다. 시급 7만 원이면 후하게 쳐준 값이었다. 업소에서는 손님에게 15만 원을 받았다. 종업원에게 주는 돈이 절반에 가까웠다. 그 나머지 돈으로 업소를 운영해야 했다.

속 모르는 사람들은 말할 것이다. 절반도 더 되는 돈을 손 하나 까딱 안 하고 날로 먹는 거 아니냐고. 그러나 그렇지가 않았다. 다달이 날아드는 고지서였다. 아끼는 법이 없었다. 물만 물 쓰듯 하는 게 아니었다. 한여름에도 보일러를 틀고는 한증막 속에서 살았다. 손목이 시큰거려서, 그래야 풀린단다. 겨울에도 덥다고 선풍기를 틀어댔다. 손님들 뒤치다꺼리하다 보니 속에서 열불이나 못 배기겠다는데야. 손님한테 받은 스트레스를 뭐든 펑펑 써대는 것으로 풀었다. 그렇게 써대는 물값이요 전기료였다. 공과금 무게만도 버거운데 걸핏하면 비위 거스른다고 펑크를 냈다. 그 펑크가 날 때마다 소개비를 물어야 했다. 전화 한 통에 만오천 원. 별거 아니게 여기겠지만 한 달에 몇십 통 넘기기는 일도 아니었다.

월세에 공과금에, 나가야 할 돈이 어디 그뿐인가.

'먹고 입고 자고'를 다 해결해 줘야 했다. 쌀도 사고 찬거리도 조달해야 했다. 저질 진상 손님 하나 받아내자면 녹초가 되었다. 그걸 풀자고 사흘이 멀다 하고 주점을 찾았다. 게임에 미치고 도박에 빠졌다. 어디 한군데 미치지 않고서는 한시도 견뎌내기 힘든 생활이었다. 이래저래 버는 돈보다 쓰는 돈이 더 많은, 그래야 마음 편한 적자 인생들이었다.

"아가씨가 없나요? 페이를 더 주기는 힘든데……."

"여기서 소개해 준 아가씨, 그때 그 애가, 수지 아니었나요? 내가 알기론 걔는 시집 안 간 거로 아는데 딸린 애도 없고."

"아이고 사장님! 기억력도 좋으시네요. 수지 걘……, 그 애 말고 다른 애가 있었는데 그예 속을 썩이지 뭡니까. 숨겨논 자식까지야 누가 뭐라나요."

항상 그렇듯 활기차고 애교 넘치는 여자가 받았다. 서울 어디쯤인 것만은 확실한데 어딘지는 알 수 없었다. 하긴, 알 필요도 없었다. 조건에 맞는 아가씨만 소개받으면 되니까. 이 바닥에도 '절차'라는 것이 있는데 종업원을 쓰자면 소개소를 통해야 했다. 가끔, 급할 때는 시간제 아르바이트를 쓰는 때도 있었지만, 말 그대로 가끔이고 아주 급할 때 아니면 소개소에서 보내온 아가씨를 고용했다. 그래야 아가씨들이 펑크를 내도 제때 보충해 주었고, 업소에서 필요한 물품, 그러니까 찜질용 수건이나 마사지 가운, 패드와 같이 기본적인 용품은 물론 보습제나 여성청결제와 같은 위생용품에서부터 비누나 일회용 칫솔, 치약, 면도기, 물티슈 등속의 갖가지 소모품까지 알아서 척척 대주었다.

"칠 나가는 애는……. 사장님도 아시다시피 요즘 애들, 좀 빠졌다 싶으면 클럽이나 밤무대로 나가지, 안마나 마사지 이런 힘든 거 안 할려구 해요. 대신 삼십 대 초반, 오짜리 중간이 하나가 있긴 한데….

지 입으룬 일만 하게 해주면 좋다고 하는데 그래도 그렇지. 하루 이틀 쓸 것도 아니고 시급 일곱 개는 줘야 않을까 싶은데."

생각했다. 오짜리면 키가 150으로 작다는 얘긴데 손님들 취향도 까다로워졌다. 흔한 말로 '데리고 살' 것도 아닌데 늘씬하고 잘생긴 아가씨를 원했다. 또 마사지란 것이 힘을 많이 쓰는 일이다 보니 작은 체구로는 버텨내기 힘들었다. 선뜻 대답을 못 하자 거부하는 뜻으로 알았던지 목소리가 들떴다.

"아가씨가 키만 작다뿐이지 얼마나 옴팡진지 몰라요. 근성이 있어, 뭘 시키든 야무지게 해내는 게, 성격도 아쌀해요. 내숭 떨고 감추고, 뭐 그런 거 없이 시원시원해요. 제가 어디 없는 말 하던가요?"

그렇긴 했다.

비너스의 가랑이 사이를 빠져나온 금붕어가 느릿느릿 미끄러졌다. 유리 항아리를 한 바퀴 돌고, 또 돌고……. 그러기도 지쳤던지 뿌리 그늘에서 쉬었다. 늘 보아오던 금붕어인데도 오늘따라 새삼스러웠다. 유연한 몸놀림에 엷은 지느러미. 모든 색을 빨아들이고 모든 빛을 토해내는 검정과 하양. 아주 작은 럭비공 모양을 한 녀석은, 그 검정과 하양을 온몸에 두르고 주황색으로 분장했다. 화려했다. 몸에 핀 얼룩이 저렇게도 아름답다니!

며칠 걸릴 거 같다던 아가씨는 이튿날 도착했다. 소개소 여사장이 말한 대로 키는 좀 작았지만 야무지게 보였다. 가슴엔 유리 항아리를 안고 있었다.

"금붕어예요. 새끼인데 이쁘죠? 캘리코 난주라고. 저는 그냥 '난주'

그래요. 강호금이라고도 한다는데 어느 나라 말인지 모르겠어요."

왜, 한 마리만 키우냐고 묻자 그녀가 오히려 의아해했다.

"난주잖아요, 난주. 참, 전 다금이라고 해요. 다금이."

그녀가 금붕어와 자신의 이름을 번갈아 불렀다. 얼핏 들으면 금붕어 난주와 그녀의 이름 다금이 같은 말로 들렸다. 웃음이 나왔다. 그랬구나. 다금이…… 그녀는 지금, 금붕어 '난주'를 단순한 물고기가 아닌 자신과 어울려 지내는 짝꿍으로 여기고 있었다. 유리 항아리 속의 금붕어는 결코 한 마리가 아니라, 다금이란 아가씨와 한 짝을 이루고 사는 것이다. 그렇게 생각하자 코끝이 시큰했다. 금붕어가 휘저어놓은 물살이, 그녀의 몸에서 나온 외로움인 것 같아 나도 모르게 그녀를 꼭 안았다. 잘 왔다. 잘 왔어. 그래, 우리 잘 지내보자. 금붕어가 내뿜는 자잘한 거품들이 조금씩 커지더니, 바닷가의 포말로 밀려왔다.

"선녕 씨? 첫날밤인데 합환주 한잔은 해야지?"

"난 술만 봐도 알레르기가 돋아."

일곱 살 아래였다. 일곱 살 아래인 남편이 공대해야 옳았으나 고리타분한 가부장제에 얽매여있는 인물이었다. 자연스레 반말로 오갔다. 신혼여행을 간 곳은 그가 프러포즈한, 내가 결혼을 승낙한 거기였다. 그사이, 밤낮으로 긁어대는 물갈퀴에 시달려서 그랬던지 해안선의 등이 더 굽어 보였다. 하얀 포말이 해안선을 따라 꾸역꾸역 몰려 왔다. 갈매기 떼에 휩쓸려온 해풍이 수평선 너머 전설을 풀어놓았지만 다들 먹고 살기에 바빠, 그 전설에 귀 기울이는 사람은 없었다.

"여기 후포항에만 오면 늘 생각나는 게 있어. 꿈이 보여. 모든 꿈이 다 그렇겠지만 깨고 나면 허망하다 싶다가도 뭐라도 좀 꾸었으면 싶거든. 악몽이래도. 자주 오게 돼. 올 때마다 꾸는 건 아니지만."

이 남자, 오늘따라 왜 횡설수설할까. 빈말은 아닌 것 같았다. 남자가 속내를 드러낼수록 경계가 허물어졌다. 허물어진 경계만큼 서로에게 다가가 있었다. 그래도 그러지는 말아야 했는데…… 남자가 불을 끄고 여자의 몸을 더듬었다. 손끝이 떨렸다. 숨결이 뜨거웠다. 남자가 용광로가 되었을 땐 여자 몸도 거기에 녹아들고 있었다. 볼일을 다 본 남자가 불을 켰다. 그리곤 알몸으로 누워있는 여자를 빤히 쳐다봤다. 낯선 외계인을 보듯, 한참 동안 유심히 살펴보던 남자가 말없이 욕실로 들어갔다. 샤워하는지 때를 미는지, 남자는 거기서도 한참 동안 있었다.

그게 처음이자 마지막이었다. 남편과의 육체적 접촉은.

나도 남자를 원하지 않았지만, 남편 역시 나한테 잠자리를 요구하지 않았다. 서로 묻지도 않았다. 너무 뻔하지 않은가.

당신 몸이, 왜 그래? 내 몸? 내 몸이 왜? 그게 뭐야, 흉측하게. 흉측하지, 흉측할 거야. 병원엘 가서 치료를 받아보던지, 여자 몸으로 창피하지 않아? 병원? 아마 당신이 찾아간 매음굴보다도 많을걸. 당신이야 한 번 본 게 끝이지만 난 어떤지 알아? 병원 갈 때마다 의사한테 보여야 해. 집에 와서도 얼룩이 번진 건 아닌지, 박박 긁은 데 흉터는 안 남았는지 현미경 보듯 해야 하고. 알몸으로. 그런데 뭐? 창피하지 않냐고!

독한 약 기운에 시달리던 몸이 결국엔 거부반응을 보였다. 머리카락이 빠지기 시작했다. 한올 두올 빠지기 시작하더니 근래엔 5백 원짜리 동전 크기만큼씩 빠져나갔다.

　팔짱을 낀 비너스가 위태로워 보였다. 당장이라도 어항을 덮칠 것
같았다. 신팔수가 혼수품으로 가져온 거였다. 시간은 석고상에도 내
려앉았던지 좀 바래 보였다. 그래도, 들어올 때의 희고 매끄러운 자
태는 여전했다. 우먼센스 한 권을 발밑에 괸 다음 먼지를 털어냈다.
　약 기운 때문일까 어질했다. 눈을 질끈 감았다가 떴다. 손님 방에
들어갔어야 할 다금이 아직도 서있었다.
　"너 정말, 엄마 죽는 꼴 볼려구 이러니! 없는 아양이라도 떨어봐.
안 됨, 거길 물고 늘어지던지. 이럴 때 선미 년이라도……." 하다가 입
을 다물었다.
　망할 년! 그렇게 잘해줬음 됐지, 막판에 가서 그런 덤터길 씌우다
니. 생각할수록 분하고 괘씸했다. 다금이하고 사이가 나쁜 걸 알면
서도, 다금이 편만 들어준 게 잘못이라면 잘못이었다. 그래도 그렇지
내가 저한테 해준 게 얼만데…. 도망가려면 제 물건만 챙겨가던지.
쓸만하고 값이 나간다 싶은 물건은 죄다 쓸어갔다. 재킷이나 코트는
물론 운동화며, 피부에 바르는 연고까지, 하다못해 냄비에 있던 사
골국물까지 페트병에 넣어갔다. 떠올리고 싶지 않은 기억을 지우며,
다금이를 강제로 끌다시피 손님 방으로 들여보냈다. 보내놓고 나니
가슴 한편이 싸해 왔다.
　"사장님? 저어……."
　"그래, 뭔데?"

"저어……."

우리 집에 오고 한 일주일쯤 지났을 때였다. 뜬금없이 '엄마'라 불러도 되냐고 했다. 엄마? 엄마라…. 착했다. 솔직하고 시원시원했다. 소개소 여사장 말대로 가끔가다 폭음하고 폭음할 때마다 난폭해져서 그렇지, 평소엔 얌전했다. 체구가 작다 보니 힘쓰는 게 달리긴 했지만, 남한테 지기 싫어하는 근성이 있어 한두 시간 마사지는 거뜬히 해냈다. 그런 그녀가 엄마라고 불러오다니. 그녀의 표정으로 보아 단순히 호칭만 '엄마'라 불러도 되냐고 묻는 건 아닌 것 같았다. 눈빛이 시렸다. 가만히 그녀의 눈을 들여다보고 있자면 맑디맑은 가을 강 한 폭이 흘러갔다. 난주라는 금붕어가 떠다니는. 내가 고개를 끄덕여 보이자 다금이 펄쩍 뛰며 안겼다.

"엄마!"

머리카락이 따스했다. 거웃을 만졌을 때처럼 말랑말랑했다. 다금이를 안고 있자니 일화 하나가 떠올랐다. 피식, 웃음이 나왔다.

남편의 부정을 일러준 민효신이 만나자고 했다. 따지고 보면 민효신에게는 아무 잘못도 없었다. 비슷한 유흥업에 종사하고, 같은 고향 친구로서 귀띔해준 죄밖에는. 죄랄 것도 없는 그걸 품고 있었으니 창피했다. 자격지심도 있었다. 일일이 변명하기 힘든, 변명해 봤자 자신만 비굴해지는 그런 자격지심 같은 거 말이다.

그사이 일들은 싹 잊은 듯, 민효신이 환하게 웃었다. 그녀가 데리고 간 곳은 배부른 산이 겨드랑이쯤에 꿰차고 있는, 다 쓰러져가는 낡은 집이었다. 오방색 기가 제법 위세를 부리며 펄럭이고 있었다. 태극기도 함께 매달아 놓았는데 색이 어찌나 바랬던지 그냥 깃발로 보였다. 일주문이랍시고 서있었으나 문짝 없는 대문에 불과했다. 그래도 무녀의 눈빛만큼은 단단해 보였다.

"허! 팔자 기구하구만. 돼지띠에 기해생이라……, 평지목이여!"

복채가 얼마란 말도, 어디서 왔냐는 말도 없었다. 백지에 써낸 '59. 11. 26. 10.'이란 난수표 같은 여덟 자를 뚫어지게 쳐다보기만 했다.

"허허벌판에 서있어, 나무 한 그루 없는 허허벌판. 남편 복도 없고. 있어도 요절하겠어! 없는 게 낫지. 흉살이 일시에 든 게 아니라 연간에 꽉 백여있으니…."

악담이었다. 그런데 그 악담이 듣기 싫지가 않았다.

"시월이라……. 꽃도 지고 잎도 지고, 가만있자…… 하! 그래도 자식은 복은 있네. 아들 하나!"

내가 무녀를 째려보자, 무녀는 무슨 뜻인지도 모를 고개만 끄덕였다. 황당했다. 아들이라니! 환갑 진갑 다 넘긴 나이에 자식이란 게 가당키나 한 소린가. 민효신이, 같이 오자고 한 게 미안했던지, 아니면 복채 10만 원 뜯긴 게 억울했던지 푸념을 해댔다. 1인당 점 값이 5만 원이란다. 민효신이 10만 원을 복채로 주면서도 이건 아니다 싶었던지, 자신의 운수는 '안 봐도 안다.'라며 그냥 나왔다.

"에이! 망할 점쟁이. 그래도 액막이굿 하란 말 안 해서 다행이다. 용하다고 소문났는데 그래, 그럴지도 모르겠다. 니 남편, 너 모르게 혹시 어디에다 자식새끼 싸질러놓은 거 아니냐? 하긴! 그럼 그게 니 남편 애지, 니 애는 아니지."

생산능력도 없어진 여자에게 자식이 만들어질 것도 아니고. 그때는 그렇게 돌팔이 점쟁이라고 무시해 버렸었다.

이것도 운명인가. 딸이 생기다니! 아들이 아니라 딸이긴 했지만 그래도 용하긴 용한 셈이었다. 몇 달 후에 벌어질 일을 어찌 알고. 운명이라고 생각했다. 자식을 가질 팔자. 딸이면 딸이지, 수양딸이면 어떻고 친딸이면 어떠냐. 그래 크게 한번 벌이자. 온 시내가 떠들썩하도록 잔치를 열었다. '로뎀' 사장 지선녕이, 다금이를 딸로 삼는다고. 결혼식보다 더 성대하고 여느 돌잔치보다 더 크게 열었다.

그렇게 얻은 딸이었다. 아무리 돈이 급하다 해도, 저 싫다는 걸 억지로 시키다니. 마사지 가게를 하면서 깨달은 게 있었다. 이런 데 종사하는 아가씨들은 너나없이 착하다는 거였다. 말투가 거칠고 도벽이 있고, 술과 담배에 절어 살긴 해도 심성은 고왔다. 술 한잔이라도 같이 기울이고 담배 한 개비라도 나눠 피워보면, 가슴 깊은 곳에 웅숭그리고 있는 외로움과 그 외로움이 빚어낸 감꽃 같은 향기가 노을처럼 스며들었다.

다금이한테 물어본 적 있었다.

"얘? 넌 허구많은 직업 중에 하필 마사지냐? 힘든 건 그렇다 쳐도 사내놈들 뒤치다꺼리, 그거 어디 밸 꼬여 견디겠냐. 밀린 월세나 끝내면 우리 모녀, 어디 칼국수 집이나 차리자."

빈말이 아니었다. 말이 24시간 영업이지 이젠 지칠 대로 지쳤다. 간판도 내려야 할 판이었다.

여경 두 명이 들이닥쳤다. 성매매 신고가 들어왔는데 확인을 해야

겠단다. 그러라고. 얼마든지 뒤져보라고. 그날은 선미가 당번이었다. 손님이라면 질색하던 애였다. 그런데 웬걸, 휴지통에서 콘돔이 나왔다. 선미란 년은 어디로 튀었는지 그림자도 보이지 않았다. 그때야 신고자가 누구냐고 물었지만 봉인된 신고함을 열어 보일 리 만무했다.

영업장 폐쇄에 벌금 9백만 원. 현장에서 물증이 나왔으니 영업장 폐쇄 처분은 당연했다. 그래도 다행인 것은 벌금 9백만 원에 약식기소였다. 최소한 2천만 원은 넘을 것으로 생각했는데 많이 봐준 거였다. 신팔수에게 동종전과가 없다는 점이 참작되었겠지만, 아마 전직이 경찰이었다는 게 크게 작용한 듯했다. 그러고 보면 덕을 보긴 본 셈이었다.

그러거나 말거나, 멀쩡하게 잘 나가던 영업이었다. 결혼식을 올리고 난 후, 무슨 꿍꿍이인지 가게 명의를 신팔수, 자기 앞으로 하자고 했다. 뒤를 봐주겠다는 말이었으나 나중에 알고 보니 대가를 요구했다. 이름을 빌려주고 뒤까지 봐주고 있으니 월에 얼마를 달란다. 부부지간에 치사하긴 했으나 거래는 거래였다. 그런 명목으로 다달이 50만 원을 뜯어갔다. 사업장 폐쇄 명령이 떨어졌으니 어쩌면 잘된 일인지도 몰랐다.

명의를 바꿔서라도 업소는 계속해야 했다. 처음엔 다금이 앞으로 해주려고 했었다. 그런데 다른 건 다 '좋다'고 하던 애가, 명의 얘기가 나오자 고개부터 저었다. 세무서엘 가야 하는데 관공서라면 딱 질색이라며 말도 못 꺼내게 했다. 하는 수 없이 내 이름으로 했다. 영업종류는 마사지업에서 체형관리로 바꿨다. 상호는 그대로 써도 된다고 해서 '로

뎀' 간판은 그대로 두었다.

사업장은 그렇게 변경했지만, 문제는 돈이었다. 패물을 팔고 적금을 깨고, 일수까지 끌어들여 벌금을 내긴 했으나 월세 낼 돈이 없었다. 집주인에게 애걸복걸해서 얻은 유예기간이 석 달이었다. 보증금이 남았는데 무슨 경우냐고 따지자, 내 그럴 줄 알았다는 표정으로 부동산 월세계약서를 내보였다. '임차인이 월세를 2기에 걸쳐 미납할 경우 임대인은 이 계약을 해지할 수 있다.'라는 조항이 가시처럼 박혀 나왔다. 매부리코를 한 노인이, 사정이 딱해서 인정상 한 달 더 봐주는 거라고 선심 쓰듯 말했다.

허망했다. 빈털터리 벌거숭이. 빈 소주병만큼이나 늘어난 탄식 말고는 쌓아놓은 게 없었다. 매일 24시간을, 그 많은 손님하고 악다구니하고, 그 많은 종업원하고 씨름해댔지만, 갈라진 목청 말고는 변한 것도 없었다. 일수를 찍고 곗돈을 붓고 적금을 넣고 그렇게 아등바등 살아왔는데 남은 거라곤 밀린 월세에 연체고지서가 전부 아닌가.

금붕어를 보고 있자니 눈물이 났다. 금붕어도 나를 보기가 민망했던지 자리를 떴다. 느릿느릿 날갯짓하며 다가가는 곳은 물 위도, 투명한 경계를 이룬 유리 벽도 아니었다. 뿌리 그늘에서 자리를 뜬, 금붕어 난주는 옹알이하는 어린애처럼 한군데 딱 서서는, 날갯짓을 하느작거렸다. 그렇게 딱 한자리에 서있던 금붕어가 무엇에 놀랐는지 후다닥, 요동쳤다. 어찌나 크게 요동쳤던지 내가 서있는 데까지 물방울이 튀었다.

"아차! 이런……!"

벽시계를 봤다. 정해진 시간에서 한참이 지났다. 나왔어도 벌써 나왔어야 했다. 불길한 예감이 들자 다금이 들어간 손님방으로 뛰었다. 문짝을 두드려댔지만 조용했다. 문을 열어젖혔다. 휘청했다. 역한 구역질이 확 올라왔다.

"다금아!"

다금이 바닥에 내동댕이쳐지듯 쓰러져 있었다. 실오라기 하나 걸치지 않은 알몸이었다. 덥석 끌어안고 얼굴을 두드렸다. 미동도 없었다. 입을 벌린 채로, 눈을 뜨고는 있었으나 흰자위만 보일 뿐 동공이 없었다. 미친 듯 흔들어댔다.

"다금아? 애야 애, 다금아……!"

다금이를 끌어안고 흔들어 깨우고 있자니 덜미가 서늘했다. 돌아다보니 구석진 곳에서 한 사내가 키득키득 웃고 있었다. 으아악! 하고 나도 모르게 뒤로 물러났다. 그 역시 아무것도 입지 않은 알몸이었다. 입에 거품을 잔뜩 물고는 초점 없는 눈으로 이쪽을 바라보고 있었다. 사람이 아니었다. 갓 태어난 짐승 새끼처럼 몸뚱이가 흐물거렸다. 비로소 정신이 번쩍 들었다.

문밖으로 나가야겠는데 걸음이 떼이질 않았다. 엉금엉금 기어 간신히 나와선 휴대폰을 찾았다. 119인지 112인지 떠오는 대로 눌러댔다. 저쪽에서 무슨 말인가 해왔지만 "살려주세요! 우리 다금이를 살려주세요!" 그 말밖엔 나오지 않았다.

눈물만 흐를 뿐, 손발이 마비되어 아무것도 할 수 없었다. 들여보내지 말았어야 하는 건데. '또라이, 사이코패스'라 했을 때 그 말을 알아들었어야 했는데……. 가까운 것일수록 소중하게 여겨야 했는데 무시하고 말다니. 아! 이 참혹한 일을, 저 불쌍한 것을…… 가여워 어찌한단 말인가!

갈가리 찢긴 다금이의 옷을 부여잡고 울어도 울어도 눈물은 그쳐지질 않았다. 혼절하기를 몇 번이나 했을까, 어찌 알고 왔던지 민효신이 나를 부축했다.

시신도 없는 영안실이었다. 이틀이면 된다던 부검이 늦어졌다. 눈물로 범벅이 된 신세 한탄이 듣기에도 처량했던지 경찰관이 흔들어 깨웠다. 경찰서 강력팀장이라며 서류를 내밀어 보였다. 읽을 기미가 없자 그가 설명했다.

"먼저, 위로의 말씀 드립니다. 저도 안타까운 소식을 전하게 되어 송구스러울 뿐입니다. 따님 이름이…… 다금이라고 하셨죠?"

내가 고개를 끄덕여 보였으나 그는 서류만 만지작거리고 있었다.

"사인은 경추부 눌림에 의한 질식사로 나왔습니다. 피의자가 목을 졸라, 사망에 이르게 된 것입니다. 부검도 끝나고, 피의자…… 참, 피의자 말씀도 드려야겠네요. 피의자는 전형적인 사이코패스로 마약중독자였습니다. 마약검사 결과 양성으로 나온 거로 보아, 그날도 아마 약에 취해 그런 짓을 저지른 것으로 보입니다. 그런데 이런 말씀을 드려야 할지."

서류를 봉투에 넣던 경찰관이 나를 쳐다봤다.

이번에도 고개만 끄덕여 보였다.

"부모님이 계시더군요. 시신은 그래서, 그곳으로 인계해 드리기로 했습니다. 한 가지 더, 혹시…… 알고 계셨나요? 돌아가신 따님이 남자라는 거."

잘못 들은 줄 알았다. 머리가 빠지다 보니 이젠 이명까지 생겼나.

"무슨……, 남자라고 하셨나요?"

"네, 남자였습니다. 트랜스젠더로 성전환 수술을 받았더군요. 어디 싸구려 병원에서 야매로 했던지, 남자 생식기를 잘라만 내고 여성의 그건 만들지 않았답니다. 그래서 성관계는 불가능한 상태였고. 피의자는 그런지도 모르고 강제로 범하려다 이런 비극이 생긴 것 같습니다."

무슨 말인가 해야겠는데 아무 말도 나오지 않았다. 그럴 리가 없다고, 그 애가 얼마나 착한 딸인데 그럴 리가 있냐고. 남자라니!

멀리서 한 남자가 걸어왔다. 바람이 불 때마다 하느작거리던 옷이 한 겹 두 겹 벗겨졌다. 슬픈 표정을 한 남자가 웃어 보였다. 환영일까. 허허벌판에 한 그루 나무가 서있었다.

알몸인 채로.

✒ 문상오
···
『충청일보』 신춘문예 단편소설 당선. 1991 새농민 창간기념공모 단편소설 당선. 2022 한국소설문학상 소설집으로 『소무지』, 『몰이꾼(상, 하)』, 『묘산문답』 외 장편소설 『아! 시루섬』

방짜 놋요강

·

김창식

    골동품을 수집하다 보면 단순한 깨달음을 얻게 되는데, 가족마저도 마침내는 기억의 갈피에 묻혀서 외면된다는 진실이다. 애써 부인하려고 해도, 무엇이든 누구든 시절이 지나면 속절없이 아련해질 뿐이다.

아홉 개의 놋요강 중에서 두 개의 방짜를 수집하는 순간은 눈앞의 장면처럼 생생했다. 댐 건설로 이주한 수몰지에서 물이끼와 곰팡이 범벅의 요강을 발견한 순간과 등산 후 하산길의 폐가에 버려진 살림 도구를 헤집다가 덥석 쥐었을 때의 환희란 경이로웠다.

버려지고 기억에서 사라지고 존재가 무시된 골동품, 요강 수집의 집착에 몰입되었다. 적어도 오십 년이 지난 요강 중에서 방짜 유기 놋요강이다.

놋요강을 컨테이너 시렁에 진열했다. 필수품이다가 쓸모가 없어지면서 애물단지로 전락했다. 그것마저도 수가 드물어지면서 고물로 취급되다가 거래가 되는 골동품이 되었다.

물건은 시절이 있는 것이고, 그 시절이 종료되면 값을 받고 팔 수 있는 상품이 된다는 걸 간파하지 못했기 때문에, 오줌버캐 찌든 요강을 뒤늦게 광적으로 매집하는 나 같은 사람이 생겼다. 돈을 벌기 위해서가 아니다. 집착일 뿐이다.

아이러니하게도 놋요강의 집착은, 무엇이든 일단 꽂히면 중독의 광기를 발하는 성격 탓이었다. 여럿이 모이면 뒤로 물러나서, 그들이 하는 말들을 속으로만 비판과 동조로 평가나 하는 내성적인 탓도 있다. 솔직하게 말해서 나서지는 못하고 뒤로 호박씨 까는 비루한 인간이다.

자생하는 춘란에 몰입되어 주말마다 전라도 내륙의 저수지를 품은 산자락을 뒤지던 날들. 아파트 베란다에 춘란 재배 환경을 꾸몄다. 복륜 호반 중투의 잎 변종과 두화 홍화 주금화로 불리는 꽃 명품으로 웬만한 구색을 갖추었다. 봄날 이삿짐을 베란다에 임시 보관하느라 관리가 소홀한 틈에 난이 메말라 죽었다. 생명을 소홀히 여겨 몰살됐다. 후로 강자갈을 뒤지며 기괴한 모양이나 문양의 돌을 찾는 수석에 몰입되었다. 생명이 없지만 수석과 눈을 맞추노라면 이심전심의 대화를 나누었다. 채취되던 시기의 장면과 즈음의 근황이 수선스럽지 않게 기억되니, 내성적이고 뒤로 호박씨 까는 성격과는 찰떡궁합이었다. 자생 춘란이 집착 1기라면 수석은 2기가 되는 셈이었다. 수석 또한 오래가지 못했다. 자연산 약초를 우연히 알게 되고 도라지 더덕 백하수오 송근봉의 약초로 담금주를 담기 시작했다. 집착 3기의 산물인 담금주병이 건넌방 시렁을 채우면서 시들해졌다. 집착 4기는 상록 다년초인 풍란에 빠져들었다. 자연에서 얻기가 불가능해서 풍란 전문 화원을 견학하면서 호반과 복륜 등의 명품을 수집했다. 잎과 꽃의 고고한 기품에 매료되었다. 꽃이 작고 우아하며 향이 그윽해서 지조 높은 선비를 연상케 했다. 집착 5기는 아이러니하게도, 오줌버캐가 덕지덕지한 방짜 유기 놋요강이었다. 꽁보리밥 식당에 진열된 민속품 중에서 방짜 망치로 빚은 구릿빛 곡선이 눈에 쏙 들어왔다.

다섯 차례의 집착에 몰입될 때마다 감내해야 했던 마누라의 군소리에는 이골이 났다. 변덕스럽게 몰입되는 집착 탓에 무덤덤해지는 부부 사이가 다행이라는 눈치였다. 요강 집착이 시작되자 마누라가 잔소리를 꿀꺽 삼켰다. 미쳤다고 단념했거나 기가 막혀서 말이 나오지 않았다거나, 잔소리해야 소용없을뿐더러 헛심만 켠다는 자각일 터였다. 4기까지는 직장에 출근할 때라 시간이 부족했다. 퇴직하고서 여유로워졌는데 다만 돈이 문제였다. 명퇴의 유혹을 참아내고 마누라가 원하는 정년까지 완주했다. 매달 입금되는 연금으로 넉넉하다고 말할 순 없지만 크게 부족하지 않았다. 놋요강이 슈퍼마켓에서 라면을 사듯 빈번한 것이 아니라서 매집 비용에 마누라가 타박하지 않았다. 집착 1기부터 4기의 비용과는 조족지혈이었고, 늙어지면 돈 쓸 줄을 모른다는 우려를 들었을 것이며, 이번이 마지막의 집착이겠지. 안쓰러워서라도 잔소리를 단념했을 터였다.

눅눅한 장마가 잠시 발뺌하듯 갠 날. 구름을 빗물로 뜯어낸 하늘에서 뙤약볕이 따갑게 내리쬐었다. 곳곳에 습기가 도사려서 직사광선이 빚어내는 열기가 살인적이었다.

컨테이너에서 방짜 유기 놋요강을 구릿빛으로 반질반질 닦는 중에 골동품 중개인이 찾아왔다. 볕이 송곳날처럼 뜨겁게 찔러대는 한낮에 검은 우산을 양산으로 쓰고 비지땀을 흘렸다. 젖은 손수건으로 반질 반질한 이마를 훔치며 컨테이너로 들어왔다. 새까맣게 변색한 자외선 차단 안경을 벗어 본인을 노출하고 악수를 청했다. 아홉 개의 놋요강 중 일곱 개를 돈으로 수집했다는 증인이 나타나 자존심이 긁혔다.

뜨겁고 건조한 컨테이너에 냉방장치가 없었다. 바람개비 덜덜 도는 소음의 낡은 선풍기가 사십 도로 육박하려는 맹렬한 더위에 힘겹게 저항할 뿐이었다. 뙤약볕을 차단할 뿐이지 찜통과 다름없었다. 덜덜거리는 선풍기의 타이머 종료로 바람개비 회전이 멈출라치면 숨이 턱턱 막혔다.

벽걸이 에어컨이나 회전력이 강한 선풍기 매입의 충동이 없지 않았다. 그 돈이면 언제 나타날지 모르는 놋요강을 사들여야 한다는 강박에 실행되지 못했다. 더구나 더위는 여름 한철이었다. 정작 필요한 건 난방장치도 아니고 놋쇠가 녹슬지 않도록 제습기였다.

반들반들 닦은 놋요강을 시렁에서 확인한 중개인이 타고 온 그랜저로 손짓했다. 걷는 맵시가 예쁜 여자가 차에서 내려 걸어왔다. 요강 수집에 경쟁자가 나타난 걸까.

중개인이 소개한 여자의 이름은 아야코였다. 오로지 요강만 매집하려고 일본에서 돈다발을 들고 왔다는 그녀는 서른 살쯤으로 젊었다. 아야코가 한국에서 만든 명함을 내밀었다. 질긴 장마로 컨테이너의 텁텁함이 유독했는데 향수인지 화장품인지 달큼한 시럽의 향기가 주변의 냄새를 압도했다. 중개인에게는 내주지 않았던 등받이 없는 둥

근 의자를 아야코에게 냉큼 내주었다. 깡똥하니 군살 없는 엉덩이를 의자에 내려놓은 아야코가 감사의 의미로 웃었다. 맑은 웃음과 부드러운 표정이 천성인 듯 인상이 나긋했다. 시렁에 얹은 놋요강의 행렬을 세심하게 바라본 후 무슨 말인가를 할 듯 입술을 오물거렸다.

"파는 거 아닙니다."

요강을 탐내러 왔다는 아야코에게 퉁명스럽게 말했고, 중개인이 번역했다.

"도자기 요강도 있다고 말하네요? 아야코가."

시렁 끝자리에 놓인 사기요강으로 중개인이 손짓했다. 그것 역시 파는 게 아니라고 못을 박았다. 놋요강 대열에 도자기 요강이 있는 이유를 아야코가 물었다. 사기요강을 아야코는 도자기 요강이라고 고집해서 호칭했다. 대답을 머뭇거리다가, 그냥, 이라고 얼버무렸다. 말해 주기 귀찮았다. 댐이 건설되면서 수몰된 고향을 말해야 했는데, 사십 년이 훌쩍 지난 사연을 털어놔 봤자 빛바랜 관심이 돌아올 뿐, 말한 자가 오히려 머쓱해질 예감 때문이었다.

외딴집을 짓고 고향을 떠나지 않은, 기억조차 가물가물한 친구로부터 전화를 받았다. 가뭄이 극심해서 수몰된 마을이 고스란히 드러났는데 와 보지 않겠냐고. 마음이야 굴뚝 같다만 사는 게 녹록하지 않다며 거절했다. 퇴직한 놈이 바쁠 게 뭐냐며 목에다 올가미를 걸었다.

수몰 후 처음 드러났다는 마을로 내려갔다. 용호리 486번지. 수몰 번지. 장독을 놓았던 넓적 돌과 기둥을 받쳤던 주춧돌을 기점으로 마당과 외양간이 추정됐다. 장독과 우물터 사이에서 햇빛에 드러난 구릿빛을 보았고, 흙을 파내면서 요강으로 드러났다. 아홉 살쯤의 검정 고무신짝이 요강에서 나왔다. 수몰선 붉은 깃발로 윽박지르며 밀려와 마을을 삼키던 그날의 탁류가 생각나서 가슴이 먹먹했다.

가뭄으로 씻긴 콘크리트 농로가 길손 없이 하얗게 비었다. 요강에 박혀 떠내려가지 못하고 나의 유년을 지키던 고무신짝은 왜 이제야 왔냐며 꾸짖듯 말이 없다.

아야코가 핸드백에 손을 넣어 오방낭자를 꺼내려다 멈췄다. 보여주고 싶은 의도가 갑자기 멈췄다기보다는 호기심을 유도하려는 속셈으로 읽혔다. 오방낭자를 꺼내 왼손에 놓고 오른손으로 여몄던 끈을 끌렀다. 백자 연적이 드러났는데 꽤 소중스럽다는 표정이었다. 인사동 골동품 거리에 가면 흔하게 있을 연적이기에 놀라거나 새롭다는 느낌 없이 무덤덤하게 잠깐 바라보았다.

"바다 건너간 연적을 도쿄에서 발견했답니다."

중개인의 말에, 특별한 것인가? 고개 숙여서 연적을 요모조모 살펴도 오방낭자에 싸서 가져올 만큼 귀해 보이지 않았다. 연적을 보관하는 오방낭자가 더 가치 있어 보였다.

"한국 것이면 일본에서는 귀하디귀한 물건입니다. 특히 도자기 종류는."

어색하고 겸연쩍은 상황에서 중개인이 허허허 웃었다. 인사동 골목에서 흔한 연적에 관심을 드러내지 않자, 떨떠름해진 아야코가 연적을 오방낭자로 여며 핸드백으로 넣었다.

"한국의 도자기에 관심이 많다는 의사표시일 겁니다."

중개인이 떨떠름한 상황을 정리했다.

백자로 믿고 있는 연적이 모조품인 것을 알아차렸으나 말하지 않았다. 아야코가 오방낭자에다 소중히 여기는 백자 연적은 표면에 흠결이 없는 순백색이었다. 백자 연적은 청이 은은하게 감돌아야 진품일 가능성이 높다는 것을 놋요강의 수집 과정에서 귀동냥으로 들었다. 게다가 모조품이라는 결정적인 증거가 국화 문양에서 발견되었다. 작고 깔끔한 백자 면에 그린 문양이 매끄럽게 연결되지 못하고 머뭇거렸다. 진품을 따라 그리다가 멈춤을 반복하며 베끼던 흔적이 미세하게 드러났다. 중개인은 모조품임을 알고서도 말하지 않았다. 한국의 모조품이 일본에서 진품으로 애지중지 되는 것에 태클을 걸지 않았다.

후쿠시마 원전 오염수 방류로 나라가 시끄러웠던 장면이 아릿해서, 하얀 이로 말끔하게 웃는 아야코가 귀엽고 이쁘긴 했으나 반감이 생겼다. 놋요강을 탐한다면 이타적이고 배려심 없는 일본 여자와 한판 전쟁을 치러야 한다는 예감이 섬찟했다. 놋요강을 한 개라도 빼앗긴다면 몸에 두드러기가 나고 손가락이 물갈퀴로 퇴화할 거라고 각오를 다졌다. 아야코가 걸림돌로 일본에서 건너올 줄은 예감하지 못했다. 스페인과 유럽과 중국 등의 동남아를 여행했지만. 아야코의 나라 일본도 한 번쯤은 가볼 것을 후회했다.

요강이 일상에서 자취를 감춘 지 적어도 오십 년이 지났다. 썩 유쾌한 기억의 물건도 아니고, 배설물을 받아내던 도구를 애지중지 간직하고 있을 세대가 아니었고. 애용하던 세대들이 작고하면서 요강의 존재도 삶의 범주에서 격리되었다. 외면된 놋요강의 위치를 말해줄 조력자가 많을수록 좋았다. 귀띔받을 기회가 생길까, 예고 없이 방문한 중개인을 반기는 심정이었는데 일본 처자가 나타나고서 씀바귀를 씹은 듯 씁쓰레했다.

아야코는 골동품 중개인을 가이드로 고용한 목적을, 계층에 따른 도자기 문양 연구라고 밝혔다. 도예를 전공하는 터라 도자기 문양에 관심 두게 되었다고, 그래서 논문을 작성 중이라고도 묻지 않은 방문의 목적을 밝혔다. 이쯤에서 놋요강에 대한 경쟁 예감이 사라졌다. 놋쇠를 망치로 두들겨 만든 방짜 유기 놋요강은 문양이 거의 없었다. 아사코가 계층에 따른 요강의 문양을 말했는데 타당성이 떨어졌다. 요강은 계층을 초월해서 배설물을 담아내는 그릇이었다. 평민은 당연하고 대갓집 안방의 주인마님도, 문간방의 종년도 요강의 귀함과 천함이 없었다.

아야코가 요강의 문양을 말했을 때, 붓으로 친 달마를 떠올렸다. 종교가 불교냐고 물을 뻔했다. 문양은 도자기에만 새긴 게 아니었다. 종교적인 색채가 강한 범종의 문양은 세밀함과 균형감에서 미적 감각이 탁월했다. 고추장과 간장을 숙성하는 장독 문양은 도공이 손가락으로 성의 없이 삐친 단색의 간결함에도 갖가지 멋을 자아냈다. 그런 측면에서 요강의 문양도 다르지 않았다. 아사코가 찾는 요강이 놋요강보다 예술적이라는 판단이 생겼고, 구릿빛 낡음에 매료되었던 놋요강 수집의 초심이 흔들렸다.

요강의 문양을 한국적 시각으로 해석해 낼지 의문이지만, 가치 높은 연구가 될 것이라는 생각에 아야코가 대견스러웠다. 한편으로는 젊은 처녀가 한국의 전통을 해석할 예술적 소양과 감각이 있을지 의문스러웠다.

시렁의 놋요강으로 아야코의 시선이 닿았다. 형틀에 찍어낸 게 아니라 크기와 모양과 어깨 곡선이 제각각이었다. 문양이 없이 은은한 구릿빛 색채, 방짜 망치로 다듬은 곡선. 무엇인가를 발견하려는 눈빛이 반들거렸다. 아야코의 진중한 몰두 탓에 조바심 났다. 요강의 문양을 수집한다는 초심이 방짜 유기 놋요강의 세월이 녹아든 색감과 투박한 곡선으로 돌변하는 건 아닐까. 우려되었다.

지난겨울, 고려청자 심포지엄에 참가하게 되었는데, 뜻하지 않은 우연이었다. 남해안으로 여행하면서 강진에 들렀을 때, 심포지엄 포스터를 식당 입구에서 목격했고, 다음 여행지로의 여유가 있었기에 관람을 자처했다.

발표자가 고려청자 문양의 파초문 의미를 역설했다. 파초는 고려 중후기 문인이 공유했던 문화의 상징이며 12세기부터 14세기에 이르기까지 파초의 문양 구성과 시문 기법의 변천 사례를 보여주었다. 다음 발표자는 철화기법과 상감기법 문양의 변천 과정을 역설했으나, 내 지식 밖이었다. 화면으로 제시되는 문양의 변화 과정을 꼼꼼하게 구경할 뿐이었다.

다음 여행지 땅끝마을로 이동해야 할 시각이 되었으나 머물러 앉았다. 이어 등장한 발표자는 고려 시대 해석류화(청자 수키와에 새겨진 모란당초문)와 용아혜초(청자 암막새에 새겨진 당초문)의 종교적 상징을 역설했다. '문양으로 고려를 읽다, 용아혜초 해석류화'를 주제로 기획전시가 코앞에 있었는데, 일행이 술자리로 끌고 가는 통에 관람하지 못했다. 여행에서 돌아와 관람하지 못한 것이 후회스러워, 봄과 여름의 두 계절이나 자책으로 시달렸다.

아야코는 문양으로 한국을 읽으러 온 거였다. 고려청자 심포지엄에서 알게 된 얄팍한 견해로도 요강 문양을 수집하려는 아야코의 의도가 수긍되었다. 요강에다 사내는 배설을 위해 무릎을 꿇었다. 여인네는 속옷을 끌어 내린 맨살로 걸터앉았을, 귀족과 양반과 평민과 머슴 계층의 생활 도구이자 문화인 요강의 문양을 탐구함에 비웃을 근거가 없었다. 하필이면 더럽고 지저분하다는 폄훼의 인식이 짙은 요강일까. 의문을 품었지만, 변 묻은 견이 겨 묻은 견을 짖는다는 빙충맞은 꼴이라서 의문을 접었다. 내가 놋요강에 집착하듯 아야코도 사기질 요강의 문양에 집착하는 이유가 있을 테니 말이다. 아야코는 연구 논문을 작성한다는 이유가 뚜렷했다. 놋요강을 수집하는 뚜렷한 이유를 당장 말할 수 있을까. 자문하고서 얼굴이 붉어졌다.

아야코에게 범종의 문양을 권하고 싶은 충동이 생겼다. 범종의 문양은 세밀함과 균형감에서 미의 가치가 탁월했다. 한국의 전통 문양에서 범종 떡살 민화 사군자 봉황 십장생 수복문 칠기의 독특하고 개성 뚜렷한 문양의 폭넓은 연구를 권하고 싶었다. 아야코가 계층에 따른 문양이라고 밝혔기 때문에 말하려다 그만두었다.

고추장과 간장을 숙성하는 장독의 문양을 언뜻 보면 성의가 없어 보였다. 여백의 가치를 깨닫지 못했기 때문이다. 그런 측면에서 여백의 의미를 깨닫고서 사기질 요강의 문양을 수집하러 왔다면 놋요강의 집착에 맹렬한 나는 쥐구멍을 찾아야 할 당사자였다. 풍란 집착의 연장으로 맹목적인 수집에 빠진 나는 아야코처럼 학문이나 연구와는 거리가 멀었다. 부끄러웠다.

고려청자와 조선백자의 단아한 문양을 섭렵한 아야코라면 놋요강을 스쳐볼 안목이 아니었다. 그러고 보면 놋요강은 여백의 가치에서 우월한 예술품일 수 있다. 방짜 망치의 두들김 흔적이 언뜻 살아있는 여백에서 예술적 가치가 숨어있지 않을까.

아야코가 놋요강 시렁으로 시선을 반복해서 집중했다. 두들김이 서린 방짜 유기의 곡선에서 예술로 승화된 사용감과 소박함을 응시하는 아야코, 무엇인가를 잡아채려는 눈빛으로 반들거렸다. 놋요강에 눈독 들이는 아야코가 문양을 수집하러 왔다는 태도가 아니라서 의아했다. 문양없는 놋요강에 매료된 아야코를 앞에 두고 조바심 났다. 놋요강을 닥치는 데로 매집해서 일본으로 가져가는 상황이 아니기를 내심 원했다.

"유기는 제 전공이 아니에요."

다행하게도 아야코가 놋요강에 눈독 들이지 않는다고 선언했다. 아야코의 표현으로 도자기 요강이라는, 사기요강을 연구한다니 어리석고 불쌍해서 비웃음을 슬쩍 비쳤다. 한국 사람의 오줌이 균열의 틈으로 찌들은 요강을 껴안고 일본으로 가겠다는 바보스러움이 가여웠다. 고려청자 조선백자가 아닌 요강의 매집에 맹렬한 아야코가 우스웠다. 고려나 조선의 도자기라면 환장하는 섬나라니까. 고려청자와 조선백자를 모방할 재주마저 비천하니 그럴 것이다. 불쌍한 아야코.

반들반들하니 꼼꼼하게 닦아도 요강은 수명이 제한되었다. 뚝배기를 오래 쓰면 담장 밖 돌부리에다 깨버리는 이치와 같았다. 빌려준 사기그릇은 깨지기 마련이고 문밖으로 나돌아 댕기는 계집은 흠집이 난다는 속담과 같은 맥락인데. 사내는 요강을 들거나 무릎을 꿇었고 여인은 속살로 걸터앉았다. 체중을 얹었다고 실금이 생기지 않겠지만 부딪히고 넘어지면서 고약한 냄새를 완전하게 닦아낼 수 없는, 눈에 보이지 않는 균열이 생겼다. 그런 이유로 사용감 있는 사기질 요강은 수집하지 않았다. 아무리 닦아도 오물이 찌들어 있기 때문이었다. 그런 사실을 모르는 아야코가 놋요강이 아닌 사기질 요강에 눈독을 들였다.

가을 초입에 중개인의 전화가 왔다. 어깨 곡선이 독특한 놋요강을 손에 넣었으니 와보라는 것이다. 어렵사리 구했음을 강조했다. 값을 단단히 준비하라는 의미다. 인사동 골동품 거리에 갖가지 요강이 즐비했다. 인터넷 카페나 블로그에서 놋요강을 판다는 게시물이 곧잘 올라와 거래가 성사되었다. 판매자의 요구 금액이 들쑥날쑥하긴 해도 대략의 가격이 형성되었다.

뜻밖에도 중개인의 전시실에서 아야코를 만났다. 중개인을 가이드로 고용한 채 줄곧 체류 중이었을까. 물으려던 차에, 일본으로 돌아갔다가 어제 한국으로 왔다고 중개인이 말했다. 요강의 문양 수집이 끝났는지 묻고 싶었다.

"놋요강 몇 점 가져가려고 왔답니다."

중개인의 말에 나는 노골적으로 아야코를 쏘아봤다. 놋요강의 수집에 방해꾼이니 불쾌감을 드러내지 않을 수 없었다. 아야코는 예감한 듯 개의치 않는다며 살짝 웃었다. 하얗고 고른 치아. 검고 윤기 자잘한 머리. 앉아있어도 드러나는 잘록한 허리. 매끄러운 목선과 도톰한 가슴. 그녀는 외모에서 압도했다. 거리로 나가 또래와 섞여도 우월한 외모라서 은근하게 화났다.

중개인과 대화하는 길지 않은 시간에 드러난 아야코의 요강에 대한 식견이 놋요강을 아홉 개나 수집한 나보다 우월했다. 일본으로 돌아가 있는 동안 요강에 대한 지식을 꽤 습득했다. 인터넷이란 게 국경 없이 검색되니 가능했다. 배설물을 받아내는 그릇에 매료될 줄 몰랐다며 아야코가 자조적으로 말했지만 자랑이었다.

요강은 요항에서 유래되었다. 요강의 역사는 삼국시대 토기에서 뿌리를 두고 있다. 신분의 높고 낮음을 막론한 필수품이었다. 요강이 신분상 차이가 있다면 만드는 재료에 차등 두었다. 도기 자기 유기 목칠기 다양한 재료로 만들어졌다. 놋요강은 모양이 조그만 백자항아리 닮았고 뚜껑이 있으며 규방에서 사용되었다. 아야코가 인터넷에서 검색한 얄팍함을 술술 끌러놨다. 여성이라서 놋요강에 더욱 관심이 생겼다며, 경쟁자가 되겠다는 선언에 마음이 불편해졌다.

수몰지에서 소싯적 요강의 추억이 생생하다. 사기질 요강이나 스테인리스 요강은 사용 경험이 있으나 놋요강은 있는 줄도 몰랐다. 그래서 놋요강에다 5기 집착이 시작되었는지 모르는 일이었다. 잠에서 깨면 요강을 공동 우물터에서 부셔야 하는 시기가 있었다. 잠 덜 깬 투덜투덜 걸음으로 헛디디거나 돌부리에 걸려 느닷없이 엎어지던 장면이 생경하다. 나둥그라진 요강이 쩍 갈라지고 찰랑찰랑한 오물이 쏟아졌다. 얼굴과 앞자락이 쏟아진 오물로 범벅이던, 지금도 떠올리면 멀쩡한 속에서 구토가 치미는 참사였다.

사기요강이 장롱에 이불처럼 보관된 것을 알았을 때, 할머니가 꿀단지를 숨겨둔 줄로 여겼다. 꿀단지는 참을 수 없는 유혹이었고 아무도

모르게 열어 본 순간 어린 입에서 피식 헛웃음이 나왔다. 어린 눈으로
도 한낱 요강인 것을, 마치 백자항아리처럼 귀히 여기는 할머니가 우스
웠다. 동백기름으로 닦아서 푸른 빛이 감도는 하얀 요강의 곡선이 매끄
럽긴 했으나, 머루 줄기와 잎과 더듬이 문양을 하늘색으로 그려 넣은,
그냥 요강이었다. 이것은 보물이 아니라 배설물을 담아내는 용기에 불
과함을 일러주려는 속셈으로 오줌을 누었다가 할머니에게 심한 야단을
맞았고, 아버지가 종아리를 때렸다. 피멍 든 종아리에 고약을 발라주
는 할머니의 얘기를 듣고서 장롱에 둔 요강을 허투루 여기지 않았다.

　전쟁통에 어느 지역이든 경찰 가족의 수난이 가혹했다. 할아버지
는 순경이었고, 인민군이 마을에 들어왔을 때 마루 밑에 구덩이를 파
고 은신했다. 인민군의 앞잡이가 된 마을 머슴이 집요하게 할아버지
행방을 추궁했고, 구덩이에서 굶어야 하는 끼니가 허다했다. 연합군
이 마을로 들어왔어도 함부로 나올 수 없었고, 할아버지 동료가 경
찰서를 장악한 후에야 구덩이를 열었는데, 바짝 마른 할아버지를 발
견한 할머니는 구덩이에서 부둥켜안고 있던 요강이 더없이 고맙고 소
중스러웠다고 눈물을 흘렸다.

　유치원생과 방문한 여인을 며느리와 손녀라고 중개인이 소개했다. 아
이의 사회성 발달은 부모의 인간관계에서 비롯됨을 증명하듯 며느리와
손녀가 중개인은 물론 방문객 아야코와 내게 깍듯이 예의를 갖추었다.
아야코가 손녀를 안아주면서 볼에 입술을 맞추었다. 결혼 의사가 전혀
없다는 서른다섯 살의 아들, 천덕꾸러기를 둔 나는 부러웠다. 참 웃기

는 일이다. 부러우면 같이 기뻐해야 하는데 부글거리는 괜한 짜증으로 씀바귀를 씹은 표정을 짓고 말았다. 스스로 비루해지는 모질이었다.

요강 수집에 동행하는 것이 어떠냐고 중개인이 제안했다. 아야코가 눈을 반짝 말똥거려 환영했고, 생각 좀 해야겠다며 머뭇거렸다. 충분한 생각은커녕 일 분도 지나지 않아 얼떨결에 승낙했다. 자존심이 밟힌 맥주캔처럼 찌그러졌으나 이국의 젊은 여인과의 동행에 기분이 썩 나쁘지 않았다. 컨테이너를 방문하고 싶다고 아야코가 청했다.

"안 될 일."

즉시 거절했다. 견물생심이라고, 보고 또 보다가 예측하지 못한 요구를 해올지 모르는 일이었다. 사실 놋요강이 컨테이너에 있지 않았다. 중개인과 아야코의 방문 후 찜찜해서 마누라의 반대를 꺾고 방으로 옮겼다. 가보면 안 되냐며 아사코가 재차 보챘다. 안 되는 이유가 또 있었다.

마누라가 어찌어찌 이틀이나 외출했다. 때는 지금이로다. 무릎을 치며 김치냉장고 깊숙하게 숨겨둔 홍어를 꺼냈다. 뚜껑만 열어도 공포의 암모니아가 확산하는 탓에 사다 놓고 먹지 못한 시간이 한 달 가까이 됐다. 뚜껑을 열자 오래 묵은 똥독의 진득한 냄새가 실내를 장악했다. 삭은 것을 듬뿍 넣고 매콤 라면을 끓였다. 한 모금 삼켰을 때 목구멍에서 암모니아 가스가 훅하니 되올라왔다. 오물이 가득해서 폐가에 묻혔던 요강의 구린내가 목구멍으로 치솟았다. 내 몸이 요강을 자처했다는 뿌듯함에 사로잡혔다. 아내가 지켜봤다면 더럽기가 짝이 없다는 표정일 테고, 그래서 아내의 외출을 틈탄 도발이었다. 아야코를 대동하고 실내로 들어갔다간 코를 틀어쥘 상황이었다. 곡선이 독특하다는 놋요강을 보여달라고 아야코가 중개인에게 요청했다.

"색감도 문양도 잘 보존된 연적도 내오시지?"

청자연적도 내오라며 내가 덧붙였다. 아야코의 눈이 동그랗게 커졌고 회심의 미소가 입가로 맴돌았다. 지난 방문에서 백자 연적 모조품을 오방낭자에 여미던 아야코가 떠올라 슬그머니 웃었다. 놋요강도 청자연적도 그 어떤 골동품이면 싸잡아 매입할 듯 아야코의 얼굴이 탐욕으로 물들었다.

중개인이 번호를 눌러 디지털 잠금을 해제하고 안으로 들어갔다. 정교하게 베낀 연적 모조품을 중개인이 내온다면 아야코에게 선물하겠다는 요량으로 오방낭자를 준비했다. 알록달록 다섯 색깔 천을 잇대어 바느질한 오방주머니에 담아 일본으로 가져갈 수 있도록.

아야코는 인사동 근거리의 숙소에서 묵을 것이며, 방짜 유기 놋요강은 물론이거니와 도기 요강, 사기질 요강, 스테인리스 요강, 목 칠기 요강을 적어도 두 개씩은 가져갈 것이라고 욕심을 부렸다. 아야코와 동행하면서 쇠가죽 요강이나 한지 칠기 요강을 만나면 일본행으로는 절대로 하락하지 않을 작정이었다.

흔했던 요강은 골동품 거리에서 어렵지 않게 구할 수 있었다. 아야코는 민가에 숨은 요강만 필요하며, 사용감을 직접 목격하고 듣겠다는 포부를 밝혔다. 손쉽게 요강을 돈으로 사들이는 게 아니라, 요강에 녹아든 삶을 듣고자 함이었다. 나와 같은 의중이었다. 동행을 얼떨결에 응했지만, 아야코의 깊은 뜻을 알고는 괜찮은 정도를 넘어 탁월한 동행의 선택이었다고 자찬했다.

요강 수집의 특별한 사연이나 과정을 말해 달라고 아야코가 요청했다. 돌이켜 보니 특별한 사연이 없었다. 아니, 애초부터 사연을 알려는 시도가 없었다. 물건을 손에 넣는다는 집착뿐이었다. 값을 치르고 나서 혹여 생각이 바뀔까 줄행랑치듯 돌아온 기억이 전부였다. 수몰 지역에서 운 좋게 눈에 띈 것. 등산 후 하산길의 폐가에 버려진 가재도구를 뒤지다가 주워 든 것에서 사연이 녹아있을 가능성이 있지만, 요행과 행운의 순간으로 덮어버렸다.

배설물의 그릇이 아닌 사연을 수집하자며 아야코와 의기투합했다. 어느 곳으로, 어떻게? 막막한 상황에서 아이스아메리카노를 두 잔씩 마셨다. 아야코가 커피를 제법 즐기는지 녹지 않은 얼음을 달그락달그락 흔들어 입맛을 다셨다.

메뉴가 달라야 한다는 아야코의 주장으로 자장면과 짬뽕과 볶음밥을 점심으로 배달시켰다. 한국에 체류하면서 무엇이든 경험하겠다고, 심지어 공간에 따른 공기의 맛까지 골고루 음미하겠다며 아야코의 눈빛이 반들거렸다. 아야코가 음식을 나눌 접시를 중개인에게 요청했다. 라면을 끓이는 냄비는 있어도 접시는 없다며, 여주 도자기 공방의 머그잔을 내왔다. 한눈에 보아도 제법 운치가 돋보였다. 회색 반점이 드문드문 찍힌 백자 머그잔을 아야코가 눈독 들여 살폈다. 찰흙으로 빚어 굽고 색깔이 진하게 유약을 칠한 후 빤질빤질하도록 구워서 여백의 멋을 풍겼다. 소소함도 세심하게 관찰하며 배우려는 태도인가. 호기심이 강한 본성의 소유일까. 한국의 전통 멋을 건성으로 여기지 않는 아야코의 행동이 밉지 않았다.

커피 마실 머그잔으로 짬뽕을 나누어 담기란 유쾌하지 않았다. 달콤한 자장면을 먼저, 볶음밥을 다음에, 맵고 맛이 강한 짬뽕을 마지막에 먹어야 한다는 의견을 아야코가 제시했다. 배달 음식에 익숙한 중개인이 동의했다. 밀가루로 만들거나 배달된 음식은 청산가리처럼 꺼리는 나는 아무렇게나 먹어도 결국은 똥이라며 고개를 저었다. 퇴직한 당신은 똥 기계라던 마누라의 농담이 생각났다. 이유를 되묻자, 맛 좋은 음식으로 똥이나 만들고 있잖아? 즉답이 왔다. 마땅한 일이 없는 퇴직자의 나락을 실감했다. 마누라가 무안하다며 웃었으나 후유증에 시달렸다. 그래서 놋요강에 집착했는지도 모를 일이었다. 중개인이 슈퍼에서 표면이 말끔한 일회용 접시를 사 왔다. 아야코가 달착지근한 일회용 봉지 커피를 탔다.

이틀 후. 중개인으로부터 문자가 왔다. 아야코의 약속을 먼저 상기시키더니 갈 곳이 생겼다며 목적지를 보냈다. 목적지에 개별적으로 가느냐는 질문에 동행해야 한다는 회신이 왔다. 약속한 장소에서 중개인의 그랜저에 탑승했다. 운전자 보조석에 아야코가 타고 왔으므로 뒷좌석에 앉았다. 가볍게 인사치레의 말이 오갔고 싱글싱글 웃는 아야코의 표정이 밝았다.

요강의 정보를 말해야 할 중개인이 잠자코 운전하며 뜸을 들였다. 어느 곳으로 가는 걸까. 묻지 않았다. 분기점을 지나면 대략은 짐작할 수 있어서 기다렸다. 호남고속도로로 접어들고 여산 휴게소에서 정차했다. 중개인과 나는 아이스아메리카노를 택했고 아야코가 달큼한 일회용 봉지 커피를 마시겠다고 했다. 커피 매점에서 봉지 커피는 없었다. 휴게소 마트에서 이십 개들이 봉지 커피를 사서 아야코에게 선물했다. 중개인이 트렁크에서 종이컵을 가져왔고 뜨거운 물은 식당 음수대에 있었다. 진한 시럽처럼 달콤해서 우울하거나 당 떨어질 때 요긴한 봉지 커피, 다이어트의 적이며 성인병의 원흉이라는 말을 건네며 두 봉지나 컵에 희석했다. 아야코가 오줌이 싯누렇게 찌들은 요강에 매료되었듯이 봉지 커피를 새로운 문화로 기뻐했다. 기회가 된다면 유리 글라스에 봉지 커피를 세 개나 털어 넣고 약간의 뜨거운 물로 희석한 다음 얼음을 잔뜩 얹은, 아이스 봉지 커피의 황홀한 단맛을 중독시켜야겠다고 작심했다.

중개인이 동행의 목적지를 말하기 위해서 휴게소 건물 밖의 팔각정으로 안내했다. 산악회 무리가 포장해 온 음식을 먹고 일어서는 중이었다.

"우리는 어디로 가는 중일까요?"

중개인이 스무고개 문답을 시작하듯 대화의 꼬투리를 열었다.

"아주 오래된 마을이겠죠?"

아야코가 첫 고개를 넘으며 싱글싱글 웃었다.

"노인만 사는 은둔의 고립된 마을일 테고?"

두 번째 고개가 가뿐하게 넘어갔다.

"옳거니. 답이 나왔네요?"

두 고개만 넘었는데 중개인이 문답을 종료했다.

"외딴집이 듬성듬성 남은 고산지대 마을일 테죠?"

아야코가 중개인의 종료에도 세 번째 고개를 넘었다.

"반은 맞고 반은 아닙니다."

중개인이 아리송한 말을 하고는 출발을 서둘렀다.

듬성듬성한 외딴집이 맞는 걸까? 고산지대 마을이 맞는 걸까? 중개인은 요강에 녹아든 삶, 세월의 뒷자락에서 속절없이 아련해진 애환을 어떤 경로로 얻었을까. 출발 시점보다 궁금한 것이 더 많아졌다.

오늘은 고단할 테니 먹어두라며 중개인이 낱개로 포장된 비타민 알약을 내밀었다. 얼마 전까지 복용했던 비타민이라서 만지작거렸다. 룸미러로 재촉하는 듯한 중개인의 조용한 시선에 포장을 뜯었다. 먹지 않을 이유가 없었다. 아사코는 생소했는지 눈치 보면서 주저했다. 다음 휴게소에서 점심을 먹어야 했다. 이틀 전의 점심처럼 세 종류의 음식을 주문해서 셋이 골고루 나누어 먹었다.

"혹시 섬으로 가는 거 아니오?"

퍼뜩 떠올라서 반 옥타브 높여 물었다.

"겁나요? 무인도일까?"

중개인이 뭉글뭉글 웃었다.

한국의 무인도? 아야코가 싱글벙글 웃었다.

정작 말이 많아야 할 중개인이 입을 다물었다. 누군가 말하면 속으로 되새김하며 비평의 호박씨를 까는 나는 조용한 것이 편안했다. 발랄한 아야코가 숨이 막히는 듯 말머리를 꺼내도 호응이 시답잖아 시무룩해졌다. 깜빡 잠들었고 여객선 터미널에 도착했다. 낚싯배를 절충한 후 오십 분 거리의 작은 무인도에 들어갔다.

파랗던 페인트가 너덜너덜 뜯긴 녹슨 대문. 풀이 웃자란 마당. 누가 봐도 사람이 살지 못할 외딴 빈집이었다. 문이란 문이 비틀어져 제대로 닫혀있지 않았다.

"누구든 계실까요?"

폐허의 문짝에서 아야코의 목소리가 떨렸다.

"무인도랍니다."

중개인의 대답이 허허로웠다.

망망대해 섬 하나가 외톨이라서, 이웃 섬과는 거리가 멀어서, 하루 한 차례도 적자가 너무 크다고 폐항되었다. 선주의 타산적인 결단이 마을을 없애버렸다는 게, 마을의 삶을 감쪽같이 지워버렸다는 게, 그럴 수도 있나 의아했다.

허리 굽은 백발의 누군가 문을 밀쳐 열고 모습을 드러낼 것 같았다. 놋요강 수집하러 깊은 골짜기 외딴집으로 들어갔을 때 맞닥뜨린 노인이 생각났다. 허리가 굽은 백발인가 싶었는데, 막 걸음을 떼는 어린애 같기도 하고, 아기를 안은 할멈처럼 뒤뚱뒤뚱 걸었다. 요강을 비우러 나오는 중이었다. 오물이 찰랑찰랑한 놋요강이 기뻐서 소리 지를 뻔 했던 기억이 났다. 노인의 고집으로 얻지 못하고 되돌아 나왔다. 얼마 남지 않은 삶에서 요강은 출가한 자손보다 나은 동반이었을 터였다.

"섬의 집은 비틀어지고 부풀기 마련이지. 문이 커졌겠나? 그렇다고 집이 작아졌겠나. 소금기 먹은 습한 바람이 밤낮 불어대는데 당해낼 재간이 있겠어?"

홈그라운드에 도착한 듯 중개인이 투박하게 말했다. 폐가의 구석구석이 익숙한 듯 걸음이 빨라지며 기둥과 문짝과 벽을 차례로 어루만졌다. 중개인의 추억이 흠씬 녹아있는 행동이었다. 여기 어딥니까? 여기 아십

니까? 어떻게 물어야 할까 망설이는 틈에,

"여기서 자랐어요?"

아야코가 물었다.

"우리 아들의 고향이지요."

장독이 놓였을 돌판에 앉은 중개인이 털털하게 웃었다. 뜬금없는 선언이라 아야코와 눈을 맞추었다.

"혼전에 애를 가진 아내가 도둑고양이처럼 몰래 출산하러 왔던 곳이라오."

종일 햇살을 받으며 고추장을 숙성시켰을 장독처럼 중개인의 표정이 평화로웠다.

"처녀 혼자 출산하러 외딴섬을?"

아야코가 화들짝 놀랐다.

"아내의 외할머니가 사셨으니까."

중개인 이미 알고 있다는 듯 간단한 걸음으로, 놋요강과 사기요강을 찾아냈다. 사기요강은 배설물을 비우지 않았던가, 눈비를 고스란히 담았던가, 오물이 가득했다. 내 눈에 쏙 들어온 놋요강은 태풍에 구르다가 모서리에 부딪혔는지 공기 주발이 안착할 정도로 찌그러졌다. 장독이 놓였을 넓적 돌에 요강 두 개가 놓였다.

중개인의 아들을 낳으러 처녀가 외딴섬으로 왔다니, 듣지 않아도 어림 되는 사연에 숙연해졌다. 가슴이 아릿하고 애잔해질 게 뻔해서 듣고 싶지 않았다.

"외할머니는?"

산파였을 처녀의 외할머니를 아야코가 물었다.

"저기 계시잖소?"

마주 보이는 낮은 자락의 잡초가 해마다 우거졌다가 쓰러진 묏등으로 중개인이 손을 뻗었다. 놋요강의 찌그러진 사연과 사기요강에서 케케묵은 사연을 묻지 않았다. 폐가와 버려진 무덤으로 쏟아지는 햇살의 현(絃)에서 뚜둥 가야금 단조가 울릴 듯 가슴이 무거웠다.

낚싯배가 정박한, 콘크리트 모서리가 허문 부두로 노을이 노릇노릇 감돌았다. 선장이 서둘러야 한다고 소리쳤다. 곡선이 우그러진 방짜 놋요강과 오줌버캐가 누런 사기질 요강을 아야코가 가방에 넣었다.

돌아오는 휴게소에서 달콤한 봉지 커피를 얼음물에 섞어 아야코에게 주었다. 요강에 배설된 가족사를 듣겠다던 아야코가 침묵했다. 중개인의 침묵과 아야코가 우울해 보이는 것이 내 기분 탓인가 싶었다.

아홉 개나 수집하고서 희미해진 할머니의 요강을 되새긴 기억이 없었다. 시렁에 진열된 아홉 개의 요강마다 소외되고 낡은 사연이 찌든 듯 서글픔이 밀려왔다.

놋요강만 고집하는 게 옳은 결정일까. 방짜 유기의 곡선을 윤이 나도록 닦으면서 안으로는 손이 들어가지 않도록 겉만 굴리던 행위가 부끄러웠다.

✎ 김창식

『서울신문』 신춘문예 단편소설 당선, 2021 한국소설문학상, 2021 무예소설문학상 대상, 소설집 『바르비종 여인』, 『도미노 아홉 조각』 외 대하소설 『목계나루』 전 5권, 장편소설 『우아한 도발』, 『독도 쌍검』 외

환 幻

·

이종태

버스가 비틀거리며 골목길로 들어섰다. 사거리를 지
나 골목길로 접어들 때면 언제나 술 취한 사람처럼 비틀거렸다. 버스의
내부는 마음속처럼 어지럽고 혼란스럽다. 손님들이 두고 내린 신문지가
여기저기 흩어져 있다. 빈 음료수 캔들이 차가 흔들릴 때마다 굴러다닌
다. 의자 밑으로 숨었는가 싶으면, 어느새 다시 소리를 내며 기어 나온
다. 옆자리의 손님이 남겨놓았던 스포츠신문이 바닥으로 떨어진다. '휴
대폰 소지자 부정행위로 간주'라는 수능시험 관련 기사가 문신처럼 새
겨져 있다.

정류장이 서서히 다가온다. 희미하던 실내가 한순간 노란빛으로 가
득해진다. 버스는 멈출 준비를 하며 조금씩 속도를 줄인다. 아직도 흔
들림은 멈추지 않는다. 흔들림에 익숙해진 사람들이 자리에서 일어선
다. 서너 명의 여학생이 똑같은 모양의 뒷모습을 하고 서있다. 앞모습
과 다르게 개인을 구분하기가 어렵다. 마침내 버스가 멈추어 선다. 뒷
모습 서너 개가 한번 기우뚱하고는 동시에 멈춘다. 판박이 한 듯한 뒷

모습들이 차례대로 통로를 빠져나간다. 마지막 사람의 뒷모습이 출입문을 내려선다. 나는 그때서야 가방을 챙기며 자리에서 일어선다.

운전기사는 벌써 기어에 손을 올려놓고 있다. 백미러 속의 내 모습을 확인하고는 이내 짜증스러운 얼굴로 바뀐다. 조급하게 재촉하는 표현이다. 나는 기사의 얼굴을 외면한 채 천천히 버스에서 내린다. 막차를 타는 사람들은 기사나 손님이나 모두 같은 표정이다. 땀이 번들거리는 얼굴에는 조급함과 피로가 숨어있다. 그리고 틈만 나면 짜증이 되어 다시 나타난다. 모든 것이 불쾌한 풍경일 뿐이다.

"지가 뭐 특별한 놈이라도 되는 줄 아나!"

기사는 출입문을 닫으며 혼자 중얼거린다. 버스는 다시 몸을 떨며 비틀거린다. 몇 차례 욕설처럼 매연을 뿜어내고 성난 듯이 그 자리를 벗어난다. 버스의 소음까지 요란하게 가세하면서 귓속이 고통스럽다. 마치 벌레가 기어 다니는 것 같다. 도저히 참을 수가 없다. 고개를 좌우로 힘차게 흔들며 걸어간다. 그래도 들리는 것은 모두가 소음뿐이다. 니코틴에 찌들어 있는 공기, 술에 취한 고함 소리, 그리고 무언가 깨지는 소리. 모두가 날아드는 펀치처럼 귓가를 두드린다. 가끔 아우토반으로 착각한 자동차의 쇳소리는 얼떨결에 따귀를 얻어맞은 것 같다. 무심코 걷다가 놀라서 돌아보면, 어느새 붉은 꽁무니와 함께 사라져 버린다. 성장을 멈춘 중앙시의 밤거리는 행인들을 모두 두통 환자로 만들어 버린다. 밤거리의 사람들을 불안과 공포 속으로 밀어 넣어 더욱 지치게 만든다. 시끄러운 공간에서는 소음 그 자체가 불안을 갖고 있듯이, 조용한 거리에서의 적막은 그것대로 또 다른 공포를 만든다. 나에게 몰락한 거리의 적막은 견딜 수 없는 고통이다. 걸음을 빨리하다가 달려본다. 심장이 쿵쿵 소리를 낸다. 이제 들리는 것은 달려가는 내 발자국 소리뿐이다.

집이 가까이 보인다. 가족들은 모두 잠이 들었을까. 특히 아버지는 잠들어 있을까. 현관 불이 켜져있는 것이 보인다. 아버지는 아직 잠들지 않은 모양이다. 언제부터였는지 잘 기억나지 않는다. 아마 나라에 돈이 바닥나서 빚쟁이들에게 시달릴 때부터였을 것이다. 아니다, 그래도 지금 같지는 않았다. 오히려 그 빚을 다 갚고 난 뒤부터였을 것이다. 아버지의 절약 정신은 병적인 수준이었다. 화장실에서도 불을 끄고 볼일을 보라고 했다. 그리고 잠들기 전에 모든 불을 끄고 마지막으로 현관 불을 껐다. 가족들의 생각은 전혀 반영되지 않았다. 그저 입만 열면 모든 게 돈이라는 말만 쏟아놓았다. 발걸음이 자연스럽게 멈춘다. 아버지가 깨어있다면, 그렇다면 어찌해야 한단 말인가. 주말이라 학교에서의 모든 일정은 평일보다 일찍 끝났다. 하지만 난 일부러 막차를 타고 온 것이다. 그런데 아버지가 깨어있다면 소용없는 일이 아닌가. 아버지는 보통 밤 열 시를 넘기지 않고 잠자리에 들었다. 그렇지 않은 날은 술이 시키는 대로 춤을 추는 날이었다.

아버지는 이 년 전에 직장에서 밀려났다. 그 뒤 일 년 동안은 방 안에서 시사평론가 역할을 했다. 정치가 어떻고, 경제가 어떻고 날마다 주제를 바꿔가며 목소리를 높였다. 그러는 동안 아버지의 모습은 우리 속의 돼지처럼 변해갔다. 돈, 돈 하면서 내 밥그릇이 비워지면 남의 것을 뺏어다가 채워야 한다고 했다. 그러기 위해서는 이겨야 하고, 이기기 위해서는 공부를 해야 한다고 했다. 아버지는 나를 공부하는 기계로 만들어 놓고 공사판 인부로 뛰어들었다.

아버지의 광포한 주사는 그때부터 조금씩 시작되었다. 아버지가 술에 취한 날이면 집 안은 쑥대밭이 되었다. 밖에서 받은 것을 고스란히 집 안에다 쏟아놓았다. 손에 잡히는 가구들은 모두 자리 이동을 해야 했다. 가족들도 마찬가지였다. 별것도 아닌 것을 갖고 생트집 잡기가 일쑤였다. 전기를 낭비하고 있다는 것부터 시작해서 눈에 띄는 것은 모두 트집을 잡았다. 나중에는 마중을 안 나왔다는 것, 밥을 먼저 먹었다는 것까지도 트집을 잡았다. 아버지의 트집 잡기는 점점 치사하면서도 다양하게 변해 갔다. 말로는 가족들을 위하고 자식을 위한 것이라고 했다. 하지만 모두 거짓이었다. 정작 내가 이틀씩이나 외박을 했을 때는 입도 뻥끗하지 않았다. 시험 잘 본 것 하나로 모든 것이 무마되었다. 우리는 그저 한집에 살고 있는 타인과 다를 것이 없었다.

애초부터 방향이나 목적지 같은 것은 없었다. 아버지는 어떤 조건도 없이 등만 떠밀었다. 내가 다른 아이들처럼 똑같이 가기를 바랐다. 학교 공부는 철저하게 따지고 들었지만, 개인의 사생활에 대해서는 묻지도 듣지도 않았다. 내 의견은 처음부터 존재할 자리가 없었다. 나에게는 고민이나 요구 사항도 허용되지 않았다. 이름도 고교생이라는 파도 속으로 사라졌다. 어쩌다가 노래를 부르고 싶어서 입을 열면 아버지는 내 따귀를 후려쳐서 입을 다물게 만들었다. 나를 위해서 그런다고 했다. 가난하기 때문에 더욱 그런다고 했다. 나로서는 정말 재수 없는 집이다.

마지막 골목을 돌아 대문 안으로 들어선다. 현관 불이 마당을 훤하게 비추고 있다. 평소대로라면 아버지는 잠들지 않은 것이다. 집 안의 분위기를 알아챌 수 있는 유일한 신호는 현관 불이기 때문이다. 나는 조심스럽게 마당가에 서서 집 안을 살펴본다. 이상하게도 너무 조용하다. 현관 불빛 아래에는 아버지의 흙 묻은 안전화가 어지럽게 쓰러져 있다. 살금살금 걸어가 창문가에 선다. 그때서야 비로소 깨진 전화기와 내용물을 드러낸 벽시계가 눈에 띈다. 꿀꺽하면서 마른 목을 타고 침 넘어가는 소리가 들린다. 침 삼키는 소리와 함께 창문을 통해 코 고는 소리가 들린다. 아버지의 코 고는 소리는 끊어질 듯하다가 다시 이어지기를 반복한다. 잔뜩 긴장했던 어깨가 조금씩 풀어진다. 아버지의 술주정과 코 고는 소리는 밤만 되면 반복되는 일이다. 벌써 일 년이 지나갔다. 그런데도 난 아직 적응이 안 된다. 잔뜩 긴장했던 몸이 갑자기 생소하다는 느낌이 든다.

아버지는 현관 불을 켜놓고 잠이 든 모양이다. 그렇다면 엄마는 집에 없을 것이다. 엄마의 신발을 찾아본다. 예상대로 낡아빠진 운동화는 눈에 띄지 않는다. 엄마는 일하는 식당에서 아직 돌아오지 않은 것일까. 아니다. 이 시간이면 식당일을 마치고 돌아왔을 것이다. 그렇다면 아버지를 피해 어디로 갔을까. 나는 그대로 현관문을 열고 들어간다. 아버지의 방은 쳐다보는 것도 괴롭다. 고개를 반대쪽으로 돌리고 곧장 내 방으로 향한다. 책상 위의 시계를 보니 열두 시 정각이다. 하루가 끝나는 시간이면서 다시 시작되는 시간이기도 하다. 길거리를 계속 달려온 탓인지 예상보다는 이른 시간이다.

의자에 걸터앉아 컴퓨터 전원을 켠다. 모니터는 쉽게 살아나지 않는다. 양치질을 하고 세수를 끝낸 뒤에야 화면은 살아서 움직이기 시작한다. 억지로 움직이는 발걸음처럼 무척이나 속도가 느리다. 우선 메일을 확인해 본다. 스팸메일이 한 페이지를 넘어가며 늘어서 있다. 내가 메일을 검색하는 동안 엄마는 집 안 동정을 살피고 있을 것이다. 늘 그래 왔듯이, 아버지의 잠자리가 확인되면 조용히 현관문을 열 것이다. 그리고 밤손님처럼 살며시 발을 들여놓을 것이다. 그때 엄마는 내 방문을 두드릴 것이고, 우리는 무사히 지나간 하루에 대해 안도의 눈빛을 나눌 것이다. 한 통의 메일을 남기고 순서대로 스팸메일을 지워나간다. 메일의 내용은 갈수록 다양해진다. 급전대출서부터 각종 음란물까지 모두 나하고는 상관이 없는 내용들이다. 열어볼 필요도 없다. 삼십 개가 넘는 메일을 순서대로 삭제시키고 한 개의 메일을 열어본다. 수빈의 메일이다.

너는 도대체 무엇이니? 이제는 기다리는 것도 힘이 든다. 너는 무엇이니? 나는 혼자 소리 내어 읽어본다. 나는 무엇이냐고? 그럼 너는 나에게 무엇인데? 역시 혼자 중얼거린다. 너나 나나 모든 게 다 귀찮다. 수빈은 나와 같으면서도 다르다. 부잣집이고 여학생이란 것이 다르고, 공부기계로 살아야 하는 고교생이라는 점에서는 같다. 그녀는 나에게 무엇이 된 적이 없었다. 나는 그녀에게, 너는 나에게 무엇이냐고 물은 적이 없었다. 또 무엇이 돼 달라고 요구한 적도 없었다. 그녀는 언제나 내게만 묻고 있었다. 너는 나에게 무엇이냐고. 우리의 차이는 거기에 있었다.

이 학기가 시작되고 며칠이 지났을 때였다. 나는 그때까지도 수빈이 같은 반이라는 것 외에는 아는 것이 없었다. 하루가 어떻게 왔다가 가는지, 계절이 어떻게 변해가고 있는지 도무지 감각이 없었다. 등교 시간은 정시보다 한 시간 빨랐지만, 하교 시간은 점점 늦어져 밤 열두 시가 돼서야 끝이 났다. 잠자는 시간을 제외하고는 모두 학교에서 보내야 했다. 그러면서 내 이름은 서서히 사라져 갔다. 내 얼굴도 성적이라는 포장지에 가려졌다. 포장지 위에는 바코드처럼 점수라는 숫자가 찍히기 시작했다. 아침도 못 먹고 등교해서 날이 바뀌면 집으로 돌아왔다. 내게 남아있는 시간은 없었다. 왠지 칠십 년대 청계천이 떠오르며 피복 공장이 생각났다. 수빈에게 관심을 갖기 시작한 것은 그녀의 말투 때문이었다.

그녀는 부러울 것이 없는 아이였다. 흔히 말하는 성적의 바코드도 좋았고, 가정형편도 좋았다. 부모님도 훌륭한 분들이었다. 둘 다 대학교수라고 했다. 반 아이들과 일정 거리를 두는 것은 사실이었지만, 그렇다고 혼자 노는 애는 아니었다. 말수는 적었지만 가끔 한마디씩 내뱉을 때마다 반 아이들의 스트레스를 풀어주었다. 다른 애들의 속마음을 그대로 표현해 주었던 것이다. 그날도 그랬다. 무슨 일 때문인지 교무실을 다녀와서는 불쑥 한마디를 던졌다.

"아, 씨발. 또 한 시간 먼저 오란다."

아이들의 입에서 아우성이 터져 나왔다.

"또 한 시간을 당기면 어쩌겠다는 거야. 그럼 내일부터 영 교시에서 마이너스 일 교시로 바뀌는 건가. 차라리 우리보고 죽으라고 해라!"

나는 숨이 막혀 견딜 수가 없었다. 아무것도 눈에 보이는 것이 없었다. 그대로 있다가는 숨이 막혀 죽을지도 모른다는 생각이 들었다. 야간 자율학습이 시작되면서 담임이 사라지자 가방을 쌌다. 그리고 학교 담장을 넘었다. 막상 담을 넘었지만 갈 곳이 없었다. 학교도 싫었지만 집은 더 지옥이었다. 그대로 들어간다면 아버지는 괴물로 변할 것이고, 나를 잡아먹을 것처럼 덤벼들 것이다. 어떻게 시간을 보낼까 고민해 봤지만 뾰족한 방법이 없었다. 나에게는 갈 곳도 없고, 아는 곳도 없었다. 아무리 생각을 해봐도 아는 곳은 집과 학교뿐이었다. 이게 뭐란 말인가. 도대체 내가 살아있기는 한 건가. 갑자기 억울하고 한심하다는 생각이 들었다. 근처의 공원을 배회했지만 시간은 더디기만 했다. 처음으로 술이 먹고 싶었다. 세상의 끝자락에 서있는 아버지처럼 도박을 해보고 싶었다. 주머니 속의 보충수업비를 꺼내 들고 구멍가게로 향했다. 내가 수빈을 만난 것은 다시 공원으로 돌아왔을 때였다. 벤치로 돌아와 소주병을 꺼내고 있을 때 손가락 하나가 등을 쿡 찔렀다.

"야, 너 여기서 뭐해?"

놀란 눈가에 비친 얼굴은 수빈이었다. 그녀는 내가 대답을 하기도 전에 옆자리에 앉았다. 우리는 서로의 얼굴을 마주 보다가 말없이 쓴 웃음을 지었다.

"어 그냥 답답해서."

"근데 이거 술이잖아?"

"미칠 것 같아서… 근데 너는?"

"나도 생리통 핑계를 댔지."

나는 이유를 만들어 가며 술을 마셨다. 술이 만들어주는 세상은 달라 보였다. 확연히 다른 모습이었다. 평소의 황토색으로 찌들어 있는 모습이 아니었다. 밝고 푸른 세상 속에서 사람들의 얼굴은 활기차게 보였다. 그녀의 모습도 마찬가지였다. 평소 가깝게 지내거나 말을 많이 해본 적은 없었다. 하지만 그 자리에서 우리는 하나가 되었다. 이 넓은 세상에서 서로가 유일하게 존재하는 친구였다.

수빈의 술잔은 빨리 비워졌다. 그녀는 처음이 아니라고 했다. 내 차례가 되었을 때에도 빨리 마시라며 재촉을 했다. 일회용 컵을 하나만 사 온 것이 문제였다. 속이 거북해졌지만 수빈에게 약한 모습을 보이기 싫어서 억지로 마셨다. 술을 마시면서 아버지가 생각났다. 날마다 술독에 빠져서 술이 시키는 대로 살아가는 아버지가 한편으로는 이해될 것도 같았다. 소주 한 병이 바닥을 드러냈다. 산책 나온 노인들이 힐끔거리며 지나갔다. 자기들끼리 뭐라고 중얼거리기도 했고, 헛기침을 하며 혀를 차기도 했다. 수빈은 한 병을 더 요구했지만 난 그만하자고 했다.

"야, 먹는 김에 한 병 더하자."

"술은 그만해. 술로 세상을 바꿀 수는 없잖아."

"겁은 많아 가지고, 그런 놈이 집에는 안 가고 왜 이러고 있냐?"

"뭐야! 난 집 안 분위기가 재수 없으니까 그렇다 치고, 분위기 좋은 너는 왜 바깥에서 빙빙 도는데?"

"집 안 분위기? 우리 집 분위기 끝내주지."

그녀는 킥킥거리며 웃었다. 주위 사람들의 시선을 무시하고 한참을 허망하게 웃었다. 나중에는 웃는 건지 우는 건지 분간하기가 어려웠다. 웃음을 끝낸 그녀가 눈물을 보이며 입을 열었다.

"우리 부모님 사회적으로 존경받는 교수님들이야. 오빠는 일류대에서 의사 공부하고 있어. 엄마는 방송국을 드나들며 우리들을 성적의 감옥에서 구해주어야 한다고 말을 하지. 우리 자녀들이 정신적인 불구자로 변해가고 있다고 하면서 말이야."

수빈의 입에서는 봇물처럼 말들이 쏟아져 나왔다. 부모님 얘기를 시작으로 오빠를 거쳐 자신의 일상으로 이어져 갔다.

"그런데 말이야. 우리 엄마 집에서는 어떤지 아니? 공부 못 하는 자식은 필요 없단다. 자식이 아니라 원수란다. 정말 웃기는 거 있지."

그녀는 얘기 도중에 모호한 웃음을 짓기도 했고, 정신 나간 사람처럼 밤하늘을 올려다보기도 했다. 그녀의 표정이 너무 진지해서 내가 끼어들 자리가 없었다. 난 그냥 아무 말도 못 하고 듣고만 있었다. 나도 입장을 밝히고 누군가에게 위로를 받고 싶었다. 내가 얼마나 열악하고 불안정한 집에서 살고 있는지 누군가 들어주기를 바랐다. 하지만 누구도 내 절규를 들어주는 이가 없었다. 수빈도 마찬가지였다. 그녀는 자기 얘기만 계속했다.

"사실은 재수하는 작은오빠가 하나 있었어. 엄마는 손님들이 올 때마다 창피하다며 밖으로 내보냈지. 그리고는 손님들에게 아들이 하나라고 거짓말을 하더군. 결국 그 오빠는 영영 돌아오지 않았어. 오늘이 아파트 옥상에서 뛰어내린 날이야."

수빈은 나보다 더 많은 상처를 갖고 있었다. 그래서 그런지 그녀의 말은 길게 늘어졌지만 지루하지 않았다. 우리는 잠시나마 서로를 이해할 수 있는 상대를 만난 것이었다. 그동안 나는 수많은 사람을 찾아다 녔다. 하지만 나를 이해하고 내 말을 들어줄 사람은 없었다. 집에서도 그랬고, 학교에서도 그랬다. 그리고 세상 사람들 모두가 그랬다. 이상하게도 꼭 듣고 싶은 말들은 항상 침묵하고 있었다. 주변에는 듣고 싶지 않은 말들만 넘쳐흘렀다. 그들에게는 일방적인 지시만 있을 뿐이었다. 나는 세상 모든 일이 지루하다고 생각했다. 어서 빨리 시간이 흘러가서 졸업하기만을 바랐다. 그렇게 되면 잃어버린 내 이름도 다시 찾고, 나를 인정해 주는 대화의 파트너도 찾을 수 있을 것 같았다. 말없이 허공을 바라보던 수빈이 다시 입을 열었다.

"나 이대로 가다가는 작은오빠의 뒤를 따라갈 것 같아. 하긴 살아있어도 죽은 존재나 다를 바 없으니까. 근데 우리가 살아있기는 한 거니? 우리 그거 한번 확인해 볼까?"

수빈은 천천히 손을 쳐들었다. 그녀의 손가락이 가리키는 곳에는 빨간색 간판에 네온사인이 반짝이고 있었다. 여관이었다. 갑자기 얼굴이 화끈 달아올랐다. 고개를 들어 올릴 수가 없었다. 모든 사람의 시선이 일제히 나를 향하는 것 같았다. 그녀는 화살처럼 한마디를 던지고는 말이 없었다. 낯설어하거나 부끄러워하는 기색도 전혀 없었다. 저 애는 무엇이 그리도 당당하단 말인가. 그리고 난 왜 죄인처럼 얼굴을 붉혀야 한단 말인가. 그녀의 무덤덤한 모습은 내 자존심을 자극하며 스스로의 정당성을 만들게 했다. 나는 고개를 쳐들고 그녀를 바라보았다. 그녀의 눈빛은 대답을 기다리고 있었다. 나는 좋다고 했다. 비로소 나에게 집중되었던 세상의 시선들이 사라지는 듯했다.

컴퓨터를 끈다. 책상 위의 시계를 보니 열두 시 삼십 분이다. 이제 십 분쯤 후면 엄마의 소리가 들릴 것이다. 엄마는 이제까지 새벽 한 시를 넘긴 적이 없었다. 다음 날 아침 식당일을 나가야 하기 때문이다. 교복을 벗고 옷걸이에서 노란색 운동복을 집어 든다. 옷을 갈아입는 동안 문밖에서 무슨 소리가 들린다. 바람 소리 같기도 하고, 발자국 소리 같기도 하다. 엄마가 들어오는 모양이다. 방문을 열고 밖으로 나가려다 이내 포기한다. 엄마는 방문을 두드리며 자연스럽게 내 방으로 들어올 것이다. 엄마의 화장대 앞에 쭈그리고 앉는다. 화장대는 아버지에게 시달리다가 내 방으로 옮겨온 것이다. 거울 속에 비친 얼굴은 벌겋게 열이 올라있다. 화장품 통에서 하늘색 콜드크림 병을 집어 든다. 우유빛 크림을 얼굴에다 듬뿍 바르고 문질러 본다. 손이 바쁘게 움직이는 동안에도 귀는 문밖을 향하고 있다. 점점 커지면서 다가와야 할 바깥의 소리가 들리지 않는다. 잘못 들은 것일까. 엄마의 소리가 아니었단 말인가. 얼굴 위에서 손놀림을 멈추어 본다. 역시 아무 소리도 들리지 않는다. 다시 시계를 쳐다본다. 아직도 새벽 한 시가 되지 않았다. 열두 시 사십 분이다. 이제 잠시 후면 엄마의 발자국 소리가 희미하게 들려올 것이다. 그리고 가벼운 비명처럼 현관문이 열리는 소리도 들리겠지. 다시 얼굴을 문지르기 시작한다. 얼굴은 온통 크림으로 번들거린다. 화장지를 한 장 뽑아 투명해진 크림을 천천히 닦아낸다. 엄마는 화장품을 바가지처럼 생긴 플라스틱 통에 담아놓는다. 그곳에는 크고 작은 갖가지 화장품이 쌓여있다. 엄마는 무슨 일이 있어도 잠들기 전에 크림 바르는 일을 빼놓은 적이 없었다. 엄마의 얼굴은 잠자리에 들기 전에 언제나 번들거렸다. 나는 그런 엄마의 얼굴이 좋았다. 그때만큼은 엄마의 얼굴에서 아버지를 지울 수 있기 때문이었다.

다시 손을 씻고 클렌징 거품으로 세수를 한다. 그리고 샤워기를 틀어서 발을 대충 씻은 다음 수건으로 얼굴을 닦는다. 방으로 돌아와 화장대 앞에 서서 스킨로션을 얼굴에다 톡톡 두드리듯 바른다. 시계를 또 본다. 열두 시 오십 분이다. 바깥에서는 아무 소리도 들리지 않는다. 밀크로션을 손바닥에 짜낸 뒤 세수하듯이 얼굴에 문지른다. 내 식대로의 화장품 바르기는 일종의 안정제 역할을 한다. 마음을 편안하게 해주기 때문이다. 그러면서 내 얼굴을 지키기 위한 것이다. 이제 얼굴에서 찌들어 있던 누런색은 사라졌다. 깔끔해진 열여덟 살의 얼굴이 맑고 투명하다.

라디오를 켠다. 라디오는 집 안에서 즐거움을 주는 유일한 친구이다. 볼륨을 낮추어 보지만 침묵 속에서는 작은 소리도 과장되게 들린다. 엄마가 없는 밤의 침묵은 라디오 소리마저도 공포영화의 효과음 같은 소리를 낸다. 날씬한 여자 가수의 통통 튀는 듯한 목소리가 들린다. 라디오를 바짝 끌어당기며 무릎을 세우고 앉는다. 하지만 침묵 속의 라디오 소리는 여전히 즐겁지 않다. 알 수 없는 불안과 공포를 만들어 낼 뿐이다. 라디오를 꺼버린다. 귀는 계속 밖으로만 향해 있다. 갑자기 한 달 전 엄마의 모습이 떠오른다.

엄마는 얼굴을 난타당한 권투선수 같았다. 한쪽 볼은 혹이 난 것처럼 부풀어 있었다. 눈가에도 시퍼렇게 멍이 들어있었다. 두 눈은 붙어버린 것처럼 감고 있었지만 눈가에는 눈물이 흐르고 있었다. 내가 손바닥만 한 파스를 등과 허리에 붙여 줄 때 엄마는 입술을 깨물었다. 입술에도 핏자국이 말라있었다.

"나 학교 갔다가 올게."

엄마는 눈을 감은 채 말이 없었다. 아무 말 없이 눈을 감고 있는 엄마가 불안했다.

"엄마! 나 학교 갔다 온다고."

나는 다시 큰 소리로 말했다. 나는 엄마의 대답을 들어야 할 것 같았다. 꼭 대답을 들어야 발걸음이 떨어질 것만 같았다. 엄마가 눈을 떴다. 엄마의 두 눈은 벌겋게 충혈되어 있었다. 눈동자에는 붉은 실핏줄이 실타래를 풀어놓은 것처럼 얽혀있었다. 도무지 엄마같이 보이질 않았다.

"엄마, 나 학교 갈게."

내가 또 말을 걸었지만 거칠어진 손으로 내 등을 쓰다듬을 뿐이었다. 엄마는 끝내 아무 말도 하지 않았다.

드르륵– 드르륵–. 방바닥에 놓아둔 휴대폰의 진동 소리가 들린다. 요란하게 떨고 있는 전화기를 집어 들고 발신자 번호를 확인한다. 수빈이다. 벌써 세 번째 전화다. 오늘은 그녀의 전화를 받지 않았다. 전화기를 다시 방바닥에 아무렇게나 내려놓는다. 그래도 진동 소리는 끊어질 줄을 모르고 계속된다. 나는 어쩔 수 없이 폴더를 연다.

"통화하기가 어렵니?"

"……."

"우린 서로에게 무엇일까. 넌 나에게 무엇이니?"

"……."

"지금 이 메일 보냈으니까 확인해 봐."

"알았어."

수빈의 전화는 내 대답이 끝나기도 전에 끊어진다. 단순하게 생각해라. 궁금한 것이 많아진 너는 불편하다. 너의 궁금증은 나를 존재하게 하지만, 한편으로는 내 목을 조르는 또 하나의 올가미에 불과하다. 나는 중얼거리며 전화기를 내려놓았다가 다시 집어 든다. 다시 폴더를 열고 수빈에게 상냥한 모습을 보여주고 싶다. 하지만 그녀가 재촉할수록 내 마음은 자꾸만 달아나 버린다. 나는 너에게 궁금한 것이 없다. 너는 나에게 무엇이냐고 묻지도 않는다. 아무것도 묻지 않았던 수빈이 편했다. 그래서 너와 술을 마셨고 같이 잠을 잔 것이었다. 다시 중얼거리며 열려있는 폴더를 닫아 버린다.

술을 먹었기 때문에 수빈과 잔 것은 아니었다. 나는 무작정 벗어나고 싶었다. 나를 옭아매고 있는 것들을 모두 풀어내고 싶었고, 내가 살아있는지를 확인하고 싶었다. 그녀도 같은 생각이었다. 자신의 몸을 묶고 있는 것들을 한시라도 빨리 버리고 싶어 했다. 순결하다는 것 또한 마찬가지였다. 그것 역시 그녀 자신을 옭아매고 있는 것이라 생각했다. 그녀 자신뿐만이 아니라 관계를 맺고 있는 사람들까지도 같이 붙잡혀 있다고 했다. 그래서 수빈은 처녀성 버리는 것을 오래된 숙제처럼 생각해 왔다고 했다.

"처음이었어?"

나는 그녀의 몸 위에서 움직임을 멈추고 물어보았다. 그녀는 갑작스러운 내 질문에 수치심을 느끼는 듯했다. 그렇지만 잠시였다. 그녀의 표정은 곧바로 밝아졌다.

"아니, 몸이 좀 안 좋을 뿐이야."

이것은 그저 나를 찾아가는 하나의 관문에 불과하다. 상대가 누구라도 특별할 것은 없다. 그녀의 머릿속은 애써 이런 생각들로 채워지고 있는 것 같았다. 나는 더 이상 묻지 않았다. 그리고 다시 움직이기 시작했다. 그녀는 고개를 돌리고 눈을 감았다. 통증이 느껴지는지 얼굴이 조금씩 일그러졌다. 금방이라도 비명이 새어 나올 것 같았으나 그녀는 끝내 소리를 내지는 않았다. 한참의 시간이 흐른 것 같았다. 그녀는 내게서 떨어지자마자 이불을 덮었다. 그리고 이불 속에서 자신의 몸을 닦았다. 이불은 살갗에 닿을 때마다 축축함을 느끼게 했다. 우리는 그날 아무 말도 하지 않고 헤어졌다. 다음 날도, 그다음 날도 아무런 말이 없었다. 나는 차라리 홀가분했다. 그러면서도 한편으로는 불안해지기 시작했다.

그러던 어느 날이었다. 밤 열두 시가 되어서야 자율학습은 끝이 났다. 이상하게도 수빈과 마주치고 나면 불안한 마음이 진정되지 않았다. 한 가지도 학교생활에 집중할 수가 없었다. 나도 모르는 사이에 집으로 돌아오는 발걸음은 점점 빨라졌다. 집에 도착했을 때에는 숨이 턱까지 차오르고 있었다. 대문 앞에 도착한 나는 선뜻 대문을 열

용기가 나지 않았다. 마치 남의 집을 기웃거리는 것처럼 소리 없이 대문을 열었다. 아버지는 집에 없는 듯했다. 대문을 지나서 현관으로 갔다. 습관처럼 엄마의 신발이 있는가를 살펴보았다. 너덜너덜한 엄마의 운동화는 현관 한쪽 구석에 가지런히 놓여있었다. 아침에 내가 놓아두었던 그대로였다. 그때까지 내 안에 고여있던 불안이 엄마의 신발을 보자 깨끗하게 사라졌다. 나는 빠른 속도로 기분이 밝아졌다. 어린아이처럼 큰소리로 엄마를 불렀다. 엄마는 아침에 내 방에 누워있었다. 현관문을 활짝 열어 제치고 내방으로 뛰어갔다. 우당탕 소리를 내며 방문을 열었다. 엄마는 방 안에 없었다. 사라졌던 불안이 다시 불길처럼 나를 덮쳐왔다. 아버지 방의 문을 열어보았다. 역시 없었다. 방 안으로 들어가서 옷장을 열어보았다. 빈 옷걸이가 서너 개 보였다. 화장대를 살펴보았다. 거울 앞에 있어야 할 엄마의 화장품이 없었다. 허탈했다. 나는 넘어질 듯 비틀거리며 현관으로 갔다. 혹시나 하고 신발장의 문을 열어보았다. 신발장 속에 있어야 할 엄마의 검정 구두가 보이지 않았다. 나는 그 자리에 주저앉고 말았다.

　이제 정확히 새벽 한 시다. 엄마가 이렇게 늦도록 들어오지 않은 날은 없었다. 문을 열고 밖으로 나간다. 현관 불은 여전히 켜져있다. 깨진 유리는 백열등에 반사되어 짐승의 눈처럼 빛나고 있다. 부서진 전화기의 푸른색 파편도 보석처럼 반짝거린다. 무거운 발걸음이 마당에서 이리저리 서성인다. 창문에 다가갔다 멀어질수록 아버지의 코 고는 소리도 크게 들리다 점점 작아진다. 밤하늘을 올려다본다. 수많은 별들이 금방이라도 쏟아져 내릴 것만 같다. 신선한 밤공기가 오히려 불안하다.

나는 시계를 들여다보면서 결심한 듯 대문을 열고 밖으로 나간다. 엄마는 도대체 어딜 가서 이렇게 안 오는 걸까. 엄마, 어디에 있는 거야. 어서 돌아와. 열여덟 살의 나는 예전의 어린애였을 때처럼 혼자서 울먹거린다. 깊은 밤 어둠이 깔려있는 골목길은 음험해 보인다. 발을 헛디뎠는지 무릎이 꺾이면서 한쪽 다리가 주저앉는다. 어둠 속에서 누군가 따라오는 것 같은 불안감으로 연신 뒤를 돌아본다. 길게 늘어진 가로등의 그림자 또한 살아 움직이는 듯 위협적으로 느껴진다. 나도 모르게 발걸음이 점점 빨라진다.

주머니에 넣은 전화기가 심하게 진동한다. 갑작스러운 진동음에 발걸음이 기우뚱한다. 액정에 뜬 발신자 번호를 살펴본다. 또 수빈이다. 와락 짜증이 일어난다. 떨리는 손으로 거칠게 폴더를 연다.

"이제 다신 전화하지 마."

숨을 헐떡이며 고함을 지르고 폴더를 닫는다. 떨리는 내 목소리가 텅 빈 골목에 공허하게 울린다. 나는 자리에 멈춰 선다. 콧등이 시큰하게 아파 온다. 어떻게 하란 말이야. 내가 기댈 수 있는 엄마는 아직도 돌아오지 않고 있는데. 엄마는 나를 인정해 줄 수 있는 유일한 사람이란 말이야. 이 세상 그 누구도 엄마만큼 나를 이해할 수는 없어. 내가 수빈의 생각을 좋아하고, 말투를 좋아하지만 넌 나를 채워줄 수가 없어. 제발 너는 나의 무엇이냐고 묻지 좀 마라. 나는 혼자 투덜거린다.

지숙이 아줌마네 집으로 향한다. 아버지가 술이 시키는 대로 주사를 부리는 날이면 어김없이 엄마와 내가 숨어있던 집이다. 대문 앞을 서성이다 집 안으로 들어간다. 마당 구석에 매어있는 개가 내 발자국 소리에 고개를 쳐든다. 다행히 짖지는 않는다. 나는 심야의 도둑처럼 조심스럽게 현관 유리문 앞으로 향한다. 티브이의 푸른빛이 창문을 통해 번쩍거리며 나타났다가 사라진다. 현관 앞으로 바짝 다가서서 신발을 찾아본다. 현관 앞에는 여러 종류의 신발들이 늘어서 있다. 신발들 속에 낡아빠진 엄마의 운동화가 놓여있는지 빠르게 살펴본다. 하지만 엄마의 신발은 아무리 찾아봐도 보이지 않는다. 가슴이 답답해지면서 숨소리가 거칠어진다. 나는 허탈한 발걸음을 옮기며 대문을 나선다. 그때까지도 개 짖는 소리는 들리지 않는다. 아줌마네 집을 벗어나자 입안에서 울먹이던 울음은 입 밖으로 조금씩 새어 나오기 시작한다.

엄마는 한 달 동안 집을 비운 적이 있었다. 엄마가 없는 동안 밥을 해야 했고, 도시락도 내 손으로 싸야 했다. 엄마 없이 보내야 했던 한 달은 무척이나 길었다. 나는 아침 일찍 일어나 제일 먼저 학교에 갔다. 그리고 가장 늦게 집으로 왔다. 잠시라도 집에 있는 시간이 싫었다. 아버지와는 눈도 마주치지 않았다. 그날 이후 나는 눈물을 보이지 않으려고 무진 애를 썼다. 막상 엄마가 돌아왔을 때 선뜻 엄마에게 다가갈 수가 없었다. 엄마는 어깨를 들썩이며 눈물을 보였다. 다가오는 엄마로부터 한 발짝 뒤로 물러선 건 오히려 나였다. 하지만 나는 아직도 엄마가 그리운 사춘기의 사내아이일 뿐이었다. 화장기가 진하게 남아있는 엄마의 얼굴이 원망스러웠다. 하지만 어깨를 감싸

안는 손길을 뿌리치기에는 내 나이가 너무 어렸다. 엄마가 너무 그리웠던 것이다. 나는 한 달 만에 엄마 품에 안겨서 서럽게 울었다.

엄마가 갈 곳은 지숙이 아줌마네 집 외에는 없다. 아줌마네 집에 없다면 이 늦은 시간까지 도대체 어디에 있단 말인가. 더 이상 확인해 볼 곳도 없다. 나는 할 수 없이 다시 집으로 발걸음을 옮긴다. 가을밤의 새벽 공기가 제법 쌀쌀하다. 그런데도 겨드랑이에서는 땀이 흐른다.

집에는 아직도 대문이 열려있다. 현관 불도 꺼지지 않은 채 그대로이다. 엄마는 그사이에도 들어오지 않은 모양이다. 천천히 마당을 가로지른다. 부서진 전화기와 깨진 유리 조각들이 여전히 마당 곳곳에 너저분하게 흩어져 있다. 나는 깨진 유리 조각이 흩어져 있는 곳으로 다가간다. 반짝이는 유리 조각들을 쳐다보니 심장이 쿵쿵거린다. 한숨처럼 길게 숨을 내쉰다. 고개를 숙이자 땀 기운을 느끼면서도 목덜미가 서늘하다. 유리 조각은 내가 만든 그림자에 빛을 잃는다. 손을 뻗어 유리 조각을 집어 든다. 그리고 흙바닥에 글씨를 쓴다. 엄마 어서 돌아와. 내가 쓴 글씨는 그림자의 어둠에 가려 보이지 않는다. 그러나 나는 계속 쓴다. 엄마 어디에 있어. 엄마 어서 돌아와.

무릎 사이에 얼굴을 파묻는다. 얼굴에 흐르는 땀 때문인지 무릎 언저리가 축축하게 젖어온다. 엄마 어서 돌아와. 힘없이 한마디를 쏟아내고 자리에서 일어선다. 현관문을 열고 집 안으로 들어간다. 거실이 너무 환하다. 형광등 불빛에 눈이 부시다. 눈언저리를 닦으려 손을 들다 문득 손바닥에 피가 맺혀있는 것이 보인다. 그제야 손가락

두 개가 쓰라린 것을 느낀다. 다리에 힘이 풀려 몸이 휘청거린다. 비틀거리는 걸음으로 아버지 방으로 향한다. 아버지의 코 고는 소리가 아주 선명하게 들린다. 방문을 연다. 찌들어 있는 술 냄새와 담배 냄새 그리고 땀 냄새가 가득 차있다.

　방 안은 엉망이다. 이불은 반쯤 펴진 채로 한쪽 구석에 밀쳐져 있다. 아버지는 그 위에서 작업복도 벗지 않은 채 새우 모양을 하고 널브러져 있다. 아버지를 건너뛰어 옷장을 연다. 비어있는 옷걸이는 보이지 않는다. 문갑 속의 엄마 소지품도 그대로 있다. 다른 것도 살펴보지만 모두 그대로 있다. 그렇다면 엄마는 돌아올 것이다. 도대체 엄마는 어디서 무엇을 하고 있는 것일까. 나는 문갑 앞에 서서 안도의 한숨을 길게 내쉰다. 아버지는 잠시 동안 숨이 멈추는가 싶더니 끄응 소리를 내면서 몸을 뒤척인다. 나는 깜짝 놀라면서 재빨리 방을 빠져나온다.

　극심한 갈증이 목을 타고 올라온다. 부엌으로 향한다. 불현듯 부엌 옆에 달린 쪽방 쪽으로 시선이 간다. 가는 빛이 새어 나오는 것만 같다. 빠른 걸음으로 다가가 문을 살짝 밀어본다. 쪽방은 빛이 없는 어둠뿐이다. 어둠 속에서는 퀴퀴한 곰팡이 냄새가 안개처럼 피어오른다. 문을 조금 더 밀어본다. 문이 열리는 틈으로 거실의 빛이 사각형으로 자리를 잡는다. 사각형 빛이 점점 커지면서 검은 물체 하나가 눈에 들어온다. 무릎을 세우고 앉아 잠들어 있는 엄마의 모습이다. 울컥 눈물이 쏟아져 내린다. 엄마는 잔뜩 겁에 질린 표정이다. 아버지가 잠들었으니 이제 나가도 된다며 엄마를 부축한다. 거실로 나온 엄마는 내 얼굴을 한번 훑어보고 힘겹게 입을 연다.

"언제 왔니? 그래, 중간고사 성적표는 나왔니?"

갑자기 알 수 없는 불안이 내 몸을 둘러싼다. 나는 아무 말도 하지 않고 내 방으로 들어와 컴퓨터를 켠다. 수빈의 메일을 열어본다. 이번에도 '너는 나에게 무엇이니?'라는 말 외에는 아무것도 없다. 나는 수빈에게 도대체 무엇이길래 그녀는 나에게 자꾸만 묻고 있는가. 우리는 서로에게 무엇이 되었을 때 서로를 떠나고 말 것이다. 서로에게 욕심내지 않으면 된다. 수빈아, 넌 정말 그걸 모르는 거니. 난 더 이상 불안하게 살고 싶지는 않아. 컴퓨터의 윙윙거리는 소리가 구원을 요청하는 수빈의 목소리처럼 들린다. 마우스를 답장 메뉴로 움직여 클릭한다. 순식간에 수빈의 메일은 사라지고 화면 가득 하얀 백지가 뜬다. 나는 백지 위에 글자를 하나씩 올려놓는다.

나 는 너 의 幻 이 다. 그리고 마우스를 움직여 글자 하나를 검은색으로 덮는다. 크기를 조절할 때마다 검은색 속의 글자는 점점 커진다. 마침내 모니터 화면은 검은색으로 바뀐다. 그 속에 숨어있는 글자도 화면을 가득 채운다. 幻이다.

✒ 이종태
───
『동양일보』 신인문학상, 소설집 『아름다운 추락』, 『벌레』 『내 눈은 어디로 간 걸까』 외

화양동 가는 길

·

김홍숙

칠월의 태양은 불길처럼 이글거린다.

발길을 내딛는 보도블록도 열기가 두렵거니와 머리 위에서 내리쬐는 오전의 기온도 상상을 초월한다.

잠시라도 열기에서 피하고 싶어 숲길을 찾아든다.

석 달째 접어든 가뭄이다.

비라고는 몇 방울 떨구고는 남녘에만 집중적으로 퍼붓는다. 중부 지방은 몇십 년 만이라며 곡식이 다 시들어 가고 있다.

전답에 물을 대지 않으면 포기해야 한다. 농작물이 이 지경이니 사람들의 마음도 갈증으로 메말라 있다.

지금은 장마 기간이란다. 그것도 마른장마? 일주일에 한두 차례 10mm 내외로 찔끔거린다. 농부들은 밭곡식에 골마다 물을 대느라 전쟁을 치르고 있다 그러던 것이 엊그제부터 하늘에 구멍이 난 듯 들어붓는 비가 계속된다.

그런데도 숲은 언제 내린 이슬을 먹고 자랐는지 무성하다.

보랏빛 달개비꽃도 키를 한껏 키우고 자신을 보아 달라는 듯 싱싱한 몸을 자랑한다. 그 옆에 강아지풀도 꽃대가 제법 올라왔다.

개망초꽃도 하얗게 무리 지어 한들거린다. 노란 애기똥풀이 밝게 눈에 띄고 도깨비바늘은 대서(大暑)가 가까이 옴을 알았는지 벌써 씨앗을 단단하게 매달고 있다. 가을이 오면 오가는 발길에 묻어서 멀리멀리 퍼뜨리기 위해 준비하는 것이리라.

집이라는 건물을 빠져나오길 잘했다는 생각이 든다. 자연환경이 악조건이라도 그 속에서 자신의 몫을 묵묵히 해내는 식물에게서 배우는 것이 인간인지도 모른다.

온 우주 안에서 존재하는 것은 모두들 그 존재하는 근원이 있다고 한다. 더욱 화양 수석이란 말이 있듯이 화양동에는 크고 작은 돌들이 맑은 물길과 어우러져 그들만의 존재의 역할을 하고 있다.

물길을 가로막은 바위가 있으면 그곳을 돌아서 흐르고 그 바위들은 그곳을 찾아드는 크고 작은 물고기와 생물들에게 은신처가 되기도 한다.

더욱 화양천 가에는 수많은 느티나무가 아주 오래전 유생들이 늘어서 있듯이 정갈하게 서서 팔을 벌려있다. 물속에 있는 모래와 돌들, 커다란 바위까지 시원한 그늘을 만들어 주고 있다.

느티나무는 잎에 먼지가 쌓이면 스스로 몸을 흔들어서 먼지를 턴다고 한다. 혼이 들어있는 나무이기에 자신이 있는 그 주변을 지키며 모든 동식물과 함께 살아가는 생명나무이기도 하다.

이렇게 화양동에는 본래의 회양목과 느티나무 또 유생들의 늘어진 두루마기 자락 같은 능수버드나무가 바람에 하늘거리며 신비로운 은

사시나무와 먼 전설을 이야기하며 세월의 물레를 잣고 있다.

갑자기 누군가의 인기척에 옷자락을 거둔다.

"아니 일기예보도 안 들었남? 이런 날씨에 약속하다니 내 원 참."

석우는 가야 하는 것이 옳은 것인지 아니면 약속한 친구와 다시 연락을 해서 그만두는 것이 나은지 도무지 종잡을 수가 없어서 앞만 보고 달린다.

'그래, 여름 장마는 시작하면 으레 달포를 두고 지척거리니 일단 가보고 보자, 오랫동안 가물었으니 금비라고 생각하자.'

큰 체구에 어울리게 마음 또한 넉넉한 그답게 모든 업무를 앞서 처리하거나 뒤로 미루며 일단락해 두고 오랜 친구의 모처럼의 제의를 받아들인 그였다.

지난겨울 어느 날, 고교 동기 모임이 있었다. 마침 한 테이블에서 합석했던 친구들과 우연히 화양동과 중국과의 관계에 대한 이야기가 오고 갔다.

그런데 한 친구가 조금 일찍 온 탓에 이미 얼굴이 불콰해진 모습으로 큰 목소리를 내며 사대부 사상이니 뭐니 하면서 우리나라의 역사에 문제가 많다고 핏대를 올리고 있었다.

잠자코 듣고만 있던 한 친구가 가까이 다가갔다.

"그래서 사대부 사상이 우암이 주장했다고? 넌 학교에서 역사지리를 전공했냐 응? 그것만 대답해 어서!"

"넌 또 뭐야! 네가 우암의 후손이라도 되냐 응? 나두 임진왜란 애기는 들었어. 그렇다고 남의 나라 임금의 위패를 모시고 제사를 지내? 아니 절을 해?"

그들 때문에 소란해지자 잠재우려고 한 친구도 한마디 한다.

"다 이유가 있재. 임진왜란과 한국전쟁은 우리 역사상 가장 큰 전쟁이 아니었나? 그 전쟁으로 우리 선조들이 얼마나 끔찍한 일을 겪고 오늘에 이르렀는데. 자들 큰 소리는 접고 앞으로 우리가 해야 할 일만…."

"뭣이여! 지금 우리 대대조상 선조들이 한 일을 몽땅 큰 죄라도 지은 양 판결을 하는 마당에 앞으로 일이 머리에 들어 오느냐구?"

"그럼 어쩐 다냐. 좋은 자리에서 갑자기 왜 사상을 달리하느라 서로 힘들 빼고 있네. 그러지 말고 그 시대에도 지금처럼 잘해 보려고 머리를 쓰고 논의하고 또 하고 그러지 않았을까. 난 그렇게 생각해."

"그래그래. 그때에도 최상의 생각이라고 결정하고 선택했을 거야. 그러나 어쩌것어. 강대국들은 저희들 유리한 것만 요구하고, 사은사로 떠나는 이마다 매우 많은 것을 가져가야 하는 심정이 얼마나 착잡했겠냐구."

"그래서 학문은 물론 언변에도 뛰어난 사람을 선발해서 가까스로 위기를 넘기고 했다잖아. 그렇게 하기를 수없이…."

"친구들, 오늘 하루 살기도 바빠요. 더욱 조선 시대까지 어느 세월에 갔다 와. 다음에 날 잡아서 아주 며칠간 집 떠나서 들어가 보자구. 어이, 그렇게 하자? 다들 대답 한 거로 알고 이만 대한민국으로 건너들 와 어서 응?"

역시 임기응변의 대가답게 주위를 정리한 친구가 있어서 일단락되었다.

우리는 다시 연로하신 스승이며, 다가오는 동문 체육대회에 대해서 많은 이야기를 나누었는데 누군가가 또다시 갑자기 주위를 하나로 모았다.

"난 공부를 많이는 못 했지만 근래에 부활된 서원이나 향교에 다녀 보니까 그동안 몰랐던 것도 깨닫는 기쁨이 아주 크더라구, 오래전 선조들의 말씀과 행동에서 배울 점이 많았어, 그래서 얘긴데 더 늦기 전에 성현들의 발자취를 따라가 보는 것도 우리 삶에 특별한 의미가 있을 것 같아."

"바로 그거다, 이 형이 언젠가 전라도의 땅끝마을 이란 데를 가보았지, 그곳 섬은 바로 보길도라는 곳이었어. 윤선도라는 분이 긴 유배 생활을 하면서 책을 쓰고 한시를 짓고 때로는 가족에게 편지를 쓰기도 하지. 그런데 보통 편지가 아냐, 내 기억에 자녀에게 보낸 글로 기억하는데 '내 자신이 먹고살기가 넉넉하다 하여 나라의 녹을 먹는 사람이 남는 돈으로 토지나 전답을 사 들이지 말아라. 녹은 나라에서 내리는 것이고 그런 일은 굶는 사람에게는 아픔이니 어려운 이웃과 나눔을 실천하며 살기를 바란다.'라는 글이었지. 나는 그 이후 나랏일을 하는 사람이 부동산을 매입하는 일이 부럽지 않았고, 나도 그렇게는 살지 않으려고 노력하지."

"그랬구나, 조선 시대 선조들의 언행에서 배울 점이 정말 많겠군."

그래서 친구들의 이런저런 말에 휩이 꽂혀서 동반에 대답을 했던 것이었다.

'청천 사거리에서 좌회전하면 금평리가 나온다고?' 석우는 친구가 지껄이던 말을 되뇌이며 점점 강하게 내리꽂히는 빗줄기를 와이퍼로 쓸어가며 달린다.

'조금만 참고 가는 거야.'

청천 시장을 지나고 화양동 방향으로 높은 언덕을 오르자 마을 입구에 큰 돌이 서있는 대티리 마을 입구가 나타난다.

그 앞에는 현준이 미리 나와있을 거야. 그 친구만 만나면 이 빗쯤이야 대수겠어. 이쪽 지리에 훤할 텐데….

석우는 40킬로를 먼저 나온다 해도 염려를 하지 않았다. 한두 시간이면 친구와 함께할 것이므로 고장 난 '내비게이션'도 손을 보지 않았다.

이삼일 전부터 계속 내리는 비 때문에 놀러 가자는 아이들과 아내의 말도 쏙 들어간 것이 여간 고맙지 않았다. 덕분에 모처럼 혼자서 나선 것이다.

옛 친구들과 자연 속에서 수백 년 전의 조선 시대를 돌아보는 것도 괜찮겠다는 느낌이 들며 조금은 흥분되기까지 했다.

그런데 얼추 30킬로 정도 달려 왔을까 현준이 전화가 왔다.

"석우 친구구나, 어디쯤 왔지? 빗속에 고생한다. 그런데 오늘은 너무 늦었네. 직장 동료의 부친이 돌아가셔서 지금도 장지에 있거든. 우리 아버지 상 때에도 와서 일 봐준 사람이라 끝까지 봐줘야 할 것 같아서 여기 일 마치는 대로 내려가마. 미안하게 되었다."

빗속에 겨우겨우 참아오던 석우는 뚜껑이 열릴 지경이었다. 그래서 큰 소리로 "그럼 진작 연락해서 다음으로 미루던가! 이 빗속에 초행 길을 달리는 일이 정상인의 행동으로 보이냐 미친 짓이지 참 내원."

"그러잖어두 미리 알면 취소할 것 같아서 굳게 마음먹고 강행하기로 했다. 널리 이해하고 먼저 가있으면 한다."

"가긴 가는데 잘하는 짓인지 모르겠다. 아무튼 화양리 가까이 가서 연락하마." 석우는 체념처럼 맥 빠진 목소리로 전화를 끊고 한쪽에 주차되어 있던 차량을 왼쪽 지시등을 켜고 돌려 나왔다.

'그래도 얼마 남지 않았으니까 서서히 찾아보자.'

문득 눈을 들어본다. 파란색의 이정표다.

'화양계곡? 바로 나오네, 그럼 어지간히 왔다는 얘기네. 좀 더 가보자.'

석우는 얼굴에 생기가 돌면서 핸들에 힘을 준다.

'어? 청천시장이네, 그래~애 시장에서 좌회전하고 직진하면 다 온 거라고 했지.'

석우는 괜히 염려했다며 스스로를 위로한다.

주변은 온통 푸르름으로 옷을 입고 마중한다. 꽤나 긴 다리 화양1교를 건너자 작고 아담한 민박집이 앞다투어 나타난다.

매표소 가까이 오자 좌우로 서있는 나무들 자귀나무가 눈에 들어온다.

낮에는 잎이 펼쳐있지만 밤이 되면 서서히 잎을 닫고 서로 마주 접해서 사람이 일부러 접은 것처럼 착 붙어있다. 그래서 합환주라고도 한다.

전통 혼례 때에 대나무와 함께 초례상에 꽂기도 한다. 부부의 금실이 좋으라며. 반가움에 입이 벙그러진다.

우암은 화양동을 그토록 사랑했기에 자주 찾아왔던 것이다. 정장에서 받은 피로와 스트레스를 가장 사랑했던 화양동을 찾아와 그 속에서 물소리와 새소리를 들으며 나무숲에서 자신을 잠시나마 감추고 싶지 않았을까. 그렇게 작아지는 자신의 모습을 화양에게만 안기고 싶었는지도 모른다. 그래 그건 아주아주 내면의 깊은 간절함이었는지도 모른다.

우암의 마음을 헤아리기라도 한 것처럼 자귀나무들이 들어와서 우암의 화양에 대한 그리움을 합환주처럼 서로 한몸이 되어 수백 년이 흐른 지금까지도 서로 얼싸안고 찾아오는 발걸음을 기다리는지도 모른다.

똑 고르게 서있는 잣나무와 느티나무들.

느티나무는 가지가 고루 퍼지면서 자라나서 둥근 나무 모양을 만들고 잎이 많아서 시원한 나무 그늘도 만들어 준다.

또 천 년 이상 오래 사는 나무여서 마을의 입구나 학교, 공원에 많이 심는다. 조금 더 나아가니까 길 아래로 성황당이 보이고 아주 큰 주차장이 활짝 열려있다.

안으로 넓게 자리한 주차장에는 이미 대형 관광버스들과 수많은 승용차들이 질서 정연하게 주차되어 있다.

오랜만에 역사 속의 고향을 찾아가는 석우는 자동차는 앞으로 달리건만 자꾸 뒤를 돌아다보며 현준의 모습을 기다린다.

그러다가 봄이면 복숭아꽃, 살구꽃, 앵두꽃이 꽃 대궐을 이루고 잠시 후 연둣빛 여린 잎들이 대향연을 이루면 그 속에서 글을 읽고 시를 써서 서로 주고받으며 행복하였을 유생의 모습을 떠올린다.

뒷짐을 지고 천천히 걸어가는 그의 뒷모습이 아스라하고 화양동의 봄 풍경이 매우 아름다워 대곡 성운이 노래한 시를 읊어본다.

>   골짜기 산이 에둘러 자줏빛 놀을 가두었고
>   시끄러운 여울 어지러운 돌 못 진인의 집이라
>   꽃 시들지 않았으니 봄은 끝나지 않았는데
>   인간 세상으로 머리 돌리니 해는 이미 지는구나

어디선가 갑자기!

"꽃 시들지 않았으니 봄은 끝나지 않았고 옛 벗을 기다리는 내게 진정 그는 누구인고."

라는 말소리가 들린다. 그 방향으로 고개를 돌려 보니 그는 다름 아 닌 여태껏 기다린 현준이다. 반가움과 놀라움에 한달음에 달려가 얼 싸안으며 현준은 넉넉한 어조로 마치 노옹처럼

"퇴계 이황 선생도 「선유동팔영」이란 한시에서 화양동의 봄 경치 를 아주 아름답게 묘사하였다네 어디 들어보려나." 한다.

>   도원에 봄이 드니 해는 별을 보내고
>   바위꽃 시내풀은 천향을 내는구나
>   골짜기 신선 이 날에 자취가 묘연하니
>   나를 불러 신선이라 하여도 또한 무방하지

"어떤가."

"잘 왔네 잘 왔어."

그들은 금방 하나가 된다. 그래 이제껏 기다리던 마음을 말한들 무엇하리, 이렇게 친구가 먼저 와서 기다릴 줄이야.

"이보게, 우암 선생과 대화를 나눈 최진이란 학자도 '선유동 밑 5리에 파곶이 있고 파곶 밑 5리에 화양동이 있다.'라고 했다는 말이 있다네."

"그렇게 해서 화양동이 하나의 명승지로 자리 잡으면서 이곳을 찾는 선비들과 시인묵객들이 들어왔지. 특히 우암은 화양동을 출입하고 기거하면서 화양동은 명승지 중의 명승지로 자리 잡게 되었다네. 그러니까 자연 화양동을 노래한 많은 시가 남아있는 것이고."

"그뿐인가 화양동 시는 그만큼 조선 후기에 화양동을 찾아 화양동의 경관을 예찬하던 시인들이 많았다는 것이 아닌가, 특히 우암 선생이 화양구곡을 설정한 뒤에는 그의 제자 권상하 선생이 명명한 구곡의 이름을 민진원이라는 사람이 글씨로 여러 바위에 새기면서 명실상부한 화양구곡으로 자리잡게 된 것이라네."

"그랬구먼, 수백 년이 흐른 오늘에서야 이곳을 찾은 우리가 이렇게 정신과 마음이 맑아지는데 그 당시는 어련했겠나, 산천초목이 다 마음 졸이며 가슴이 설레지 않았겠어."

"그럼그럼, 저리도 맑게 흐르는 물소리- 새소리- 바람 소리-예가 진정 극락이 아니겠나?"

"화안한 냄새로 우리의 심신을 안정시켜 주는 노송이며 큰 어른의 모습을 하고 있는 느티나무며 물과 어우렁더우렁 살아가는 바위하며."

"가만가만 저 속리산 서쪽으로 귀를… 우암 선생의 발자국 소리가
들리는 듯 하더이…."

"천천히 두루마기 차림으로 오시는 우암 선생은 연세가 지긋해 뵈
는 느낌이야."

"옳은 얘기야 우암은 정묘호란 때 맏형을 잃었다지. 아버지로부터
격몽요결을 배우면서 주자, 이이, 조광조 등을 흠모하도록 가르침을
받았다네. 그런데 그가 22세에 부친을 잃고 형제들과 시묘살이를 한
후 사계 김장생 선생에게 가서 성리학과 예학을 배우게 되지. 스승 사
계가 죽자 그의 아들인 신독재 김집과 종유하며 학문을 배웠다네."

"그렇지, 우리는 오늘 아주 중요한 조선의 성리학에 대하여 진지한
담론을 펴고 있네그려."

"그래서 우암 학문은 전적으로 주자(朱子)의 학설을 계승한 것으로
알고 있지만 조광조, 이이, 김장생으로 이어진 조선 기호학파의 학통
을 충실히 계승 발전시킨 것이지. 그리고 여기에는 율곡 이이가 집대
성한 조선 성리학이 사계 김장생의 예학을 거쳐 전수된 것이라네. 이
렇게 조선 성리학은 심학에 입각한 성리학으로 조선 후기의 지배적
인 철학, 정치, 사회, 경제사상의 발판이 된 것이라네."

"참으로 학자다운 면모를 가지고 많이 애를 쓰셨구먼."

"그뿐인감, 우암은 27세에 생원시에서 장원으로 합격하여 경능참봉이
되었지. 29세에는 봉림대군(후에효종)의 사부로 임명되지 않았겠나. 대군
과 1년간 상면하고 학문을 강론하며 이때 사부 생활은 효종과의 깊은

유대를 맺게 되었고 훗날 함께 북벌계획을 추진하는 계기가 되었지."

"그 후에는 오랑캐 청나라가 쳐들어온 병자호란이 일어났지. 이때 우암은 수레를 타고 가시는 인조임금을 모시고 남한산성으로 들어갔지.

인조는 청과 화의를 하게 되는데 치욕을 당하고 소현세자와 봉림대군을 북으로 인질로 잡혀갔지. 우암은 통곡하고 도성에서 나와 속리산으로 들어가셨지. 낙향한 후 일체의 벼슬을 사양하고 초야에 묻혀 학문에만 몰두하셨지."

"잠깐, 우암 선생은 잠시 쉬시게 하고 내가 덧붙일 게 있어서 그러네. 청나라가 인질로 잡아간 사람은 사실은 왕자만도 세 분이라네."

"난 금시초문인걸, 어느 책에서든 발견을 못 했으니까. 어디 들어봄세."

"바로 인평대군(1622~1658)이라고 조선 16대 인조와 인열왕후 사이의 셋째 아드님이지. 몇 년 전에 포천으로 답사를 갔다가 우연히 인평대군의 묘와 신도비를 뵈었는데 아주 가슴이 아팠던 기억이 있어서 잊을 수가 없지.

대군의 묘는 대군이기 때문에 묘로 호칭되지만 임금의 능 못지않게 능역이 넓고 석물이 매우 아름다웠지.

중앙에 커다란 귀부가 받쳐주는 신도비가 있고 우측에 '치제문비각'이 자리하고 있는데 비각 안에는 두 기의 비가 서있었지.

바로 인평대군의 인품과 업적을 기리고 그의 짧은 생애의 아픔을 위로하고자 네 분의 임금이 친히 제문을 지어 새긴 비이며 이런 치제비는 매우 드문 예라고 한다네.

제1 비 앞면에는 효종이, 뒷면에는 숙종의 어필이며 제2 비의 앞면

상단에는 영조의 어필이, 아랫면에는 정조의 글씨를 새겨 인평대군
에 대한 비례의 따뜻한 마음과 글씨를 담았다고 전하지."
"아니? 비의 앞뒤에 여러 임금들의 어필을 올리다니? 그으런 비가?
다음 답사지는 인평대군을 만나러 가고, 어서 제문을 봄세."
"그래, 여기서는 정조임금의 제문을 함께 읊어봄세."

    성조왈자 자여개제

    성조께서 이르시기를 아름답고 아름다운 내 동생이여!

    제휴비상 고다감제

    맛있는 음식 갖추어 제단을 설하여 제사 지내느니라

    삼서심관 구도압수

    세 번씩이나 심양에 갔고 아홉 번씩이나 압록강을 건넜네

    유사칙전 국이공이

    일이 생기면 앞장을 섰고 국가의 일이라면 먼저 하였다네

    제활축경 로책권설

    오랑캐 사나워서 목을 늘이고 그들이 꾸짖어도 말이 없었지

    보아기구 휴아사졸

    우리를 위하여 옛날처럼 즐기게 하고 우리 군사 쉬게 하셨네.

"야! 이 제문만 보아도 인평대군이 어떤 삶을 살았는지 그의 사람됨
을 왜 기억해야 하는지 저절로 떠올려지는 치제문이네."
"인평대군의 작품은 희귀한 편으로 서울대학교 박물관 소장의 「산

수도', 홍OO 소장의 '노승하관도', 정OO 소장의 '고백도' 등이 알려져 있다네."

"그래도 몇 수라도 전해져서 다행이구먼, 인평의 시조도 궁금하이."

"시조 바람에 휘었노라 전문일세

바람에 휘었노라 굽은 솔 웃지 마라
춘풍에 피운 꽃이 매양(每樣)에 고왔으랴
풍표표(風標標) 설분분(雪粉粉)할 제
네야 나를 불으리라.

해석을 붙이자면 '바람이 몰아치기에 할 수 없이 휘었지만 굽은 소나무야 웃지 마라 봄바람에 피어난 꽃이 언제든지 고왔을 것이랴 모진 바람 불어치고 눈이 흩날리면 나를 너만은 부러워할 것이다.' 이런 얘기일세."

"한 수 더 들어봄세, '소원 백화총' 전문이네.

소원(小園) 백화총에 나니는 나비들아
향내를 좋이 여겨 가지마다 앉지 마라
석양에 숨 궂은 거미는 그물 걸고 엿는다

작은 동산에 핀 많은 꽃떨기에 나는 나비들아
향내를 좋이 여겨서 가지마다 앉지 말아라
해 질 무렵 음흉한 거미는 그물을 매어 놓고 엿보고 있다.

(즉, 눈앞에 보이는 것에만 홀리지 말고 보이지 않는 곳에 존재하는 위험을 경계하라는 의미임)"

"시조 안에 기가 막힌 철학이 들어있네. 훌륭한 선조님이여!"
"한 수마저 봄세, 이 시조는 아픔이 있지."

> 서리가 가득하여 기러기 소리 싸늘한 하늘에
> 까마득한 은하수 아래 밤기운은 수정 같다
> 청나라에 와 병들어 누웠으니 잠 못 자는데
> 내 마음 깊은 곳에 스며드는 주렴 밖 밝은 달

"참으로 인평대군의 뛰어난 예술적 면모는 그가 살아왔던 삶과 무관하지 않네. 약소국의 왕자로서 인질로 끌려 갔다 오고 사신으로 자주 청나라에 드나들면서 그가 느꼈던 모멸감과 고통을 시, 서, 화 등 예술로 승화시킨 것으로 보이네."
"불과 400여 년 전의 아픔과 치욕의 역사를 잊어서는 안 되리라 생각하며 지금의 현실이 부끄럽기만 하네."
"그런데 인평은 1645년 소현세자를 따라 내조하였다가 3년 뒤에 본국으로 돌아간 중국인 화가 맹영광과 가깝게 지내기도 하였다고 하네."
"아니 그는 조선 화단에 중국 궁중회화 양식을 선보인 인물로 유명한 사람 아닌가?"

"왜 아니겠나. 중국의 회화는 조선의 회화와 밀접한 관계를 맺어왔고 삼국시대에도 공식 사절단을 통하여 중국의 회화가 한반도로 유입될 수 있었는데 중국의 예술은 동아시아 회화의 원류이자 근본으로서 기술적인 면이나 정신적, 사상적인 측면으로도 많은 영향을 미쳤다고 하네."

"아하! 들은 적 있으이. 소현세자가 귀국할 당시 함께 조선으로 들어와서 활동하며 조선화단에 중국회화 양식을 선보인 인물이라고."

"그래서 인평대군의 작품 중 「고백도」는 섬세하고 꼼꼼한 필치로 다루어져 있어서 맹영광의 공필법과 상통하는바 크며 「산수도」의 다소 거친 필치 등은 절파풍의 영향을 어느 정도 반영한다고 하네."

"시조에 이어 그림 또한 수준급이었구먼. 그런데 말이야 인평대군은 천성이 효우(孝友)하고 인서(仁恕)하였으며 학문을 좋아하였다고 했는데 인질로 가서 길에서 노숙하고 끼니를 걸며 참담한 시간을 보낸 생각을 하니 임금이 되어 나랏일만 생각하고 십수 번을 보낸 효종이 이해되지 않네그려."

"그러니 어쩌겠는가? 효종이 봉림대군 시절에도 소현세자와 두 형들은 8년이 넘도록 잡혀있었으나 인평 동생은 바로 돌아가서 사신으로 계속 오고 갔으니 청나라에 대하여 누구보다 잘 알기에 보낸 것 아닐까?"

"그려 그럴 수 있겠네, 내가 이해함세. 효종으로서는 그만의 입장으로 최선을 다했다고 이해하라는 말씀 아니신가?"

"그리 생각하니 우리는 영원한 역사 동지인가 벼. 이제 장남이었던 큰형 소현세자의 일가가 궁금하구먼."

"그러잖아도 이제 막 꺼내려던 참이었네."

"인평대군의 이름은 요이며 병자호란후 볼모로 심양에 갔다가 이듬해 돌아왔고 여러 차례에 걸쳐 사은사로 청나라에 다녀오게 되지.

병자호란의 비분을 읊은 시조가 여러 편 전하며 글씨와 그림에 뛰어났으며 학문 연구에도 깊어서 제자백가에 정통했다고 하네.

「청구영언」과 「해동가요」에 시조 여러 수가 전하며 저서로는 『송계집』, 『언행록』, 『산행록』 등이 있다고 한다만 난 그때 힘없는 나라에서 왕자들이 당한 수치에 몸을 떨고 아까운 인재를 키워보도 못 한 정국에 화가 났지 뭔가."

"마음이 매우 아팠구먼, 그런데 또 있네. 조선 최고의 진취적인 여성 소현세자의 빈 강 씨가 바로 그 사람이네.

강 씨는 남편 소현세자와 두 분 대군과 수십만 명의 죄 없는 조선 사람들, 특히 여성들을 인질로 잡아갈 때 함께 간 사람이지.

소현세자는 볼모로 있으면서도 서양의 문물을 접하게 되어 예수회 소속 아담 샬 신부를 만나며 역법과 기타 서학서는 물론 성상과 천주교 서적들을 선물 받았다고 기록에 있다더군."

"그렇다면 세자가 천주교 신자로 세례를 받았었는지도 모르겠네? 그렇지 않은가, 볼모의 신분이라 어디든 허락을 받아야 이동이 가능했는데 아담 샬 신부는 마카오에 상륙해 북경까지 입성한 인물이며 라틴어 회고록에 자신이 세자와 자주 만나서 오랫동안 이야기를 나누었다고 기록했다는데?"

"세례까지는 아니고 소현세자가 직접 성당을 찾아왔으며 아담 샬을 통해 조선인으로는 처음으로 지동설이나 지구 구형론을 접하거나 사람을 보내어 서양 천문학과 역법을 전수받도록 하였다더군."

"맞다, 세자는 평생 시강원 스승들에게 둘러싸여 성리학적 덕성 교육을 받았고 그것에 따라 훌륭한 국본의 모습을 보이려 노력하였을 것인데 아담 샬과 만나고는 동양과 서양의 역법이 큰 차이가 있다는 것을 발견하게 되었지. 또 조선의 천문학은 초보단계임을 알게 되었다네."

"너무나 놀라운 사실이네, 세자는 학자들이 강조하는 성리학에 줄곧 회의를 느끼고 심리적으로 경계하거나 방황했음을 보여주는 것 아닐까? 그만큼 아담 샬의 서신에서 읽히는 세자의 태도는 급진적이었다며?"

"그렇다면 아담 샬의 기록이 맞는지 아니면 그가 과장으로 기록하였다는 것인지 의심하는 시각도 있을 수 있겠구먼."

"아무튼 세자가 조선으로 돌아가려 할 때 아담 샬은 그가 지은 천문, 산학, 성교정도 등 여러 서책과 지구본과 천주상을 보내 주었고 세자는 한문으로 감사하다는 편지를 보냈다는군."

"세자가 어려운 시간을 보내고 있을 때 세자빈 강 씨는 손발이 모자라는 시간을 보내고 있었다면 이해가 될까? 그는 멀리 유럽에까지 노예로 팔려간 조선인의 아픔을 느끼며 구할 방도를 찾았다는데….."

"아, 그래 있지. 청나라는 우리와 농법이 달랐거든. 그래서 조선에서처럼 씨앗을 구하여 친히 농업을 경작하고 그들을 껴안는 방안을 모색

하는데 얼마나 정성껏 농사를 경작했으면 해마다 풍작을 이루었다네."

"암암, 그거 잘한 일이네. 그렇게 여자의 몸으로 합심하여 '어떻게든 살아남아 조선으로 돌아가자.'라는 정신으로 임했기에 성공한 것이겠지."

"그럼그럼, 그래서 노예로 팔려갔던 조선인들을 도로 사들여 조국으로 귀환할 때는 수많은 인원이 합류하여 떠날 때와 비슷한 수의 조선인이 돌아올 수 있었대, 얼마나 대단하고 장한 일이야? 역시 조선의 여성이야."

"그렇게 어렵게 살아 돌아왔으나 인조 임금은 소현세자가 청나라와 원만한 관계를 유지하며 항상 타협점을 모색하고 있었기에 청에서는 조선과 의논할 문제가 있으면 심양의 조선관에서 소현과 상대하기를 원했기에 이런 태도는 인조를 불안하게 한 거지."

"그에 비하여 봉림대군은 철저한 반청주의자이며, 형 소현을 적극 보호하고 청의 내부 사정을 파악하여 본국에 전달하는 한편, 청의 대명 전쟁을 보고 명이 멸망하는 과정을 목격한 거야."

"거기다가 봉림은 패전국의 왕자라는 이유로 청의 관리들로부터 멸시까지 받았으니 반청사상이 더욱 강하게 굳혀진 것이지."

"더욱 심한 것은 김자점과 귀인 조씨가 '소현이 입국하면 왕위를 내주어야 할지도 모른다는 말로 인조의 경계심을 더욱 높여놓은 상태였어요."

"이런 내막을 알 리 없는 소현은 인조를 찾아뵙고 청의 내부 사정과 서양 문물에 대하여 이야기하며 서양의 책과 기계를 보여주자 심

하게 분개하여 벼루를 들어 소현의 얼굴을 내리쳐 몸져눕자 어의가
열을 내린다며 세 차례의 침을 놓은 지 삼 일 만에 죽게 되었지요.”

"세상에나! 어찌 이런 일이, 너무나 억울하고 안타까운 일입니다.
그러면 일반적으로 왕이나 왕자에게 의술을 잘못 사용하면 의관이
국문을 당하는 것이 관례이거늘 어의 이○○은 날아갔겠지?”

"전혀요. 대사헌이 나서도 소용없는 일, 인조가 어의를 옹호하면서
대사헌에게 몹시 화를 내고 후에 그가 세자빈 강 씨의 조카사위라는
이유로 좌천시킨걸…."

"소현세자의 장례식도 일반 평민의 장례에 준하는 절차로 단축시키
고 묘지도 신하들의 중론을 무시하고 멀리 고양의 효릉 뒤쪽에 마련
하라고 하지요.”

"다행히 이 모든 사건은 학자 ‘이○○’이 소현세자의 묘지문에 ‘환궁
이후 의원의 시술이 잘못되어 끝내 죽음에 이르렀다.’라고 기록되어
있다더군.”

"왜 안 그렇겠나? 치가 떨리는 인조의 행위를 어서 마무리하려고
하네. 그는 소현세자를 비롯해 그의 가족과 주변 세력을 모두 제거
해 버리지. 이 같은 일련의 행동들은 그가 소현을 독살했음을 방증
하고 있는 거 아니겠나?”

"흠, 그가 소현을 죽인 것은 반청 감정 때문이고. 원래 인조의 정치
적 기반은 ‘대명사대주의’였고 반정을 일으켜서 광해군을 몰아내고
명분도 바로 그것이었으나 그의 사대모화 사상은 병자호란을 일으키
고 말았지.”

"급기야 왕인 자신이 무릎을 꿇고 사죄를 해야 하는 치욕까지 겪게 되었으며 자식들을 볼모로 보내야 하지 않았나?"

"그렇지. 그런데 말이야. 지금까지 벌려진 피비린내 나는 사건은 봉림은 모르고 있었다는 거네. 그는 심양에 있다가 후에 귀국하거든. 입국한 지 3개월 후에 세자로 앉혀요. 인조 임금 발에 불이 낫겠지 아마."

"봉림은 소현과 달리 대명 사대주의에 더 집착해서 반청 사상을 한껏 고조시킨 인물이었지."

"그래, 바로 그거네. 인조는 봉림의 반청 감정이 자신의 대명사상과 일치한다고 보았고 그 때문에 큰아들을 죽이고 차남에게 왕위를 물려주었던 것이고."

"그거 살고 가실 것을, 자식과 그 측근들을 그토록 참혹하게 죽이다니!

1649년 5월 인조가 승하하자 왕위를 이어받은 조선 제17대 왕 효종이 봉림대군일세. 이제 인조를 보내 드리고 화양동에 가서 효종과 우암을 만나봄세."

✒ 김홍숙
⋯⋯⋯⋯⋯⋯⋯⋯⋯⋯⋯⋯⋯⋯⋯⋯⋯⋯⋯⋯⋯⋯⋯⋯⋯⋯⋯⋯⋯⋯⋯⋯⋯⋯⋯⋯⋯⋯
농민문학 신인상, 2017 농민문학 작가상, 여백문학상, 『옥잠화 피던 새벽』, 『나의 자전 에세이』, 소설집 『아버지의 땅』 외

十字架

·

오 계 자

때가 되었나 보다. 이른 봄 겨우 눈을 뜨자마자 때아닌 폭설에 시달리고 여름 내내 모진 햇살과 폭우에도 잘 견디며 맡은 바 소임을 다 하더니 참 곱게도 단장을 했다. 고운 이파리들이 하나둘 떠나기 시작한다. 스스로 떠난다고 생각할까, 내년의 움을 위해 나무가 밀어낸다고 여길까. 양쪽 다 긍정할 수도, 부정할 수도 있겠다. 싫든 좋든 내 의지와는 상관없이 이별하는 우리의 삶을 스스로 떠난다고 할 수 없고, 누군가가 밀어낸다고도 할 수 없듯이 말이다. 그냥 우주의 섭리라 여기며 맥놓고 일엽편주가 되어 떠내려가는 것이라고 단정하려니 서글프다.

나머지 생이 더 무의미해지는 것 같다. 이렇든 저렇든 떠내려가는 것이라면 누워서 하늘만 보는 게 나을까, 애써 일어나 세상 구경이라도 하는 게 나으려나. 조금이라도 시간을 벌기 위해 역류의 노를 저어 보는 것은 초라해지겠지. 나는 그동안 편하게 앉아서 세상 구경도 못 했다. 음식 배달부가 자신은 먹지도 못하는 음식을 들고 종일 바쁜 것처럼 내 것도 아닌 무언가를 껴안고 안절부절못하다가 예까지 온 것 같다. 선선한 바람이 속으로 스며든다.

색동저고리 빨간 치마로 갈아입은 이파리 하나가 춤추는 여인의 한삼 자락처럼 산들거리다가 내 귓전을 스친다. 하느작거리는 날갯짓은 여린 나비 날갯짓이더니 귓전을 스칠 때는 놀랍게도 힘차게 획 소리를 낸다. 무엇일까, 짧지만 강력한 메시지를 느꼈다. 무슨 소리인가. 낙엽이 전해 주는 메시지를 아이러니하게도 내가 지금 활력소로 받아들이려 하고 있다. 이유는 모르겠다. 비록 떨어지는 신세지만 찬란했던 삶을 과시한 다고? 곱고 여려 보이지만 내면의 힘을 보여준다고도 생각해 볼 수 있겠 다. 어쩌면 내가 지금 활력소를 갈망하고 있는 탓인지도 모르겠다. 이렇 게 내 마음이 가을 길섶처럼 어수선하니 봉두난발이다. 이파리들도 화 려한 수의(壽衣)로 치장하지만 결국 땅의 색깔인 가랑잎이 되어 땅으로 돌아간다. 세상의 모든 생명을 감싸고 있던 물체가 돌아갈 곳은 땅이든 가. 가랑잎이 되기 전에 핏 종발이라도 있는 모습으로 툭 떠나고 싶다.

세상에 태어날 때는 온 가족들이 설렘과 긴장으로 기다리다가 요란 스럽게 울며 나타나도 대환영이다. 값지고 존경 받는 삶이었든, 손가 락질받는 속된 삶이었든 간에 노인이 되어 떠날 날이 가까워지면 가 족들의 관심은 얇아지고 본인은 묵묵히 자신이 무거워진다. 떠날 때 도 태어날 때처럼 당당하게 큰 소리를 내면 어떨까. 이 땅에 나타날 때처럼 말이다. 왜 죄인처럼 움츠리고 주변의 눈치를 보는가 싶다. 왜 냐고 묻는다면 딱히 정답은 없지만 나도 그렇다. 관객 없는 무대의 배 우들처럼 시간이 갈수록 마음이 외소해진다. 곱게 단장하고 나 떠나노라고 폼 나게 시선을 받는 게 아니다. 관객은 무엇을 원하는가.

엄마가 없어도 저희 가정 잘 돌아간다는 아들의 말을 듣고 가슴에 돌덩이가 짓누르더라는 친구의 넋두리가 선명하게 귓전을 맴돈다.

"자식은 키울 때보다 제 가정 꾸리면 AS(after service)가 더 힘이 든다고 넋두리하지 마라. 그 AS도 필요 없다고 할 때는 온 힘이 다 빠져버리거든. 아니 살아야 할 이유와 낙을 잃어버리는 거지."

노인상담 과정에서 자주 듣는 말이다. 내가 노노케어 봉사를 하겠다고 교육받을 때만 해도 내 맘이 이렇게 삭막하지는 않았는데 요즘 왜 이런지 모르겠다. 동갑 친구가 뇌졸중으로 쓰러진 탓도 있으려나.

서민들이 모여 사는 주공아파트다. 대단지라 그런지 놀이터는 마침 유치원 셔틀버스가 아이들을 내려놓고 가서 시끌벅적 물결치듯 자유롭다. 명품 아파트 단지는 아이들도 바빠서 항시 어린이 놀이터가 아니라 햇살 웅덩이지만 여긴 아이들이 개구리 헤엄치듯 자유롭다. 조금 전에 헤어진 김복순 할머니의 유년 시절은 어땠을까. 아주 다른 세상인 것 같다.

저 아이들에게

'남녀평등', '첫딸은 살림 밑천'과 같은 말을 설명하면 반응이 어떨까. 무슨 말인지 알아듣기나 할까. 놀이터 옆 그늘에서 조금이라도 발보이려고 혀들이 바쁘게 설치고 있는 젊은 엄마들은 들어본 말인지도 모르겠다. 살림 밑천으로 태어난 세대와 그 말의 뜻도 모르는 세대가 공존하면서 세대 간의 갭(gap)은 깊다. 나야말로 양극을 오가며 이쪽

저쪽을 이해하기도 하고, 이해 못 하기도 한다. 일반적으로 노인들을 만나면 고부 갈등을 대표로 해서 외로움이 가장 큰 문제다.

'녀석들아, 말이라도 따뜻하게 해드리면 어른들의 마음이 그렇게 허허롭지는 않을 거야.'
젊은이들에게 내놓고 싶은 말이다.
'어르신, 급변하는 시대의 젊은이들 입장과 환경을 조금만 생각해 주시고, 미리미리 노후 플랜(plan)을 짜셨으면 자식들에게 서운할 겨를도 없고 홀로서기도 수월할 것을요.'
양쪽을 만나면서 참 안타깝다.

"어른들은 왜 우리더러 어른들 시절의 삶을 따라오라 합니까? 시대의 변화에 따라 어른들도 생각을 바꾸셔야지요."
"내가 어리석었지요, 어려운 시절이라 자식의 성공에만 온 정성 다 쏟았지, 내 노후는 생각해 볼 겨를도 없었지요. 그럴 여유도 없는데 어떻게 노후 계획을 합니까."
이쪽저쪽을 다 이해하고도 남는다. 그렇다고 이쪽도 옳소, 저쪽도 옳소 하며 넘어갈 수도 없는 노릇이지만 깊이 개입할 수도 없다. 조금씩, 조금씩 간격을 좁혀가야 하는데 그것이 그리 호락호락하지 않다. 나는 언제나 어른이 먼저 가슴 문을 열어 보듬고 감싸는 편으로 좋은 결과를 낳았다. 같이 시소(seesaw)를 타면 얼마나 피곤하냐고, 싸움의 대상이 아니라 사랑이 먼저인 가족임을 설명 드린다. 윗사람이니까 어른이니까 리더를 해야지 체통이 선다며 먼저 팔 벌리고 보듬어 안으라고 말해 드리면 대부분 잘하신다. 물론 젊은이들에게 어른 입장을 충분히 각인시키면서 진행해야 된다.

우리 할머니들의 가슴 속에는 천추유한(千秋遺恨)의 장편소설이 몇 편씩 들어앉아 있다. 그렇다고 젊은이들에게 무조건 이해하랄 수는 없다. 무턱대고 노인의 심정을 알아달라면 될 리가 없다.

오직 남편과 자식만을 위해 살아왔다고 생각하시는 할머니들에겐 하도 한이 질기고 상처가 깊어서 지켜보는 나도 마음이 참 많이 아프다. 사랑하는 남편과 자식에게 최선을 다한 것은 실상 희생이 아니다. 자신을 위해 살아온 것 아닌가. 자신을 위해 실행한 일들을 희생이니 봉사니 하면서 스스로 서러움과 한을 만든다.

그분들의 고정관념이 너무 야물기 때문에 깨트리기가 쉽지 않다. 말로는 내가 보상받기 위해 자식들에게 몽땅 바친 것은 아니라고 하지만 자신도 모르는 무의식 속에서는 설마가 꿈틀거리며 기대를 한다. 어쩌면 무의식이 아닌 맘 한쪽에 내가 저를 어떻게 키웠는데, 또는 내가 내 부모님을 섬긴 것의 반이라도 받을 테지 하신다. 그런 생각을 속으로 품고서도 말씀은 자식한테 기댈 생각 없다고 하신다. 해거름이면 수화기가 잘 놓여있는지 전화통만 살피고 아침이면 까치가 우는 방향부터 살피시면서 말이다. 노인 세대는 자식들에게 어른들의 고충을 지나치게 가리고 숨겨왔다. 자식들 기(氣) 죽을까 염려되고, 공부에 방해될까 염려되어 힘든 살림살이도 말하지 않았다. 뒤늦게 나는 이러이러했노라 하면서 고충을 내놓으시면 젊은이들은 오히려 황당하다. 미리 자식들에게 경제적으로 어려우면 어렵다고 말을 해야 녀석들도 자신의 길을 닦을 터이다.

나도 그랬다. 경제적으로 어려워도 아이들에겐 숨기고 아닌 척했고, 몸이 아파도 참기만 했다. 할머니들의 지나온 길을 아무리 찾아보아도 본인(자신)은 없었다. 어른 봉양 잘하고 남편 바라지 잘하며 자식 잘 키우는 것을 사명이요, 숙명으로 여기며 그것이 자신의 길임을 당연시했다. 어느 친구가 시집가는 손녀에게 남편 잘 섬기라 했더니,

"남편을 왜 섬겨? 남편이 신이야?"

하더란다. 이런 세대들이다. 이렇게 세상의 변화는 빠르고 어른들의 터득은 따라가질 못한다. 눈을 뜨려면 확실하게 뜨고 확실하게 알아서 걸맞는 처신을 해야 하는데 어섯눈을 떴기 때문에 눈앞에 다른 세상이 펼쳐지는 것을 보는 시각은 있지만 재바르게 적응할 능력은 되지 않고 끙끙 앓는다.

아무것도 모르고 그냥 숙명이라 여기며 사는 것이 나으려나 싶기도 하다. 소위 21C라지만 노노(老老)케어에 종사하고 가족 상담을 하면서 나는 지금이 어느 시대인지 몇 세기에 살고 있는지 혼란이 올 때가 있다.

김복순 할머니는 우울증의 원인이 고부 갈등도 아니요, 경제적인 문제도 아닌 특이한 쪽이다. 자신은 첫딸이지만 살림 밑천보다 더 잔인한 짐승으로 태어나서 못난이 팔불출 짐승으로 살았다며 눈물만 흘리신다. 살림의 밑천을 짊어지고 태어나질 못했으면 몸으로 때워야 하는 거라고 귀에 딱지가 앉도록 들으며 자랐단다.

간신히 달래고 위로해서 울음은 그쳤지만 돌아설 때마다 뒤가 무

겁다. 친정어머니의 임종 소식을 듣고도 가지 않을 만큼 한이 컸지만, 이제 그 한이 낳은 자신의 행위들이 더 깊은 한을 만들어 고통을 품고 사는 김복순 할머니다.

"나는유 열 살꺼정 내 이름이 무녀린 줄 알았시유. 김무녀리유."

열 살이 되던 해에 어머니에게 물어봤단다. 다른 아이들은 이름이 두 글자고 성이 한 글잔데 자신은 왜 이름이 석 자냐고. 어머니의 대답이

"너도 호적에는 두 자여. 복순이, 김복순. 복 받고 순하게 살라고 니 아버지가 이름 지어 호적에 올렸어. 그날 난리가 났었지. 할머니의 퉁바리가 대단하셨어."

"왜?"

"그까이 것 호적에는 뭐 하러 올리느냐구. 그러니께 이것아 잘 살아야 혀."

그날부터 어린 김복순은 아버지가 자기편임을 알고 행복했단다. 아버지를 존경하며 고무신을 닦아도 더 정성을 들여서 쓰다듬으며 닦을 정도로 아버지가 좋았단다. 진짜 이름 때문에 복 받고 잘 살리라 굳게 믿으며 하루하루가 행복했단다. 남동생이 국민학교에 입학하면서는 겨울에도 업어서 냇물 건너다주고 학교 끝나면 가서 업어서 건너와도 행복했단다. 끝이 없는 이야기는 할머니의 쌓인 한을 녹이는 촉매제가 되기를 바라는 마음으로 끄덕이며 경청에 신경 썼다.

"무녀라! 이년 어딜 강 겨."

할머니의 쩡쩡한 목소리만 들리면 가슴이 두방망이질하며 달려가 어깨 움츠리고 조아렸다.

"이년아, 니 동생이 보통 동생이여? 니가 차고 나오지 못한 죄로 그 값을 해야 하능 겨. 우리 석이 신발이 저게 뭐여 어여 가서 뽀얗게 닦어와, 어여."

개구쟁이 동생은 옷이며 신발이 아무리 빨고 닦아도 당할 수가 없었다.

어느 해 여름밤, 모깃불 피워놓은 들마루에서 어른들의 옛이야기 듣다가 잠이 들었다. 아버지가 나를 안고 들어가시는 바람에 어슴푸레 잠이 깼지만 좋기도 하고 미안해서 눈을 뜰 수가 없었다. 그날의 행복을 나는 영원히 잊지 못한다. 아버지 냄새가 얼마나 좋은지 길게 숨을 들이쉬며 맡았다. 달곰삼삼하지도 않고 구수하지도 않지만 나를 사랑해 주시는 땀이 마른 내 편의 냄새가 지금도 사무치게 그립다. 자는 척하는데 방에다 뉘면서 쯧쯧 혀를 차셨다. 남동생 젖 먹이던 어머니께서 시집이나 잘 가야 할 텐데, 하시며 한숨을 쉬셨다.

"이년은 착하잖어, 시집은 잘 갈껴."

아버지의 '착하니까 시집은 잘 갈껴' 그 말씀만 가슴에 품고서 오로지 시집 잘 갈 것이란 꿈을 안고 한없이 착하게 살았다. 착하니까 시집 잘 갈 것이라는 그 말씀이 내게는 곧 신앙이었다. 남동생은 할머니의 강요에 의해서 초등학교 들어갈 때까지 엄마 젖을 먹였지만 나는 빨리 젖을 떼야 바로 동생을 본다는 할머니의 명으로 백일 때부터 이유식으로 밥

물을 먹고 자랐다고 들었다. 남동생과 15개월 차이로 또 딸을 낳은 어머니의 목은 더 짧아지고 할머니의 목소리는 더 우렁찼다. 여동생이 밥물을 먹으며 허기져 할 때 남동생은 엄마 젖도 먹고 아버지 상에서 쌀밥에 고기반찬도 먹었다. 어머니랑 나는 부뚜막에 앉아서 장아찌랑 대충 먹었어도 원래 그런 것인 줄 알았다. 여자는 그런 것인 줄 알았다.

열네 살 되던 해 봄, 할머니의 장례의식이 끝나자 아버지는 동생에게 네 누나 글 좀 가르쳐 주라고 부탁을 하셨고, 나도 배우고 싶었다. 무녀리, 바둑이, 학교, 어머니와 아버지는 쓸 줄 안다. 남동생이 할머니 몰래 마당에서 꼬챙이로 쓰며 가르쳐 줬다. 정말 열심히 공부해서 재미있는 책이 많은 아랫마을 영자네 가서 틈틈이 책도 많이 읽었다. 글을 배우니 세상이 신기하다. 재미있는 이야기책도 많고, 배울 것도 많다. 글이란 것이 이렇게 좋은 것인 줄 몰랐다. 영자가 방학 끝나고 서울 가면 편지도 쓴다. 답장이 오면 서울 소식도 재밌고 신기하다. 만나지 않아도 서로 소식을 주고받다니 이렇게 좋은 글을 내가 배웠다.

영자는 졸업하면 선생질한단다. 한없이 부럽기도 하지만 한편으로는 여자가 많이 배우면 집 안에 불화만 인다는 할머니 말씀이 켕긴다. 많이 배운 영자가 나중에 시집가서 집에 불화만은 없기를 간절히 빌었다.

"산막골댁 무녀리가 그렇게도 시집을 잘 간대유."
"그려, 조치원인가 어디 면장 집 아들이랴."
동네가 떠들썩하게 시집을 왔다. 그것은 아주 대단한 집안이라 기보다는 무녀리 주제에 비하면 잘 간다는 것이다. 착하고 두름손 좋으며 효녀에 마음씨는 천사 같다고 타동에까지 소문이 자자했으니까. 순하게, 착하게 산 보람이 있어서 복을 받은 것이라고 믿었다.

시집에 오니 손위 시누이가 학교 선생님이다. 세상에! 여자가 많이 배우면 집구석에 불화만 생긴다더니 그 시누이는 화목하게 참 잘 산다. 어릴 적부터 듣던 할머니 말씀이 맞는 말이 별로 없다. 살면 살수록 새록새록 틀리는 말씀들이다.

"기집 년이 글 배우고 아는 것이 많으면 집구석에 불장만 이능 겨."

할머니는 여자가 아니라 그냥 할머닌 줄 알았다. '나는 딸을 낳으면 아들보다 더 아껴주고 예뻐해 줄 거야.' 뭐 그런 상상도 할 줄 몰랐다. 나처럼 사는 것이 당연한 줄 알았으니까. 그런 생각은 시집이라고 와서 하게 되었다. 원래 차별되어 태어난 것이 아니라는 걸 시집와서 알았다. 학교 선생님이신 손위 시누이가 남녀평등에 관한 글을 썼는데 신문에도 나왔다. 그래도 시누이는 화목하게 잘 산다. 그래서 여자가 많이 배워도 집안이 편할 수 있다는 것을 알게 되었다.

눈물범벅이 되며 더듬어 내시는 김복순 할머니가 걱정되기도 한다. 옛일 꺼낼 때마다 설움이 북받쳐서 숨이 벅찰 때도 있다.

오늘도 이쯤에서 끝내야겠다. 마음이 좀 안정된 것 같다. 더 말하고 싶고, 나를 더 붙잡아 두고 싶어 애원하지만 더 있으면 그도, 나도 다 지칠 것 같다. 말하는 시간보다 우는 시간이 더 길어서 노인이 기력 잃을까 염려도 된다. 자원해서 노노케어 봉사할 결심을 할 때부터 어느 정도는 예상했지만 소설에나 등장할 법한 사연들이 현실에 남아서 아직도 저렇게 고통을 안고 사는 사람들이 많은 줄 몰랐다. 지금이 어느 땐데 말이다. 무녀리의 뜻도 모르고 무녀리라는 자신의 이름을 애칭으로 살아온 김복순 할머니의 삶도 안타깝다. 그냥 뜻 모르는 애칭으로 사는 게 나으려나 싶을 때가 많다.

당신의 나이테 수가 그때 어머니의 것보다 많아진 지금은 당신 가슴의 못보다 자신이 어머니의 가슴에 박은 못이 더 괴롭다. 친정 부모님과 가족들에게 못 할 짓 해놓고 그 행위들이 자신의 가슴에 대못으로 돌아와 박힌 것이다. 최근에 와서 통증이 요동을 치니 복지관에 의뢰를 하신 게다. 다섯 달 동안 나에게 다 털어놓으셨다.

"뭐하세요?"

"삽자루가 뿐지러졌어. 게재비구멍에 박힌 걸 당최 빼내질 못하겠어."

"삽자루가 그렇게 잘 빠지면 안 되죠. 가지고 들어가요, 가스레인지에 얹어 태워서 뺍시다."

"맞어, 맞어. 옛날에 우리 영감도 태워서 뺐어. 그려 늙으면 머리도 같이 늙어서 그 생각을 못 한 겨."

"그런데 새로 낄 자루는 어디 있어요?"

"철물점 가서 사야지."

"그럼 이걸 들고 가서 아예 자루를 박아달라고 하셔."

오늘은 이 노인네 기분을 봐서 컨디션이 괜찮은 것 같다. 그동안 많이 쏟아놓으셔서 조금은 가벼워진 모양이다. 김복순 할머니가 그동안 내놓으신 가슴의 응어리는 나까지 무겁게 한다.

"큰아들이 보통학교 졸업식 날 교장 선생님 상을 탔어유, 그거이 한글사전이유."

그 사전은 할머니의 눈을 띄워주면서 맘고생의 씨앗이 되고 말았다. 아들이 사전 찾는 법을 자세히 가르쳐 주면서 엄마도 같이 공부하자고 했다. 내 자식이 상을 타서 귀하고, 내가 모르는 말을 여기서 찾을 수 있다니 얼마나 귀한 책인가 싶어서 쓰다듬고 어루만지다가 책꽂이에 고이 꽂아두었다.

어느 날, 아들 방 청소를 하다가 책상 위에 펼쳐진 사전을 보고 문득 호기심이 일어서 복순이를 찾았다. '순하고 착해서 복 받는다는 말'이라고 있을 줄 알았는데 복순이라는 말 자체가 없다. 비싼 사전은 아닌가 보다 생각하다가 무녀리¹⁾가 생각났다. 복순이도 없는데 무녀리가 있을 리 없겠지 하면서도 그냥 찾는 연습도 할 겸 해서 찾아보았다. 순간 친정집 식구들이 모두 짐승의 몸으로 영상이 되어 줄줄이 나타났다.

기가 꽉 막혀버렸다.

자신들이 짐승이 되는 것을 감내하면서까지 나를 짐승의 새끼로 취급했어야 했을까. 할머니가 그토록 사랑하고 금쪽같은 할머니의 손자조차 짐승의 동생, 즉 짐승이 된다는 생각은 못 했을까. 아니면 내가 모자라는 아이였단 말인가.

짐승의 새끼, 짐승의 새끼⋯⋯.

---

1) 무녀리: 본딧말은 문열이다. ① 한배에 여러 마리 태어난 새끼들 중 가장 먼저 나온 짐승의 새끼. ② 언행이 좀 모자라는 '못난 사람'을 낮추어 이르는 말.

모자라는 사람, 모자라는…….

그렇다. 짐승의 새끼보다는 모자라는 것이다. 모자라는 년.

친정집에서의 굴욕은 혼자 삼켜버린다 해도 내 자식들, 삼 남매에게 어떻게 해야 하나. 아이들에게 내 애칭은 무녀리라고 수차 말했으니 이를 어쩐담. 나는 어릴 적부터 가족들이 이름 대신 무녀리라고 애칭을 불렀다면서 '무녀리', 복순이보다 예쁜 이름이라고, 자랑삼아 말했으니 이를 어쩌나.

"어머니, 무슨 일이세요? 요즘 제대로 드시지도 못하고 얼굴에 걱정이 가득해요."

"아무 일 없다. 무슨 일거리가 있겠니."

며칠 음식이 넘어가질 않아 억지로 먹으려고 애를 쓰지만 기어코 아이들이 무슨 낌새를 느낀 모양이다.

"참, 엄마, 외할머니 생신이 이때쯤 아냐?"

딸의 말에 답은 않고

"앞으로 어떤 일이 있어도 내 앞에서 외갓집에 관하거나 그쪽 가솔들 얘기도 꺼내지 마라, 이유는 없으니 물어도 소용없다."

"이유 없는 결과가 어딨어, 엄마."

딸 경숙의 말에 그래도 남자라고 그릇이 달라서

"누나, 무조건 엄마 말씀 따르자."

더는 말하고 싶지도 않고 듣고 싶지도 않을 것이라는 내 심정을 아들은 읽은 게다. 친정어머니조차 원망스럽다. 아무리 지엄한 시어머니라도 남편과 자식들이 짐승이 되는 상황인데 어찌 입 다물고 보고만 있었을까. 아니면 자신의 딸을 칠푼이로 만들었어. 엄마는 당신도 날 부를 때 무녀리라고 했어, 맞아, 어떻게 당신 입으로 그리도 쉽게 본인과 남편의 자식들을 모두 짐승을 만들 수 있단 말인가. 나는 이해 못 한다. 이해를 하고 말고가 아니라 있을 수 없는 일이다. 옛 어른들이 흔히 쓰는 이름은 바우, 차돌이, 딸 그만 낳으라고 '딸고만', 더러는 부전이도 있다. 허지만 무녀리는 이웃 동네에도 없다. 짐승의 새끼라면 당신들이 먼저 짐승이 된다는 걸 생각지 못할 리는 없고, 내가 모자란다는 뜻인가 보다. 아니 모자라는 아이가 되어 끙끙 일이나 하길 바랐을 것이다. 다시는 짐승의 소굴에 가지 않으리라. 다시는 그쪽으로 고개를 돌리지도 않으리라.

아버지는 왜 나를 무녀리라고 불렀을까. 아니 지금 생각하니 그냥 큰애라고 불렀던 것 같다. 그렇다면 아버지는 그 말의 뜻을 알고 계셨던 것이다. 알면서 왜 말리지 않았을까. 왜 강력하게 나서서 막지 않았을까. 다 원망스럽다. 아니 다 저주스럽다.

그렇게 한을 품고 20년이 지날 동안 친정에서는 막냇동생이 결혼을 했고, 아버지께서 시름시름 앓다가 돌아가셨다. 또 어머니가 많이 편찮으시다고 편지가 수차례 오고 남동생이 직접 찾아와서 어머니가 계속 누나를 찾으신다고 했지만 가지 않았다. 그러다가 어머니마저 돌아가셨다.

3년 전에는 나 몰래 외삼촌을 만난 아들이 외가에서는 나를 아주 나쁜 년이라며 욕을 한단다.

"어머니, 나는 어머니를 믿어요. 어머니는 나름대로 이유가 있을 것이라 생각되지만 외가에는 그 이유를 알려드려야죠. 그래야 어머니가 당당하잖아요. 또 외가에서도 그 이유에 대한 해명을 할 수 있도록 기회를 드려야지요. 저도 사실은 아버지께서 말 못 하게 하셔서 눈치만 보았는데요. 작년에 외할머니 돌아가셨을 때 어머니 몰래 아버지랑 제가 다녀왔어요. 하지만 외가에서 어머니 원망하는 거 나도 싫어요. 아무 말 없는 어머니도 답답하구요."

옳은 말이다. 그리고 잘한 일이다. 그래도 울 영감이 마지막까지 좋은 일 하고 가셨구나 싶다. 그러나 이제 와서 해명을 들어본들 무슨 소용이며 누구에게 해명을 할 것인가 이미 다 떠나신 것을……

"그래, 알았다. 너도 이제 아이들 앞에 서서 가르치는 입장이니 알 만하겠구나. 내가 그 이유를 말해도 아무 소용이 없는 일이라 입을 닫았다. 그렇지만 너희들은 알아야 되겠구나. 그래 말하마."

눈물범벅이 된 얼굴에는 아마 후회의 눈물이 더 많이 섞여있으리라. 등 기댈 아들 앞이라 그런지 가슴의 한(恨) 덩이가 줄줄 잘도 나온다. 쏟아놓고 싶었는지도 모른다. 그렇다. 쏟아놓고 싶었던 적이 한두 번이 아니었다. 무거웠다. 정말 무거웠다. 아들 녀석이 내 두 손을 덥석 잡았다. 나는 아들의 품에 안겨 질러 울고 말았다. 이런 것을 목 놓아 운다고 하던가. 세상에 태어나서 누구의 품에 안겨 이렇게 몸도 마음도 다 풀어놓고 울기는 처음이다. 아들은 안다. 내가 지금 무녀리로 살아온 나의 삶이 서러운 게 아니라 부모님 가슴에 대못을 박았다는 죄 때문에 고통이라는 것을.

눈을 뜨자 아들이 물수건으로 얼굴을 닦고 있다. 울다가 지쳐서 아마 잠시 혼절한 모양이다.

"어머니, 그 마음 이해가 갑니다. 진즉에 털어놓으셨으면 그렇게 힘들 지는 않았을 걸요. 얼마나 무거우셨어요, 맘고생 참으로 오래 하셨어 요. 그동안 맘고생 하신 거로 충분히 용서가 될 겁니다. 외할아버지와 외할머니께서도 어머니가 안쓰러워 저승길인들 편하실 수 있었겠어요?"

일요일에 아들 손에 끌려 친정 부모님 산소에 가서 용서를 빌었다. 아들 앞에서 풀어놓은 뒤라 서러움도 한 맺힌 아픔도 덜하리라 생각 했는데 더 심한 용트림을 한다. 아마 어머니 앞이라 그런가 보다. 후회 와 울부짖음으로 기억 속의 죄의식을 지울 수 있다면 몇 날 며칠 밤 을 새워서라도 가슴을 치며 통곡하겠지만 속가슴의 상처만 깊어진다.

예닐곱 살이나 되었을 때든가, 그날 밤 어머니의 애절한 말씀.

"시집이나 잘 가야 할 텐데……"

그 말 속에 담긴 어머니의 애간장을 내가 왜 모르고 그 가슴에 대못 을 박았던가. 어머니가 병원 안 가시겠다고 끝까지 우겨서 병원도 한 번 못 가고 혼자서 속병으로 고생하면서 얼마나 뜨거운 속울음을 삼키셨 을까. 세월의 갈피마다 새겨진 한을 한 토막도 지우지 못하고 고스란히 안고 가셨으니 그 한이 얼마나 깊으셨을까. 속으로만 울 때보다 울음보 가 터져 자식 품에서 맘껏 울고, 오늘은 부모님 앞에서 보따리를 풀어놓 으니 조금은 후련해진다. 이제 자식들도 다 제 가정 꾸려 나가기 바쁘고 홀로 남아보니 자신이 부모님께 저지른 행위들 짓짓이 통탄할 뿐이다.

김복순 할머니의 샘물처럼 솟구치는 사연들을 듣는 동안 나도 매일 같이 눈물을 흘렸다. 나는 고심 끝에 한 가지 위로의 말이라고 찾아낸 것이 겨우

"그래도 착하게 사신 보람이 있어서 시집을 잘 오셨으니 어머니에게 효도한 겁니다."

그 말은 수긍을 하신다. 노인들에게는 늘 정답이 없거나 있어도 가능성이 희박하다. 김복순 할머님도 세월과 함께 해답도 흘러가 버렸다. 이제 와서 저승에 계신 부모님을 찾아가서 꿇어 엎드려 용서를 빌어봤자 무슨 소용인가. 자신의 무게를 조금 덜어놓았을 뿐이지만 그래도 하루빨리 가슴의 응어리 깨부수고 죄다 털어내는 길밖에 없다. 종교를 갖게 해서 신앙이라도 있으면 좋을 것 같다.

"여사님, 절에 다녀볼래요?"

"싫어, 내가 무신 낯짝으로 부처님 앞에 서, 서기를."

"우리 그럼 교회에 다녀볼까요?"

"싫어, 귀찮어, 전에 다녀 봤어. 목사님들이 참 좋은 말씀도 해 주시긴 혀. 그래도 옆집에 여자는 교회 다니는데 너무 설쳐. 우리 큰미누리는 성당에 다니는데 얌전하고 조용혀."

"교회 다니는 사람들이라고 다 설치는 건 아니잖아요. 내 동생은 고등학교 때부터 열심히 교회 다녔어요. 교양 있고 똑똑해요. 남편도 교인인데 참 다복하게 잘 살아요. 여사님 그럼 다음 주에는 신부님 좀

만나볼까요? 신부님은 좋은 말씀 많이 해주시고 큰 힘이 될 거예요."

"교회서도 죄짓지 말라 할 테고, 절에 시님들도 좋은 말씀 잘 해주시더만. 그래도 큰미누리 따라가야 재."

다음 주에는 성당에 신부님 뵈러 가기로 했다.

김복순 님 어린 시절의 할머니나 어머니도 시대의 흐름에 떠 있는 거룻배처럼 흘렀을 뿐이라고 사람들은 말할지 모르지만 내 생각은 다르다. 살고 있는 시대를 거슬러 가자는 뜻이 아니라 사회의 흐름을 따르더라도 조금 더 미래지향적인 생각을 품고 현실에 맞게 조화롭게 승화시키며 살자는 것이다. 그 시대의 주인공이라도 각본이 현실과 어긋날 때는 수정을 하면서 발전적인 연기를 할 수 있다는 생각이다.

무녀리의 어머닌들 그 가슴에 어찌 한이 없었으랴. 당연한 것으로 간주하며 다 그런 것인 줄 알고 사신 것이지. 인도의 신분제도처럼 말이다. 소위 말하는 불가촉천민조차 불만을 품지 않고 감수하며 살아온 것은 불교 사상의 윤회를 믿기 때문이 아닌가. 자신이 전 세상에서 지은 죗값으로 인해 받는다고 인식하기 때문인 것처럼 우리 어르신들도 팔자소관으로 감수하며 사신 게다.

사회가 살여울로 굽이치며 변하는데 우리 어르신들은 무언가 변화의 느낌은 있지만 굳은 관념을 깨기는 쉽지 않고, 용기는 더욱 없으니 현시대의 사회와 갭이 클 수밖에 없다. 서로에게 스트레스의 씨앗이 되면서.

천주교 신도 친구를 통해서 부탁을 했더니 월요일은 신부님께서 쉬시는 날이라고 수요일 10시 기도시간 맞춰서 가기로 했다. 수요기도 끝난 후 잠시 뵙기로 했다. 약속보다 좀 일찍 왔는데 김 할머니는 벌써 곱게 단장하고 기다리신다. 설렌단다. 제발 신부님에게 위안을 받고 계속 성당에 나가며 기도로 한을 풀었으면 좋겠다. 저만치 성당 건물이 보이자 김 여사는 손이 가슴으로 올라간다.

　기도시간이 임박한 듯 많은 신도가 자리를 하고 있다. 엄숙한 분위기지만 거리감을 주지 않는 기도시간이었다. 의외로 김 할머니도 쉽게 적응을 하는 것 같다. 예배가 끝나고 출입문 입구에서 일일이 인사를 하시는 주임 신부님에게 친구가 소개해서 인사드리고 아담한 집무실로 안내되었다. 김 할머니의 표정이 참 밝아졌다. 수십 년 짊어지고 살아온 무거운 짐에 관한 설명은 미리 e메일로 자초지종 전달이 되었기 때문에 다른 설명은 필요가 없다. 찻잔에는 관심이 없고 시종일관 할머니의 시선은 신부님 쪽으로 고정되어 있다.

　"자매님, 무거운 십자가 짊어지고 사시느라 많이 힘드셨지요?"
　할머니의 눈에는 듣거니 맺거니 서러움에 북받쳐서 말을 못 한다.
　"예수님이 돌아가실 때 지고 가신 십자가가 있습니다. 그 십자가는 모든 사람에게 주어지는데 자매님처럼 아주 힘겹게 지고 가는 사람이 있는가 하면 더 가볍고 기쁜 마음으로 행복하게 지고 가는 사람도 있습니다."
　신부님께서 무녀리 할머니의 십자가를 짐작하셔서인지 약간 표정이 무거워지면서 물컵을 들 때, 할머니는 눈물방울을 떨어트리며 입을 연다.
　"어떤 사람들이 그렇게 기쁜 마음으로 십자가를 진대유? 그런 사람들은 전 세상에 좋은 일 많이 한 사람들인가유?"

신부님께서는 다시 얼굴에 미소를 머금으시며 다행히 전 세상이란 말에는 관심주지 않으시고

"아닙니다. 십자가의 크기와 무게는 본인에게 달렸습니다. 자매님이 부모님에게 불효를 저질러 놓고 그것을 부모님 탓으로 돌리며 무거워 끙끙 혼자서 앓고 계시니 그 십자가는 점점 더 무거워질 수밖에 없지요. 핑계는 안 됩니다. 자신의 잘못을 인정하고 용서를 받든 못 받든 부모님께 그리고 친정 가족들에게 털어놓으세요. 그래야 십자가는 가벼워집니다. 십자가의 무게는 다른 누군가에 의해 무거워지거나 가벼워지는 것이 아닙니다. 무게는 내가 만듭니다. 나 스스로 내 잘못을 인정하고 받아들일 때 가벼워지며, 누군가를 원망하며 탓하면 십자가는 점점 더 무거워집니다. 자매님의 십자가는 자매님께서 무게를 만든 것이며, 자매님 스스로 고통에서 허우적인 것입니다. 그러니 벗는 것도 자신의 몫입니다. 스님도 목사님도 나 신부도 자매님의 십자가를 내려드리지 못합니다. 지켜보며 길을 안내해 줄 뿐입니다. 자매님이 하루라도 빨리 그 십자가의 무게를 내려놓으시고 자유를 찾으시기를 기도드리겠습니다."

신부님의 말씀은 나에게도 약이 되고 있다. 잠시 할머니를 잊고 내 상념에 빠졌다. 할머니가 내 옷자락을 당기며 일어서는 바람에 정신을 차렸다. 할머니는 고맙다고 몇 번이나 꾸벅거리며 눈물을 닦았다. 집까지 모셔다드릴 동안 내내 울다가 웃다가를 거듭하더니 벌써부터 마음이 가벼워진다고 했다. 부모님 산소는 큰아들과 같이 다녀왔지

만 그래도 다시 친정 부모님 산소부터 다녀오고 친정 동생들도 만나 보기로 했다. 큰며느리에게 말해서 성당에도 다니겠단다. 죽기 전에 짐을 내릴 수 있으면 여한이 없겠단다. 이미 그 농밀하게 범벅이 된 한이 묽어지고 있는 모습이다. 좀 이른 점심이지만 칼국수를 시켜놓고 기다리는 동안 밝아진 표정을 보니 나도 한시름 놓았구나 싶다.

"여사님이 꽁꽁 묶어 싸신 짐 보따리 매듭은 풀었으니 나머지는 여사님이 쏟으셔. 이젠 나도 자주 올 필요 없겠어요."

돌아오는 길에 나의 십자가도 생각해 본다. 주어진 모든 조건은 그것이 악조건이든 호조건이든 내 것이며 내 탓이고 내가 포용해야 한다. 누군가를 원망하는 순간부터 무거운 짐으로 돌변하게 되는 것이 인간사 이치임을 몰랐을 리가 없지, 알고 있으면서 예사롭게 여겼던 것을 무녀리 할머니를 보며 더 절실히 실감한다.

여느 때보다 더 맛있게 칼국수 국물을 마시던 무녀리 할머니의 밝아진 표정이 어찌 된 일인지 수많은 얼굴과 겹쳐진다. 행과 불행이 다 자신의 마음 먹기 달렸다는 이치를 누구나 안다. 알지만 사람들은 그 이치는 관심 없이 원망과 미움을 만든다. 나도 그렇게 살았다. 내 십자가의 무게를 누군가의 탓이라 돌리면서 그냥 기신기신 살아왔다. 지금 마음 같아선 내 십자가를 솜사탕처럼 만들 수도 있을 것 같다.

✎ 오계자
....

한국문인 수필 신인상, 『동양일보』 소설 신인상, 저서 『목마른 두레박』, 『생각의 궤적』, 『깊은 소리』, 소설집 『첩부』, 『차마 말할 수 없었다』, 장편소설 『내 노동으로』 외

시인의 공원 사람들

―신문배달원과 공원 안의 남자

•

강순희

　　『동양일보』 배달하는 남자는 키가 작은데 눈이 크고 입술은 얇다. 운동복 바지 허리 아래까지 내려온 잠바 차림에 오토바이 모자를 썼다. 얼핏 보면 어린아이처럼 느껴지지만 웃는 얼굴에 주름이 자글자글해서 마흔이 훌쩍 넘어 보인다.

　이 남자는 국숫집에 오후에 신문을 가져오는데 늘 주인 언니를 찾는다. 눈이 오나 바람이 부나 비가 오나 신문을 가지고 들어선 남자는 언니를 바라보는 눈이 무척이나 반짝거린다.

　지친 언니가 오후쯤 언니만의 낮은 다락방에 누워있으면

　"동양일보 왔어요."

　아주 큰 소리로 말을 하며 언니 있는 곳으로 고개를 쭉 빼며 신문을 식탁 위에 놓는다.

　밤새워 일하고 낮에는 시들시들 지쳐있는 언니는 때로는 잠을 자다가도 손을 흔들어 주며 답을 한다.

　신문을 들고 온 남자에게 가끔은 사이다, 콜라, 환타 같은 음료수를

주는데 그 남자는 음료수를 줄 때마다 얼굴을 붉히며

"아휴 됐어요, 안 먹어도 돼요."

고개를 살짝 흔들며 사양을 하다가 컵을 받아 쥐면 단숨에 꿀꺽꿀꺽 잔을 비운다.

오늘은 언니가 지쳐 있지 않아서 서동백이란 이름의 그 남자가 아주 즐거워하는 표정으로 언니를 바라보며

"오랜만에 누님이 생기가 있어 보여요. 날마다 이 시간이면 손님도 없는데 단잠을 자고 있으니, 누님은 베짱이구나 생각했어요. 그리고 가게 운영은 어떻게 하나 걱정했어요. 저렇게 누워있으니, 손님이 오지 않을 것 같아서 걱정했어요."

언니는 또 아주 재미나는 이야기를 들은 것처럼 큰 소리를 내어 웃으며

"맞아요. 그러니까 내 별명이 한량이라니까요. 그것도 순 한량이란 말이에요. 순 한량이라는 애칭을 김생수 시인과 김창식 소설가가 지어주었어요. 처음에 착한 여자라고 불렀는데, 그 말이 싫어서 고개를 흔들었더니 그러면 순 한량이라 부른다고 하기에 너무 좋아서 손뼉을 쳤지요. 그 후 난 한량이란 이름을 얻게 되었어요. 오후 두 시에서 네 시까지는 정말 난 한량이 되어 쉬는 거예요."

얼굴에 웃음을 함박꽃처럼 피우면 말하는 언니 말에 속없이 쳐다보는 남자가 약간 모자란 듯해서

"우리 언니는 밤을 새워서 일하기 때문에 이 시간에 잠깐 잠을 자는 거예요. 언니가 베짱이라니, 말도 안 되는 말을 하는 거예요. 알

지도 못하면서……. "

　잠깐 끼어들기를 하는 식당 아줌마인 나의 말에

　"나중에는 알았어요. 사람들이 행복한 우동 가게 아줌마가 충주 시내에서 제일 일을 많이 하면서 열심히 산다고 하대요. 독하게 일한다는 말을 들었지만, 맨날 누워있는 누님 모습을 보면 믿어지지 않았어요."

　언니는 더 큰 소리로 배꼽을 잡고 웃으면서

　"맞아요. 내가 남을 위해 이렇게 노력한다면 칭찬받을 만하지만 먹고살기 위해 일하는 내가 무슨 잘한 일이겠어요. 자 음료수나 한잔합시다." 언니는 냉장고 문을 열면서 콜라를 잡아 쥐는데

　"한량이 누님, 줄려면 환타 주세요, 오렌지로요."

　"맞아요. 서동백 씨는 이 환타가 어울려요. 이제부터는 환타만 드릴게요."

　큰 소리를 내며 웃는 언니는 그렇게 웃기는 이야기가 아닌데 마구 웃어 댄다.

　그 남자만 보면 늘 웃어대는 언니가 때로는 이해가 안 간다.

　"한량이 누님! 저는 어렸을 때 소풍날이면 어머니가 꼭 환타 한 병을 가방에 넣어주었는데 소풍 가서 먹으면 그 맛이 시원한 것이 아니라 뜨뜻했어요. 그래도 그 맛이 어찌나 맛이 있던지 친구들이 서로 달라는 바람에 얼마 먹지 못하고 엎지르기도 하고 도망가서 몰래 먹기도 했지요. 한량이 누님이랑 나랑 다섯 살 차이가 나니 누님은 제 말을 이해할 것 같아요."

　남자는 언니가 준 환타를 꿀꺽꿀꺽 마신 후 자신의 옛날 추억에 잠

기는 듯했다.

언니는 호기심에 가득 찬 모습으로 남자의 말을 줄줄 이어 들었다.

한량이 누님을 닮은 첫사랑 이야기부터 군에 가서 병가로 제대한 이야기며, 자신이 장가를 못 가게 된 이유까지 아주 신이 나서 하기 시작했다.

그중에서 달짝지근하게 와닿은 언니 마음에 드는 이야기는 최근 이야기다.

"서동백 씨! 요즈음에도 게임방에 가는 거예요?"

"아니요. 오늘은 가지 않았어요. 게임 때문에 장가도 못 가 인생을 망쳐버렸으니, 앞으로 절대로 게임방에는 가지 않을 거예요."

남자는 아주 진실한 표정을 지으며 말한다.

"아니, 게임방에 가지 않겠다는 말이 이제 십 년이 되어가네요. 무슨 소리 하는 거예요. 이 누나를 놀리는 거예요. 오늘은 가지 않았고 어제는 갔고 내일도 가지 않는다는 이야기는 매일매일 했어요. 그러니까 모레는 또 오늘이 어제가 되는 것이 뻔한 일이니, 지금은 배달 중이니 못 가. 일이 끝난 후 또 가는 것이 맞지 않아요?"

남자는 남아있는 환타를 다시 따라 마시며

"정말 그것이 병이에요. 오늘은 아직은 게임방에 가지 않았는데 신문 배달이 끝난 후가 문제예요. 안 가려고 하는데 기계가 내 돈을 먹는다는 것을 아는데 왜 그곳이 가고 싶은지 모르겠어요. 지금은 어머니가 살아계시니 밥을 해서 먹여주지만 어머니가 돌아가시면 나는 자립을 해야 하는데 이 나이에 돈 한 푼 모아놓은 것이 없으니 참, 나

자신이 한심해요. 누나 나는 아마 게임 귀신이나 아니면 마귀가 들어
있는 것이 분명해요."

남자는 아주 진지한 표정으로 자신을 반성한 듯 보이나 믿음이 가
지 않는다. 물론 언니도 그런 모습으로 바라보며

"서동백 씨가 아침에 신문 돌린 후 또 이렇게 오후 신문을 돌리며
고생을 하는데 무엇 때문에 기계에다가 돈을 갖다 주어야 하지요?
정말 안타까운 일이네. 오늘부터는 일을 마친 후 게임방에 가고 싶으
면 우리 가게로 오세요. 이곳에서 사람들이 무슨 이야기를 하며 어
떻게 살아가는지 구경하라고요. 그리고 이곳에 남긴 글을 보며 시간
을 보내세요. 이곳에 와서 그냥 놀아요. 그러면 서동백 씨는 돈을 버
는 거예요. 세월을 낚기만 하면 게임방에 갖다 주는 돈을 버는데 얼
마나 신나는 일이에요."

남자는 눈가에 촉촉이 젖어드는 액체를 억지로 숨기며

"한량이 누나, 정말 내가 세상을 살아도 헛살았나 봐요. 사람들은
고생해야 정신을 차린다고 말하는데 나는 고생을 했어도 헛고생을
한 셈이지요. 난 이곳에 오면 참 마음이 편해져요. 누나가 잠을 자고
있으면 화가 나서, 아니 누나랑 눈을 마주치지 못해서 서운해서 누나
를 베짱이가 아닐지 생각한다고 말했을 뿐이지요."

남자는 천장을 쳐다보며

"누님! 사실 내 인생길이 왜 이리 잘 안 풀리나 했더니 내가 예전에
아니 대학 다니다가 서울로 상경해서 공장 다닐 때 이런 일이 있었어
요. 그 시절에는 대학물을 먹었다는 이유로 장갑 짜는 공장의 공장장

이 되었는데, 어쩌다 공장에서 일하는 내 또래 친구에게 만육천 원을 빌렸지요. 그런데 우리 어머니가 갑자기 서울로 올라오셔서 다시 내려와 학교 다니라고 보따리 싸라는 바람에 그냥 어정쩡하다가 그 자리에서 짐을 챙겨서 그 친구에게 돈을 갚지 못하고 충주로 내려와 버렸어요. 어찌나 양심에 가책이 느껴지던지 못 살겠더군요. 나는 학교 공부를 시작했다가 다시 접어버리고 그때도 가까운 공장에서 일하면서 그 친구에게 미안해서 돈을 마련해서 서울에 갔지요. 돈 갚으려고 그런데 그 친구는 온데간데없어져서 그냥 그 돈을 떼어먹어 버린 셈이되었지요. 그 후 나는 일이 풀리지 않았어요. 나는 세상에서 단돈 만육천 원을 그 친구에게 손해 입혔지만 내가 잃어버린 것이 더 많아요.

공장에서 넘어져서 허리를 다친 후 힘든 일을 못 하게 됐지요. 그래서 오토바이로 신문 배달을 하게 되었는데 오토바이 오십만 원짜리를 두 번이나 잃어버렸어요. 그리고 내가 탄 월급은 늘 그놈의 게임기계가 꿀꺽 삼켜버리게 되더라고요.

나는 다시 그 친구를 만나면 꼭 만육천 원을 갚고 싶어요. 그러면 나는 훨훨 날개를 단 기분으로 인생을 살아갈 것 같아요."

남자는 눈물을 글썽이며 지난날의 잘못을 고해하듯이 말했다.

언니는 아무 말 없이 그 남자를 쳐다보다가 다시 냉장고 문을 열어 환타 한 병을 꺼내어 남자 컵에 따르며

"알고 보니까 서동백 씨는 천상 남자네요. 사람이 잘못을 그렇게 오래 반성하기가 여간 어려운 일이 아닌데, 정말 착한 사람이에요. 내가 사람 알아보는 눈은 있다고요."

일을 하는 내 마음에 그 남자를 바라보는 눈이 달라졌다.

조금 전만 해도 저 남자가 게임방이나 드나드는 철딱서니 없는 사람 같았는데 말하는 모습이 아이 같은 느낌이 왔다.

이야기하는 도중에 문을 밀며 들어오는 사람이 있었다.

머리를 곱게 쪽진 중년의 여자가 들어오면서 돌냄비 가락국수 한 사발을 시키며 그 남자를 보며

"서동백 가브리엘 씨! 요즈음 어머니가 성당에 나오지 않으시던데 많이 편찮으세요?"

남자는 젖은 눈을 내리깔며

"예. 어머님이 요즈음 거동이 불편하셔서 성당을 못 가시고 집에서 기도만 하셔요."

중년 여인은 온화한 미소를 띠며

"가브리엘 씨가 하루도 안 빠지고 매일 미사를 보니 어머님이 금방 나으실 거예요. 세상에 어쩌면 그렇게 열심히 성당을 나올 수 있어요."

"그냥 저는 성당에 가면 마음이 편해져요. 염치가 없어서 무엇을 해달라는 기도는 못 하고 그냥 편한 마음을 갖고 싶어서 그곳에 가서 앉아있기만 하는 걸요."

남자는 그렇게 게임방을 날마다 가듯이 성당에도 날마다 간다는 사실을 안 후 언니는 더욱더 그 남자에게 애정을 갖게 되었다.

첫눈이 속 시원하게 함박눈으로 내리기는 올해가 처음인 것 같다.

일하다가 언니는 눈을 기다렸다는 듯이 강아지처럼 펄쩍펄쩍 뛰면서

"아! 눈이 온다. 정말 함박눈이 내리고 있어. 계수나무야, 느티나무야 우리 청주 한잔 마실까?"

눈이나 비가 오면 늘 도지는 언니의 낭만을 우리는 알기 때문에 느티나무는 아무 말을 안 하지만 나는

"언니, 불타는 청주 한 잔 데워 줄 테니 공원에서 마시고 와요. 추우니까 꼭 숄을 걸치고 가야 해요."

언니는 배시시 웃으면서 내 손을 꼭 잡아주며 느티나무 등을 툭 친다.

"느티나무! 오늘 같은 날 친구들이랑 춤방에 가서 춤이나 실컷 추어라. 하얀 나비처럼 사뿐사뿐 지르박을 밟으면 멋있을 것 같아."

늘 언니가 아이처럼 떠드는 비현실적인 말에 대꾸를 안 하는 느티나무가

"눈이 오면 길이 미끄러운데 춤방에만 가요? 언니가 나 춤추는 것을 한 번이나 봤어요? 내 몸 관리하는 것처럼 되게 관심을 가지네요. 어디 한번 춤방에 같이 간 적이 있어요? 노래방에 데려간 적이 있어요?"

퉁퉁거리는 느티나무는 언니가 기분 좋아진 틈을 타서 불만을 은근슬쩍 늘어놓기 시작했다.

"하하, 정말 그렇구나. 나는 춤 배우자는 친구들이 더러 있었는데, 아니 가르쳐준다는 사람도 있었는데 정말 나는 그런 것에 취미가 없어. 노래방에 가면 아직도 쑥스러워서 노래를 못 하고 남 하는 것만 멀뚱멀뚱 쳐다보니 나는 꾸어다 놓은 보릿자루가 되어버려서 나올 때는 무지 스트레스가 쌓이거든. 머리가 아픈 것 같아. 기계 소리가 요란해서 더욱더 싫거든. 어떻게 해? 차멀미가 나듯이 노래방 춤

멀미가 나는 여자거든. 그런데 남이 하는 것은 아주 좋아 보여. 이런 나를 이해하든가 말든가. 아! 아! 눈이 와서 나는 너무 좋아라."

언니는 내가 데워준 뜨끈뜨끈한 정종을 손에 받아 쥐며

"나 혼자 가기 싫어. 오늘은 첫눈이 오니까 우리 단합대회 하게 차 한 잔씩 타서 공원에서 마시자. 그리고 옆집에서 회 한 사라 시켜서 우리 건배하자고."

눈이 온다는 이유로 언니는 기분이 상승했다. 우리는 언니를 따라서 차와 회를 시켜서 공원으로 나갔다. 눈이 몇 번이나 내려서 길이 든 것처럼 아주 능숙하게 내리고 있다.

언니는 마른 잎이 다 지지 않고 군데군데 매달려 있는 나뭇잎들 틈새로 하늘을 보며 뭔가 들뜬 기분에 싸여있다.

한쪽 손으로 김이 모락거리는 청주를 들고 술을 마시지 못하는 우리의 찻잔에 건배하며

"우리의 아름다운 미래를 위해 첫눈에 소망하는 것을 기도해 봅시다. 우리가 행복해야 집 안과 나라가 행복하며 세계의 평화에 이바지하는 것이니까요."

어린아이처럼 웃어대는 언니의 얼굴이 눈처럼 하얗게 빛났다.

정말 이곳에서 언니랑 생활하다 보니 한세월이 지나면서 정말 언니의 엉뚱한 소리에 길들여지고 있는 느낌이다.

느티나무가 가끔 나를 꾹 찔러 언니의 말이 말도 안 되는 이상한 수다라는 것을 나에게 강조해도 마음속으로는 늘 언니를 이해하고 싶은 마음이다. 나보다 세 살이나 더 먹은 언니는 늘 나에게 가게에

서 일어나는 일이나 결정해야 할 문제가 생기면 나에게 의논한다.

처음에는 너무 황당하고 엉뚱해서 어이가 없는 때가 종종 있었지만, 우뚝 서있는 주인 여자 행세를 할 수 없는 언니의 여린 마음을 세월이 흐른 후 알 수 있어서 이제 모든 것을 이해할 수 있는 나이로 언니와 함께 치닫고 있나 보다.

언니는 기분이 무조건 좋아서, 눈이 와서 그냥 좋아서, 우리에게 찬 눈을 맞게 하고 찬 회를 시켜주었다. 사실 나는 회와는 무관한 사람이다. 색다른 날이거나 손님이 오거나, 기분이 좋았을 때, 한턱을 내야 할 때, 언니는 회를 시켜놓고 우리가 많이 먹지 못한다는 것을 아는지 모르는지 언니가 허겁지겁 더 많이 먹는다.

그런 언니가 어떤 때는 안쓰럽기도 하다.

하얀 눈이 내리는 공원에서 멀거니 '행복한 우동가게'란 비닐하우스를 쳐다본다.

낡은 비닐 집 그 옆엔 '어우동'이라는 민속주점이 '행복한 우동가게'가 생기고 후 오 년이 지난 다음 쌍둥이처럼 함께 나란히 서있다. 그 사람 옆에는 '어유도'라는 고급 횟집이 서있다.

기역 자로 시인의 공원을 남쪽으로 앞두고는 간이역과 공원, 일 번지 순댓국집이 나란히 촘촘히 박혀있다. 이 공원을 동그랗게 두고 삶의 현장이 열리며 많은 사람과 사람들의 이야기가 이어진다.

언니는 이곳에서 이웃 중에 친한 친구가 없는 것 같다.

장사 이야기나 돈 이야기나 사람이 야기를 즐겨 하지 않고, 하늘에 내리는 눈이나 비 그리고 느티나무나 단풍나무 이야기를 즐겨 하기 때문이라는 것을 나는 안다.

비현실적인 언니가 지극히 현실적인 삶의 전선에서 어영부영 잘 사는 이유가 무엇인지 잘 모르겠다. 사람 비위를 잘 맞추는 여자도 아니라 언니 기분에 따라서만 행동하는 것 같기도 하고, 어떤 때는 정말 바람 같기도 하다.

언니가 눈이 온다는 이유로 기분이 좋아져 있어, 오늘 밤 장사를 어떻게 할지 걱정이 앞선다. 이럴 때는 언니가 일하다가 간혹 실수를 하곤 하기 때문이다. 손님들이 주문해도 잘못 알아듣고 계산도 잘 못 한다. 그리고 계속 비현실적인 말을 늘어놓기도 해서 이런 언니를 느티나무는 잘 이해하지 못한다.

눈이 내리는데 공원 바로 옆에 있는 길 사이로 목발을 짚은 한 청년이 우리를 향하여 미소를 띠며 오고 있다.

"아휴 웬일이에요."

목발 짚은 남자는

"아줌마! 첫눈이 오니까 이 공원에 나오고 싶었어요. 병원 창밖으로 내리는 눈을 보니 가슴이 이상해져서 견딜 수가 없었어요. 오늘은 정말 아줌마에게 콜라나 사이다나 국수 얻어먹으러 온 것이 아니고 마음이 심란해서 이곳에 왔어요."

눈동자가 유난히 까만 남자는 목발을 짚었는데, 환자복 사이로 다리에 깁스한 부분에 살이 보였다. 하얀 눈이 내리는 이 공원에 목발을 짚고 나타난 남자는 언니와 잘 아는 사이였다. 지난 여름날 언니가 이곳에서 앉아 더위를 식히다가, 제일연합에서 교통사고로 2년 동안 치료를 받는 이 청년을 만난 것이다.

물론 언니가 먼저 말을 걸었을 것이 분명한 사실이다. 내가 아는 언니는 자신보다 강해 보이는 사람 앞에서는 절대로 먼저 말을 걸지 않지만 자신보다 약해 보이는 사람에게는 보호심리가 발동해서 늘 먼저 말을 걸어 아주 따뜻하게 대화를 이끌어 가는 사람이기 때문이다.

언니는 이 청년에게 바로 콜라를 들고 나가 청년의 갈증을 풀어주었지만 콜라를 마신 청년은 잃어버린 이야기를 풀어놓고 싶은 대화의 갈증이 더욱더 충동질 됐다.

언니가 그 여름날 이 청년에게 콜라를 갖다 주니까 그 청년이

"아줌마! 이 세상에 공짜는 없는데 어떻게 얻어먹어요."

의아해하는 청년에게 약간 푼수 같은 웃음을 웃어넘기며

"무슨 공짜라 하나요. 날이 더우니까 한 잔 드릴 수 있지요. 아니 세상에 공짜가 없다니 무슨 말씀이에요. 나는 공짜로 무엇을 얻어먹을 때가 제일 좋은데, 아무 조건 없는 사랑이 얼마나 좋아요."

공원 벤치에서 땀을 닦으며 이 아줌마의 행동에 감동하기는커녕 참 이상하다고 생각했을 것이다. 그날 언니가 콜라를 갖다 준 후 얼마 안 있어서 비닐 문을 밀면서 빈 병과 컵을 들고 들어오면서

"세상에 공짜가 없다는 말이 정말 우리를 슬프게 하네. 아마 저 사람은 세상에서 많이 당했나 보다. 사람에게, 배신 같은 것을……."

씁쓰레한 언니의 말을 시간이 지난 후 이해하기 시작했다.

언니는 이미 그 청년에게 언니만이 걸 수 있는 마술을 걸어놓은 것이 분명했다.

언니가 없을 때 가끔 저 청년이 목발을 짚고 나타나서 가게 안에 있는 글을 읽어보면서

"아줌마! 이 글들은 그 키 큰 아줌마가 다 써서 붙인 거예요?"

"아니에요. 언니가 친필로 써서 붙인 글은 한 장도 없는 거로 알아요. 이 집에는 언니가 장사를 시작하면서 아주 우연히 최종진 시인이 이 집엔 글을 붙여야 한다면서 붙이기 시작한 것이 이렇게 이어 붙이기가 되었다고 해요."

그 청년은 목발을 짚고 서서

"아줌마! 왜 이 집 주인은 나에게 친절을 베풀까요? 내가 병신이 되어서 불쌍해서 그럴까요?"

아무 표정 없이 입에서만 나오는 말에

"우리 언니는 원래 그래요. 그렇게 나쁜 사람 아니니까 이해하세요. 언니 마음에 내키는 대로 관심이 갔나 보지요."

청년은 우울한 표정으로 가게에서 한참 동안 글을 읽다가 간 적이 있다.

그 후로 그 청년은 언니를 만나서 언니가 공짜로 국수를 끓여서 권했고, 굳은 표정을 풀며 언니와 이야기하는 것을 몇 번 봤었다.

이렇게 눈이 내리니 청년은 이 공원이 그리워서, 아니 저 비닐하우스 같은 가게가 그리워서, 언니의 넋두리가 고마워서, 아니면 교통사고가 나기 전 자기 모습이 몹시도 그리워서 이곳을 찾아왔을 것이다.

언니는 청주 한 잔에 발그스레 미소를 띠며 그 청년을 아주 반갑게 맞았고, 먹고 있는 회를 상추에 싸서 그 청년 입에 넣어주기도 했다.

청년은 또다시 우울한 표정으로 돌아갔고, 하늘은 어둠에 묻혀 오면서 눈을 마구 쏟아내기 시작했다. 어떻게 이런 서러운 눈 덩어리를 끌어안고 하늘은 많은 세월을 참아왔을까. 사람의 가슴안에 쌓인 한들을 이렇게 펑펑 쏟아 낼 수 있다면 얼마나 좋을까.

연한 어두움이 진하고 서러운 청년의 가슴을 부여안고 있는 듯한 시간에 가게 밖에서 석간신문을 들고 있는 신문배달원이 소리를 질렀다.

"한량이 누님! 첫눈이 와요, 누님 첫눈이 와서 그곳에 있는 거지요."

"그래요, 이곳으로 와요. 정말 기분 좋은 날이에요. 서동백 가브리엘 씨."

언니는 또 신문배달원 남자를 부르고 있다.

남자는 눈이 온다는 이유로 검은 털이 든 검은 장화를 신고 공원 안으로 들어서고 있다.

남자는 오토바이 모자와 엉덩이를 가린 검은 잠바 때문에 곡예사의 첫사랑에 나오는 주인공 같기도 하다. 첫눈이 내린다는 이유로 아무런 약속도 없이 이 공원에 모여든 남자들은 어쩌면 언니가 세상에서 가장 좋아하는 사람인지 모른다.

모두가 언니가 타 준 따뜻한 커피 한 잔이나 시원한 음료수, 그중에 콜라나 환타가 먹고 싶은 사람일 것이다.

목발을 짚고 서있는 공원 안에 남자와 신문배달원은 아무렇지도 않게 이야기를 주고받았다.

하늘에서 하염없는 눈이 내렸다.

처음 만나 서먹한 사람이 아닌 아주 오래된 만남처럼 아무렇지 않게, 마치 첫눈이 아닌 것처럼 펑펑 쏟아지고 있었다.

도둑과 시인

이 집에 오기 전, 나는 시인은 화장실도 가지 않는 사람이라 생각했다.

중학 시절에 나 또한 문예반에 들었고, 책 속에 들어있는 시인은 돈과는 무관하여 이상과 꿈을 추구하는 신선이라 생각했다. 김삿갓처럼 좋은 풍경을 찾아 구름에 달 가듯이 바람 따라 인생을 풍류하며 사는 사람이 멋있는 시인이라 생각했다.

그런데 이곳에서 내가 접한 시인들은 확실하게 내 고정관념을 바꿔 놨다.

사는데 시인에게 돈이나 여자나 사람 이야기나 몸부림침은 똑같다는 것을 알았다.

밤이 깊어 갈수록 이 집의 풍경은 묘하다.

불개미처럼 우동집을 찾아든 사람들은 잠을 자지 않나 보다.

우동 주세요, 김밥이요, 쫄면도요, 양푼이 비빔밥이 있어요.

그리고 가끔 노란 주전자의 막걸리나 불타는 정종을 두서없이 시킨다. 물론 소주나 약주를 찾는 사람도 있다.

그렇지만 가장 많이 찾은 음식은 역시 돌냄비 가락국수다.

정신없이 즉석 음식 만들기에 혼을 빼는데 걸머진 가방을 메고 들어온 사나이가 우리 앞에 고요하게 서있다.

부엌과 홀이 연결된 곳에 조그마한 간이 식탁이 있다. 그 위에는 책이 아무렇게나 꽂혀있고, 우리 어머니 시절에 어린아이를 손에 안고 주전자를 한 손에 쥐고 밥이 담긴 소쿠리를 머리에 인 고달픈 여인이 서있다. 물론 흙으로 빚은 인형이지만 잘록한 허리에 배고픔이 들어있어 보인다. 어느 날 한 손님은 정말 누가 이 인형을 만들어서 이곳에 서있게 했느냐 화를 내며 우리에게 항의한 적이 있다.

이유는 이 여인이 너무 힘이 들어 보여서 화가 난다는 것이다.

언니는 이 말에 또 기분 좋아했다. 이 인형을 보며 화를 불쑥 내는 남자가 뭐가 좋아 박장대소를 하며 웃어 대는지 이해하기 힘들었다.

이런저런 이야깃거리가 이어질 듯한 이 조그만 식탁 위에 인형들은 늘 우리에게 말을 걸어오는 듯하다. 언니가 늘 하는 말이 이 인형들은 새벽 다섯 시에 우리가 퇴근하면 인형들끼리 밥을 해 먹고 재미나게 논다는 것이었다. 우리 집과 이웃집이 함께 쓰는 수도세가 유난히 많이 나오는 이유는 인형들이 세수하며 목욕하고 음식을 해 먹기 때문이라고 한다.

재료비가 너무 많이 나온다는 말에는 또 인형들이 먹고살기 때문이라 한다.

엉뚱한 이야기가 그럴듯하게 통하는 이 장소에는 늘 시인들이 이 풍경을 보며 앉아있는 듯했다. 언니가 특별히 관심을 많이 보이는 사람 중에는 시인들이 몇몇 있다.

어깨에 회색 배낭을 메고 서있는 남자는 서울에서 이곳으로 머리를 식히려고 오는 시인이라 했다. 김삿갓이라는 이름을 언니가 지어 부르는 듯한데 아무래도 서울 시인은 먹고사는 문제가 해결되지 않는 것 같다. 이 집에 처음 왔을 때 서울 시인은 자신의 초상화를 그려 들고 다녔다. 시인의 아버지가 일찍 자살했는데 시인도 아버지를 닮아 이미 이 세상을 떠난 사람이라는 것이다. 자신의 영정을 들고 다니는 이상한 사람은 이곳에 사는 기타 치는 시인이랑 같이 와서 이곳에서 막걸리와 두부김치로 배를 채운 후 약간 근사한 술집을 원했다. 노래를 부르며 여자와 춤을 출 수 있는 술집을 말이다. 기타 아저씨와 함께 이 주변에서 유명한 한국관에 놀러 갔다. 술을 마시고 노래 부르며 여자들과 즐겁게 논 후 돈 계산을 할 때 주머니 안에 들어있던 지갑을 잃어버렸다는 것이다. 기타 치는 시인은 원래 값이 나가는 술을 먹지 않은 스타일인데 술값 때문에 아주 난감한 처지가 된 것이다. 한국관을 운영하는 멋있는 사장은 시인들의 호주머니 사정을 가늠하여 술값을 깎아주었고, 기타 치는 시인의 쌈짓돈으로 이를 적당히 해결하고 다시 국숫집으로 들어온 것이다.

지갑을 잃어버렸다는 서울 시인의 딱한 사정을 듣고 주인 언니는 갑자기 안쓰러운 마음이 들어 앞치마에서 돈 삼만 원을 꺼내어 주었다. 서울 시인은 눈물을 글썽이며 서울에 가면 꼭 이 돈을 갚을 거라 맹세했다.

언니는 그냥 차비를 드리는 것이니 조건 없이 받아 차를 타고 서울을 가시라 딱 잘라 말했지만, 감성적인 서울 시인은 만 원은 서울행 차비로 하고, 만 원은 이곳에서 촛불에 불을 붙여서 이날을 기념하고,

또 나머지 만 원은 국숫집 문을 닫고 앞에 있는 작은 포장마차에 가서 소주를 한잔하자는 제안을 했다.

언니는 이 말에 너무 어이없어 하면서도 그래도 시인이니까 이해하는 눈치였다.

언니가 힘들게 번 돈을 가지고 불을 지르고 술을 마시자니 옆에 있는 나는 정말 그 시인이 이상한 사람으로 느껴졌지만, 언니가 늘 시인이라면 무조건 이해하고 말았기에 아무 말도 하지 못했다.

이렇게 언니와 만남이 이어졌던 서울 시인은 서울에 가서 몇 번 전화해서 언니에게 서울을 오라 했다. 언니는 한때 서울 생활을 했기 때문에 서울 지리를 잘 알아서 여행할 필요가 없으며 또 안내해 줄 사람도 필요하지 않다고 그리고 시간이 없어서 서울에 갈 수 없다는 약간 냉기가 도는 어투로 잘라 말하고 말았다.

서울 시인의 초상화, 아버지를 닮았다는 시인의 영정이 한동안 이 집 벽에 붙어있었다.

가끔 섬뜩하게 와닿은 이 시인의 얼굴은 뭔가 우리에게 말하는 듯했다. 그리고 자신이 썼다는 손수 만든 시집이 꽂혀있었다.

그 책 속에는 카프카의 「변신」 이야기가 길게 쓰여있었는데 무슨 뜻인지 알아들을 수 없었다.

몇 년이 흘러도 언니는 단 한 번도 이 시인 이야기를 하지 않았고 그 시인의 초상화는 덧붙여진 글들 속에 꼭꼭 숨어버렸다.

몇 년이 지난 가을날, 서울 시인이 모자를 푹 눌러쓰고 보라색 소국을 가슴에 가득 안고 비닐 문 안으로 들어왔다.

"저 모르겠어요? 5년 전에 이곳에서 삼만 원 빌려 간 사람입니다. 이제 돈을 벌어서 그 돈을 갚으려고 왔습니다."

작달막한 키에 검은 뿔테 안경을 낀 남자를 언니는 금방 알아보는 듯

"맞아요. 서울 시인이시죠. 그런데 그 돈은 내가 꾸어준 돈이 아니라 그냥 차비로 드린 거예요. 저는 잊어버렸고요. 받을 수가 없답니다."

언니는 이미 준비한 듯한 목소리로 말을 하기 시작했다.

"아니요. 저는 그 돈을 빌렸다고 생각했습니다. 그동안 늘 마음에 걸려서 제가 쓴 글이 좀 잘 돼서 돈을 벌어 꼭 갚아야 한다는 마음으로 이곳을 찾아왔습니다."

서울 시인은 보라색 소국을 언니 가슴에 안기며 하얀 봉투를 내밀었다. 그리고 가방 안에서 틱낫한이 쓴 『용서』라는 책을 선물로 내밀었다.

이 시인이 참으로 의리가 있다고 생각했다.

언니는 돈이 든 봉투를 받지 않으려 극구 사양했지만, 기어코 갚아야 한다는 서울 시인의 고집에 결국 그 돈으로 시인에게 술과 안주를 대접하기로 했다.

산기슭에 피어있는 듯한 작은 국화는 가을이 온통 이 가게 안으로 들어온 듯한 산뜻한 향을 풍겼다.

기타 치는 시인을 불렀고, 옆집에 있는 인천 바다횟집에서 삼만 원짜리 회를 시켰다.

언니가 손님을 대접한다거나 기분이 좋아지는 날 한턱내는 방법은 옆집에서 회 삼만 원어치를 시키는 것이었다. 그럴 때마다 회를 별로

좋아하지 않는 나는 별 관심이 없지만 회를 좋아하는 느티나무 아줌마는 은근히 좋아하는 표정이다. 언니가 큰마음 먹고 산 회지만 비싸서 푸짐하지 않다. 그렇지만 언니의 들뜬 기분에 근사한 식탁이 된다. 나는 언니가 좋아하기 때문에 회를 시킨다는 것을 안다. 언니가 제일 많이 먹는다.

기타 치는 시인은 이 기분을 더 돋우며 기타를 치며 노래를 불렀다. 이렇게 감동을 주는 가을밤을 만든 후 그 시인은 서울로 떠났다.

하얀 눈이 내리는 겨울에 서울 시인은 터벅터벅 눈길을 걸어 '시인의 공원'에 앉아있었다.

하얀 종이에 쓴 시를 모아 시집을 손수 만들어 옆구리에 끼고 앉아 하늘을 보며 줄담배를 피워댔다. 나무에 조각을 새기는 작업을 해서 '행복한 우동가게'란 목각 작품을 비닐하우스에 세워 언니를 감동하게 해서 두둑한 차비를 얻어갔다.

그러던 어느 날 언니에게 오 년 전에 빌려 간 돈보다 훨씬 많은 돈을 빌려달라고 했는데 언니는 평소에 인정스러운 표정을 지우고 아주 냉정하게

"안 돼요, 돈거래를 나는 할 수 없어요."

무 자르듯 딱 잘라 말했다.

옆에서 보기에 언니가 참 의아해 보였지만 서울 시인이 그 전날 밤 술을 먹고 주정을 심하게 하는 것에 언니가 화가 많이 난 모습이었다.

서울 시인은 언니의 외면에도 아랑곳하지 않고 종종 이렇게 저 테이블 앞에 배낭을 메고 서있곤 했다.

많은 사람들이 들락거리는 곳에 시인은 한참 동안 노래를 하다가 뭔가에 빠져 움직인 듯했다. 언니는 새초롬한 표정으로 젖은 앞치마를 입고 일을 하다가 그 시인 앞에 노란 양재기에 담은 막걸리 한 사발을 내밀었다. 서울 시인은 아주 당연하다는 듯이 막걸리를 마셨다. 오가며 언니는 두부김치를 몇 점 가져다주기도 하고 또 막걸리를 따라다 주기도 한다.

국수 가락이 줄을 이어 쭉 늘어난 기분으로 사람이 많이 왔다 갔다. 시끄럽고 혼란스러운 밤에 그 시인의 움직임을 나는 분명 봤다.

작은 식탁 구석에 놓인 검은 냄비는 이 집의 불우이웃돕기 함이다.

자선냄비가 놓인 이유는 이곳을 찾은 손님 중 한 사람이 거스름돈 삼천 원을 부엌에 있는 검은 냄비에 넣으면서

"아줌마! 이 세상 사람들을 못 믿는다 해도 이 집은 믿을 수 있으니 불우이웃돕기 함을 하나 만들어서 사람들에게 도움을 주세요. 제가 이렇게 시작할게요."

이렇게 말하며 젊은 남자가 검은 냄비를 그곳에 가져다 놓았다. 대구에서 온 머리가 희끗희끗한 남자는 검은 매직으로 A4 용지에 이런 글을 써서 부쳐놓았다.

'이 집에 오신 손님들! 십 원도 좋으니 조금만 적선해서 따뜻한 이웃이 됩시다.'

이렇게 시작해서 이 작은 냄비에 가끔 손님들이 거스름돈이나 택시비를 넣기 시작했다. 그리고 가끔 언니의 행복한 우동가게나 백합 편지 책을 손님에게 팔아서 생긴 이익금 이천 원을 넣었다. 이 집에

이런 냄비가 있는지 손님들은 잘 몰랐지만, 나는 이 통을 쳐다보면 참 포근했다. 작은 온정에 동참한 기분이어서 관심을 많이 갖고 있다. 어떤 초등학교 여선생님은 아들과 같이 오는데 올 때마다 그 아들이 꼭 천 원이나 이천 원을 불우 이웃 통에 넣는 그 모습이 너무 멋져 보였다. 언니는 이 통은 온전히 나의 정성으로 이룬 것이라 하여 연말연시에 얼마 안 되는 돈이지만 불우이웃을 도우라고 나에게 일임을 해서 겸연쩍고 쑥스러웠지만, 내가 알고 있는 고아원에 아무도 모르게 보내주었다.

그런데 언제부턴가 그 돈이 움직이고 있었다. 검은 냄비에서 슬슬 빠져나와 시인의 가방으로 들어갔다. 어찌나 가슴이 떨리던지 아무 말을 하지 못하며 쳐다보고만 있었다. 언니는 얼굴을 붉히며 서있었다. 순간적으로 서울 시인은 비닐 문을 빠져나와 시인의 공원 안으로 사라져 버렸다.

언니는 한참 말을 하지 않다가 불타는 청주 한 잔을 골방에서 마시더니 그 시인에게 전화했다.

"여보세요. 그 냄비 속에 들어있던 시집을 가지고 와요. 그 책은 꼭 내가 필요한 책이니 절대로 가져가면 안 돼요."

언니는 알아들을 수 없는 이야기를 했다.

서울 시인은 다시 배낭을 메고 비닐 문을 밀며 들어 왔다.

아무 일이 없는 것처럼.

"참, 정말 내가 소설책인 줄 알고 가방에 넣었어요."

서울 시인은 가방에서 천 원짜리와 만 원짜리를 꺼내어 다시 검은 냄비에 넣으면서 자연스럽게 웃는다. 정말 이해가 가지 않는 말이다. 언니는 냄비에 들어있는 돈과 시집을 가져갔다 했고, 서울 시인은 그 돈을 소설책이라 했다. 언니는 막걸리 한 잔을 양은 대접에 따라서 서울 시인 앞에 내밀며 배시시 웃었다. 가방을 메고 막걸리를 마시는 서울 시인은 언제 그런 일이 있었느냐는 듯이 비닐 문을 열고 나갔다.

언니는 곧바로 냄비에 들어있는 돈을 만져 보더니

"어마나 오만 원이 없어졌어……."

혼잣말처럼 중얼거리며 불타는 청주 한 잔을 데워서 시인의 공원 벤치에 가서 홀로 앉아 하늘을 봤다. 그리고 그 냄비에 들어있었던 돈의 이야기를 입 밖으로 꺼내지 않았다.

✎ 강순희

문예사조 등단 충북여성문학상, 소설집 『행복한 우동가게 1, 2, 3, 4』, 『백합편지』, 『행복한 우동 다섯 번째 이야기』, 장편소설 『단골』 외

감천댁의 그믐

이영희

그가 또 나타났다. 노송이 우거지고 바위 사이로 계곡물이 흐르는 절경이라 못 이기는 체 따라갔다. 가다 보니 옛적 천렵하러 갔던 도덕암 근처인 것 같다. 경치에 감탄하여 깜빡했는데 아무래도 이건 아니다 싶다. 아이들이 꿈속에서라도 아버지 따라가지 말라 하던 소리가 얼핏 떠올라 감천댁은 정신 차리자며 손을 확 뿌리쳤다.

'빌어먹을 양반. 내가 따라가나 봐라.' 손목이 얼얼한데 창문이 훤해지는 것을 보니, 샐녘 꿈인가 보다. 어찌 그리 생생한지 감천댁은 멀쩡한 팔뚝을 꼬집어 본다. 아픈 느낌이 드니 아직 나는 살아있다고 감천댁은 혼잣말을 중얼거린다. 생각 같아서는 벌떡 일어나 창문을 활짝 열고 큰 소리로 아이들을 깨우고 싶지만, 몸이 말을 듣지 않는다. 참았던 소변을 보러 간신히 일어나서 의자에 달린 변기에 올라앉으며 감천댁은 자신의 처지를 확실히 깨닫는다. 몇 걸음 걸어 가까운 실내 화장실에도 못 가고 취침한 후 밥 먹는 방에서 용변을 보니 요강보다는 낮다고 생각할 수밖에. 가만히 꼽아보니 이렇게 누워있는 게 벌써 1년이 다 되어간다.

지팡이도 짚지 않고 다니냐는 지인들한테 지팡이 짚으면 폼 나냐고 큰소리를 쳤다. 죄 받았는지 그날 밤 화장실에 가다가 비단 이불에 미끄러지며 넘어져 옴짝달싹할 수 없게 되었다. 텔레비전 홈쇼핑에서 광고하는 이불이 좋아 보인다고 했더니 같이 사는 넷째 아들 상훈이가 당장 주문해 준 이불이다. 덕분에 그날 병원에서 한나절이나 검사에 시달렸다. 시티 검사, 엠아르아이 검사라나 뭐라나 한참을 끌고 다니더니 넘어진 여파로 뇌 한 부분에 멍이 조금 든 것 같다고 한다. 큰 병원에 가서 수술해야 한단다. 한마디로 싫다고 버럭 소리를 질렀다. 멍든 것은 시간이 지나면 풀리지 않겠는가. 중노인들 다하는 백내장 수술도 겁나서 못하는데 상노인이 전신마취했다가 못 일어나면 황천길이지 않은가. 개똥밭에 굴러도 이승이 낫다고 하는데….

감천댁이 이렇게 누워있기 전에는 남한테 자기 몸을 보이기가 싫어 목욕탕도 꼭 딸내미하고만 다녔다. 아이들이 우리 엄마가 자존감이 높아서 그렇다고 저희끼리 쑥덕거리는 것을 들었다. 귀동냥으로 들으면서 한 수 배우곤 한다. 이런 때는 자존심이 높다고 하는 게 아니라 자존감이 높다고 하는 거로구나. 내가 자존감이 높기는 하지. 이래서 사람은 죽을 때까지 배워야 한다고 하는가 보구나. 감천댁은 중얼거린다. 점점 안개가 낀 듯 앞이 잘 안 보인다. 지난번 목욕하러 가서는 목욕탕에서 전기세 아끼려고 불을 등불로 켜냐며 불평했다. 둘째 딸이 깜짝 놀라며 안과로 데리고 갔다. 기다리고 검사하느라 몇 시간을 보냈다. 그러더니 백내장 수술을 하라고 의사가 적극 권한다. 어머니 의지만 확실하면 전신마취 안 하고 십 분만 참으면 된다고 한참을 설득했다. 환하게 보이면 좋지만, 이 나이에 완전히 앞을 못 보는 봉사가 될 수도 있어 한마디로 거절했다. 노인들이 매일 죽고 싶다고 입버릇처럼 말하지만, 진짜 죽고 싶은 사람이 어디 있겠는가. 이렇게 좋은 세상 왜 죽어. 이제껏 고생만 하고서 죽는다면 억울하지.

좋은 시절에 세상에 나올 것이지, 하필이면 일제강점기에 태어나 늘 배를 곯았다. 먹을 것이 없어서 들에 나가 나물을 뜯어다가 낟알 조금 넣고 물을 바가지로 부어 온 식구가 허기를 면했다. 길 가다가 찔레를 꺾어 먹고 목화 열매 미영을 따 먹었다. 진달래를 입이 시커메지도록 따 먹기도 했다. 춘궁기가 되면 나물도 세어서 먹을 수 없으니 소나무 거죽을 다 벗겨 먹고 용변을 볼 수 없어 하수구를 뚫듯 할머니가 꼬챙이로 파내어 얼마나 아팠던지. 요즈음 어느 가수가 부르는 「보릿고개」를 들으면 지금도 그 시절이 생생하게 떠올라 눈물이 난다. 태산준령보다도 더 넘기 힘든 고개가 보릿고개이다. 해방되고는 미군 지프나 비행기에서 떨어지는 가루우유나 초콜릿을 하나라도 더 주워 먹으려고 쫓아가던 아이들의 땟국 절은 모습이 눈에 선하다. 그때는 정신대에 끌려가지 않으려고 조혼을 시켰다. 감천댁의 나이 열여섯이었다. 선도 안 보고 어른들끼리 주선해서 남편이 앞 못 보는 사람이면 어쩌나 했는데 다행으로 콩깍지가 씌어선지 새신랑은 천하의 미남이었다. 감천에서 시집왔다고 그때부터 그녀의 별호가 감천댁이 되었다. 지금도 '나'라고 지칭하기보다는 스스로 '감천댁'으로 부르는 게 습관이 되어 사람들을 헷갈리게 한다. 또 이 호칭이 시집살이를 더 하게 되는 빌미가 되었으니 억울한 마음이 없지 않다. 며느리가 미우면 발뒤꿈치가 계란 같다고 미워한다더니 지성이면 감천인데 제까짓 게 무슨 지성을 다하냐고 얼토당토않은 트집을 잡았다. 아무것도 모르는 계집아이가 새댁이 된 것도 잠시, 6·25가 터졌다. 며칠 같이 살지도 않았는데 잘생긴 남편은 국가수호를 위한 동원령에 따라 전방으로 떠나고 혼자서 큰딸을 낳았다. 아이가 아이를 낳은 것이다. 무식하면 용감하다고 스스로 탯줄을 끊고 미역국도 못 먹은 채 호구지책으로 생활 전선에 뛰어들었다. 배운 게 있나 밑천이 있나. 그래도 머리는 돌아가 떡 파는 이웃한테서 떡을 떼다가 배고픈 피난민과 군인들한테 팔면 되겠다는 생각이 들었다. 당장 아이를 포대기로 끌어매고 떡 양푼을 머리에 이었다. 가까이 포탄이 떨어지는데도 목구멍이 포도청이라….

"내 귀!" 하며 피가 벌겋게 흐르는 귀를 감싸며 소리 지르는 사람이 있는데도 떡 팔리는 재미에 무서운 줄을 몰랐다. 군인들이 물밀듯이 밀려와 떡은 늘 모자랐다. 가끔 음흉한 군인이 몸을 만지려고 하면 감천댁은 일부러 죄 없는 아이를 꼬집어서 울리고 아이를 달래는 척 돌아서며 위기를 넘기곤 했다. 그야말로 궁즉통이었다. 지금도 아이들이 듣기 좋은 소리로 엄마가 많이 배웠으면 한 자리는 따놓은 당상이었는데 라고 말하지만, 스스로 생각해도 기특할 만큼 지혜로웠다.

온몸으로 부딪치며 그런 어려운 세상 살았는데 말만 하면 다 해결되는 이 좋은 세상을 누구 좋아하라고 하직하겠는가. 신은 인간에게 모든 복을 다 주면 자기와 동급이 되어 오만해진다고 꼭 한 가지는 부족하게 한다고 하더니 하필이면 가장 중요한 건강을 허락해 주지 않으시니 야속하고 서럽다. 온 세상 몸 아끼지 않고 치열하게 살아온 감천댁에게 조금 더 아량을 베풀면 어디가 덧나는지. 하지만 감천댁의 나이가 되면 다 치매를 필수같이 달고 다니는데 아직은 정신이 온전하니 감사해할 일이긴 하다. 자식들은 엄마가 그 고생하고 살아서 제일 걱정한 게 치매였다고 한다. 분출하지 못한 스트레스가 많이 쌓일수록 치매 확률이 높아서란다. 인간의 얼굴이 다 다르듯 어떤 이론도 누구에게나 다 맞는 것은 아닐 것이다.

옛날에는 암탉이 울면 집안 망한다고 지금은 초등학교라고 하는 국민학교 가는 날 정문에는 아버지가 지키고 뒷문에는 큰아버지가 못 들어가게 지켰다. 제시간에 가면 들어갈 수 없기에 안 가는 척하고 해찰을 떨다가 시간이 지난 뒤에 사방을 살피며 가곤 했으니, 지각을 밥 먹듯이 했어도 한글을 해독할 수 있었다. 가방끈이 짧아도 책을 볼 수 있어 자식들이 상급 학년으로 올라갈 때면 버리지 않고 숨겨놓았다. 못사는 종갓집 맏며느리에 제사를 비롯한 관혼상제, 8남매나 되는 자식들을 수시로 낳고 농사일까지 하느라 정신이 없었지만 졸면서도 감천댁은 책을 놓지 않고 아이들 잘 때 책을 보았다. 그래야만 많이 배운 신식 남편과 말이 통하리라는 것을 일찍 알았던 것 같다. 아버지가 그렇게 학교 못 가게 말렸어도 고마운 게 아버지가 93세, 어머니가 96세까지 큰 병 없이 사셨다는 것이다. 다 못살던 시절이었는데도 정이 좋으셨고 낙천적이었다. 그런 긍정적인 좋은 유전자를 물려주셨으리라 믿으면 감천댁은 지금도 의지가 된다. 아이들 말로는 부모의 임종 나이를 더해서 반으로 나누고 10을 더한 것이 수명이라는데 그러면 감천댁은 아직 멀었다는 생각이 든다.

셋째 아들 내외가 산삼을 캤다며 들고 왔다. 며느리하고는 피도 한 방울 안 섞였고 감천댁이 젊었을 때 사는 것을 보지 못했는데, 꼭 감천댁의 젊은 시절 판박이를 보는 것 같다. 어쩌면 그 애는 생활력이 그렇게 강한지 잠시도 쉬지 않는다. 산삼을 캐러 다니고, 나물을 뜯는다며 들이나 높은 산으로 겁내지 않고 다닌다. 한 번은 백 년 됨직한 산삼을 가져왔기에 그건 팔고 미삼이나 달라 했더니 수시로 작은 뿌리 산삼을 들고 온다. 감천댁이 이만한 것도 산삼 덕이 아니냐고 시누들까지 칭찬을 아끼지 않는다. 나이 먹을수록 생명에 대한 애착이 강하다고 하더니 감천댁도 그 며느리가 이제는 예뻐 보인다.

넷째 아들 상훈이가 아침상을 들고 들어온다. 아들이라도 얼마나 곰살맞은지 불고기, 명란젓, 김치, 시금치를 일본 사람들처럼 조금씩 골고루 담아서 먹기 좋게 다 잘게 썰었다. 지난밤 꿈자리가 뒤숭숭했다는 핑계로 이따 먹는다고 밀어두었다.

상훈이는 안 드시면 더 기운 없다며 안타까운 눈초리로 쳐다보더니 방을 나간다. 감천댁은 저 아들만 생각하면 가슴이 미어진다. 내가 이러면 안 되는데 늙으면 애 된다는 말이 틀리지 않는다. 생각하면 한숨만 쏟아져 애써 생각하지 않는 우리 집 자랑 큰아들이 잘못되고 장례식 날이었다.

이제 형이 없으니, 어머니는 내가 모시겠다는 둘째 아들 말이 떨어지기 무섭게 셋째 아들이 자기가 모신다고 우겼다. 형제의 말을 두 며느리가 들었다. 상의도 없이 누구 마음대로 어머니를 모시냐며, 두 며느리가 동시 합창을 하듯 언성을 높이는 것을 넷째 아들이 들었다고 한다. 상훈이 그날로 서울에서 짐을 싸 집으로 내려왔다. 아직 결혼 안 한 자기가 모시는 게 제일 나을 것 같다고 하면서. 소위 S대 경영대를 나와 대형 증권사에서 잘 나가던 재원이 뭐 홈트레이딩인가 뭔가 하면 밥은 먹을 수 있다고 하면서 직장을 접었다. 그러니 동시에 결혼도 포기한 것이나 매한가지다. 제 아비 고주박 쓰러지듯 맥없이 가고 여덟이나 되는 아이들 배 곯리지 않으려고 감천댁은 안 해본 일이 없다. 돼지를 키우느라고 버리는 구정물을 집마다 얻어 이고 오다가 미끄러지기도 하고, 텃밭에서 키운 것과 뜯어 온 나물을 하루 종일 난전에서 안 팔아본 것이 없다. 크는 아이들이라서 어찌나 먹어 대는지 어떤 때는 한 달에 쌀 한 가마니가 모자랐다. 다행히 위로 딸 셋을 두어서 아들 못 낫는다고 시집살이는 했지만, 그 아이들이 일찍 취업해서 가정을 도왔다.

셋째가 내려가고 엄마를 부르는 소리가 밖에서 들린다. 청주 사는 둘째 딸이 또 왔나 보다. 꼭 사위랑 같이 오는데 늘 반갑게 엄마 얼굴이 훨씬 좋아지셨다며 다정하게 일으킨다. 듣기 좋은 소리 하는 것이지만 싫지 않다. 오늘도 사위가 용돈 봉투를 내민다. 감천댁은 잊지 않고, 퇴직해서 벌이도 없는데 무슨 돈을 주느냐며 걱정하면, 얼

른 일어나셔서 하시고 싶은 것 하시라며 희망을 심어준다. 사는 자체
가 지나고 나면 후회투성이지만, 처음 집에 데려왔을 때 키가 좀 컸
더라면 하고 아쉬웠다. 그랬는데 변치 않고 이렇게 한결같이 사람 노
릇 제대로 할 줄 어찌 알았으랴.

딸내미가 손을 잡더니, 어제 꿈에 아버지 목소리를 들었는데 모습
은 보이지 않고 궁금해서 쫓아왔어요. 엄마 꿈에도 나타나셨느냐 묻
는다.

"그 양반이 꼭 청년같이 잡아끄는데 꿈에라도 죽은 사람 따라가지 말
라는 너희들 말이 생각나서 뿌리쳤지. 황천길 안내는 저승길 먼저 간 사
람이 한다니 결국은 그 양반을 따라갈 텐데….

살아서도 너를 얼마나 예뻐했는지 부부 싸움하고도 너 하나만 데
리고 집을 나갔었어. 그런데 참 희한한 일이다. 두 사람 꿈에 같이 보
이고…."

6·25 끝나고도 신랑은 한참이나 군대에 더 있었다. 기다리느라 감
천댁은 눈이 빠지는 줄 알았다. 시집살이로 눈물 콧물 마를 날 없이
기다리는데 새신랑은 그 허여멀끔한 얼굴이 반쪽이 되어 돌아왔다.
별일 없이 무탈하게 돌아온 것만도 감사한데 내 편이 있다는 게 그렇
게 좋을 수가 없었다. 그러나 독수공방한 아내는 뒷전이고 책에 한이
맺힌 사람처럼 오직 책에 매달렸다. 오매불망 기다리던 둘째는 종무
소식일 수밖에. 하늘이 원망스러웠는데 삼신할미도 감천댁이 가엾었
는지 드디어 점지하셨다는 신호를 보냈다. 큰딸 낳고 무려 7년이 흘러
가 못 낳는 줄 알다가 접한 임신 기미는 새댁을 날아갈 듯 기쁘게 했

다. '하긴 하늘을 봐야 별을 따지…' 감천댁은 생각만으로도 얼굴이 붉어졌다. 둘째는 배 속에서도 순하더니 세상에 나와서도 순하게 혼자 놀고 글자를 알면서는 책을 손에서 놓지 않았다. 큰딸은 산림 밑천이라고 하더니 동생을 업고 온갖 심부름을 다 했다. 어느 날은 보리타작하는 곳에 업고 갔는데 보리까락이 아기 눈에 들어가서 온 식구가 기함했다. 아이를 둘러업고 한밤중에 시오리를 더 걸어 안과를 찾아가니 벌써 눈에 집을 지었다고 한다. 귀한 아이 봉사 되는 줄 알고 얼마나 놀랐는지 그 생각하면 감천댁은 지금도 가슴이 벌렁벌렁한다. 공부를 잘해서 길을 가도 그 애 엄마라고 하면 부러워해서 감천댁은 괜스레 어깨가 으쓱하곤 했다. 건강하고 참해서 눈으로 병원에 간 일 말고 부모 속을 썩인 일이 없었다. 다만 학교에서 배웠다며 물에 빠진 송장을 물고기가 파먹는다고 어느 날부터 멸치 한 마리도 비린 것은 먹지 않았다. 감천댁은 그 바쁜 와중에도 둘째 딸 만두는 고기 넣지 않고 따로 끓여주곤 했다. 지금도 셋째 딸이 "언니는 그렇게 예뻐하고…" 하면서 편애한 것에 아직도 샘을 내는 빌미가 되었지만, 어찌 보면 나중을 내다보고 시쳇말로 보험을 들 듯했는지 감천 댁은 피식 웃음이 나온다. 교육감상을 타고도 가정 형편상 서울로 진학하지 못하고 공무원 시험을 본 후 주경야독했다. 빠른 승진으로 여고에 현수막이 두 번이나 나붙고, 대학원에서 최우수논문상을 타서 어미를 기쁘게 했다. 지금도 부부가 금실 좋게 살고 있으니 자식 농사가 반타작이라고 하면 이 딸이 가장 편하게 바라보는 쪽에 속한다. 부모와 자식 간에도 궁합이 있다면 늦게까지 어미랑 궁합이 잘 맞는다고 함이 맞을 것이다. 그래서 지금도 그 딸이 뭐라고 하면 그저 듣곤 하는데 밀어놓은 밥그릇을 들고 숟가락으로 입에 퍼 넣기 시작한다. 상훈이 같으면 천천히 조금씩 눈치를 보며 씹을 시간을 주는데, 이 애는 평생을 번갯불에 콩 튀기듯 바쁘게 살아서인지 생김과 다르게 밥 먹이는 것도 급하다. 감천댁은 나도 아직은 숟가락은 들 수 있다고 숟가락을 뺏어 들었다. 그 덕에 한 공기를 다 먹어 치웠다. 상훈이는 그런 줄도 모르고 누나가 오니 다 드셨다고 좋아한다. 내 배가 부르니 그제야 감천댁은 사위가 준 봉투에서 오만 원을 꺼내 "내 몸이 이러니 점심 해줄 수도 없고 나가서 맛있는 것 먹고 오게." 하고 내민다.

　큰딸은 아무것도 모르고 모든 게 부족한 시절에 낳아서 감천댁의 화풀이 대상이었고, 선도 안 보고 데려간다는 셋째 딸은 출생부터 미움을 받았다. 못 낳는 줄 알다가 낳은 둘째 딸은 시어른들이 예뻐하더니 셋째도 딸이자 시앗을 들였다. 감천댁의 나이 겨우 20대 중반이었다. 아들이 없어 양자를 간 남편이라 이해를 못 하는 것은 아니지만 그때 시앗은 손을 얻기 위한 일반화된 관습이었던 듯하다. 애를 갖고도 머리에 한 양푼씩 이고 가서 빨래를 해오면 때가 다 빠지지 않았다고 트집을 잡고 다듬이소리로 시어미를 때린다고 애매한 소리로 동네 사람들까지 들먹였다. 시어머니는 신랑이 열세 살 때 돌아가시고 들어온 서모인데 아들을 출산하면서 그 시집살이가 더했지만, 감천댁은 참는 수밖에 방법이 없었다. 그때는 벙어리 3년, 귀먹어리 3년, 봉사 3년에 출가외인은 죽어서도 그 집 귀신이 되라던 시절이었으니. 시앗에게 세숫물을 따뜻하게 데워서 갖다 주고 밥도 따로 차려서 방에 갖다 주었다.

미안했는지 그녀는 한 달이 안 돼 제 발로 걸어서 집을 나갔다. 그럴 때 태어난 셋째딸이 예쁠 수 있겠는가. 그 딸이 지금도 잘하노라고 하는데도 괜스레 그때 생각이 나고 짜증이 나 대놓고 투정하곤 한다.

셋이 나가서 점심을 먹고 오더니 둘째 딸이 자꾸 머뭇머뭇하며 눈치를 보더니 "엄마, 지금 컨디션이 어떠세요?"라고 한다.

"나야 뭐 너희들이 이리 걱정해 주니 매일 좋지." 이게 감천 댁의 장수 비법인지 모른다. 몸을 마음대로 움직이지 못하면서도 늘 이렇게 긍정적이다.

"엄마 괜찮으시다니 그 애 없을 때 말씀드릴게요. 상훈이가 어디 들려온다네요.

엄마 역정 내실지 모르는데 이 집하고 텃밭 문제예요. 엄마는 백수 하시겠지만 이렇게 정신 말짱하실 때 상훈이한테 공증해 주세요. 미리 다 넘겨주는 것은 엄마가 싫어하시니 나중에 상훈이한테 준다는 약속을 증인 세워서 공증해 놓자는 거지요. 지금 법으로 하면 n분의 1인데 일곱 명한테 다 쪼개주면 몇 푼씩 주지도 못하고 집만 날아가서 우리 형제자매들이 모일 자리만 없어지게 되잖아요."

"나도 다 생각이 있었어. 큰아들 그리되고 모시지 않겠다고 하던 둘째가 집이 생각났는지 잘못했다며 모시겠다고 왔었어. 이번에는 내가 싫다고 대차게 야단을 쳐서 이제 오지 않아도 된다고 내쳤다. 다음에도 또 와서 집이 있으면 국가에서 주는 남 다 받는 연금도 못 받는다고 상속해 달라고 하더라. 내 참 기가 막혀서. 경로당의 김 영감과 새둑댁도 입에 혀같이 굴던 아들 앞으로 이전해 줬더니 이후 연금 탄다고 와보지도 않더란다. 집만 날아간 것이지. 그래서 자식이고 뭐고 눈 딱 감고 이 집을 죽을 때까지 가지고 있으려 한 거야. 한데 저 위 김 원장이 운영하는 보육원에 다녀와서 생각이 조금 바뀌었다. 세상에 왔다가 빈손으로 가는 인생, 한번은 좋은 일 좀 하고 가야 하지 않겠나 하는 주제넘은 생각이 든 게야. 너희들 다 밥 먹고 사는 데 지장 없으니…."

그때 슈퍼에 들러서 온다던 상훈이가 들어서며 "아니, 우리 엄마 참 훌륭하셔. 그런 생각하셨으면 지금이라도 그렇게 하세요. 저는 혼자인데 산 입에 거미줄 치겠어요? 저축해 놓은 것으로 집 사면 돼요."라고 한다.

"꼭 그런 뜻은 아니잖아. 이 집이 그래도 우리 가족사 박물관같이 손때와 추억이 다 묻어있는 곳인데, 없어지면 우리는 어디 모여서 얼굴을 보고 옛이야기를 나누겠니?"

"그런 생각을 잠시 했는데 상훈이 네가 그 좋은 직장 그만두고 내려와서 20년이 다 되어가니 마음이 바뀌었다. 내가 쭈욱 너를 지켜봤잖아. 지금은 몸도 내 마음대로 못 하고 모든 걸 네 손을 빌리니…. 미운 정 고운 정이 듬뿍 들어 이제는 누가 사회에 환원하라고 해도 내가 못 하겠으니 걱정하지 마라. 내일이라도 휠체어 타고 가서 그렇게 하마." 감천댁이 의지를 확실히 굳힌다.

"참 우리 엄마 대단하세요. 더 배운 우리도 가까이 있는 보육원 생각 못 했는데 그런 생각까지 하시고. 하긴 큰 부자만 사회에 환원하는 건 아니지…."

"아니 누나, 이 집을 그냥 그대로 보존하려면 집값만큼 내가 돈을 내놓아 형제들한테 나누어 주면 되지."

"저렇게 착해 빠졌으니 그 좋은 학벌로도 날개 꺾인 새가 된 게야. 그러면 느 어미는 미안해서 저승길 느 아버지 어떻게 만나고, 느 누나나 동생들이 너 볼 면목이 없지." 감천댁이 안쓰러워 목청을 높인다.

"모두 미안해하지 않아도 되는데…. 나는 스님 팔자를 타고난 사주라 그런지 엄마하고 이렇게 조용히 지내는 게 좋아요."

"하긴 나도 처음에는 느 아버지 살아서 동몽선습을 배우던 참한 김 원장을 네 색싯감으로 점 찍었어. 그랬는데 네가 이렇게 내려와 내 뒷바라지하느라 무직이 되니 그건 물 건너갔지. 이 집이나마 보육원 운영하는 김 원장한테 주려고 말을 슬쩍 꺼내봤더니, 국가에서 지원을 많이 해준다고 펄쩍 뛰더라. 호랑이는 죽어서 가죽을 남기고 사람은 죽어서 이름을 남긴다는 속담에 내가 잠깐 현혹된 게지…."

내 어머니 감천댁이 그런 대단한 생각을 했는지, 둘째 딸은 참으로 낯설다. 그저 어머니가 자기보다 가방끈이 훨씬 짧은데도 어쩌면 그리 지혜로운지 경륜은 무시할 수 없음을 체감했으면서, 은근히 뒷방 늙은이로 생각했던 것은 아닌지 반성이 된다. 감천댁은 모든 속을 쏟아놓으니 이제 교통정리를 다 해서 죽어도 되겠다고 마음이 놓인다. 모녀는 서로가 친정이라는 말이 있다. 지금같이 솔직하게 털어놓으니 의외로 일이 쉽게 풀려 십 년 묵은 체증이 떨어지듯 모녀가 속이 뻥 뚫리니 생긴 말이 아닐지 싶다.

둘째 딸이 막 일어서려는데 "형님, 저 왔어요." 하는 소리가 들리더니 늙수그레한 부부가 들이닥친다.

감천댁이 자세히 보니 첫째 시동생네 부부다. 오랜만이라 반가워서 벌떡 일어나려 했지만 마음뿐이다. 부축을 받고 겨우 일어나니 싱거운 시동생은 "형수님, 목욕하셨는지 신수가 환하시네요. 시집가도 되겠어요."라고 농을 한다. 세월은 문구멍으로 말 타고 지나가는 순간을 보는 것 같이 빠르다고 하더니, 옛말은 하나도 틀리지 않는다. 감천댁이 아무것도 모르고 시집와 신랑은 군대에 가고 계모 시집살이가 더 심해진 게 저 시동생 낳고 나서다. 그러니 나이로 이십 년 차이가 나서 아들 같은데, 머리에 하얗게 서리가 내려 같이 늙어가는 것 같다.

"싱거운 것은 예전이나 똑같아요. 덕분에 동서는 맨날 웃고 살지? 지금 생각해도 내가 중매를 잘했어. 처가에 색시 보러 갔다가 잠바 속에 그 집 마당의 닭 품고 온 것 생각나요? 닭 잡아먹고 오리발 내밀려고 했는지 잡아 왔더라고. 중매한 나까지 얼마나 가슴이 떨리던지…."

"형수님, 얼굴도 좋아지셨는데 기억력도 그대로인 것을 보니 백수하시는 것 문제없겠어요. 목욕을 자주 하시나 봐요."라고 한다.

"목욕은 저 애하고 자주 갔는데 내가 이렇게 눕고 나서 시청에서 일주일에 한 번씩 차가 와요. 휠체어 타고 문 앞까지 가면 그 사람들 셋이 차에 태워서 목욕시키고 머리 감겨서 잘라주기까지 해요. 좋은 세상이지…."

"근데 형님, 지금 생각하니 형님은 참 앞을 내다보는 혜안이 있었어요. 그전에도 애들이 그렇게 많은데 둘째 딸한테 얼마나 잘하던지 저는 속으로 그까짓 계집애 했어요. 지금도 먼 데서 저렇게 자주 오는 것을 보니 평생 보험 든 거나 마찬가지지요. 저는 그전에 물자 귀할 때 명절에 쇠고기가 들어와서 손자 주려고 모처럼 장조림을 했어요. 손자 밥 먹이는데 손녀가 자꾸 자기도 달래요. 계집애가 하면서 손녀는 그냥 그 국물에 비벼주었더니 나도 저것 먹고 싶다고 하는데도 무시했어요. 그 손녀가 악착같이 공부하더니 즈 오빠도 못 된 잘 나가는 변호사 되었잖아요. 지금도 그 소리 하면서 서운해하고 장조림을 여봐란듯이 먹어요. 나도 여자면서 여자 무시한 게 후회막급이에요." 동서가 한탄한다.

"다 못살던 시절이라 그랬지. 나는 그때도 아들딸 구별 않고 열심히 하는 놈 밀어준다고 했어."라고 대수롭지 않게 감천댁은 응수했는데 그 어려운 고시 합격하고 잘못된 아들이 눈에 밟혀 눈물이 난다. 이 집에서는 그 아들 말하는 게 금기 사항으로 되어있어 아무도 입에 올리지 않는데 내가 주책없이. 늙으면 필요한 것은 나오지 않고 눈물, 콧물, 쓸데없는 게 많이 나온다고 하며 감천댁은 능청스럽게 눈물을 감춘다. 시동생 부부한테 이제 봤으니 냄새나는 방에 더 있지 말고 얼른 가보라고 떠밀었다. 냄새 핑계를 댔지만, 감천댁은 실상 뒤가 급해졌다. 아직은 정신이 있으니 시동생 보는 데서 엉덩이 까내리고 용변을 보고 싶지는 않다.

텔레비전에서 죽을 때 더 사랑할걸, 더 베풀걸, 더 용서할 걸 하며 인간은 죽어간다더니 서모 시집살이로 미워하던 시동생을 뒷바라지하고 중매까지 한 것은 참 잘한 일이라고 감천댁은 스스로 위안한다. 그렇게 했으니 이 늙은이를 잊지 않고 찾아와서 말이라도 섞지. 세상에 공짜가 어디 있겠는가. 세상살이가 다 품앗이인 것을.

감천댁은 이튿날 넷째 상훈이와 증인이 되어줄 그 애 친구 두 명과 함께 사촌 오빠 아들이 하는 법무사 사무실에 갔다. 쇠뿔도 단김에 빼랬으니 이참에 확실히 해두자고 결심을 한 터였다. 한참 동안 기다려 사후에 모든 게 상훈이한테 상속하는 것으로 되었다며 보라고 서류를 내민다. 앞이 뿌여니 아무것도 보이지 않는다. 이게 다 백내장 수술하라는 것을 안 해서 그렇다는 생각이 들어 감천댁은 어련히 잘됐겠냐고 시침을 떼며 알았다고 했다.

돌아오며 감천댁은 생각에 잠긴다. 65세가 넘고도 30여 년이 되어가는데 아들 앞으로 해주고 연금을 탔으면 그게 얼마인가. 사실 아깝다. 증여해 주고 찬밥 됐다는 경로당 노인들 이야기를 듣고 이렇게 한 게 잘한 것인지. 감천댁은 내 자식들이 그 집 자식들 같기야 하겠냐만, 자신이 지금까지 자식들한테 무시당하지 않은 게 이만큼이라도 쥐고 있어서라고 자위한다. 둘째 딸이 와서 참 잘했다고 하길래 다른 애들한테는 우선 말하지 말라고 감천댁은 당부를 잊지 않았다.

전화가 왔다기에 받았는데 윙 하는 소리만 날 뿐 잘 들리지 않는다. 늙으면 잘 안 보이고 잘 들리지 않는다고 하더니 누워있고부터 감천 댁은 그것을 확실히 느낀다. 둘째 딸에게 바꾸어 주었더니 저희끼리 한참을 떠든다. 지난번 왔을 때 몸이 좋지 않아 괜한 소리를 해서 큰딸이 서운해하더니 용돈만 부치고 안부를 묻나 보다. 일찍 낳았으니 그 애도 벌써 칠십 중반이다. 큰딸하고는 공증하는 것을 훨씬 전부터 의논해서 잘했다고 하더란다.

누워만 있으니 이 생각 저 생각 잡념이 많은데 오후에는 어려서 한 동네서 큰 6촌 여동생이 왔다. 그녀랑 감천댁은 일곱 살 차이가 나니 그녀도 여든이 넘었는데 혼자 온 것을 보니 건강한가 보다.

　"그때 학교 못 가게 하려고 앞 뒷문에서 언니 아버지와 백부가 지켜서 안 가는 척하고 땅따먹기했는데. 지금 생각해도 우리는 그때 참 영악했던 것 같아. 그때 글자 배워서 시내버스도 묻지 않고 잘 타고 다니고 식당 메뉴도 잘 읽지."

　"그럼. 참 잘한 거지. 누에 먹이려고 뽕 따던 생각 나니? 산밑 밭에 뽕이 하도 실해서 열심히 따다 보니 환해지더라. 아마 지금 가로등 켜있는 것 같이 환해졌어. 두 다래끼에 눌러서 가득 땄는데 한참 후에 갑자기 캄캄해졌지? 이상해서 다시 보니 호랑이가 어슬렁어슬렁 돌아서서 가고 있었어. 몸이 오싹해 신음이 튀어나오려는 입을 손바닥으로 막았지. 아마 우리가 하도 열심히 뽕을 따니까 호랑이가 지켜보았는데 호랑이 눈에서 나오는 빛이 불빛보다 더 밝았던 게야."

　"언니, 그때 나는 바지에 오줌을 다 지렸는데 언니는 얼마나 대담한지 표시도 안 나더라. 호랑이가 나오는 옛날이야기 많이 들으며 자랐는데 그게 사실일까 의아했었어. 근데 그때 호랑이 불빛 본 이후로는 그럴 수 있겠다고 생각이 되더라고."

　호랑이 불빛으로 뽕을 딴 기억을 그녀도 아직 잊지 않고 생생히 기억하고 있었다.

　호랑이 담배 먹던 시절 이야기라는 말이 있지만 호랑이 눈빛이 웬만한 차 불빛보다 더 환하다는 경험을 한 것이다.

"참 언니는 그때나 지금이나 대가 센 여장부야. 지금 언니 나이에도 다 기억하니 그만하면 무지 건강한 거지. 저 화분의 군자란도 주인 닮아 싱싱하게 꽃을 피웠네. 하긴 6·25 때 피난민한테 떡 장사한 사람 있으면 나와보라고 해. 그러니 8남매나 되는 자식들 밥 안 굶겼지. 참 대단해." 6촌 동생은 감천댁과 같이 크며 추억을 공유해서 그런지 말이 통하는 몇 안 되는 혈육이다. 대화하면서도 감천댁은 모처럼 옛날로 돌아가 신이 난다. 6촌 동생이 돌아간 후 감천댁은 아들이 따로 방에 설치한 텔레비전 채널을 이리저리 돌린다. 올해 104세라는 김형석 박사가 나왔다. 부럽다. 건강하지 않게 오래 사는 것은 재앙이지만 저렇게 천수를 누린다면 얼마나 좋을까. 나도 비단 이불만 욕심을 내지 않았으면 미끄러지지 않았을 테고 이렇게 누워있지도 않았을 텐데. 후회하면 무엇하겠는가.

멀리서 살아 자주 오지 않던 셋째 딸이 바리바리 싸 들고 들어왔다. 웬일이냐 했더니 엄마 돌아가시기 전에 한 번 더 보려고 왔다고 한다. 맞는 말인데도 감천댁은 이내 역정이 난다. 감천댁은 이 애를 보면 지난날 시앗 본 기억이 떠올라 괜스레 심술을 부리게 된다. 제 언니와 두 살 터울인 데다 가정형편이 그랬으니, 관심을 끌려고 거짓말을 하다가 혼쭐이 나곤 한 딸이다. 일찍 밖으로 돌아 많은 것을 배웠는지 음식 솜씨가 좋다. 엄마 닮아 솜씨가 좋다고 하는데도 감천댁은 진실로 들리지 않으니 늙으면 자기밖에 모르고 애 된다는 말이 맞는다. 이 딸은 자주 제 언니와 비교당한 것을 서운해하곤 하는데 오늘은 또 막내 왔다 갔느냐며 묻는다. 돌아가신 아버지 사랑은 못 받았어도 엄마와 형제간의 사랑은 제일 많이 받는데 그러면 안 된다고 냅다 전화를 한다. 그러지 않아 설 때 가게 문 열어서 못 가니 오늘 엄마 뵈려고 간다고 하나 보다.

　잘생긴 막내아들이 고기랑 해산물을 잔뜩 안고 들이닥친다. 감천댁 나이 사십 중반에 낳아서 사람 구실 할지 미심쩍었는데 키도 제일 크고 인물도 제일 좋다. 학교 다닐 때부터 여자애들이 부대로 따라다니니 착각했는지 공부를 제대로 하지 않았다. 감천댁은 이 애를 보면 또 가슴이 아프다. 나이 먹어 가진 게 민망하고 부끄러워서 나물 뜯으러 가 떨어지라고 높은 언덕에서 뛰어내리고 간장을 한 대접씩 마셨다. 그랬는데도 제달 다 채우고 세상에 나와서 손발이 제대로 생겼는지 먼저 살폈다. 젖이 제대로 나오지 않아 젖 나오게 하려고 감천댁은 별짓 다 했다. 남편이 보증서 주고 화병으로 병석에 있을 때라 먹고사는 일이 힘들어, 보리쌀 삶은 물에 당원을 타서 마시기도 했다. 그 아들이 저렇게 허여멀끔하니 커서 제 밥벌이를 하니 여러 감정이 교차한다. 이런 제 어미 마음을 알지 못하니 고기를 구우며 술도 한잔하는 것 같다. 감천댁은 먹지도 않는 고기를 구워 저희끼리 먹고 있지만 화기애애하게 담소를 나누는 게 보기 좋다. 감천댁이 가더라도 저렇게 우애 있게 살겠거니 싶어서다. 막내며느리가 술은 그만 마시라며 채근해서 집으로 떠나고 나니 적막강산이 따로 없다. 제수가 오면 불편한지 잠시 자리를 비웠던 상훈이가 들어왔다. 어른 모시고 살면 수시로 저렇게 손님들이 들이닥치니 같이 모시고 사는 자식은 신경이 쓰일 것이다. 더군다나 상훈이는 내성적인 데다 거의 이십 년을 감천댁하고만 살았으니 요즈음 찾아오는 사람들만으로도 불편할 것이다. 그 생각을 하니 요즈음 부쩍 사람들이 많이 방문한 게 감천댁은 마음에 걸린다.

'틀림없이 내가 얼마 못 산다고 했을 거야.' 감천댁은 의심이 삐죽이 올라온다. 상훈이를 마구 다그치니 아니라고 엄마가 효자 효녀로 키워서 그런 걸 괜스레 트집을 잡는다고 하더니 둘째 누나한테 전화한다. 감천댁이 자꾸 심술을 부리니 둘째 딸이 또 쫓아왔다.

"엄마, 우리 엄마같이 복 받은 사람이 어디 있어요? 먹고살기에 바쁘다고 다른 집 자식들은 핑계 대고 오지 않는데, 엄마가 잘 키워서 저렇게 자주 오는 것을 죽을까 봐 자주 온다니 복에 겨운 소리 하시는 거예요. 원고 청탁받은 것도 아직 못 썼는데 억지를 쓰시니 자꾸 그러시면 요양원 가셔야죠."라며 둘째 딸이 엄포를 놓으며 눈을 흘긴다.

"정말이니? 호강에 겨워 요강에 빠진다더니…" 감천댁은 딸의 말을 믿고 싶어진다. 뭐 하루에도 인간은 육천 번의 생각을 한다는데 자신도 그럴 것이라고 생명에 대한 애착에 긍정을 더한다.

"소설은 그냥 쓰면 되지. 많이 배운 애가 그렇게 쓸 게 없어? 감천댁 이야기 쓰면 장편소설 댓 권은 될 텐데…"라고 한심하다는 듯 딸을 넌지시 바라본다. 그제야 둘째 딸은 영감이 떠오른다. '성공하지 못한 예술인, 감동을 주지 못하는 목사, 혼자 사는 할망구의 공통점이 영감이 없다는 것.'이라는 우스개를 하더니만. 바쁜데 오늘 여기 오기를 잘

했다는 생각이 든다.

"참, 우리 엄마 대단하셔요. 이 집을 보육원에 내놓을 생각하신 것도 대단하신데 엄마 이야기를 소설로 쓰라니, 왜 그 생각을 못 했을까. 엄마 사신 게 하도 드라마틱하고 구구절절해 장편소설로만 생각해 엄두를 못 냈는데. 엄마 요즈음만 써도 단편이 충분히 되겠어요. 그래서 노인 한 분이 돌아가시면 도서관 하나가 없어진다고 하나 봐요. 나는 그런 우리 엄마의 건강과 글 쓰는 유전자를 물려받았으니 얼마나 고마운 일이에요. 우리 엄마가 구세주십니다." 둘째 딸이 쾌재를 부른다.

감천댁은 이렇게 누워있어서 자식들한테 부담만 주는 것은 아닌지 생각이 온전할 때는 미안하기도 했는데, 엄마를 닮아서 당면 과제가 해결되었다니 모처럼 사는 의미가 느껴졌다. 뭐 삶이 별것인가. 그냥 이렇게 하루하루 살다가 큰 고통 없이 어느 날 그 양반이 데리러 오면 따라가는 게 순리겠지 하는 생각이 들었다. 그 길의 그믐 뒤에 초승달이 뜨는 것을 보지 못할 테지만.

✒ 이영희

『호맥문학』 수필 등단. 26회 『동양일보』 소설 당선. 직지소설문학상, 충북수필문학상 외. 2022 한국소설가협회 신예작가. 소설집 『메이저 아르카나 13번』, 장편소설 『비망록 직지로 피어나다』, 수필집 『칡꽃 향기』, 『정비공』

솟 대

이귀란

어느새 바닷가에 다다랐다. 예전의 나와 사뭇 달라진 느낌이다. 언니의 유골함을 품에 안고 바다로 가는 그녀 옆에서 조용히 걸었다. 세상은 잠잠하여 바람도 공기의 흐름도 오직 그녀에게로 집중되는 것만 같다. 기압도 가라앉아 하늘과 바다가 맞닿아 있는 사이로 그녀는 조용히 걸었다. 맨발이었다. 땅끝에서부터 온 구도자 같았다. 사람의 말은 무의미하여 입을 벌리기조차 조심스럽기만 하다. 나는 모래사장을 지나고 젖은 모래도 지나 한 발, 두 발 바다로 들어가는 그녀를 뒤따르며 호흡을 멈추었다. 발목으로 종아리로 바닷물이 잠기는데도 앞만 바라보고 걷는 그녀가 두려웠다. 오만 가지 생각에 어찌해야 하나 망설이다 그녀의 치맛자락이 물에 뜨자 후드득 울음을 삼키며 뒤에서 끌어안아 세웠다. 그녀는 유골함을 힘주어 안았다. 그리고 주변을 둘러보더니 물러 나왔다.

다시 적막 같은 시간이 흘렀다. 그녀는 언니를 품에 안고 모래사장에 오래 앉아있었다. 나는 말없이 곁을 지켜주었다. 시간이 얼마나 지났는지, 바람이 차가워지기 시작했다. 저 멀리에서 하늘과 바다 사이에 주황색 노을이 퍼지기 시작했다. 그 모습을 한참 바라보던 그녀는 서서히 바다로 들어가 유골함을 열어 언니를 바다로 보내드렸다.

밤새 내린 눈 위에 염화칼슘을 뿌렸다. 자동차 바퀴에 뭉그러진 길은 오랫동안 비워둔 사람 난 집 같다. 그 길 위로 선물 같은 그녀가 온다. 그녀의 양 볼은 사과 빛이다. 손가락으로 꾸욱 누르면 과즙이 뚝뚝 흐를 것만 같다.

별일이지, 아지랑이 아롱거리던 사월의 밤하늘에서 함박눈이 내리더니 한낮이 되자 그대로 녹아 흙 도가니가 되었다. 마음만큼이나 어수선한 길로 내게 오는 그녀는 환영이다. 사월은 아지랑이가 아롱거리며 춤을 추는 달이다. 아지랑이는 대지의 하품이다. 땅속 깊이 뿌리 내린 나무가 눈을 뜨고, 잎을 틔우고 꽃을 피우느라 피곤해서 하는 하품이다.

저만큼에서 그녀가 다가오자 나는 얼른 붓을 놓았다. 두 손을 앞치마에 쓱쓱 문지르며 서둘러 현관으로 나가다 멈칫했다. 마음을 가라앉히기 위해 두 손을 가슴으로 모았다.

지금 그녀와의 거리는 50여 미터, 한 걸음 두 걸음 내게로 다가오는 그녀를 바라보며 마음을 가다듬었다. 으흠, 헛기침도 해본다. 가까이 다가올수록 그녀의 몸에서 시냇물이 보인다. 졸졸거리는 시냇물을 담고 하루에 세 번 지나는 버스를 용케 타고 내리는 여자다.

저 여인을 처음 보았을 때, 언제였더라? 꿈속에서였나? 전생에 연이 있었나, 커피를 끓이는 모습은? 찻잔 드는 모습까지도 익숙하다.

가만히 눈을 감고 그녀를 떠올리면 흰 컬러에 다림질로 반질거리는 플레어스커트를 입은 모습도 보이고, 어디인지 구석에 웅크리고 앉아 있는 모습도 환영(幻影)처럼 스친다. 그럴 때마다 늘 허둥거리게 된다.

나는 오늘도 입술을 깨문다. 그래, 당신들이 여기 온 목적은 저 그림 때문이지. 배부르고 등 따시니까, 그림 몇 점 간직하다 시세 좋아지면 이익이나 챙기는 그런 부류들에게 나는 상인이 될 수밖에 없다.

그녀는 다르다. 무심코 지나다 솟대에 끌려서 내렸다고, 자기도 모르게 발길이 끌리더라고, 옥구슬처럼 또르르 또르르 수다를 쏟아놓고 간 후부터 나는 아침에 눈을 뜨면 그녀를 생각하게 되었다. 짐승들만 득실거리는 세상에서 사람을 본 것 같다. 그녀가 다녀간 후 한동안 그림을 그리지 못하다 투명한 몸짓으로 지느러미를 흔드는 빙어를 그렸다. 그녀 몸속에 흐를 듯한 작고 여린 냇물도 그렸다. 사글사글 뿜어져 나오는 물방울은 그녀의 속살거림이다. 어린 자갈 사이를 유영하는 빙어의 투명한 속내, 살며시 흔드는 꼬리의 유연함도 놓치지 않고 표현했다.

오늘 여기 작업실에 그녀가 섰다.

"지난번에 왔을 때 하고는 분위기가 달라졌어요. 짐 정리가 거의 된 거네요? 아, 빙어를 그리시는 건가요?"

"…"

"빙어가 유난히 투명하네요."

'솔' 톤의 멜로디가 몇 점의 그림을 지나 내 귀로 들어와 간질인다. 키위향 나는 목소리가 뇌파를 자극한다.

'당신의 마음을 얻고 싶은 간절함인걸요.' 나도 모르게 웅얼거리다 소리를 삼켰다. 알아들었는지 흘렸는지, 그때 우리는 처음으로 마주 보며 웃었다. 그녀가 웃는 순간 아찔한 경련이 일어났다. 어지러웠다. 그녀의 어깨를 꾹 누를 뻔했다. 들었던 손을 얼른 찻잔으로 가져갔다.

사월의 그녀는 마시던 찻잔을 화분과 화분 사이에 놓고 솟대 사이를 걸었다. 순간, 그녀의 머리에서부터 펼쳐진 무지개가 온 하늘을 덮고 있었다. 나도 모르게 '하아―' 함성을 터트렸다. 이상도 하지, 정돈되지 않은 길 위로 뜨는 무지개라니. 그녀도 부신 눈으로 바라보다 나와 눈이 마주치자 미소 지었다. 무지개는 솟대를 휘감다 먼 하늘로 퍼지다 사라졌다.

도망치듯 숲으로 들어온 지 한 달이 지난 날이다. 화전민이 살던 외딴집을 터서 작업실로 만들고 듬성듬성 디딤돌을 놓고 드나들었다. 이 숲에 사람이 산다는 의미로 길가에 솟대를 세우고 입간판을 만들어 세웠다.

그녀는 왜 솟대를 기뻐하는 걸까? 그녀가 가고 나자 화분 사이에 놓인 찻잔을 들고 남아있는 온기를 안았다. 온기는 사라지고 그녀가 오지 않는 날들이 이어졌다.

그녀를 기다리는 시간이 길어지자, 어딘가로부터인가 두런두런 소리가 들렸다. 잠 못 드는 늙은 짐승의 웅얼거림 같기도 하고, 탁한 물이 모난 돌을 헤치는 소리 같기도 하고, 쓰나미에 떠밀려가는 온갖 잡동사니의 부딪침 같은 얼쑹덜쑹한 꿈을 지나 아침을 맞으면 내 양어깨는 납덩이가 누르는 것만 같았다. 아직 열리지도 않은 하루가 고단하기만 했다. 솟대는 먼 데만 바라보고 하나둘 이빨이 빠진 듯한 날들이 흘렀다.

깊은 밤, 잠이 깼다. 때 늦은 철새무리의 이동 소리인지, 짐승들의 서열 싸움 소리 같기도 한 얼크러진 소리에 자다 깨기를 반복했다. 어느 순간 퍼뜩 일어나는 생각은 가자미눈으로 바라보던 동료의 안부가 궁금했다. 이상도 하지, 그놈이 왜 생각나는 거야. 머리를 흔들다 이튿날 카톡으로 그의 부고를 들었다. 며칠이 지나자 죽은 동료의 아들이 떠올랐다 사라지기를 반복했다. 내 머리에서는 딱 꼬집어 말할 수 없는 무언가가 죽이라고 외친다. 누구를 죽이라는 건지, 꿈인지 생시인지 빠진 어금니 조각이 입안에서 바글거리는 것만 같은 날들이 지났다.

나는 속 없는 놈들과 늦도록 술 마시고 떠들며 정돈되지 않은 대화를 나누다 쓰러져 잤다. 한 마리 짐승이 되어가는 것만 같았다. 나는 광란의 도시에서 몸부림치며 춤을 추는 것만 같았다. 그러면서도 놈들의 눈에 들고자 잔 일을 마다하지 않았고, 마지막 한 놈까지 배웅해 주고 흔들리는 몸으로 집으로 돌아오기를 반복했다.

어느 밤, 쓰린 속을 달래며 창밖을 바라보다 멀리서 반짝이는 빛에 이끌려 따라나섰다. 산 아랫동네에 세워진 작은 십자가의 빛이었다. 저게 언제부터 저기에서 빛나고 있었는지, 구불구불 이어진 숲길 끝에 세워진 십자가를 보는 순간 뭐라 형용할 수 없는 감정에 이끌렸다. 빛을 본 거다. 마음이 연해졌다. 나는 외로움을 못 이겨 속없는 친구들과 만나고 무서움을 감추려 술로 숨어들어 나를 할퀴고 있었던 거다. 지나간 일들은 벗어버리고 정면으로 나와 맞서는 거다.

나는 십자가 속으로 들어갔다. 예닐곱 명의 사람들이 구부리고 앉아 기도하고 있었다. 뭐라 형용할 수 없는 감정에 이끌려 무릎을 꿇었다. 화실로 돌아와 캔버스 앞에 섰다. 도시에 사는 온갖 사람들의 행태를 그리고 그들의 충혈된 눈을 그렸다.

저 멀리 산 위에서는 작은 십자가가 비추고, 끝없이 이어진 빌딩 아래로는 번쩍이는 자동차의 행렬을 쏟아놓았다. 드넓은 광장에서는 반라(半裸)의 여인들이 춤을 추고 주정뱅이가 술병을 든 채 휘청거리는가 하면, 금팔찌가 번쩍이는 길에 아기 업은 여인이 구걸하고, 골목길에서는 폐지 줍는 할아버지의 손수레가 지나는 모습을 그렸다.

십자가 아래 사람들은 기도라는 걸 할까, 그 사람들의 기도는 어떤 내용일까? 작금의 현실을 한탄하며 구국의 정신으로 고요히 무릎 꿇을까, 소돔과 고모라 땅에 의인 한 사람이 된 사명감으로 부르짖을까.

나는 드넓은 광장을 걷고 있는 다양한 사람들의 모습을 그리고 또 그렸다. 도시 안에는 건물을 세우고, 대로에는 온갖 사람들의 추한 모습으로 빼곡히 채웠다. 붓질은 내가 의도치 않게 터치되어 퍼뜩 정신을 차리고 보면 그림이 나를 몰아가고 있었다. 사람들은 술에 취해 자동차를 몰고 주정뱅이는 끊임없이 욕설을 퍼붓고, 할머니는 갈고리 같은 손으로 푸성귀를 다듬고 앉아있는 모습을 그렸다.

나는 그림을 그렸다기보다는 붓끝에 딸려 갔다. 어느 순간 울면서 그리고 있었다. 건물과 건물 사이 폐지 할아버지 손수레 옆에서 멍멍이가 다리 한쪽을 들고 볼일 보는 모습으로 그림을 마무리했다. 마지막 터치를 끝내자 오래 앓다 가볍게 털고 일어난 개운한 마음이 일었다. 이 그림을 그렸다고 해서 뭐가 달라질지 고민하며 '광란의 도시'라 명명하였다.

전시회를 준비하면서 떫은 감을 먹은 듯한 기분은 영 가시지 않았다. 4인전임에도 언제나 들러리라 여겨지고, 짐 나르게 역할로만 끝을 내야 했다. 이번 전시회가 끝나고 베트남과 교류전을 준비하면서도 정작 내가 없는 회의를 하고 일방적으로 결과만 통보받았다.

전시회는 취소하였다. 빙어 시리즈와 광란의 도시 시리즈를 야심차게 준비했으나 부질없는 일이라 여겨졌다. 내 공간으로 찾아와 예술을 논하고 감상하는 이들에게 기증하기로 마음먹었다.

사람들이 와서 광란의 도시를 스치듯 지나면 다가가 그림의 내용을 설명하고 작금의 행태를 한탄했다. 그러면서도 나는 여전히 그림 속의 주정뱅이처럼 취한 채 컵라면 하나로 하루를 지나는 날들이 이어졌다. 간간이 정신이 들어 주위를 살펴보면 사람들은 자기들끼리 눈짓으로 말하거나 나로부터 멀어져 갔다. 화실에는 날이 갈수록 파리만 날아다니고 온종일 혼자 지내는 날들이 이어졌다. 나는 홍대파는 못되어도 놈들과의 술자리에는 끼어 떠들었는데 그마저도 나가지 않았다. 서서히 세상과 단절하고 나로부터도 나를 가두었다. 겨울잠을 자듯 웅크리고 지나다 사람의 냄새가 그리워질 때면 산속을 걸었다.

어느 날, 지쳐 잠이 들었던가 보다. 잠결인지 꿈결인지 밤의 정령들이 시시덕거리며 내 주위를 휘도는 걸 보았다. 형체 없는 시커먼 무리가 나를 내려다보고 키득거리고 있었다. 그들은 어떤 음모를 꾸미는지 휘리릭 몰려 나갔다 다시 날아 들어와 쑥덕거리며 나를 내려다보고 있었다. 나는 몸을 제대로 가눌 수가 없었다. 일어나려고 버둥거리다 소리를 지르기도 하고, 토하려고 화장실로 기어가면 우르르 따라와 내 주변을 맴돌았다. 나는 두 팔을 휘저으며 털어내려 애를 쓰다 잠들었다. 아침이 되면 잊어버리기 일쑤였다.

어느 순간, 알 수 없는 종자들에게 둘러싸여 어딘가로 끌려가고 있었다. 양팔을 그들에게 잡힌 채 질질 끌려가고 있었다. 소리를 지르려 해도 하악거리기만 하였고, 꿈인지 생시인지 구분할 수 없어 막막하기만 하였다. 정신을 차리려 고개를 흔들어 사방을 둘러보았다. 칠흑 같은 밤 어둠보다 깊은 계곡으로 들어가고 있었다. 얼마나 끌려갔을까 어느 순간, 나뭇잎 사이로 언뜻 빛이 스치자 나는 그들의 손에서 떨어져 나뒹굴었고 그들은 이슬처럼 사라졌다.

며칠이 지나 늘 산책하던 숲길을 걷는데 뭔가 달랐다. 낙엽이 함부로 몰려있고, 두서없는 발자국들이 엇갈리고 휩쓸리고 짓뭉개져 있었다. 자세히 살펴보니 어수선한 발자국들은 집으로까지 이어져 있었다. 아니, 집에서부터 올라온 것들이다. 뭐지? 누가 다녀갔나? 나만의 공간을 침범당한 기분이다. 잠시 쉬려고 바위에 앉으려는데 삐죽 튀어나온 모서리에 피가 묻어있었다. 소름이 끼쳤다. 나도 모르게 머리를 쓸어 넘기며 일어서는 순간 나뭇가지 사이로 번뜩이는 것이 있었다. 아랫동네 교회에서 비추는 십자가의 빛이었다.

나는 어느새 그림 그리는 일보다 솟대 만드는 일에 빠져 살았다. 오직 하늘로만 고개를 두는 솟대에 마음을 담았다. 한 개, 두 개, 세 개…, 그렇게 세워진 크고 작은 솟대는 이제 숲을 이루고 숲에서 집으로, 작은 길에서 큰길로까지 이어졌다.

솟대 숲을 지나 그녀가 왔다. 나는 사람의 향기에 무너졌다. 이번에 그녀는 캐리어를 끌고 왔다.

"바다에 가고 싶은데, 솟대 바다라도 보러 오는 거예요. 고개 들어 솟대를 바라보면 파란 하늘이 보이고 그 속으로 커다란 마음이 보여서요."

"갑시다, 바다."

어떻게 단박에 그렇게 말할 수 있었는지…, 그 자리에서 손을 털고 일어나 자동차에 그녀의 캐리어를 실었다.

"아악~."

그녀가 달려와 캐리어를 열었다. 자주색 캐리어에는 종이상자가 들어있었다. 그녀는 어깨를 파르르 떨며 종이상자를 열어 확인하였다. 나는 무연히 서있었다.

"아, 놀랐지? 괜찮아 언니. 이제 바다에 가는 거야."

"…"

그녀를 바다로 데려다주기 위하여 자동차를 몰았다. 나는 들쭉날쭉 튀어나오려는 말을 삼키고 바다로 가는 내내 고요했다. 그녀의 이야기에 빠져들었다.

어려서부터 단절을 경험하며 살아온 그녀는 웬만한 아픔이나 고통은 스치는 바람이려니 했단다. 평생 자기편 하나 없이 살아온 그녀는 사람을 믿지 않는단다. 단지 투명해서 손가락으로 눌러보고 싶던 충동이 부끄러워졌다. 휴게소에 서자 그녀가 내릴 생각은 하지 않고 눈을 똑바로 바라보며 단호하게 말했다.

"세상에는요, 사람은 없어요. 물고 뜯으려는 짐승들만 우글거릴 뿐이에요."

반가웠다. 수도 없이 그리고 또 그랬던 광란의 도시를 이야기하며 공감대를 가지려고 했다. 우리는 이미 한 편이었음을 강조하고 싶었다. 그러나 그녀는 이야기를 파고들 틈을 주지 않았다.

"그래서 저는 신을 믿어요. 마구잡이로 떠돌아다니는 허무한 신이 아니라 참 하나님이요."

또르르 또르르 쏟아놓는 그녀의 말에 나는 고개를 끄덕이는 것 외에 할 수 있는 말이 없었다. 언니 손에서 자랐다고 한다. 자신을 키워준 엄마 같은 언니가 오랜 병 끝에 세상을 떠났다고 한다.

장례 기간 내내 언니와 대화를 나누었다. 가슴이 미어져 이대로는 보낼 수 없노라고, 어서 뭐라고 말을 좀 해달라고 웅얼거렸다. 시간은 야속하게도 흘러 자기들 마음대로 언니의 몸을 함부로 다루는 모습에 까무러칠 지경이었다. 형부에게 가기 전에 내 언니였고, 조카들의 엄마이기 이전에 나만의 언니였던 사실을 상기하는 이는 아무도 없었다. 세상의 시간과 틀에 맞춘 형식들을 끝내고 돌아와야 하는 때가 되었다. 이대로는 돌아올 수 없었다. 미리 부탁했던 유골의 일부를 가지고 왔다.

언니를 간호하던 밤, 그녀는 보호자용 의자에서 잠이 들었고 언니가 다급히 불러 눈을 떴을 때는 노란 액체가 입에서 가슴으로 흥건하게 흘러내리더란다. 그리고 조용히 읊조렸던 말은 진득했다.

'나를 넓은 바다에 잠들게 해줘.'

그 밤 언니는 사력을 다해 말해 주었다.

'하늘의 마음을 헤아려야 해.'

그 밤 이야기는 그거인 거다. 세상이 어지럽다. 흔들리지 말고 네 안으로 들어가 고요의 시간을 가져라. 반듯하게 나지막하게 하는 말이 그녀를 뒤흔들었다. 그리고 마지막 말은 '하늘을 바라봐.'였다.

나에게 하는 말 같았다. 정신이 번쩍 들었다. 나는 세상의 눈에, 세상의 말에, 그리고 딱히 설명할 수 없는 무언가에 휘둘리며 끌려오지 않았던가. 외부의 소리에 흔들리며 시시포스처럼 버둥거리지 않았던가. 그간 귓등으로 스치기만 했던 말들이 와락 다가왔다. 누군가는 마음으로 말해 주지 않았을까, 중심을 보지 못하고, 왜곡된 감정에 이끌려 겉돌기만 했던 날들이 파노라마처럼 스치자, 얼굴이 화끈거렸다.

정리가 필요하다. 나니까, 내가 하면 되는 거니까. 아마도 이런 마음으로 미루면서 내 안의 소리에 귀 기울이지 않고 세상의 말에 이끌려 꼭두각시처럼 살아온 것 같다.

졸음쉼터에 자동차를 세웠다. 그간의 내 모습을 보았다. 내가 지나온 날들은 그녀에 비하면 아무것도 아니었다. 홍대파에 어울리지 못해서 약 올랐고, 몇 날 며칠 밤새워 그린 작품을 인정해 주지 않는다고 불끈거렸고, 어둠의 정령들에게 휘둘리면서도 방치하는 내가 못마땅했다. 술로 숨어들어 자신을 잃어가는 내 모습이 한없이 부끄러웠다. 나야말로 이제야말로 고요의 시간이 필요한 거다.

그녀는 조곤조곤 이야기를 이어 나갔다.

'자꾸만 저 입구에서 이순신 장군 옷을 입은 사람이 오라고 손짓을 해.'

'그게 뭐야 언니, 헛게 보인다는 거야?'

'때가 된 거 같아. 저세상 사람이 오라는 게지.'

'그런 게 어딨어. 언니, 정신 차려. 나는 어쩌라고 그래.'

힘겹게 말을 이어가던 언니는 숨을 헐떡이며 어지럽다고 했다. 그리고 어느 만큼 회복이 되었다고 믿어 집으로 돌아오고 사흘 만에 저세상 사람이 되었다고 한다.

그동안 눈 감으면 언뜻 스쳐 가던 것들은 무엇인지, 나를 휘돌던 어둠의 정령들은 어디로부터 온 것인지, 그 밤 작은 빛이 찰나에 비추지 않았다면 나는 어디까지 끌려갔던 건지, 그리고 무엇이 나를 오늘 여기에 있게 하는 건지, 똑바로 응시하고 정리를 해야겠다는 생각이 들었다.

삼 차선 도로에서 서서히 차를 몰았다. 그녀는 이제 눈을 감고 있다. 행여라도 흔들릴까, 그녀만의 시간이 흐트러지지는 않을까 신경이 쓰였다. '평생 내 편 하나 없이 살아왔어요.' 이 한 마디에 얼마나 많은 이야기를 묻고 있을는지 짐작이 갔다. 그렇게 묻고 묻으며 단단해졌을 사람, 마지막으로 믿었던 언니가 세상을 떠났으니 그 상실감을 어찌 가늠할까. 깊은 좌절을 안고 내게로 와준 사람. 이 여자가 흔들리지 않기를 바랐다. 솟대를 따라왔다지만 그게 다는 아닐 거라는 걸 안다. 자신의 속만큼이나 소용돌이치는 그늘을 보았으리라.

온갖 거추장스러움을 정리하고 이 여자와 하늘만 바라보며 산다면 얼마나 좋을까, 절로 미소가 지어진다. 홀로 조용히 골방으로 들어가 고요에 들어가 볼 일이다.

화물차가 지나자 살그머니 브레이크를 밟았다.

"그런데, 왜 솟대를 세우는 거예요?"

느닷없는 질문에 머뭇거렸다.

"그냥이요, 그냥."

한동안 말이 없었다.

"그냥이 어딨어요? 그냥이-."

"나를 지키려는 방편인 겁니다. 솟대는 오직 하늘로만 고개를 두고 있잖아요. 땅으로는 눈을 두지 않습니다."

떠듬떠듬 마음을 다해 대답했다. 한동안 침묵했다.

눈앞에 바다가 보이기 시작했다. 한 사람의 온 생을 보내야 하는 시간이 다가온다. 말할 수 없이 경건해진다. 내 살아온 날을 되짚어보았다. 그간 술에 취해 무심코 내뱉었던 말들, 성급하게 저질렀던 행동들이 하나하나 올라와 얼굴이 화끈거렸다. 그릇이 되지 못하면서도, 중심에 서고자 바둥거렸던 것 같다. 이제 저 바다로 한 생을 보내드려야 한다. 나에게도 이런 날이 올 것이다. 누구에게인지 알 수 없지만, 용서를 구하는 마음으로 조용히 차를 몰았다.

바다에 다녀온 후 그녀는 깊은 잠에 빠져들었다. 나는 세상에 태어나 처음으로 귀를 기울이며 기도했다. 그녀가 허무에 빠지지 않기를 소원했다. 잠에서 깬 그녀는 고요히 솟대 사이를 걷다 돌아갔다.

나는 오늘도 솟대를 만들고 있다.

✎ 이귀란

국제문학예술대상, 한겨레 통일 문학상, 기독문학상, 소설집 『변방』, 『월정리 역』

선조 임금과 정철

．

정 순 택

　　　　　명종 임금이 후사 없이 갑자기 승하하셨다. 이런 경우 승계의 결정권은 대비인 문정왕후에게 있었다. 큰일 앞에 놓이자 이런저런 일이 새록새록 떠올랐다.

　을사사화가 없었다면 명종 임금의 치세가 어땠을까 하는 생각이 앞섰다. 친정 동생 윤원형이 주도했지만, 문정왕후인 자기가 비호해 주었기 때문에 척신들의 힘겨루기가 시작되었다. 결과적으로 을사사화는 자기에 의해 일어난 셈인데 지나고 보니 세월이 약이 되기보다 아픔과 후회만 남았다. 그런 피비린내는 자기로서 끝내야 한다고 생각되었다. 되돌아보면 척신의 힘이 엇비슷한 데서 그리되었을 것이다. 척신이 아주 약하여 권력과 무관히 지낸다면 그런 자리다툼은 안 일어났을 것도 같았다.

　태종 임금께서는 세종 임금에게 양위하기 전에 주변 정리부터 하였다. 나라를 다시 세우며 이룬 혁혁한 공로를 저마다 내세운다면 발목 잡히기에 십상이었다. 철저히 막으면서 기틀을 잡았는데 문제는 처가였다. 쟁쟁한 집안이어서 도움받지 못했으면 어림없을 일을 함께 해 냈기 때문에 주장하지 않아도 챙겨주는 것이 마땅하겠으나, 나라의 일은 그렇게 정에 얽매이는 사이 배가 산으로 올라갈 수도 있는 것이 라서 철저히도 처가에 멸문의 화를 입혔었다. 한 치 걸러 두 치라고 외가의 보이지 않는 요구에 인정이 끌린다면 세종 임금이 공정성을 잃을 수도 있기 때문이었다. 그처럼 충분히 갖춰진 후 왕좌에 앉아서 인지 세종 임금 시절에는 모든 신하가 똘똘 뭉쳐 오직 나라의 일에만 전념할 수 있었다. 조정은 순풍에 돛단배처럼 흘러 이런저런 치적을 많이도 남겼다.

덕흥군의 아들이 권좌에 앉는다면 외가와 진외가가 힘을 공고히 하 려고 온갖 지략을 꾸미지는 않을 것 같았다. 권력의 맛에 길들여지면 오래도록 누리고 싶은 마음에 권모술수 부려지는 법인데, 덕흥군의 외가는 권력과 무관히 지낸 집안이었고 처가인 경우 훈구파 정인지 후손 정세호는 을사사화에 이미 정리되어 세가 미미하므로 마음이 놓 였다. 덕흥군의 아들이 곁에 있는 것이 신의 계시처럼 여겨졌다.

문정왕후의 남편인 중종 임금에겐 아홉의 아들이 있었다. 인종은 후사 없이 승하하였고, 명종도 한 명의 왕자를 보아 혼인까지 시켰지 만 원체 병약하여 요절하고 말았으니 후사 없기는 마찬가지였다. 복 성군은 어미인 경빈 박씨의 소생 왕자를 인종 대신 왕좌에 앉히려다 발각되어 궁에서 쫓겨나면서 그 당사자는 귀양살이하다 결국 사약을 받았고, 봉성군은 을사사화에 이은 정미사화에 무고로 이름이 올라 스스로 목숨 끊게 하였으며, 금원군은 아들딸 보기도 전에 세상을 떠났다. 해안군은 측실에서만 아들 여섯을 두었으며, 덕양군이 본실에서 아들 하나와 측실에서 셋을 낳았으니 손이 귀하기로는 마찬가지라고 해야 할 것이다. 후궁 중에서 신분이 낮기만 한 궁인 출신 숙용 안씨 소생 영양군은 천수를 누렸으나 아들이 없고, 덕흥군이 손자 셋 안겨준 것을 다행으로 여겨야 할 정도였다.

영양군과 덕흥군을 낳은 숙용 안씨의 친정아버지 안탄대라는 인물은 정국 원종공신으로 정7품 적순부위였으니 명문가와는 거리가 멀다고 할 것이다. 숙용 안씨는 궁인으로 들어가 자순대비를 시봉하다 중종의 승은을 입어 후궁이 되었고, 대비의 후원으로 정5품 상궁으로 다시 종4품 숙원(淑媛)에 올랐으며, 마지막에는 숙용(淑容)의 지위에까지 이르렀다. 중종이 57세로 승하하시자, 3년 복제를 마치고 전례에 따라 인수궁(仁壽宮)에서 거처를 옮기기를 청했지만, 평상시 품행이 단정한 데다 문정왕후와 사이가 돈독하여 특별히 대궐에 머물게 하였다. 그 후 사제(私第=私邸)에 갔다가 갑자기 51세로 세상을 떠났다. 안씨가 죽자 문정왕후는 측은지심에 그녀의 자식들을 친자식처럼 감싸 안았다.

덕흥군은 정인지의 손자인 정세호의 딸과 혼인하였다. 정세호는 식년과에 병과로 급제하여 호조판서에 올랐으나 비루한 행동이 많아 양사로부터 탄핵 당했지만 명종 임금의 은덕을 입어 파직에 그쳤으나 선조 임금이 등극할 당시 이미 저세상 인물이었다. 또한 덕흥군과 부인 정 씨도 고인이 된 지 오래되어 그 아들들도 외가나 진외가가 미약하여 기대기에는 마땅치 않았다. 이런저런 이유로 덕흥군 셋째 아들 하성군이 후계의 적임자 같아 보였고 명종 임금이 바라던 바이기도 하였으니, 며느리인 명종의 비 인순왕후와 상의하여 명종과 인순왕후의 양자로 삼아 왕좌에 앉혔다.

명종 임금이 아들 하나를 두었으나 태어날 때부터 병약하였다. 혹시 하면서 혼인까지 시켰으나 원체 약한 몸이어서 오래 버티지 못하고 요절한 뒤론 그 많은 후궁에게서조차 기미가 안 보였다. 몇 안 되는 조카 중에 누군가를 품에 들이고 싶던 중에 하루는 덕흥군 세 아들과 함께 시간을 보내고 있었다.

"너희들 머리에 익선관이 맞는지 한 번 써보거라."

말이 떨어지기 바쁘게 성년인 첫째와 둘째는 썼다 벗었는데 나이 차가 많아 어리기만 한 셋째인 하성군은 달랐다.

"마마! 익선관은 임금님을 상징하는 의관인지라 하찮은 제가 쓸 수 없다고 사료되옵니다."

"그래! 허허허 그런가! 하긴. 그렇지. 하하하."

그런 일이 있은 후 명종 임금은 하성군에게 마음이 기울었으나 가슴속에 묻어두기로 하였다. 궁궐은 밤낮 안 가리는 암투가 이만저만이 아니어서 사소한 일에도 빌미가 되기만 하면 피비린내 진동하기 때문이었으나 이심전심까지야 어쩌지 못하여 서로 간에 암묵으로 알고 있었다.

하성군이 대군은 못 되었으나 중종 임금의 몇 안 되는 손자가 분명하였다. 그렇지만 할머니의 신분이 궁인으로 미약한 힘이 후손에게 자연스레 끼쳐지면서 항상 몸 사리며 지냈기에 명종 임금의 마음에 있다는 것이 알려지면 어떠한 화가 미칠지 몰라 더 했을 것이다. 하성군은 모난 돌 정 맞으면 아플뿐더러 회생조차 못 할 수도 있다는 것은 태어나면서부터 들으며 살았었다. 모든 것은 하늘의 뜻일 테지만 우선 숨겨야 하는데도 알게 모르게 드러나는 것이라서 몸단속하느라 항상 긴장하는 사이 꿈속에서 헛소리하다 벌떡 일어나기도 하였다. 이상하다며 이런저런 질문이 오갈 때는 몸뚱이가 오그라들면서 가슴만 콩닥거렸다.

선조 임금은 퍽 예민하고 영특하였다. 어린 나이에 갑자기 왕위에 올랐으나 인순왕후의 섭정 1년 만에 혼자 모든 일을 도맡아도 될 정도가 되어 왕후가 먼저 손을 떼겠다고 선언할 정도였다. 내로라하던 척신들을 대신하여 시골에서 학문에만 전념하던 사람들에게 맡기면서 그때까지와는 다른 세상으로 이끌었다. 개혁이었는데 그럴수록 척족(戚族) 없이 오직 혼자라는 것에 뼈가 시려 왔다. 일부러라도 몸을 펴고자 할수록 조마조마해 헛기침으로 극복하면서 이런저런 궁리에 날 새는 줄 몰랐다.

조선은 왕권과 신권이 적당히 어우러져 있어 신하들이 집단으로 일어나면 임금도 모르는 사이 권력을 슬금슬금 내주게 되고, 그러다 보면 허수아비가 될 수도 있었다. 중종 임금은 반정으로 드세진 신하들의 고압적인 주장 때문에 마음고생이 꽤 심했다. 왕인 당신 뜻을 가슴에 묻어둔 중종은 사랑하던 부인과 갈라져 그리울 때마다 치마바위를 바라만 보았다.

또한 중종 임금은 조광조가 부르짖는 개혁이 옳다고 생각되어 받아들였으나 훈구세력이 누리던 권한을 내려놓아야 할 지경에 이르자 권모술수가 하늘을 찔러 눈을 번이 뜨고 사약까지 내리면서 고개를 갸웃했었다. 나라를 위해서는 반드시 키워야 할 개혁의 새싹이어서 잘 기르고 싶었으면서도 이런저런 주장에 고개 끄덕이다가 움쩍달싹 못 하고 말려든 형국이었다. 뒤에 음모가 밝혀져 척결했지만 이미 잘린 싹이어서 살아 돌아올 리 만무하였다. 뒤늦은 후회만 따랐다. 선조 임금은 그런 전철은 안 밟겠다며 혼자 다짐하고 또 하였다.

세상만사 의지만으로 된다면 오죽 좋을까만은 흐름이라는 게 있었다. 인순왕후의 수렴청정으로 조정을 새롭게 이끌 물꼬는 텄다 하겠으나 흔들림 없이 지속시키려면 혼자 힘으론 부족한 것은 당연지사였다. 가닥 잡아 잘 흐르다가도 야합, 오판 등의 변수에 대처가 미흡하여 결과적으로 빈 껍질만 남긴 경우가 역사에는 허다하였다. 임금의 본분은 어떤 일을 구상하는 등의 계획과 실행의 책임자를 정하는 데까지였다. 이후의 실행은 철저히 신하들의 몫이었다. 개인의 일은 뒷전으로 하고 나라와 백성만을 위해 헌신할 때 순조롭겠으나, 말과 행동이 일치하기 어려워 잘 되다가도 제자리로 되돌아갈 수도 있는 것이었다. 지금까지 훈구나 척신 등 어디에 속하기만 하면 그들만의 아집에 젖어 나라와 백성은 뒷전이기 일쑤였다. 조광조가 개혁을 주장하자 그때까지 누리던 자들이 똘똘 뭉쳐 맞선 것이 이를 증명하였다. 사람의 욕심은 끝이 없어, 말 타면 종에게 고삐 잡히고 싶어지는 것이 인지상정이었다. 또한 어느 집단에 속해지면 그 소속의 주장하는 바에 따라 눈치 보는 사이 말만 풍성할 뿐 결과는 빈 강정이었다. 앞으로 뜻을 바르게 펼치려면 순수한 마음으로 나라와 백성만을 생각하는 신하가 절실한데 그런 인물과 함께 일할 수 있을지 하는 생각이 절로 들었다.

선조 임금은 왕좌에 앉기 바쁘게 지난 일들을 뒤척이며 오롯이 믿을 수 있는 인물을 찾아보았다. 문서들이 충성스러운 어휘가 춤춘 만큼 나라와 백성을 위한 일들로 넘치기를 바랐으나 꼼꼼히 살필수록 이상한 느낌만 들어왔다. 사적인 감정이 물씬물씬 풍겼기 때문인데 그중 하나 윗물이 맑아야 아랫물이 맑다는 원칙론을 세우고 법에 따라 처리한 것에서는 다른 느낌이어서 보고 또 보았다. 세인의 관심이 집중된 경양군 사건이라 당시가 새록새록 떠올랐다.

선조 임금은 그 당시를 떠올렸다. 11세의 나이 때였다. 사람들이 모였다 하면 경양군은 치졸하였다고 수군거렸다. 종친으로 태어나 누리는 바가 여느 백성과 비견할 수 없으련만 처가의 재산이 탐나 힘이 부족한 서얼 출신 처조카를 죽인 것이 백일하에 드러났기 때문이었다. 종친에게 적용되는 법률이 따로 마련되어 있었다. 그런 경우 최고의 형으로 다스려졌다. 즉 죽음뿐이었다.

근본적으로 임금의 자리는 외롭고 쓸쓸하였다. 인의 장막에 둘러싸여 마음 터놓을 자리도 마땅치 않았다. 명종 임금에게는 오직 4촌 경양군이 있어 위로되었으나 죽임당할 죄를 저질렀다. 그동안 쌓인 정이 있어 마음 가는 것을 막으려 해도 잘되지 않았다. 구차할지라도 목숨만은 부지시키고 싶었으나 속내를 잘못 드러내면 위신 떨어지기에 십상이었다. 얼마 전 치른 별시에 장원급제자가 어릴 때 소꿉친구로 지내던 정철이라는 것이 하늘의 도움 같았다. 첫 번째 부임 받은 성균관 전적 겸 지제교의 자리가 눈에 익기도 전에 파격적으로 정5품, 사헌부 지평의 벼슬을 내리고 담당케 하였다.

"늦게까지 수고가 많구려."

"아니! 마마께옵서 어찌 이곳에……."

"지나다 보니 불빛이 있어 들어왔소이다."

"마마, 누추하지만 여기 앉으옵소서."

"그럽시다. 경도 이리 앉으시오."

"아니옵니다. 어찌 제가 감히……."

"어떻소. 단둘일 뿐인데, 여기 앉아 지난날의 회포나 풀어봅시다."

"마마, 그건 절대 아니 될 말이옵니다."

"내가 불편해서 그렇소. 여기 앉으시오."

"마마, 하늘 같은 지존과 이다지 낮은 신하가 함께 앉는다는 것은 천부당만부당하옵고, 어린 한때 가까이 지냈다고 하여 회포를 푸는 일은 더더욱 안 되오니 명을 거둬주시기 바라옵니다."

"우리가 어떤 사이요? 흉허물 확 터놓고 말한들, 뭐 어떻소."

"그렇기에 더욱 안 되옵니다. 소신은 마마를 모시는 일에만 전념할 뿐이옵니다. 지난 철부지 때도 신분의 차이가 나서 항상 조심스러웠습니다만 지금과는 천양지차이옵니다. 명을 거둬주시옵기 바라옵니다."

"허허 참 고집도……. 그렇다면 어쩔 수 없는 일이고……. 저 있잖소, 경양군 말이오, 목숨만은 부지했으면 하는데……."

"마마, 신의 몸을 거둬주시옵소서. 신은 법전만 따를 뿐이옵니다."

"알고 있소. 사헌부 지평의 직분이 어떠하다는 것과 경국대전의 내용을 짐이 왜 모르겠소."

"마마, 종친이 아니라면 신이 스스로 목숨을 유지시켰을 것이옵니다. 윗물이 맑아야 아랫물이 맑은 법이어서 그리 정하여진 것으로 알고 있기에 신은 더욱 지켜져야 한다고 사료되옵나이다. 통촉하여 주시옵소서. 마마."

정철이 넙죽 엎드려 울부짖듯이 하는 호소였다. 명종 임금은 더 이상 말을 못하고 슬며시 자리에서 일어났다. 그리고 다음 날 척결하였다는 보고를 받았다. 그 소문은 금방 퍼져나갔다.

명종 임금은 보고받으며 아뿔싸 하였다. 목숨을 부지시키지도 못하면서 들썩거려 일찍 빼앗고 말았다. 개똥밭에 굴러도 이승이 좋다고 하는데 목숨 구제하려다 며칠이라도 일찍 보냈으니 생각할수록 가슴이 저려왔다. 온갖 고통에 앙다무느라 어금니 깨지면서도 그때만 지나면 생을 이어가려고 눈을 번뜩이는 것이 인간이었다. 말은 저 세상에 빨리 가고 싶다 하면서도 조금만 하루, 이틀만 하는 것이 살아 숨 쉬는 생명체의 기본 마음이었다. 오죽하면 늙은이 죽고 싶다는 말은 거짓이라고 할까! 워낙 큰 죄를 저질렀기에 빠져나갈 길이 없다는 것은 알았겠으나 생각보다 빨리 닥친 운명에 아연실색했을 것 같았다. 명종 임금은 조금이라도 먼저 보낸 것을 생각할수록 미안한만큼 매몰차기만 소꿉친구였던 신하가 원망스러웠다.

어릴 때 함께 놀면서 무언가 바라기만 하면 말 떨어지기 바쁘게 들어주었다. 나이가 2살이나 적었으면서도 더 많은 것처럼 힘든 일 같아도 척척 해내었다. 그런 소꿉친구여서 들어줄 것으로 알고 친히 찾아가 부탁까지 했는데 단칼로 내쳤다. 거절당하리라고는 생각조차 안 했는데 매정하게 잘라버렸다. 믿었던 만큼 섭섭하였다. 확 밀려오는 배신감으로 몸이 으스스 떨려왔다. 가만히 있을 수가 없었다. 파격적으로 한 인사에서 정5품의 벼슬을 내렸는데 정상으로 환원시켜 곧장 정6품의 자리로 옮기게 하고는 2년 반 동안 노른자위라 일컬어지는 자리에는 얼씬 못 하게 하였다. 또한 장원급제자의 승진은 빠른 법인데 최대한 늦추면서 한직으로만 맴돌렸다.

노여움이 극에 달하면 보복의 심리가 저절로 생길 수도 있는데, 명종 임금은 외면으로 일관할 뿐 직접적으로는 입도 벙긋하지 않았다. 스스로 알아서 결정하라는 식이었다. 극한 상황으로 치닫지 않은 것을 정철은 그래도 다행으로 여겼는지 아무런 기색도 없이 어떤 직이건 묵묵히 맡겨진 직분에 충실하였다. 나라와 백성을 위한 일이어서 최선을 다했다.

경양군 사건이 일어날 때부터 나라의 모든 관심은 이 사건에 모아졌다. 명종 임금의 특별한 배려에 따라 신진 관료가 전담하게 되면서 결과에 촉각을 곤두세웠다. 정철의 과감한 척결에 혀 내두르면서 임금의 애틋한 마음도 이해는 된다고 수군대면서 본 사건은 끝났으나 새로운 일이 생길 것 같다며 귀를 쫑긋하였다. 신진 관료 정철이 앞으로 어찌 될지 하는 관심 속에 한직일망정 유지하는 것에 가슴을 쓸어내렸다.

'정철! 정철! 정철이라. 곰곰이 생각할수록 아리송해지는구나. 이해할 듯하다가도 도리질만 쳐지니 다시금 되새겨 보아야겠다.'

정철의 큰누이가 인종 임금 세자 시절 양제로 들어가 훗날 귀인이 되었다. 세자빈의 몸에 태기가 없어 후사를 보려고 들인 후궁이었으나 역시 감감무소식이었다. 양제는 항상 적적히 지내다 아들 같은 아우 정철이 궁에 들어가면 무척 반겼는데, 그곳에서 뒷날 명종 임금이 될 경원대군을 만났다. 둘은 만나자마자 마음이 하나가 되었다. 인종 임금이 권좌에 앉은 지 8개월 만에 갑자기 승하하셨다. 중종 임금에게 하나뿐인 대군이어서 12세의 경원대군은 자연스레 왕좌에 오르면서 둘은 헤어졌고, 17년 만에 임금과 장원급제한 신하가 되어 해후하였다. 하늘 아래 지존인 임금은 모든 권력을 한 손에 쥐고 있어, 갓 임관한 신하로서는 눈치만 보아야 할 처지였다. 그런데 임금이 먼저 지난날을 떠올리고는 이렇고 저렇게 밝혔다. 행인지 불행인지 그때 종친이 해서는 안 될 일을 저질렀다. 당연히 사헌부 감찰에 사건이 접수되었다. 웬만하다면 유야무야 넘길 수도 있겠으나 엄벌로 다스려야 하는 살인사건이었다. 또한 널리 알려져 그럭저럭 쓸어 덮을 수도 없었다. 당사자는 법의 심판을 받아야 하는데 죽음뿐이었다. 문제는 경양군 이수환이 임금에게 당신 생명처럼 생각되는 4촌 형이었다. 목숨만은 부지시켜 주고 싶었다. 정철이 초임부서에 앉아 익숙하기도 전에 사헌부 감찰의 지평으로 자리를 옮겨 담당하게 하고는 수사가 마무리되었을 즈음 임금은 은밀히 감찰부로 나가 부탁했는데 한마디로 거절하였다.

명종 임금은 시험이 있을 때마다 소꿉친구의 이름이 보일까 하여 살폈다. 그러던 중 임술년의 별시에서 장원의 자리에 정철이란 두 글자가 올라있었다. 반갑기 그지없었고 임명장 받는 것을 보고 싶었으나 친히 나설 수 없는 일이어서 멀찍이서 바라보려고 장소를 옮기게 하였다. 장원하면 잔치하는 데 쓰일 물품을 지원하는 것이 관례였는데 그에 덧보태 넉넉히 하사하였고, 비교적 노른자위라 할 수 있는 성균관 전적과 이심전심으로 임금의 글, 즉 교서 등을 담당하는 지제교의 직첩을 내려 겸임시켰다. 하늘 같은 임금이 신출내기 신하에게 소꿉친구 시절 함께 어울린 것을 알리는 몸짓은 유별난 사이임을 모두에게 선포한 행위였다.

경양군의 엉뚱한 짓이 발각되자 정철을 종친의 잘못을 다루는 사헌부 지평의 자리로 옮겨 앉혔다. 그 정도면 말하지 않아도 어찌하라는 암시와 그에 따른 보상이 어떠하다는 것을 말하고도 남았다. 사건 파악 후 보고하여 처리함이 원칙일 것인데, 임금이 몸소 찾아가 한 부탁을 즉석에서 원칙론을 내세워 거부하고는 곧장 척결한 후 보고하였다. 담당 신하에게 찾아와 말할 정도면 재상에게 부탁할 수도 있을 것인데, 그리되면 잡다한 소리가 나와 조정이 시끄러워지면서 임금님의 위신이 떨어질 것 같았다. 정철은 베푼 은혜에 보답하는 길은 단 하나뿐으로 생각되었다. 아예 막아버리려고 속전속결로 사건을 마무리 지었다.

경양군이 사건을 일으키지 않았으면 정철의 벼슬살이는 순탄했으련만 운명의 여신은 시련을 안겨주고 그것을 극복하면서 나라를 위해 헌신할 힘을 솟구치게 만들고 싶었는지 모른다. 어떻든 명종 임금은 당신의 목숨 같은 4촌 형을 살렸으면 하는 생각이 들었을 때 소꿉친구 정철을 퍼뜩 떠올렸다. 곧장 사헌부 지평의 자리로 옮기게 하고는 찾아가 부탁하면 들어줄 줄 알았는데 뜻밖에 원칙론을 내세워 단칼에 잘라버리고 말았다. 누구보다도 믿고 싶어서 속내를 드러냈건만 단칼에 거절당했을 때 황당하였다. 가슴에서 끓어오르는 분노를 삭히느라 한참을 그대로 서있었다. 더 이상 말을 이어가지 못하고 나오면서도 누가 누구에게 한 부탁인데 하는 생각에 막연한 기대의 끈을 잡고 있었다. 그런데 아무런 말도 없이 전광석화처럼 빠르게 척결하고는 보고하였다. 먼저 보고 하고 뒤에 실행함이 원칙이라 그때 다시 한번 이야기하려는 것까지 막은 격이었다. 뒤늦은 보고를 들으며 온몸이 사시나무처럼 떨려왔다. 임금의 뜻을 거스르는 신하를 그대로 보고 넘길 수 없다는 생각과 함께 어찌 이럴 수 있는지 하는 생각이 마구 들었다. 그러면서도 지평의 자리는 종친의 잘못을 감시하고 처벌하는 기관이어서 법전에 따른 것을 임금이 이러쿵저러쿵하면 조정이 시끄러워져 권위가 땅으로 떨어질 수도 있다는 생각이 들었다. 꿀 먹은 벙어리가 되어 좌천시키는 것으로 뜻을 보였으나 섭섭한 마음은 점점 깊어져 그때마다 자리를 옮기게 하였다.

정철에게는 너무 큰 도박이었을 것이다. 털어 먼지 안 나는 옷 없다는 속담이 있지 않던가. 위의 권력자가 걸고 넘어뜨리면 밑의 약자는 안 넘어갈 장사가 없는 것이 현실. 칼자루는 임금이 쥐고 신하는 칼날을 잡았다. 임금도 인간인지라 감정이 폭발하여 쥔 칼자루를 휘두르면 신하는 어찌지 못하고 당하게 되어있었다. 소나기는 우선 피하는 것이 상책이라는 말처럼 어떻든 화근에서 멀어지고 싶은 게 인간의 본성이라 할 것이다. 그런데 정철은 화근임을 번연히 알았음에도 불구하고 법은 위에서부터 지켜야 아래가 자연스레 따라지는 것이라며 법전에 나온 데로 척결하였다. 나라와 백성을 위해서는 당연하다 할 것이나 자신에게는 무모할 뿐이어서 예사 신하로서는 생각조차 못 할 일이나 정철은 조금의 망설임도 없이 법을 따랐다. 그런 것을 보면서 모두가 혀를 내둘렀고, 무슨 마음으로 그러는지 하는 소리가 절로 나왔는데 지금이라도 알고 싶어졌다.

"도승지! 정철에 대해서 자세히 알아보시오. 친가, 외가, 처가 등 모두를 살펴주시오."

"무슨 일이 있으신지요?"

"특별한 건 아니고, 내가 갑자기 알고 싶어지는구려."

"예, 알겠사옵니다. 마마."

그리고 며칠이 지나 도승지는 그동안 조사한 바를 보고서로 올렸다.

정철의 가족 사항

- 사온령 판관 정유침과 안팽수의 딸 죽산 안씨의 4남 3녀 중 막내임.

- 백씨, 정자-경자년(1540) 별시 장원급제, 이조정랑, 을사사화에 이은 정미사화에서 고문 후유증으로 귀양길에서 죽음.

- 중형, 정소-성균관 진사, 을사·정미사화에 정치에 염증을 느껴 순천으로 낙향, 은둔 생활.

- 첫째 누이, 인종 귀인 정씨.

- 둘째 누이, 동래부사 최홍도의 처

- 셋째 누이, 계림군의 처

- 셋째 형, 정황-진사. 행적은 별도 없음.

선 조

- 11대조- 정균지, 고려 평장사

- 6대조- 정사도, 고려 말 문하시중

- 고조- 정연, 세종조 병조판서, 안평대군의 장인

- 증조- 정자숙, 김제군수 겸 병마첨절제사

- 조부- 정위, 능참봉 조졸

- 백부- 정유심, 남원부사

처 가

- 유강항 유생, 전라도 창평 거주

이 력

- 임술 1562년 3월 별시 장원급제. 성균관 전적 겸 지제교(정6품), 사
헌부 지평(정5품), 4월 형조 좌랑(정6품), 7월 예조 좌랑(정6품), 8월
보령 현감(종6품), 9월 예조 좌랑(정6품).

- 계해 1563년 12월 공조 좌랑.

- 갑자 1564년 6월 병조 좌랑, 7월 공조 좌랑, 8월 공조 정랑(정5품),
10월 예조 정랑(정5품).

- 을축 1565년 12월 경기 도사(정5품).

- 병인 1566년 1월 형조 정랑(정5품)(을사사화 무고 건의), 3월 사간원
헌납(정5품), 4월 지평(정5품), 9월 병조 정랑(정5품) 봉사 북관, 10
월 옥당 부수찬(정6품).

특이 사항

1. 을사사화에 멸문지화를 입어 가세가 완전히 기울어졌음.

2. 서울에서 출생하여 은둔 중인 순천으로 중형을 찾아가다 전라도 창평에서 사촌 김윤제를 만나 그 문하에 들어 늦게 공부 시작함. 후에 하서 김인후의 문하에 들었고, 고봉 기대승에게 근사록을 배움.

3. 형제의 터울이 2년인데 정철은 바로 위 정황과 8년 차임. 소문에는 죽산 안씨가 단산된 것으로 알았는데 조부 정위의 산소를 옮기고 3년 후 갑자기 잉태했다고 함. 또한 그에 따른 행위가 있었음.

　선조 임금은 도승지가 올린 보고서를 꼼꼼히 살폈다. 예사롭지 않은 기록이기를 바라며, 그를 통해 어떤 실마리 찾을 수 있을 것 같아 부탁했는데 그렇고 그런 내용일 뿐이었다. 어허 이런데도 그랬단 말이야 하는 소리가 절로 나왔다. 뒷배도 없으면서 임금의 부탁을 거절하는 것은 죽고 싶어 몸부림친다고 해야 마땅할 것이다. 임금이기 이전에 소꿉친구로서 이런저런 은전을 베풀어 주었으면 그에 대한 보답은 당연하였다. 절대 권력자가 그 옛날 어릴 때를 생각한 순수한 마음으로 그랬다는 것을 알았을 것이고, 그런 심성의 임금이 여린 마음으로 4촌의 목숨만 보전시키고 싶다는 것에 보답은커녕 매몰차게 거절하면서 원칙론을 들고 나왔다. 왜 무엇 때문에 하는 소리가 절로 나왔다. 아무리 생각해도 아리송하기만 하였다.

　정철은 사대부 가문에서 남의 부러움을 한몸에 받고 태어났으나 10살 되던 해 을사사화로 갓 혼인한 누이의 남편 계림군이 수괴로 몰리면서 급전직하하였다. 계림군(桂林君) 이유(李瑠)는 신혼의 단꿈에 빠져있는데 생각지 않은 왕권 찬탈에 휘말린 것을 아는 순간 머리가 하얘지기만 하였다. 목숨 부지가 우선이어서 몸을 피하는 길뿐이었다. 금부에서 급습했을 때는 이미 도망한 후였다. 꿩 대신 닭처럼 처가로 향하였고, 장인과 처남을 데려다 어디 숨었는지 알 것이라며 매달았다. 전혀 아는 것이 없어 울부짖음으로 대신하였다. 계림군 집사람의 뒤를 밟은 끝에 황해도의 토굴에서 발각되어 잡혀 들어와 죽임을 당하는 것으로 끝나면서 처가에 튄 불똥으로 멸문지화를 당하였다. 장인 사온령 판관 정유침과 처남 이조정랑 정자는 수괴의 처족이라는 이유 하나만으로 귀양지로 떠나야 했다. 그리고 2년 후에 양제역 벽서사건이 터지자 다시 불러들이고는 가혹하게 다뤘다. 다시 귀양지가 따로따로 정해져 가는 길에서 이조정랑 정자는 곧장 맞은 독이 퍼져 정확한 날짜와 시간 그리고 장소를 남기지 못한 채 죽고 말았다. 결과적으로 무덤 하나 차지하지 못한 원혼이 되었다.

경자년(1540) 별시에서 정자는 장원급제하였다. 을과 급제자와 달리 높은 품격인 정6품부터 시작한 벼슬살이는 을사년(1546)의 사화가 일어났을 때 이조정랑의 직에 있었다. 이조와 병조의 정랑은 전랑(銓郞)으로 불렸으며, 이조에서는 병조를 제외한 인사 처리의 주무부서였다. 조정 최고의 노른자위로 일컬어졌는데 인사가 공정히 펼치게 하려고 상부인 정승판서의 입김을 원천 봉쇄하였고, 모든 관원의 인사를 독단적으로 수행하는 권한이 막강한 만큼 책임이 따랐기 때문이었다. 소신이 투철하지 못하면 감당하기 힘든 직이었다. 정5품의 직에서는 으뜸이어서 다음의 승진은 물론이고 판서도 받아놓은 밥상처럼 생각되었다. 그런 요직의 인물이 사화로 사라지는 것을 본 정자의 아우 정소는 벼슬살이를 준비하다 그만두고, 보따리를 싸서 멀리 바다가 보이는 순천으로 내려가 은둔하였다. 그러나 정소의 높은 학식이 소문나 이런저런 직첩이 내려졌으나 청맹과니 행세까지 하며 소신을 지켜냈다. 결과적으로 철저히 조정과 멀어지는 듯한 가문으로 알려져 정치 무대에서 사라지는 정도로 알았는데 정철이 장원급제하여 조정에 화려하게 복귀하였던 것이다.

정철은 하루아침에 풍비박산되어 멸문지화를 당한 집안의 일원이었다. 화려했다가 몰락하면 주위에서 어찌 대우해 준다는 것을 몸소 경험하며 무척 마음 아팠으나 입도 뻥긋 못 하고 어금니만 앙다물었을 것이다. 옛 영화를 찾고 싶어 절치부심한 끝에 과거에 임하여 장원급제했을 것도 같았다. 이미 뼈저리게 느껴서 알고 있는 권력의 속성이니 어떻든 부여잡고 싶었을 텐데 덩굴 체 굴러온 호박을 끌어안기는커녕 걷어찼다. 일반적이고 자그마한 기회라면 그럴 수도 있겠거니 하겠으나 절대적이었고 주어진 기회 못 잡으면 곧장 재앙이 되는데도 과감히 버렸다. 다시 곤두박질치면 어찌 된다는 것쯤은 단박에 느꼈겠고, 하나뿐인 목숨이 백씨 정자처럼 될 수도 있는 일이어서 그만한 이유가 따라야 했다. 국록 축내는 몸은 나라와 백성을 위해서는 초개처럼 버려야 한다는 말은 있으나 국가의 운명이 바람 앞의 등불처럼 흔들거릴 경우의 일일 것이다. 법령에 따라 죽임당해야 하는 종친 하나쯤 살리는 것을 그에 비견하는 것은 비약일 뿐이었다. 크게 생각하면 대수롭지 않은 일이어서 그에 대한 대가로 보기에는 미흡하기만 하여 선조 임금은 생각할수록 몸서리쳐졌다.

나라의 법이 있는 만큼 사람의 마음엔 인정이 있다. 법 집행의 최고 책임자 명종 임금은 애틋한 인정이 앞섰는데 처리의 책임을 맡은 정철은 법령을 먼저 생각했다. 법이란 위에서부터 지킬 때 유효한 것이지 이런저런 이유로 틈을 비집기 시작하면 무용지물 되기에 십상이라서 어떻든 원칙을 내세워 지키고 싶은 정철이었다. 나라와 백성을 위해서 관료의 사적인 감정은 배제하고 마련된 나라의 법을 지키는 것이 우선으로 생각되었다. 그런 과정에서 통치자의 이해 부족으로 멸문지화 당하는 것은 어쩔 수 없는 일이므로 덤덤히 받아들이기로 하였다. 이를 지켜보는 대소신료는 물론 힘없는 백성까지 임금과 신하의 마음을 이해하여 고개 끄덕이면서도 사후가 걱정되었다.

통치자인 임금은 통치 수단의 하나인 상을 내리기보다 벌을 내리기 훨씬 쉽다. 상의 효과는 더디 나타나나 벌의 효과는 이내 발현되면서 즉각 파급되기 때문인데, 벌의 속성은 치명적이기 십상이어서 한 번 받으면 영원히 회복되지 못할 수도 있다. 하다 보니 신하들은 알게 모르게 자리보전부터 하고 싶어 통치자의 뜻이라면 분별 이전에 쫓고 본다. 관례로 굳어진 지 이미 오래여서 짐이 법이라는 말이 스스럼없이 들릴 정도이다. 당연히 관철될 것으로 알았다가 막히면 당황해지고 이내 길길이 뛴 나머지 이성을 잃고는 권리인 양 내린 벌로 처리 책임자는 치명상을 입게 된다. 아울러 통치자도 악명이 역사에 길이 남는다.

직급 떨어뜨린다는 것은 심기 불편함을 드러내는 처사였다. 또한 한직으로만 돌린다는 것은 희망의 싹을 자를 테니 알아서 처신하라는 의사표시였다. 정철은 직첩 받을 때마다 임금의 불편한 심기가 느껴졌고, 자신의 처지 또한 헤아려졌다.

성은 베푸신 것에 보답하는 신하의 본분은 오직 하나였다. 바로 보필하여 후세에까지 성군이라 칭송받도록 하는 것이 신하의 도리, 그리 되려면 나라의 기강이 먼저 아니겠는가! 법 앞에 평등한 나라에서 힘 부족한 백성이라도 콧노래 절로 나와 흥얼거리며 살아갈 것이다. 그런 나라를 만들려고 정철은 성현의 주옥같은 글을 읽고 또 읽었다.

정철은 안일한 생각으로 나라가 어찌 되든 상관하지 않고 가족이나 돌보고자 하는 사이 주홍글씨만 남게 된다는 생각이었다. 충신으로 이름을 남긴 분들은 하나같이 시련과 씨름하였다. 지존은 오직 하나, 그분을 도와 백성이 편안히 살게 하는 것이 정치하는 자의 본분이지 않았던가! 요순의 시대로 만들고 싶어 팔을 걷어붙이면서 자신의 영화는 뒷전에 밀쳐놓는 것이 신하의 도리여서 정철은 앞만 보면서 나갔다.

정철은 초야에 묻혀있으면 뜻을 세울 수 없어 나설 때 어떤 아픔도 이겨내겠다고 다짐하고 또 했었다. 심한 벌도 이미 각오한 몸으로 나라를 위해 일할 수 있게 하는 것 하나만으로도 감사하여 묵묵히 일하였다. 그러다가 형조 정랑이 되어서는 임금의 치부여서 숨기고 싶은 을사·정미사화를 들추고 그때 입은 화를 씻어주기를 간청하였다. 피고름이 살 되지 아니함으로 아프지만 칼로 찢어 밖으로 빼낼 때 새 살이 돋기 때문이었다. 신하로서 임금을 바로 모시는 길이었기에 목에 칼이 들어올 것을 각오하면서 머리 조아렸다.

정철도 목숨의 소중함을 모를까만은 죽을 각오하고 직언하는 데는 나름의 이유가 있었다. 별시 장원했을 때 베푼 성은은 물론이지만 그보다 어릴 때 여린 마음으로 감싸주던 그 당시가 뼛속 깊이 아로새겨져 있어 갚고 싶은 마음이 간절하였다. 또한 아무런 잘못 없이 억울하게 당하는 아픔의 뼈저림은 을사·정미사화로 끝내야 한다는 생각이었다. 여린 마음을 지니신 임금은 성군이 될 자질을 갖고 태어나셨는데 신하의 보필이 부족하여 빛이 발하지 못하는 것 같았다. 보은의 마음과 나라와 백성을 위한 충성의 마음이 하나가 되어 보필함으로 성군이 되게 하고 싶었는데 시간이 촉박하였다. 명종 임금의 세상이 그리 오래가지 않을 것 같았기 때문이었다. 당신께서 뿌린 씨는 스스로 거두실 때 성군의 빛이 비칠 것 같아 직언했을 뿐인데 아픔만 느끼셨다니 정철은 생각할수록 가슴이 아려왔다.

명종 임금은 아픈 데만 푹푹 찌르는 것 같은 정철이 눈엣가시로 느껴졌다. 빼내고 싶어 형조 정랑으로 일한 지 두 달 만에 자리바꿈하면서 요직이랄 수 있는 곳에 잠깐 보냈다. 노른자위의 맛을 느낄만할 때 험난한 암행어사의 외직을 맡겼다. 분명한 뜻을 다시 한번 밝히기 위해서였다. 정철은 북쪽에서 어사로 발길 옮기며 우연히 애틋한 마음이 들어 명종 임금을 하늘의 손님 즉 빈천(賓天)이라 노래지어 부른 것이 가참(歌讖)이 되었다. 임무 완수하고 돌아오자 한술 더 떠 다시 품계를 낮춰 임명하였다.

같은 왕자이나 대군과 군의 차이가 있고, 같은 군이면서도 모계에 따라 차이를 둠으로 사람들은 달리 대하는 통에 궁인으로 시작된 할머니의 피를 물려받은 몸이라서 선조 임금은 마음고생이 심했다. 사람의 마음은 바람 같다고 해야 할 것 같았다. 인심은 시시때때로, 적재적소에 따라 변하여 힘이 있는 자와 없는 자에 대하는 바가 천양치자였다. 눈에 띄게 홀대 당하는 마음은 어안이 벙벙하여 하늘만 쳐다보았었다.

못 오를 나무는 쳐다보지도 말라고 했다. 선조 임금은 감히 넘보다니 언감생심이지 하는 소리 들을까 봐 항상 뒤돌아보며 살았다. 종실에서는 툭하면 왕권 찬탈에 휘말려 이슬처럼 사라졌다. 을사사화의 계림군(桂林君) 이유(李瑠)처럼 서로 힘겨루기 하는 가운데서 일어나기도 하지만, 봉성군(鳳城君) 이완(李岏)처럼 아무런 이유가 없는데도 무고로 이름이 올라와 목숨을 바쳤다. 그런 가르침 들으며 뒷배가 거의 없는 처지에서는 몸조심할 수밖에 없다는 소리도 귀에 같이 담아야 했다.

선조 임금은 역지사지로 정철의 행동을 살피면서 초록은 동색이라고 아픔을 안고 살았을 사람과 이심전심 통할 것 같다는 생각이 먼저 들었다. 나라를 위해서는 목에 칼이 들어와도 할 말은 하겠다는 정철의 신념이 가상하기는 하나 아무리 생각해도 예사로운 행동은 아니라서 정철이 조부 이장 후 3년 만에 단산된 줄 안 몸에 잉태하였다는 심상찮은 내용과 연결하여 보았다. 그에 따른 행위가 있다고 했는데 무엇인지 알고 싶어졌다. 즉시 도승지와 마주 앉았다.

"정철의 탄생에 대한 행위가 무엇인지 말해 줄 수 있소?"

"마마의 말씀이신데 어찌 거역하오리까? 전해오는 말은 이렇사옵니다."

남원 부사 정유심은 무등산에 올랐다. 멀리 보이는 당지산에 서기가 분명하였다. 곧장 찾았는데, 당대에 복이 발현할 그곳을 차지하면 후손의 장자는 절손하나 차자에게서 나라를 위해 큰일 할 인물이 나올 자리였다. 그런데 동네 뒷산이어서 주민 모두가 이전하기 전에는 무덤으로 활용할 수 없었다.

정유심은 정4품의 남원 부사직을 맡은 몸이었다. 나라를 위해 큰일 할 인물은 어느 때이건 절실한 법이었다. 곧장 효험 본다니 꿈만 같았다. 장손인 자기 절손 되는 것 정도는 조족지혈로 생각되었다. 미력하나마 최선을 다하는 것이 본분이었다. 그런데 살고 있는 사람들의 이전은 스스로 할 수 있는 길을 찾고 싶었다. 3년만 무보수 훈장으로 봉사하면 이뤄질 것 같았다.

정유심은 남원 부사의 직을 곧장 사직하고 당지산 아랫마을로 와 서당을 열었다. 글만이 아니고 백성들이 힘들어할 때마다 앞에 나서 최선을 다해 해결해 주었다. 계획된 3년을 마치고 보따리 챙기자 주민들이 몰려와 받은 은공이 하늘을 찌르는데 어떤 방법이든 보답할 길을 알려달라고 하였다. 정유심은 자기 부친을 당지산에 모시고 싶다며 은근히 마음을 비치자 잘 되었다면서 모두가 적당한 거리에 집을 다시 짓고 이주하였다.

나라의 동량을 얻을 수 있는 조건이 갖춰지자 아우 정유침에게 부친의 이장을 말했다. 형의 말을 들은 동생은 현장을 살피고 자기에게는 더할 수 없이 좋은 자리이나 대를 이어야 할 형의 절손은 아니 된다며 손사래 쳤다. 백씨 정유심이 그걸 모르고 결정한 양 하는 말에 그만한 대가는 다 따르는 것이라며 설득한 끝에 부친 정위를 그곳으로 모셨다. 그리고 3년 후 정유침의 아내 죽산 안씨가 잉태하여 정철을 낳았다.

도승지의 말이 끝났다. 나라를 위해서는 언제고 인물이 필요하며 당대에 복이 발현되어 인물의 배출을 꿈꾸는 남원 부사 정유심의 행동 하나하나가 가슴을 뭉클하게 하였다. 그런 결과로 세상에 나온 인물이니 그 정도 결기는 있어야 마땅하다고 할 수도 있으나 힘이 있기 전에는 바람 앞의 등불이라 할 것이다. 만약 꺼진다면 아무런 의미가 없으니 속히 중책을 맡기고 싶었다.

"정철에게 수찬의 직첩을 내리시오."

"분부 받들겠습니다."

명종 임금이 정묘년(1567) 6월 붕어하시고 선조 임금이 왕좌에 올랐는데, 5개월 후인 11월의 일이었다. 그때 율곡 이이와 함께 가문의 영광이라 하는 호당에 선출시켰다. 그리고 정철의 아버지 정유침도 사온령의 정5품 판관의 직첩을 다시 내렸으며 다음 해인 무진년(1568) 3월 이조정랑에 앉혔다. 절대 신임이라는 것을 보여준 다음 선조 임금은 정철을 불러 속내 드러냈다.

"정 전랑! 짐은 정 전랑을 특별히 믿고 싶소."

"마마. 몸 둘 바를 모르겠사옵니다."

"정 전랑이 알고 있듯이 내게는 척신이 없어 항상 등이 서늘하다오."

"마마께옵서는 척신정치의 폐해를 척결하시면서 나라를 반석 위에 앉히셨사옵나이다. 그리 큰일은 길이길이 남는 법인데, 척신이 없어 등이 서늘하시다는 말씀은 신하로서 듣기 민망하옵니다."

"경의 말이 맞기는 하오만. 늘 허전하고 등이 시린 것도 사실이라오. 그러다 보니 든든한 척신이 있어 등을 감싸주었으면 하는 생각이 드는 걸 어쩌겠소."

"마마께서 허전하시다는 말씀은 천부당만부당하옵니다."

"그래서 말인데 정 전랑이 내 척신처럼 늘 허전한 등을 덮어주었으면 하오."

"마마. 저는 신하일 뿐이옵니다. 마마께서 나랏일 하시는 데 최선을 다해 보필하는 것은 제 본분이옵니다."

"어련하겠소. 경의 나라 생각하는 마음과 충성심은 나도 짐작하고 있소. 그래도 더 믿고 싶어서 특별히 부탁하는 것이오."

"마마. 황공무지하옵니다. 언제든 무슨 일이든 명만 내리시면 분부 받들겠사옵니다."

"고맙소. 경만 믿겠소."

✒ **정순택**

저서 『평범한 일상』, 『두만강 따라 오른 백두산』, 『선각자 정안립』, 장편소설 『이야기 사미인곡』 외

소설 쓰는 거, 뭐. 별거 아니네

•

정진문

나이가 20세가 되어 군인을 가야 하는데 첫 관문에서 초졸이라 퇴짜를 맞았다. 면제는 안 되니, 대신 군대를 때우는 일명 동방위가 되어 면사무소(주민 자치센터)에서 근무하게 되었다.

처음 출근한 날에 부면장은 내가 할 직무를 주었다. 민방위 소집, 연락, 독서실 청소, 각종 운동 기구를 정리하는 일이었다. 그리고 직원들을 일일이 소개하고 나를 관리할 직속상관을 소개했다.

부면장이 아주 똑똑하다며 소개한 그 여자 주무관은, 갓 고등학교를 졸업하고 공무원 시험에 합격하여 첫 발령을 받은 처녀였다. 내가 하는 일을 감독할 사람이 바로 그 여자 주무관이었다.

나는 첫눈에 그 처녀에게 뿅 갔다. 그냥 그녀를 한 번만 끌어안아 보았으면 죽어도 한이 없겠다 싶다. 2살이나 적은 그녀가 상관이라니 나는 그녀의 종이나 다름이 없다. 그런데 주무관은 나에게 정말로 친절했다. 반말로 '이거 해라.'가 아니라,

"제가 말씀드린 거 잘 알아들으셨지요? 그대로 하세요."

그것은 주무관 그녀가 나를 좋아하기에 그리 말하는 것으로 믿었다. 말하는 것도 아주 상냥하다. 나의 맘에 쏘옥 들었으나 어찌하랴!

나는 그 주무관 처녀 앞에만 가면 고양이 앞에 쥐었다. 그래도 그 주무관 옆을 떠나기 싫어 그녀가 퇴근하기 전에는 집에 오고 싶지도 않다. 내일이 공일이 아니면 다행이지만 공일이면 이틀 동안은 그녀를 볼 수가 없으니, 애가 탔다.

친할아버지는 『천자문』이나 『명심보감』을 가르치며 보리 때, 보리 한 말, 쌀 때, 쌀 한 말을 받았다는 이야기는 어머니에게 들었다. 그것으로 보면 할아버지는 동리 훈장님이었다. 할아버지는 신학문인 한글을 보고는 '언문'이라며 그것은 여자들이나 배우는 것이라고 말했다. 덧붙여

"언문, 그것은 상놈들이나 배우는 거야."

지극히 높으신 할아버지께서 곰방대를 높이 쳐들고 세 명의 고모에게 왕처럼 말했다.

"지지배들이 공부를 하면 엉덩이에 뿔이 나서 가정을 망치는 거야. 그것을 보고 암탉이 울면 집안이 망한다고 하는 거야."

그 말이 공자님의 말씀인지, 맹자님의 말씀인지 모르지만, 할아버지의 말은 우리 집의 법이고, 경찰, 검사, 판사를 혼자서 하는 임금님이시다. 할아버지는 곰방대를 높이 쳐들고 코흘리개 때부터 나에게 『천자문』을 가르쳤다. 그 덕에 강제로 『천자문』은 배웠다. 그러나 시간이 가자, 『천자문』은 꼬리를 달은 연인지 바람 부는 날 하늘로 날아갔다. 그래도 『천자문』이라고 쓴 글과 하늘 천, 따 지, 검을 현, 누

루 황. 네 자는 읽을 줄 안다. 『명심보감』은 외우라고 곰방대 세례를 해도 소귀에 경 읽기니 할아버지는 포기했다. 그것은 내가 할아버지를 한 방에 펀치를 날려 까무러치게 했다는 것과 같은 것이다.

대대로 가난을 몰려 받았으니, 나의 아버지는 학교 근처에도 가보지 않았다. 할아버지 눈치를 보는 아버지가, 자식을 '언문'을 가르치는 학교에 보낸다는 것은, 여드레 삶은 호박에 도래송곳도 안 들어갈 일이었다. 그저 남의 땅이라도 빌려 농사나 지어 먹는 게 최고라고 하였다. 그래도 어머니는 한글을 깨우쳐, 동리 사람들의 편지도 읽어주니 어머니는 인테리였다. 나를 초등학교라도 보내자고 아버지를 윽박질러서 이긴 장한 어머니이다. 아버지가 싸움에서 진 것은 어머니의 단 한마디였다.

"내 말 안 들으면 이제 나와는 한방에서 잘 생각은 말아."

그 말에 아버지는 꼬랑지를 내렸다. 어머니에게 항복한 아버지는 눈물을 머금었는지는 모르지만, 나는 초등학교에 들어갔다. 우리 집안을 쳐다본 하늘이 놀래, 설사를 하다가 천둥을 칠 노릇이었다.

학교에 안 다닌 아버지는 한글은커녕 구구단도 배운 적이 없다. 시장에서 농사지은 쌀이나 채소를 팔고 나면 돈을 받아 온다. 받은 돈이 맞나 안 맞느냐는 집에 와서 계산을 한다. 십만 원 정도의 계산을 하려면 한나절은 걸린다. 큰 성냥 통을 갖다 놓고 성냥개비로 계산한다. 불교식 9층 탑이 15층 탑도 된다. 그러다가 잘못하여 탑이 무너지면 처음부터 다시 쌓아야 했다. 성냥골이 있는 쪽은 더하기이고 골이 없는 쪽은 빼기였다. 아무리 보아도 알 수가 없는 비법이었다. 그 계산 법은 할아버지에게 배웠다고 했다. 그래도 신기한 것은 그답이 맞는다는 사실이다.

나는 초등학교를 꼴등으로 졸업했으나 그런 더하기, 빼기, 계산을 식은 죽 먹듯이 하면 아버지는 나를 아주 자랑스러운 아들이라며 등을 두들겨 주기도 했다. 학교에서는 꼴등이지만, 집에서는 아버지가 알아주는 아들이다. 아버지는

"『명심보감』은 인간의 도리만을 이야기하는 것이다. 돈을 버는 일과는 한참 동떨어진 이야기여. 그러니 『명심보감』이 밥을 먹여 주는 것은 아니다. 감자나 고구마 농사일을 하여 시장에다 팔면 돈이 되는 것이야."

백번 천번 옳은 말씀이다. 나는 초등학교 졸업 후 농사일 보조, 심부름꾼 노릇을 했다. 아버지는 입만 벌리면

"누에는 뽕잎을 먹고 살아야 하고, 농사는 천하지대본이니 농사가 으뜸이라."

라며 내가 초등학교에 다닐 적에도, 방학 때와 일요일에는 논으로 밭으로 풀을 뽑으라며 돼지를 울에 몰아 가두듯 논으로 밭으로 몰아넣었다.

청년이 되어 힘깨나 쓰는 일꾼인데도 나의 몫은 정말 쥐꼬리만큼만 주었다.

그래서 나는 강력하게 노동청 이야기를 하며

"아버지 일한 만큼 임금을 주세요."

"야 이놈아, 네가 한 일이 그게 일이냐? 내 맘에 들게 해야 일당이라도 받을 것이다."

일은 하다가 산으로 도망가 낮잠을 자기 일쑤이니 아버지 말도 틀린 말은 아니다. 일은 눈곱만큼 하고 돈은 많이 받고 싶으니, 대머리

가 벗겨져 왕아치 사촌쯤 된 게 나 아니던가! 한 방에 나는 슬그머니 꼬랑지를 내렸다.

　내가 이 년간 다닐 면사무소에 상관인 그 주무관 처녀는 정말로 아주 예쁘다. 정말로 그냥 껴안아 주고만 싶은 처녀이다. 하루라도 못 보면 몸살이 날 정도였다. 공일이 없었으면 좋겠다. 그 주무관 처녀는 나에게 아주 친절하게 대해주고 월급날이 되면 간식인 통닭도 가끔 사 주었다. 그 맛을 말로 표현을 못 하겠으니 정말로 못 배운 것이 한이었다. 따지고 보면 그녀가 주는 단무지 한 조각이라도 순금을 주는 것만 같이 황송했다. 그러니 그녀가 어떤 어려운 일도 시키기만 한다면 죽는 한이 있더라도 할 것만 같았다. 나는 그녀에게 잘 보이려고 시키지도 않은 그 넓은 운동장 같은 면사무소 마당을 깨끗이 쓸자, 맘에 들었는지, 그 주무관 처녀가 나에게 말을 걸어왔다.
　"영창 씨, 사람은요. 책을 많이 읽으면 지식이 넓어집니다. 또한, 아는 것도 많아집니다. 그러니 시간이 나는 대로 책을 읽으세요."
　콩닥콩닥 뛰는 가슴을 꾹 누르고
　"주무관님 잘 알았습니다. 열심히 책을 읽어보겠습니다."
　대답은 막둥이같이 했지만 책을 펴기만 하면 졸리니 그게 문제이다.
　그 주무관만 보면 가슴이 울렁거리고 쿵쾅거렸다. 이상한 일이었다. 배운 게 많고 공부도 잘해 공무원이 된 그녀의 말이니 그저 하느님 말만 같았다. 초등학교 때는 그저 책 세 권 잡기장 한 권, 연필 한 자루만 보자기에 싸 어깨에 메고 가고 오고 했다. 시간만 보내고 집으로 오니 공부 실력은 반에서는 항상 꼴찌였다. 그래도 꼴찌를 면하고 꼴찌에서 위로 세 번까지 간 기록도 있다. 그래도 나는 환호성을 지르지 않고 늠름하게 공부했다. 꼴찌가 있어야 일등도 있는 게 아닌가? 책을 읽으라는 그녀의 말을 듣고는 배알이 꼴리지만, 만화책, 동화책, 삼국지, 수호지 등 역사책 등을 읽기 시작했다. 책만 보면 눈이 스르르 감기니 참으로 죽을 노릇이다. 그녀의 말을 들으려니 반쯤 감기는 눈을 손가락으로 연실 비비며 책을 읽어야 했다. 그런 나를 보고 그녀는 감동하였나 보다. 어느 날 그녀는 나에게 시나 수필을 써보라고 하였다. "알아야 면장을 하지!" 그녀는 그저 그게 힘들면 일기를 우선 써보라고 말해 줬다. 죽으라면 죽는시늉이라도 해야지! 그녀가 시키는 일이라면 무슨 일이든 할 것이라고 아주 맘을 단단히 먹었다. 하늘로 가서 달이라도 따가지고 오라면 그리라도 해볼 것인데, 일기를 쓰라니 그것은 쉬운 일이 아닌가! 내 나름대로 일기를 써서 그녀에게 가져다 보여주니 육하원칙이 빠졌단다. 글을 한 줄이라도 쓴다는 것은 참 어려운 일이다. 차라리 호미를 들고 옷이 흠뻑 젖도록 밭에서 땀을 질질 흘리며 풀을 뽑는 게 훨 났다.

그런데 면사무소에서 근무한 지 일 년쯤 되는 날, 시와 수필을 무료로 가르쳐준다는 여자 선생님이 오셨다. 그분은 학교 선생님을 하다가 퇴직하고 봉사 활동으로 시와 수필을 면민들에게 가르쳐주려고 왔다고 한다. 시와 수필을 배운다니까 면에 사는 노인들이 20여 명이 모였다. 그런데 남자는 한 사람도 없고 전부 여자 노인네였다. 유일하게 남자는 나 하나뿐이었다.

시와 수필 공부가 시작됐는데 놀랄 일이 벌어졌다. 그 노인 여자분들은 나이도 많지만, 한글을 아는 사람이 한 사람도 없었다. 수필 선생님은 할 수 없이 한글부터 가르치기 시작했다. 한글을 쓸 수 있고 구구단도 외우는 나는 그곳에서는 당연히 톱이었다. 두어 달 동안 매일 한글을 배우던 할머니들이 삐뚤빼뚤 가갸거겨를 쓰기 시작했다. 자기 이름도 쓸 줄 아는 사람들이 늘어났다. 서너 달이 지나가자, 수필 선생님은 일기와 시와 수필 쓰는 법을 가르치기 시작했다. 그 선생님도 그 처녀의 말과 같이 책을 많이 읽어야 글을 잘 쓸 수가 있다고 하였다. 수필 선생님은 두어 줄이라도 시를 쓰라고 하며, 일주일에 한 번은 시험을 본다고 하였다.

　나는 당연히 한글도 잘 쓰니 시를 쓰면 일등일 줄 알았다. 어쩐 일인지 수필 선생님이 일등을 뽑으면 꼭 여자 노인이었다. 나는 5등 안에만 들어가도 성공한 것이었다. 수필 선생님은 내가 쓴 글에는 마음이 안 들어갔단다. 아니 글에다 어떻게 마음을 넣느냐고! 나는 수필 선생님을 꼬나보고 눈을 흘겼다. 그리고 저런 사람이 선생님을 했다니ㅉㅉㅉ….

　시험 보는 날마다 글에 마음이 안 들어갔다니 수필 교실에 가고 싶지가 않았다. 그래도 그 주무관에게 장가를 가려면 시나 수필은 꼭 배워야 할 것 같다! 그중에서 매일 내 손을 떠나지 않는 책은 『바보 온달과 평강 공주』였다. 드디어 한 달 만에 그 책을 끝까지 읽었다. 내가 생각해도 자랑스럽다. 동방위를 하면서 온달 장군과 평강 공주를 읽고서는 나는 느낀 게 너무나 많다. 그녀에게 바로 쫓아가

　"주무관님, 바보가 공주와 결혼을 한다는 것이 사실인가요? 책에

그렇게 쓰여있던데요."

그러자 그녀는

"그것은 역사이며 실제로 있었던 일입니다."

라고 했다. 나는 단번에 엉큼한 생각이 들었다. 그렇다면 그 주무관이 평강 공주이고, 나는 바보 온달이라고 생각하면 결혼도 할 수 있는 게 아닌가! 그런 마음을 갖게 되었다. 어떻게 한담? 그게 고뇌였다. 수단 은 단 하나. 집 도둑질을 하기로 했다. 그 예쁜 주무관 처녀에게 프러포 즈하고 싶어서였다. 이제 붉어 오는 생고추를 대추 털 듯 작대기로 털어 가지고 경운기에 싣고 시장에 가서 팔았다. 집에 오니 어머니는 얼마를 받았느냐고 물었다. 맞아 죽을지도 모르지만 안 팔려서 외상으로 주고 왔다고 거짓말을 했다. 바보 같은 엄마는 외상을 준 집을 잘 외고 장부 에 적어놓으란다. ㅋ, ㅋ, ㅋ. 그 이튿날 그걸 가지고는 면 소재지에서는 유일한 메이커 옷을 파는 점포로 갔다. 옷 가게 사장님과 아주 대못을 팍팍 박고 옷을 한 벌 샀다. 그 옷을 입을 사람이 다시 가지고 오면 어 떤 옷이라도 맘에 드는 것으로 바꾸어 준다는 약속도 사장님과 했다. 그 옷을 가지고 가서 그녀에게 무릎을 꿇고 주려니 어찌 생뚱맞은 것 같다. 그냥 두 손으로 옷이든 가방을 그 주무관에게 주었다. 그녀는

"이것이 무엇이지요?"

입이 봉해져 말이 나오지를 않는다. 똥 마려운 강아지처럼 끙끙대 다가는

"그냥 선물입니다. 마음에 안 들면 어떤 것이라도 마음에 드는 옷 으로 바꾸어도 된다고 하고 산 것입니다. 맘에 안 들으면 거기 가셔

서 바꾸어도 됩니다."

내가 보아도 말을 기가 막히게 잘했다. 그리고는 덧붙여서

"나는 온달입니다."

그 소리만 한번 했다. 그녀는 배운 것도 많으니 단번에 내 이야기를 알아들었을 것이다. 마음이 아주 흐뭇했다. 그러자 그녀는 그 옷 가방을 도로 주면서

"영창 씨, 나는 온달은 필요 없고요. 글을 잘 쓰는 사람에게 시집 갈 겁니다."

아구야! 이 노릇을 어찌합니까! 그래도 이왕 산 것이니 그녀의 책상 밑에 옷 가방을 슬쩍 놓고 나왔다. 그런데 그 이튿날 보니 그녀는 내가 준 선물을 가지고 갔다. 옳다! 이제는 됐구나! 며칠을 고심 끝에 다시 그녀에게 말했다.

"진짜 글을 잘 쓰는 사람에게 시집을 갈 겁니까?"

"그렇다니까요."

하면서 그녀는 입을 막고 쿡 쿡 웃었다. 나는 아예 못을 팍팍 박을 셈으로

"그러면 내가 글을 잘 쓸 수가 있다면 평강 공주님처럼 기다리실 겁니까?"

그러자 그녀는 입에서 손을 댔다 뗐다를 하면서 캑캑거리며 웃는다. 아마도 좋아서 그런가 보다 했다. 그러면 내가, 시나 수필만 잘 쓰면 나에게 시집을 올 수도 있다는 이야기가 아닌가! 옳거니 했다. 시와 수필을 가르치는 선생님이 면사무소에 있으니 참으로 때가 딱딱 맞는 것

같다. 가고 싶지 않던 그 수필 교실이지만 시나 수필을 열심히 배워야 할 것 같다. 시와 수필을 무료로 가르치는 선생님은 시나 수필이라는 것은 일상생활을 맛깔나게 쓰는 것이라고 또 그런다. 젠장! 그래도

"맛깔나게 쓰는 것이 무엇인가요?"

물으니

"집에서 어머니가 반찬 만드는 것 보았지요?"

"그럼요, 매일 보지요."

"수필도 그것과 똑같습니다. 우선 좋은 글 재료를 구하고, 그것을 맛깔나게 만들려면 고추장도 넣고, 참기름도 넣고 미원도 넣고 비비면 맛이 있겠지요? 그러니까 수필도 그렇게 쓰면 됩니다."

"……?"

에이! 내가 초등학교뿐이 안 나왔다는 것을 그 수필 선생님이 알았나? 그래도 그렇지! 아니 글에다 어떻게 된장 고추장을 넣고 미원을 넣느냐고! 수필 선생님을 꼬나보며 '나를 병신 취급하는 게 아닌가?' 그러고부터는 그 수필 선생님이 보기가 싫다. 다시는 수필 교실로는 안 간다고 굳게 마음을 먹었다. 그러나 시든 수필이든 써야 주무관 그녀가 결혼하자고 할 것 같은데…….

이걸 어떻게 하냐고? 참 고민이 이만저만이 아니다. 그래서 수필을 안 배운다는 것은 작심삼일 되었다. 장가는 가야 할 것이 아닌가! 안면몰수하고 수필 교실로 엉덩이부터 들이밀고 들어갔다. 수필 선생님이 또 수필을 잘 쓰려면 인생사를 맛깔나게 써야 한다고 한다. 젠장! 또 그 소리여!

그래도 나는 장가를 가려면 어쨌든 수필을 써야 한다. 그런데 아무리 생각을 해보아도 글에다 어떻게 된장, 고추장, 미원을 넣느냐고! 참으로 지랄이 발발 났다. 도가 튼 스님 도사라도 글에다가 된장, 고추장을 넣는다는 것은 어려울 것 같다. 깊은 생각을 해도 대책이 안 선다. 어쨌든 먹고 싸는 것에 관하여 연구에 연구를 더해서 수필을 써가지고 그녀에게로 갔다. 그리고 그 수필을 보여줬다. 그러자 그녀는 입을 함박만 하게 벌리고는 하하거리며 웃는다. 아! 이제는 내가 좋아하는 주무관 처녀와 장가를 가게 되었구나! 나도 좋아서 입이 함박만 하게 벌어졌다. 그런데 2막이 올랐다. 그 주무관 처녀는

"저는요, 수필에는 관심이 없고 소설가를 좋아해요."

얼씨구? 이거 큰일 났다! 고추 농사지은 것 장가간다고 거짓말을 해서 옷도 사다 갖다 주고. 용돈이 거덜이 나게 통닭도 몇 번 사다가 줬는데 수필이면 됐지! 뭔 소설여. 성질이 팍 난다. 그렇다고 시집도 오기 전인데 그녀에게 성질을 부릴 수는 없는 게 아닌가?

그동안 고생 고생하며 쓴 수필인데 하며 박박 찢어버리니 눈에서 눈물이 찔끔 났다.

어쨌든, 그녀에게 장가를 가려면 어떤 소설이든 써보아야 할 것 같다.

소설을 쓰려니 산 넘어 산이다. 하아! 정말로 대책이 안 선다. 그래도 입을 꾹 물고는 그녀에게 쫓아갔다.

"정말로 내가 소설을 쓰면 나에게 시집을 올 겁니까?"

그녀는 배시시 웃으면서

"잘 써서 돈만 많이 번다면요."

"정말이지요? 약속했습니다."

"써보기나 하세요."

하고는 쿡쿡거리며 웃는다.

나는 초등학교 때 별명이 '등신'이다. '등신'이 무엇인가를 옆집 형에게 물어보니, 그것은 잘생긴 사람을 뜻하는 것이라고 한다. 7.4등신이면 아주 최고란다. 그것을 보면 등신이라는 별명은 너무나 좋은 별명이다. 나를 보고 등신이라는 별명을 부르는 사람이 사람을 볼 줄 아는 사람이라고 나는 생각했다. 나만 보면 "야! 쪼다야!" 부르는 그 악당 같은 친구 놈은 세상을 모르는 놈이라고 속으로 생각했다. 그래도 그놈은 좋은 대학교도 간 놈이다. 이정식, 그놈은 초등학교에서 사뭇 일등도 하였지만, 나보다 힘이 세다. 초등학교 때 참다 참다 못해 한판 붙었다. 그놈은 나를 한방에 코피를 터트려 승리의 깃발을 높이 쳐든 놈이다. 그놈과 싸우면 백전백패가 분명했다. 그래서 나는 그에게 항상 꼬랑지를 내렸다. 쳐다보기도 싫은 놈이지만 내가 아쉬우니 찾아가 주무관 문제를 슬쩍 상의를 해보아야 할 것 같다. 그놈은 집에 있었다. 그놈은 나를 만나자마자.

"야! 쪼다야. 너 똥방위하면 월급 나온다며, 월급 탔으면 술 한잔 사라."

"야 내가 왜? 쪼다냐? 등신이지. 쪼다라고는 부르지 마."

"쪼다 같은 소리 또 하고 있네."

하긴 길에서 입씨름을 해서도 안 되지만 내 아쉬운 이야기를 하려고 그놈과 만난 것이 아닌가! 입씨름은 뒤로 미루고 그 친구에게 술을 사야 했다. 한 잔을 한다는 게 넉 잔이 넘어 도가 지나쳐 하늘이 돈짝만 하게 보였다. 맘에 안 드는 친구 놈이지만, 친구에게 술을 먹은 김에 솔직히 가슴속에 꼭꼭 묶어 숨겨뒀던 비밀을 털어놓았다.

"나의 상관인 주무관 처녀는 나보다도 2살이나 적은데, 정말로 예뻐. 나에게 통닭도 사 주고 아주 잘해. 내가 맘에 드나 봐."

그러자 그 친구는,

"야 그것은 네가 맘에 들었다는 이야기이야. 잘 꼬셔봐."

"야! 울 아버지는 올라가지 못할 나무는 쳐다보지도 말라는데, 그게 가당키나 한 소리냐?"

"쯧다. 야! 임마! 여자는 여자야! 그래서 수염이 안 난다고."

"야. 수염이 안 나는 거하고 여자가 무슨 관계가 있니?"

"백번 말해도 너는 내 이야기를 못 알아들을 거다. 땅이나 파먹다가 죽어."

그놈에게 반기를 들면 그놈은 또 동네방네 다니며 나를 헐뜯을 게 뻔하다. 꼬랑지를 내리고

"야! 너 진짜 내가 그 주무관과 결혼만 하게 해준다면 정말로 내가 버는 돈이 있으면 매일 술을 사 줄게."

"정말이야?"

"그럼, 정말이고 말고."

"그러면 너 월급날은 물론이고 장가를 가서도 농사지어 번 돈으로도 술을 살 거야? 그렇게만 한다면 내가 그녀와 네가 시집 장가가는 것을 도와주지."

"정말이야? 그렇게만 해준다면 나는 너를 하느님이라고 믿으며 죽으라면 죽는시늉이라도 할게."

"그려? 그러면 내가 우선시키는 대로 해. 그녀에게 통닭을 얻어먹을 게 아니라, 네가 사다가 계속 줘라."

"그러기만 하면 돼? 그녀가 쓰라는 소설은 어떡하고."

"짜씩, 우물에 가서 숭늉 달랄 놈이네."

그 바람에 나는 그 친구와 니나노 판을 벌여 그놈에게 주머니를 홀랑 털렸다. 날만 새면 보는 그 주무관은 참 친절하기만 한데 아무리 생각을 해도 소설을 써야 한다는데는 대책이 안 선다. 얼마 안 되는 월급이지만 그 돈은 나에게는 천금 같은 돈이다. 한 달이 지나서 월급을 탔다. 이제는 기가 살았다. 그놈이 시키는 대로 통닭을 연신 사다가 주무관에게 주었다. 한 달 내내 그리했어도 아무 소식이 없다. 할 수 없이 일요일에 그 악당 친구 놈을 찾아갔다.

"야. 술 한잔하러 가자."

"똥방위 너, 월급 탔구나."

"그런 건 묻지 말고. 그 주무관 처녀는 소설을 써야 나에게 시집을 온다는 거야 어쩌면 좋으냐고?"

"잔말 말고 기다려."

참 환장할 노릇이다. 그럭저럭 오뉴월이 지나고 팔월이 되자, 방학을 한 그 친구가 나를 찾아왔다.

"너 내가 시키는 대로 할 수 있어?"

"결혼만 하게 해준다면 무슨 일인들 못 할까."

"그 처녀가 네 상전이랬지."

"응."

"야! 쪼다야. 그녀는 네가 초등학교도 시간만 때우다가 엉터리로 나왔다는 것을 잘 알고 있는 거야. 그러니까 너를 가르치기 위하여 너에게 책을 읽으라고 했던 거야."

"그런 말은 빼. 면사무소는 학교도 아니고 그 주무관은 선생님도 아니잖아?"

"그러면 그녀에게 농사에 관하여 물어봐도 되느냐고 한번 말해 봐."

"그러고서는?"

"네 동내에 삼밭이 많이 있지?"

"그렇지! 그러면 그녀에게 물어볼 것이 있다고 하고, 어떻게 해서든 그 삼밭으로 데리고 그 밭 속을 한참 동안 다녀봐. 그러면 일이 잘될 수가 있어."

'아니, 그 주무관이 내 이야기를 들을 리도 만무한데……'

술 취한 김에 큰소리를 땅땅 쳤다.

"그려, 내가 그리할게."

그 친구와 그렇게 한다고 큰소리를 쳤지만 그게 쉬운 일이 아닐 것 같다. 그리고 그 친구가 왜? 그녀를 삼밭으로 데리고 가라는지. 도저히 이해가 안 가는 일이었다. 그것을 물어보려니 자존심이 허락을 안 했다. 그래서 그것은 포기할까도 생각했었다. 아무리 생각을 해도 그 친구 말을 들어야, 그 주무관에게 장가를 갈 것 같다.

그러는 중에 그 악당 친구 놈이 찾아왔다. 창녀가 남자를 꼬시듯

술집으로 가자고 할 게 뻔하다. 고양이 앞에 쥐가 됐지만. 한잔하니 용기가 백배. 거나하게 하고는 사정했다.

"야! 아무리 통닭을 사다 줘도 별 반응이 없어. 나는 이제 네가 콩으로 메주를 쏜대도 안 믿을 거야. 아무래도 그 주무관 처녀는 내가 소설가가 되어 돈을 많이 벌면 시집을 온다고 했으니 어쩌면 좋으니?"

"야! 쪼다. 삼밭에 가서 내가 시키는 대로 해보기나 하고서 말해라. 이제 가을이 되면 삼밭은 없어지잖아. 빨리 서둘러봐."

"그럼 여자를 삼밭으로 데리고 가기만 하면 다 된다 이거지? 소설은 어떡하고."

"야! 쪼다야. 소설은 뒷전이고 삼밭이 우선이야."

시장에 가서 토종닭을 한 마리 튀겨 가지고 주무관을 만났다.

"주무관님, 제가 농사를 짓다가 보니 궁금한 게 있는데요, 가르쳐 주실 수가 있는지요?"

"무언데 그러세요?"

"다른 게 아니고 우리 동네에는 삼밭이 많이 있습니다. 그런데 어떤 삼대는 엄청나게 크고 어떤 것은 작고 또 어떤 것은 잎이 노랗고 참 이상합니다. 주무관님은 많이 배우셨으니 그런 것쯤은 단번에 아실 것 아닙니까? 한번 우리 동네에 오셔서 조언해 주세요."

그것은 친구가 그리 말해야 그 여자를 꼬실 수 있다고 해서 시키는 대로 한 것이었다.

"그거야 별로 어렵지 않은 일이지요. 그렇지만 평일에는 안 되고 반공일이나 일요일에 한번 가서 보아드릴게요."

"진짜 약속하시는 겁니다."

"그래요. 다음 주 일요일에 시간을 한번 내어볼게요."

그 악당 같은 친구 놈이 시키는 대로 하니 주무관이 진짜 우리 동네를 온단다. 그것은 엉덩이가 들썩거리는 '닐니리야고 환희'였다. 이번에 그녀를 삼밭에 데리고 갔는데도 내가 그녀와 결혼을 못 한다면 그 악당 같은 친구 놈은 7, 8월 복날 잡아먹을 개마냥 내가 몽둥이로 패도 꼼짝을 못 할 것이다! 그리 생각하니 애타던 맘이 좀 놓인다. 약속한 날을 기다린다는 게 그리 어렵지만, 고장 난 것 같은 벽시계는 째깍거리면서 잘도 갔다.

드디어 일요일이 됐다. 입술을 꼭 깨물어 주고만 싶은 주무관 그녀와 나는 동리에서 만났다. 그녀는 찢어진 청바지에 흰 티셔츠를 입고 운동화를 신고 왔다.

'집이 가난한가? 찢어진 옷을 입다니! 안 되겠다. 시장에서 바지를 하나 사서 줘야겠다! 그러면 그녀는 정말로 나를 좋아할 것이다.'

그 일은 다음에 해도 되니 일단은, 동리 부근에 많은 삼밭으로 갔다. 키보다 더 큰 삼밭 속을 한참을 다니며 이것저것을 물어보았다. 묻는 말에 그녀는 자세히 설명을 해줬다. 이것은 농약을 안 해서이고. 이것은 밑거름이 작아서이고, 이것은 너무 촘촘히 심어서 가느다랗게 자란 것입니다. 더운 날이라서 그런지 그녀의 얼굴에 땀이 비오듯 흘렀다. 한참 이곳저곳을 다니니 그녀는 덥다면서 이제는 밭에서 그만 나가자고 한다. 무슨 일을 기대하고 있었지만 아무 일도 없었다. 그녀가 나가자고 하니 할 수 없이 밭에서 나왔다. 그 주무관은 얼굴이 붉다 못해 홍당무가 돼있었다. 땀이 비 오듯 흘러 윗옷을 홀랑 적신 그녀는 밭에서 나오자마자, 밭 가장자리에 있는 나무 밑에 펄떡 주저앉았다. 나는 그녀에게 무슨 말이나 들을까 하고 그 옆에 쭈그리고 앉았다. 그녀는 말도 없이 손부채질만 한다. 무슨 말을 들을까 했는데 아무 말도 안 하니 애가 탔다.

땀을 흘리면서도 친절하게 묻는 대로 대답해 준 게 고맙기도 하고 미안하기도 했다. 나무 밑에서 한참을 쉬다가 땀이 잦아들자, 그녀는 집으로 간다며 일어났다.

나는 그녀의 뒤를 쫓아가며

"저 주무관님, 저에게 하실 다른 말씀은 더 없나요?"

"아까 현장에서 다 말을 했잖아요?"

젠장! 친구 말과는 다르네? 더 할 말이 없다. 그녀를 동구 밖까지 배웅하고 돌아왔다. 그녀가 동구 밖을 나가자, 성질이 팍 난다. 두 주먹을 잔뜩 쥐고는 그 친구 집으로 쫓아갔다. 그 악당 같은 놈은 휴학기라 집에 있었다.

"야. 이정식 너, 여자를 삼밭으로 데리고 가라고 해서 네게 시키는 대로 했어. 그러면 이제 어떻게 해야 그녀와 결혼을 할 건가 이야기를 해봐."

"어라? 이 짜식 미쳤나? 나에게 대들다니."

주먹을 불끈 쥐고 앞으로 바싹 다가가.

"딴소리 말고 내가 묻는 말에만 대답해."

"삼밭에 간 것은 틀림없어?"

"그래 둘이 삼밭 속을 아마 한 시간 반도 넘게 같이 다녔다."

"그동안 아무 일도 없었어?"

"일은 무슨 일이 있어 더워 죽겠어서 밖으로 나와 나무 그늘에서 있다가 내가 동구 밖까지 데려다줬지."

"야! 너 알만하다. 이 쪼다야."

"뭐라고? 그녀를 데리고 삼밭만 다니면 소설도 필요 없고 결혼을 할 수 있을 거라며."

"하하하하. 그래 맞아. 네가 쪼다라 그걸 몰랐으니……."

"뭐야?"

"에이 천하에 못된 놈. 누구에게 사기를 못 쳐 나에게 사기를 치니."

이제는 그놈에게 맞아 코피가 나든, 맞아 죽든, 사생결단을 할 셈이다. 그놈의 모가지를 잔뜩 움켜쥐었다. 그래도 그놈의 주둥이는 살아서 소리를 지른다.

"이 새끼 정말 내가 미치겠네. 야! 이놈아! 여자가 삼밭에 가면 흥분이 돼서 얼굴이 빨개지는 거야. 그때 손만 잡아도 일은 끝나는 거였어. 그게 소설보다 백번 나은 거야! 이 쪼다야."

"뭐라고……?"

하긴 그 주무관의 얼굴이 홍당무같이 빨개졌으니, 그놈의 말이 맞는다. 나는 또 그 악당 같은 놈에게 꼬랑지를 내렸다. 하여간 삼밭 일을 다시 그녀에게 물어본다 해도 그 주무관은 다시는 안 올 게 뻔하니 꿩새 울었다.

이제는 제대할 날도 며칠 안 남았으니, 면사무소에 출근할 일도 없을 것이다. 내 가슴을 사정없이 짓누르는 것은, 주무관은 여자니까 남자와 연애를 할 것도 같다. 또한 남자들이 그 예쁜 주무관을 쫓아다닐 것도 분명해 보인다. 몸이 확확 달아오르고 정말 미칠 것만 같다. 수필은 제대로 갖춘 수필이 아니라도 일기같이 쓰면 그냥 되든 안 되든 쓰면 되겠지만 그녀가 요구하는 것은 소설이다. 나에게 소설을 쓰라는 것은 말 머리에 뿔이 나게 해달라는 것과 같은 것이다. 참 큰일이다. 누구 말마따나 "알아야 면장을 하지!" 수필 선생님에게 가서 매달렸다.

　"소설 쓰는 것을 좀 도와주세요."

　"시를 길게 쓰면 수필이고, 수필을 길게 쓰면 소설입니다. 내가 전에 이야기한 대로 소설도 먹고 싸고 하는 다 사람 이야기입니다. 거기에다 양념을 넣으면 되는 겁니다."

　"선생님. 그 양념이라는 게 뭡니까? 고추장, 된장인가요?"

　"그게 다 먹고 싸고 하는 소재의 글을 종합해서 양념이라고 하는 겁니다."

　아무래도 소설가 선생님을 찾아가야 할 것 같다. 사정사정하여 소설가 선생님을 소개받았다.

　"선생님, 소설을 쓰려면 어떻게 해야 합니까?"

　"소설은 사람이 사는 것을 쓰는 것입니다. 먹고, 자고, 싸고. 그게 인생이 아닌가요? 그러니 그런 것을 쓰면 되는 것입니다. 거기에 웃고 울고 할 수 있게끔 남녀의 이야기를 꾸며서 허구 글도 슬슬 넣어가며 쓰면 소설이 되는 것입니다."

수필 선생님과 비슷한 이야기이다.

"아니, 허구라는 것은 꾸민 거짓말인데 어떻게 그런 글을 씁니까? 그것은 말도 안 되는 게 아닌가요?"

"소설에서 이야기하는 허구라고 하는 것은 문학적 리얼리티를 전제로 하는 것이어야 하기에 아무 문제가 없는 것입니다."

"그러면 소설이라는 것은 전부 다 문학적 표현이라고 하면서 가짜를 써도 된다는 이야기입니까?"

"소설이라는 것이 무엇인지를 배우고 물어보았으면 합니다."

"저는 이해가 안 갑니다. 그러면 거짓말이 소설이라면 소설이란 사기네요."

"사기는 아닙니다. 소설이란 인간의 사회생활을 작가가 상상력을 발휘해 문학적으로 표현한 것입니다."

"소설이 허구라는 것을 구체적으로 알려주세요."

"소설은 자전적 소설을 빼놓고는 거의 허구가 주종을 이루는 글입니다. 그러나 그 허구라는 뜻을 잘 새겨야 합니다. 그래서 소설에 관한 공부도 안 한 정치인들이 입만 벌리면 '소설 쓰고 있네.' 하는 겁니다."

"다른 좋은 말씀해 주실 것은 없나요?"

"소설은 첫 문장을 잘 써야 합니다. 노벨 문학상 수상작 『노인과 바다』를 쓴 헤밍웨이는 첫 단어 한 문장을 쓰기 위해 이백 번을 고쳐 썼다고 합니다. '그는 멕시코 만류에서 조그만 돛단배로 고기잡이를 하는 노인이었다.' 그 한 문장입니다. 소설은 또한 마지막 구절을 멋지게 독자에게 떠다밀어야 합니다."

"다른 말씀은 해주실 게 없나요?"

"소설이라는 것은 실제로는 없는 사연을 작가의 상상력으로 재창조한 것을 말하는 것입니다. 거기엔 감동과 재미도 넣어야 하지만 중요한 것은 자료를 잘 구성하고 요리를 잘해야 합니다. 그래서 소설 쓰는 것이 어려운 것입니다."

젠장! 아니, 뭐 이것도 아니고 저것도 아니고 선생님은 알아들을 수 없는 말만 한다. 그래도 아는 척도 하고 싶고, 선생님에게 한마디는 했다.

"그러니까 소설이라는 것은 허구를 된장 고추장에다 묻혀가지고 맛을 내면 되는 거지요?"

"소설이라는 그 자체를 이해하지 못하고 문의를 하니 답을 해드릴 수가 없네요."

'유명하다더니 개 코네.'

하여간 대답은 해야 했다.

"네, 잘 알았습니다. 고맙습니다."

비가 오는 날 빈대떡을 부쳐 먹고 가만히 생각에 잠겼다. 먹고 싸는 곳은 어디인가? 똥숫간이 아닌가? 똥숫간으로 갔다. 발이 저리도록 앉아있다가 드디어 깨달았다. 무르팍을 '탁' 쳤다. 산 암자에서 스님이 깨달으나, 내가 똥숫간에서 깨달으나 깨달음은 같은 것이다.

서울로 가자! 시골 면에서는 한 집에 하나씩 있는 똥숫간에서는 소설 소재를 구할 수도 없을 것이다! 며칠이 걸릴지도 모르니 쌀 세 가마니를 아버지 몰래 팔아가지고 난생처음 서울로 갔다. 고속버스에서 내려보니 사람들은 전부 똥숫간으로 간다. 세 시간 동안이나 버스를 타고 왔으니 나도 소변이 보고 싶다. 들어가 보니 똥숫간이 셀 수도 없을 만큼 정말로 많다. '와! 이곳이라면 소재는 정말 많을 것 같다!'

똥숫간에 갔다가 나오면서 보니 사람마다 다 다른 행동을 하고 나온다. 자세히 보니 아이들은 그냥 나오는데, 사람들은 대소변을 보고는 입구에 있는 세면대에서 거품 비누를 찍 눌러 손에 묻히고는 손을 깨끗이 닦는다. 그리고 바람으로 손을 말린다. 아! 서울에 오면 그리해야 하는가? 똥숫간에서 대소변을 보고 손을 씻고 말린다는 것은 시골 면사무소(주민센터)에는 없는 처음 보는 생소한 광경이다. 왜? 그럴까? 서울 물은 특별한 수돗물이라서 그러는 것인가?

참 좋은 소설을 쓸 소재 같다. 잘만 쓰면 베스트셀러가 되고 큰돈을 벌 수도 있을 것 같다. 속으로 희희낙락했다. 서울로 오기를 아주 잘했다는 생각이 든다.

손을 씻고 나오는 사람을 불러 세워놓고

"저기 뭐 좀 물어보면 안 될까요?"

그러자 그는 나를 흘끔 쳐다보더니 왜 그러냐는 표정으로 가던 길을 멈췄다.

"그러니까 똥숫간에서 나오면서 손을 닦는 이유가 무엇인가요?"

그리 말을 붙이니 그는 나를, 흘끔 쳐다보고는 그냥 간다.

'어! 아니? 내가 뭐 못 물어볼 이야기를 한 것도 아닌데! 참 웃기는 놈이네!' 하고는 다른 사람에게 또 물었다. 그랬더니

"별 미친놈 다 보겠네."

하고는 그냥 간다. 그것을 알려면 뇌물을 좀 써야 알려줄 것만 같다. 바로 똥숫간 밖으로 나갔다. 소형 마트에서 이천 원이나 하는 비싼 껌을 몇 갑 사가지고 가서 나오는 사람에게

"저 제가 궁금한 게 있어서요."

했더니 그도 나를 잠시 쳐다보고는 무슨 이야기인가하고 쳐다본다.

"저~어, 다른 게 아니고 똥숫간에서 나오는 사람 중에는 손을 씻고 나오는 사람도 있고 안 씻고 그냥 나오는 사람도 있는데, 왜 그러는 건가요? 제가 묻는 답을 해주시면 제가 이 껌을 한 갑 드릴게요."

"야! 그 껌 통째로 다 처먹고, 내일 모래에 죽을 노인네한테나 가서 물어봐라."

하고는 그냥 간다. 참 이상도 하다! 그까짓 거 한 번 말해 주면 될 것이 아닌가? 내가 선생님이라고 부르지 않아서 그러는 걸까? 그렇잖으면 껌이 별로니까, 그러는 것인가! 안 되겠다 싶다! 면사무소 그 처녀 주무관에게 장가를 가려면 소설을 써야 하는데……

아무래도 다른 수를 써야 할 것 같다. 그래서 이번에는 똥숫간에서 나오는 사람을 붙들고 허리를 90도로 구부리고 정중하게

"저 선생님, 제 물음에 답을 해 주시면 돈 만 원을 드릴게요."

하고는 만 원짜리를 손에 들고 보여주자. 그는 나를 쳐다본다. 옳거니! 이제는 제대로 답을 들을 수가 있겠구나!

"무얼 물어보려는 겁니까?"

"똥숫간을 나오면서 손을 닦고 나오셨지요?"

"그랬지요."

"왜 손을 닦고 나오셨나요?"

그는 내 손에서 만 원짜리를 낚아채고는

"손으로 떡 집어 먹으려고 그랬다. 됐냐?"

하고는 그냥 내뺀다. 짜식 웃기는 놈이네! 손을 씻은 거만 알려주면 되는데 별놈이네! 어쨌든 돈만 만 원 날렸다. 그래도 그날 오십여 명에게 일일이 만 원씩을 빼앗기다시피 하고는 그 답에 결론을 얻었다. 큰 수확을 올린 것 같다. 옳거니! 소설은 허구를 쓰는 것이라고 했으니 똥숫간에서 나오는 사람들에게 물어본 것을 허구로 쓰면 될 것 같다.

이제 소설을 쓸 자료도 구했으니, 불자동차같이 집으로 달려와 소설을 쓰기 시작했다. 방바닥에 배를 대고 글을 쓰려니 눈부터 감긴다. 하여간 제목을 멋지게 썼다.

　　제목: 사람은 똥숫간에서 나오면서 왜 손을 씻는가?

'소설은 첫 문장이 아주 중요하다고 한다. 기가 막힌 첫 문장을 썼다.'

똥숫간을 나와서 손은 왜 씻는가? 그것은 떡 집어 먹으려고 하는 게 아니라. 호빵을 집어 먹으려고 하는 것이다.

떡보다는 호빵이 한참 더 위이다. 내가 그 글을 써놓고 자세히 보았다. 내가 헤밍웨이보다 한 수 위이다.

『노인과 바다』 첫 문장을 쓰는데 이백 번이나 고쳐 썼다는 헤밍웨이는 단 한 번에 문장을 쓴 나를 따라오려면은 벌벌 기어야 할 것이다. 참으로 소설 별거 아니다. 한 수 위로만 가면 되는 것이다.'

그다음을 쓰려니 내 머리가 내 맘대로 안 된다. 머리를 끄떡 끄떡하다가 이마가 방바닥에다 제 마음대로 키스를 몇 번을 했다.

허구는 거짓말이니 그것은 식은 죽 먹기가 아닌가! 허구를 섞어가며 글을 쓰기 시작했다. 집에서 쌀 도둑질한 이야기는 쏙 빼고 기가 막힌 구절도 넣어가며 썼다. 그 소설이 시중에 나오자, 그 소설은 문학적으로 기가 막히게 쓴 글이라며 중앙지 신문이 대서특필했다. 그날 하루에 오백 권이 팔렸다고 한다. 며칠 동안에 수천 권이 팔렸다고 한다. 그러니까 출판사 사장이 나를 찾아와 정중히 예를 갖추고 말했다.

"소설가님, 이번에 쓴 책이 단번에 베스트셀러가 됐습니다. 인세를 충분히 드릴 터이니 우리 회사와 아주 확실하게 계약서를 씁시다."

"아니 그거야 인쇄하기 전에 계약서는 쓴 게 아닌가요?"

"그거는 7%인 인세였는데 베스트셀러가 됐으니, 인세를 10%로 계산해 드릴 터이니 계약서도 다시 쓰시지요. 그리고 소설가님 매니저를 우리 회사가 하도록 다시 계약서를 쓰자는 겁니다."

"매니저라는 게 뭔데요?"

"매니저라는 것은 앞으로 소설가님의 일정을 회사에서 짜고, 그것을 소설가님에게 알려드리고, 돈도 받고 하는 것입니다. 소설가님은 이제 돈방석에 앉을 겁니다. 우리 회사에서 요구하는 것은 모든 인터뷰 하는 것을, 우리 회사에 맡겨만 주시면 한 번 인터뷰에 백만 원씩을 드릴 테니 어떤 인터뷰든 회사에서 관리하게 계약을 하자는 겁니다."

"그렇다면 하루에 인터뷰를 다섯 번을 하면 오백만 원이라도 주신다는 겁니까?"

"그럼요. 하루에 다섯 번 인터뷰는 시간상 불가능할지도 모르나, 세 번은 확실히 할 수 있을 것입니다. 그러면 확실하게 하루에 삼백만 원은 보장해 드리겠습니다."

"좋아요. 그렇게 계약을 하지요."

아! 이제는 내 팔자가 폈구나! 하루에 최소 삼백만 원에다 또 책은 더 많이 팔릴 것이니 돈방석에 앉은 게 확실하다.

회사 사장 말마따나 국내 신문 기자들과 외국 기자들까지도 인터뷰하자고 쫓아다니는데 처치 곤란이다. 계약대로 출판사와 상의하라고 했다. 출판사 사장 말마따나 나는 순식간에 수억에 돈방석에 앉았다.

그러니까 나는 소설가로 성공하고 인기인이 된 것이다. 여기저기서 혼인 청탁이 오는데 그게 참 놀랄 일이다. 가장 좋은 조건을 붙인 사람은 H.D 대기업 회장이다. 그 회장은 내가 자기 딸과 결혼만 한다면 열쇠 3개에 변호사 시험에 합격한 AI까지 한 명 사 준단다. AI라는 것은 영어니까 물어볼 필요도 없다. 촌놈이라 열쇠 3개가 무엇인지를 몰라 물어보니 열쇠 한 개는 서울 고급 아파트 열쇠이고, 한 개는 벤츠 자동차 열쇠이며, 한 개는 월세가 나오는 건물 열쇠란다. 깜짝 놀랄만한 이야기이다. 아구야! 이게 웬일입니까?

그런데 더 놀랄 일은 결혼식을 서울 시청 앞 광장에서 하는데 주례를 국무총리가 한단다. 그것은 인기인의 결혼식은 일반 예식장은 좁아서 안 되니 시청 앞 광장에서 한다.

'그 많은 사람에게 무슨 선물을 줘야 할까! 하긴 신성일과 엄앵란

이 결혼할 때는 축하객에게 손수건도 한 장 안 주었다. 어쨌든 시청 앞 광장에서의 결혼식은 마다할 일이 아니다!'

 많은 돈을 벌었으니, 첩은 자연히 얻게 될 텐데…….
 앞으로 어찌할 것인가가 고민이 됐다. 첩은 작은마누라가 아닌가! 큰마누라와 작은 마누라가 머리칼을 움켜쥐고 싸우면 어찌할 것인가? 그게 큰 고민이다.
 한참을 생각하다 번갯불이 이마를 쳤다. 그것은 동방위를 할 때 읽어본 책 내용대로 하면 될 것이다! 확실히 나는 머리가 좋다. 그렇다! 책은 어려운 것을 해결해 주는 열쇠이다.
 옛날에 옹기 장사가 옹기를 한 짐 지고 팔러 가다가 힘이 들어 길가에서 지게를 받쳐놓았다. 그리고 앉아서 곰방대에 담배를 쑤셔 넣고 뻐끔대기 시작했다. 그리고 생각에 잠겼다. 한 짐을 팔면 이익이 많이 남아 이틀 후면 두 짐이 되고, 한 달이 되면 옹기가 열다섯 짐이 된다. 일 년만 장사를 하면 부자가 될 것이 확실하다. 그렇게 돈을 많이 벌면 작은마누라인 첩도 얻을 수 있을 것 같다. 그런데 문제가 있을 것 같다. 그것은 큰마누라와 작은마누라가 머리칼을 움켜쥐고 싸우면 어떻게 할까? 그게 큰 고민이 됐다. 그 옹기장수는 곰방대에 연실 담배를 쑤셔 넣으며 뻐끔대다가는 그 해결책을 찾았다. 큰마누라와 작은마누라가 싸우면 "이렇게 하면 되지!" 옹기 항아리 짐 지게 작대기를 쑥 빼자, 옹기들은 땅바닥으로 굴러떨어졌다. 그러자 그는 지게 작대기로 옹기들을 사정없이 패대 다 부셔놓았다. 그리고 손

을 탈탈 털고 집으로 갔다. 집에 가니 마누라가

"아니 옹기를 벌써 다 팔았어요?"

그런 옛날 글이 있듯이 내가 돈을 많이 벌었으니 어떻게 할 것인가? 그것은 옹기장수같이 '지게 작대기 하나'만 있으면 될 것이다. 이제는 아무 걱정이 없다.

돈이 많이 생기니 어깨가 머리 위로 올라갔다. '그 면사무소 주무관 처녀는 첩 순위를 따져도 20위 안에 들 둥 말 둥이다.' 기분이 최고로 좋아진 나는 온 동내를 돌아다니며

"나 부잣집 딸한테 장가간다."

배에다 힘을 주고 하늘이 놀라도록 소리를 지르며 동리를 다녔다. 배에다 너무 힘을 줬나? 배가 아프고 오줌이 마렵다.

카랑카랑한 아버지 목소리가 동짓달 문구멍을 뚫고 쳐들어왔다.

"영창아! 이놈아! 해가 중천에 떴다. 오줌도 안 누고 잠만 자빠져 자냐? 이제 제대했으니 산에 가서 부지런히 나무를 해 쌓아놓아야 겨우내 소 죽도 쑤고 밥도 해 먹을 거 아냐"

✒ 정진문
새한국문인 등단. 효동문학우수상. 충북대수필문학상. 새한국문인 소설부문 문학상. 소설집 『붉은 머리 오목눈이』, 『자식이 뭐길래』 외, 장편소설 『빛나는 졸업장』, 『그 사내의 하늘과 시간』, 『주마등』 외

돈이 안 돌면 사람이 돈다

한 옥 례

1) 독촉장

전기요금을 3개월이나 못 냈더니 공급을 중단한
다는 독촉장이 등기 우편으로 배달됐다. 무서웠다. 이 건물이 물건
이라면 가져다 버리기라도 하지, 네 귀퉁이 뿌리내리고 단단히 버티
고 있어 나를 잡아먹을 기세다. 어쩌다가 일이 이 지경까지 왔을까.
도망치고 싶다. 요금을 안 내면 공급을 끊는다는 마지막 날이 내일이
다. 이제는 도저히 더는 버틸 방법이 없다. 할 수만 있다면 어디 가서
몸이라도 팔아 돈을 구하고 싶다. 이럴 줄을 미리 알고 부모님이 몸
을 상품 가치 있게 만들어 주지 않았나 보다. 팔고 싶어도 불량품이
라 사는 사람이 없을 것 같다. 심청이가 아버지를 위하여 공양미 3
백석 받고 인당수 깊은 물에 몸을 던진 심정을 이해할 수 있을 것 같
다. 목숨이라도 내놓고 싶다.

날씨는 점점 쌀쌀해지고 월동 준비 중 하나로 이집 저집 김장하느

라 세상은 바쁘게 돌아가는데 당장 내일 일이 대책이 없다. 이런저런 생각으로 건물 안을 빙빙 돌았다.

건물 구석구석 패널 한 장, 나사못 하나, 벽돌 한 장에도 나와 남편의 피와 땀이 배있다. 이 모든 공든 탑이 모래성처럼 무너질 판이다. 시간은 자꾸 가고 점심때가 지나고 1시가 되었다. 5시까지 전기요금을 안 내면, 아니 못 내도 단전되면 단수되고, 동맥이 끊긴 이 건물은 암흑천지가 될 것이다.

바바리코트를 입은 중년 남성이 건물로 들어온다. 건물 주인을 찾는다. 나는 건물주로 안 보이는가 보다.

"왜 그러시는데요? 내가 주인인데요."

"이 건물을 한 달만 세를 얻으려고 하는데요?" 속으로 '웬 떡이지?' 하마터면 입 밖으로 나올 뻔했다.

"뭘 하실 건지는 몰라도 보시다시피 여기는 장소가 읍내와 좀 거리가 있어서 장사가 안 돼요. 이렇게 문을 닫았는데요."

"그런 걱정은 하지 마시고 한 달만 빌려주세요."

"그렇게 하세요."

"그럼 세는 얼마를 드릴까요?"

'세를 준다고, 지금 이 상황에 돈을 준다고?' 혹시 꿈인가 잠시 생각했다. 꿈이라면 제발 깨지 말기를 바라며

"주고 싶은 대로 주세요."

그 남자는 가방에서 돈뭉치를 꺼내며

"돈은 지금 다 드리지요. 이 건물 1층과 2층 계약서를 쓰고 입금표를

주시지요. 준비 기간 10일은 빼고 12월 1일부터 말일까지 한 달로요."

순간 지금 눈앞에 있는 이 사람이, 사람이 아닐지도 모른다고 생각했다. 먹지도 못하고 어젯밤 잠을 못 자서 지금 상상으로 헛것을 보는지도 모른다고 생각했다. 남편을 불렀다. 전화를 받고 달려온 남편도 어리둥절했다. 그 남자가 가지고 온 돈뭉치를 확인하고 계약서를 써 주었다. 그 남자가 바람처럼 떠나고도 조금 전 있었던 일을 믿을 수 없었다. 정신을 차리고 앞에 있는 돈을 들고 한전으로 달려갔다. 밀린 전기요금을 한꺼번에 납부했다. 전기요금을 내고도 돈이 많이 남았다. 진짜 돈이다. 그러니까 분명 꿈이 아니라 현실이다.

이 순간 그 남자는 하늘에서 보내준 구세주요, 말로만 듣던 기적이 일어난 것이다. 조금 전까지 내일이면 내 인생은 끝이라고 모든 것을 포기하고 있었는데 언제 그런 일이 있었는가 싶게 건물 청소를 시작했다.

다음 날 아침, 건물 주차장에 멋진 관광버스 한 대가 들어왔다. 차 안에는 똑같은 가방을 어깨에 멘 50~60대 아주머니들이 한 차 가득 타고 있었다. 관광버스 화물칸에서 전단지 뭉치를 꺼내더니 아주머니들의 가방에 가득가득 담아서 버스에 탄다. 손수레 하나 정도 내려서 건물 안에 들여놓고 차는 군 소재지 관내 구석구석에 전단지 붙이는 작업으로 도배를 했다. 내용은 대충 이러했다.

"창고 대 방출", "이월 상품 반액 세일", "메이커 00상품 80% 세일", "부도 맞은 상품 원가에서 반액 세일", "하나 사면 하나 공짜", "많이 사면 죽을 수도 있는 폭탄세일" 전에 못 보던 이런 장사를 처음 시도한 시기인 것 같다. 옷과 신발은 물론이고 세상에 있는 물건은 다 여기에 진열하는 것 같다.

날마다 온갖 물건이 들어와서 진열되어 1층, 2층 700평 건물에 물건을 일주일 만에 가득 채웠다. 주차장에는 천막도 치고 먹는장사까지 준비한다. 그야말로 없는 것이 없다. 코너마다 개인 사업자고 품목이나 업종을 일일이 확인하지는 않았지만, 이 사람도 사장, 저 사람도 사장 사장님이 50명도 넘는 기업이다.

손님이 일단 한번 오기만 하면 필요한 물건이나 사고 싶은 물건이 무진장이다. 한 달 동안 사용료로 받은 월세가 너무 많아서 '이렇게 받아도 되나.' 은근 미안하고 걱정했는데 그들에게서 얼마씩 거출해서 준 돈이었다. 행사 기간 사용하는 전기나 수도 요금이 상상 이상으로 많이 나왔다. 나중에 알았지만 A, B, C 등급으로 들어가는 입구가 더 비싸고, 사용하는 면적에 비례하고, 업종에 따라서 내는 돈이 달랐다. 일단 출입구로 들어오면 건물 안에 진열한 코너를 자연스럽게 다 돌아서 나오게 동선의 구조를 그렇게 만들었다.

0000년 12월 1일 오전 10시 오픈 날이 밝아 왔다. 하필이면 이날 아침 첫눈이 내린다. 첫눈치고는 제법 많이 내린다. 눈이 와서 길이 미끄러워 손님이 안 오면 어쩌나 걱정이 돼서 살금살금 옥상에 올라가 읍내 쪽을 보았다. 눈이 소복소복 쌓인 하얀 길 위에 건물을 향해 밀려오는 사람들이 여름날 장마 전에 개미 떼가 줄지어 이동하는 것처럼 몰려온다. 눈으로 보고 있어도 믿기 힘들게 신기했다. 한 달을 계약했으나 20일이 되니 준비한 물건을 다 팔고 다음 장소로 이동했다. 장사는 대박이었다.

2) 부의금

돈이 가뭄이 들기 시작하면 제일 먼저 전기요금을 감당하기 힘들다. 전기는 우리 몸에 동맥과도 같아서 상가 건물은 그대로 죽음이다. 내가 어린 시절 시골에서는 우물물 먹고 등잔불 밑에서 살았지만, 지금은 그렇게 살 수가 없는 일이다. 전기요금은 독촉장이 올 때마다 10%의 과태료가 더해지고 일단 단전시키고 다시 연결하려면 3개월분 밀린 요금을 내야 하는 것은 물론이고 공사비를 별도로 내야 한다. 그래서 한 달 요금이 예를 들어 300만 원이면 100만 원씩 분납하게 해달라고 사정을 해봤지만 소용없었다. 상가 건물을 영업용으로 계약해서 많이 쓰면 도움이 되지만, 건물이 비어있을 때는 기본요금은 내야 하는 것이 많아 안 쓰고 많이 내야 해서 억울하고 벅찬 일이다.

전기요금 내는 일에 매달리다 보니 은행에 대출받은 돈의 이자가, 이자에 이자가 붙어서 눈덩이처럼 불어났다.

농협 채권단에서 건물을 경매로 넘긴다고 등기우편으로 통보가 왔다. 독촉장이 날아오고 냉장고나 TV에 차압 딱지가 붙었다. 냉장고 문을 열 때마다 TV를 볼 때마다 가슴이 '덜컥덜컥' 내려앉는다. 시도 때도 없이 전화벨이 울릴 때마다 깜짝깜짝 놀라고 가위에 눌린다. 주차장에 모르는 차가 주차하거나 양복쟁이 신사가 건물로 들어와도 내 가슴은 두근두근 방망이질 친다. 우편 배달부 오토바이 소리가 날 때마다 등기우편에 사인하기 싫어서 쥐구멍에라도 숨고 싶다. 나는 등기 우편물 배달오신 아저씨 볼 때마다 민망해서 얼굴조차 똑바로 못 보는데 남편은 오토바이 타고 저만치 떠나면 공연히 그쪽을 향해서 눈을 흘긴다.

빌려준 돈 내놓으라고 하는 거야 당연한 일인 줄 알지만, 이것은 비가 오면 쓰라고 우산을 빌려주고 막상 비가 오면 내 것이라고 빼앗아 가는 것과 같아서 야속했다.

유치권 행사 중인 건물은 절차가 복잡해서 사람들이 경매 들어가는 것을 꺼린다고 누군가 귀띔해 줬다. 그래서 뭔 말인지 잘 몰라도 '유치권 행사 중'이라는 현수막도 건물 외벽에 부적처럼 걸어놓고 하루라도 이곳에서 더 견디기 위하여 몸부림을 쳤다. 내 건물이 경매로 나왔다고 교차로 신문에 부동산 업자 광고가 계속 나온다. 그 신문을 일일이 수거해서 버리고 싶었다. 그러나 그것은 마음뿐이고 온몸에 오물을 뒤집어쓴 것처럼 부끄러워서 누가 볼까 봐 외출하기가 두려웠다.

이 와중에 시아버님이 돌아가셨다. 솔직히 말하면 벌 받겠지만, 시아버님이 돌아가신 슬픈 마음보다, 건물이 경매 들어간 것이 더 걱정되고 슬프다. 장례식을 어찌했는지 정신없이 치르고 삼우제를 지냈다. 어머님이 계신 시골집에 상주들이 모였다. 큰형님이 먼저 말을 꺼냈다.

"자네가 어머님 모시기로 했다며." 처음에는 그 말이 나와 상관없는 말인 줄 알았다. 그런데 모든 사람이 나를 보고 있다. 그러니 큰형님이 말한 자네라는 이 말이 나에게 한 말이다. 나의 표정을 보더니, 형님이

"이런 일을 집사람하고 상의도 없이 삼촌 혼자 생각으로 한 말인가요?" 하고 남편의 얼굴을 본다.

"자네는 모르나 본데 삼촌이 모든 것을 다 정리해서 2주 안에 자네 집으로 어머님을 모셔간다네."

남편이 말한 2주는 농협에 이자를 내야 하는 마지막 기한이다. 뒷일이야 어찌 되든 부의금으로 들어온 돈을 쓰고 보자는 속셈이다. 남편이 하는 일은 매사가 이런 식이다. 일단 일 벌여놓고 뒷감당은 내가 해왔다. 남편은 신용불량자라 내 이름으로 세무서에 사업자 등록을 했다. 그래서 사업하다 발생하는 모든 문제는 내가 해결해야 한다. 물론 남편도 최선을 다하는 것은 알지만, 지금 여러 사람 앞에서 정신 차리고 맘 단단히 먹지 않으면 이 와중에 대책 없이 시어머니를 모시게 된다. 도저히 감당할 수 없는 일이다. 없는 살림에 어른을 모시는 일이 친정어머니와 언니들이 사는 모습을 봐서 얼마나 힘 드는 일인지 잘 안다. 살림을 제대로 배우지 못해서 불량 주부라 어른을 모시고 살 수 있는 재목이 아니라는 것을 누구보다 내가 잘 안다.

"그런 말을 들은 적도 없고, 그런 생각 한 적도 없어요. 분명히 말하는데 어머니를 못 모셔요. 이유는 분명해요. 우선 형편이 안 돼요. 지금 해결해야 하는 돈이 대추나무에 연 걸리듯 했어요. 모두 짐작들이야 했겠지만 아주 심각하고 최악입니다. 시도 때도 없이 걸려오는 빚 독촉 전화에, 여기저기서 날아오는 공과금 독촉장에 살림살이는 압류 딱지 붙어있고, 농협에서 대출받은 이자 못 내서 건물이 경매에 들어갔어요. 지금 먹는 것이 먹는 게 아니고, 자는 게 자는 게 아니고요. 그래도 다행히 콧구멍이 두 개라 숨 쉬고 살아요. 그리고 살림을 제대로 하고 사는 집이 아니라 창고 한쪽 칸 막아서 그냥 죽지 못해 배고프면 먹고 밤 되면 자는 곳이지 어른을 모실 수 있는 환경의 집이 아니지요. 말 나온 김에 한마디만 더 할래요. 우리 친정어머니 한 분 살아생전에 명절 때 고기 한 근 사드린 일 없고, 생일 한번 챙겨서 돈 만 원 한 장 드리지 못했어요. 그것뿐이면 내가 치사해서 말을 안 해요. 언젠가 친정어머니가 막내딸이 어떻게 사나 보고파서 다니러 오셨는데 아들이 없어서 우리 집에 살러 온 줄 알고 미리 겁먹고 형님이 4명이나 있는데 왜 하필 못사는 막내 집으로 살러 왔냐며 사위라는 저 사람이 택시 태워서 언니 집으로 보냈어요. 그 뒤로 친정어머니는 우리 집에 한 번도 못 오시고 돌아가셨어요. 부모에게는 딸자식이라 자식 노릇 못하고, 장사한다고 형부 연대보증 세워서 언니 집 날려 먹었으니 돌아가신 친정어머니라도 미안해서 모실 형편이 된다 해도 나는 못 해요. 안 해요."

죽기로 작정하면 못 할 말도 없다. 여기까지 말하고 나니 속이 시원하고 사람들이 눈에 들어왔다. 시집 형제들만 있는 것이 아니라 집안 당숙 어른과 사촌 동서도 있고, 옆집 사시는 동네 어르신도 계신다.

누구도 아무 말도 안 한다. 초여름 날씨인데도 공기가 싸늘하다. 남편 얼굴을 봤다. 시선을 얼른 다른 곳으로 돌린다.

3) 연대보증

언니는 장사 밑천을 수시로 융통해 주었다. 그러다가 우유 대리점을 내는데 집까지 담보 잡히고 연대보증을 섰다. 우유가 안 팔려도 목표량을 받아야 한다고 공장에서 주문하지도 않은 물건을 보내와서 울면서 하수구에 버리기도 하고 외상이면 소도 잡아먹는다고 우유 판 돈은 이리저리 가용으로 쓰다 보니 우유공장에 결제할 돈이 눈덩이처럼 불어나 종당에는 언니네 5식구 사는 집마저 경매로 넘어갔다. 언니는 답답한 마음에 하소연이라도 하러 사돈인 시댁을 찾아왔을 때 형님이 언니에게 이렇게 말했다.

"우리는 삼촌이라는 사람을 잘 알아서 돈이 있어도 안 빌려줬는데 이자 받아먹는 재미로 돈 준 거지요. 무슨 돈을 그렇게 많이 주고 보증까지 섰어요."

틀린 말은 아니지만, 언니가 화가 나서 복장 터지고, 피를 토하고 죽을 말을 했다. 그 말을 듣고 언니는 내 머리채를 잡고

"이년아, 여기서 너 죽고 나 죽자. 어쩌자고 저런 놈을 만나 네 신세 조지고 우리 집 풍비박산 내느냐! 아니지, 죽어도 안 되지, 너 오늘 당장 저놈하고 이혼하고 어디 가서 식모라도 살아서 내 돈 갚아라."

정말 죽일 작정을 하고 달려드는 언니를 시아버지가 자식처럼 키우던 소를 팔아서 조금이라도 보상하겠노라 하고, 진정시켰다. 이때가 막내가 젖먹이로 첫돌이 막 지났을 때었다. 아이는 거머리처럼 붙어서 악을 쓰며 자지러지게 운다. 놀라서 얼굴색이 새파랗게 질려있다. 그렇게 놀란 아이에게 청심환 하나 사 먹일 마음에 여유가 없었다.

초록은 동색이고 가재는 게 편이라고 남편 누나는 별꼴을 다 본다는 표정으로 삿대질까지 하며

"동생이 노름을 했나, 바람이라도 피웠나, 오직 처자식 먹여 살리려고 뼈 빠지게 일만 하는 사람을 뭘 잘못 했다고 왜들 이래. 장사라는 것이 잘 될 때도 있고 안 될 때도 있는 것이지 장사하다 망했다고 사느니 못 사느니 하면 이 세상에 살 사람이 얼마나 있겠나." 불난 집에

부채질하고 선풍기까지 틀었던 지난 일들이 잠깐 스쳤다.

이 자리에 있는 모든 사람은 어머님을 모신다는 말이 돈이 필요하다고 하는 말인 것을 다 안다. 어머님이 참다 참다 앞마당에서 왔다 갔다 하시면서

"이놈들! 나 안 죽어 원수지, 난 아무디도 안 갈란다. 내 집 두고 어디 가니 어서들 가거라. 나 한잠, 잠이나 자자."

방으로 들어가 모루 누우신다. 이번에는 동서가 한마디 거든다.

"형님 건물 경매로 넘어가면 여기와 살면 되지요. 여기서 살 사람이 형님 말고 누가 있어요."

대놓고 한 방 맞으니 정신이 아찔하다.

"동서는 지금 꼭 그렇게 말을 해야겠어요? 우리가 주식을 해서 돈이 다 날아간 것도 아니고 도박을 해서 잃은 것도 아니고 건물과 땅에 돈이 다 들어있어요. 평생 남의 건물 세주고 장사하는 것이 지겨워 내가 교통사고 나서 다리 다친 보상금 받은 돈 보태서 내 건물 하나 가지고 그곳에 뿌리내리고 살려고 조금 무리를 해서 건물지어 장사하다 대기업이 대형마트 진출하는 바람에 이 지경이 된 것을 누구보다 더 잘 아는 형제들이 동냥은 못 줄망정 쪽박이나 깨지 마세요. 해도 해도 너무하네요. 길고 짧은 건 대봐야 아는 일이니 그 일은 그때 가서 내가 알아서 하지요."

손아래 시누이가 기다렸다는 듯이 한마디 거든다.

"언니, 안 도와주기는 왜 안 도와줘요. 오빠가 300만 원 빌려 간 지 1년이 지났는데 왜 안 갚아요."

돈을 빌려온 일도, 1년이 넘도록 안 갚은 일도, 처음 듣는 말이다. 아이들 큰고모부 교통사고로 돌아가신 사망보상금 억도 넘게 빌려준 큰고모는 무슨 죄라도 진 사람처럼 고개를 숙이고 있다. 형님이 또 한마디 했다.

"돌아가시고 49재까지는 집안에 시끄러운 일이 있으면 저승 가는 길이 순탄하지 않다고 해서 상복을 입고 외출을 삼가야 하고 어지간한 일은 참아야 하거늘 집구석이 이렇게 시끄러워서야 어디 아버님이 저승길이나 편히 가시겠나. 남들 부끄러워서 원 내가 못 살아. 인제 그만, 어지간히들 하시지."

이렇게 한바탕 소동이 끝나고 부의금은 각자 들어온 대로 찾아가기로 했다. 장부를 놓고 일일이 정리해 보니 우리 부부 앞으로 들어온 부의금이 거의 다였다. 다른 형제들이 부의금에 관해서 논의할 일이 아니었다. 아무리 어려워도 애경사는 둘이서 꼬박꼬박 참석했던 결과다. 그러니 아버님 돌아가시고 들어온 부의금은 우리가 낸 돈이거나 앞으로 갚아야 할 다른 성격의 빚이다.

돈이 되는 것은 적금이나 보험도 큰 손해를 보면서 이미 해약해서 한 푼도 없는 상태에서 아버님 부의금 덕분에 장례를 모시고도 경매를 중단시킬 만큼 많은 돈이 들어왔다. 아버님 돌아가시고 부의금으로 또 한 고개를 넘었다. 한때는 과태료 붙는 고지서가 하도 많아서 과태료 안 붙는 애경사 경조금조차 못 낸 적이 있었다. 그러나 지나고 보니 차라리 과태료 붙는 것이 떳떳하지 내 마음속에 빚은 그때가 지나니 갚을 길도 없고 무어라 변명할 수도 없는 일이 되고 말았다.

4) 살얼음 위를 걷다

아버님이 돌아가시고 들어온 부의금으로 농협에 밀린 이자 내고 돌아서니 겨우 법원 경매만 막았지 결재할 고지서가 또 싸인다. 수돗물은 쓰는 대로 돈을 내지만 땅이나 건물 평수에 따라서 소득이 없어도 때만 되면 배달되는 세금 고지서는 감당할 수 있는 일이 아니다. 전기요금은 안 써도 상업용이라 기본요금이 많았다.

부도낸 어음도 수시로 갚아야 하고 결제 못 한 물건값도 있고, 지인에게 빌린 돈도 있다.

이 층에 식당을 하지만 건물을 비울 수가 없어서 궁여지책으로 하는 일이지 돈이 벌리지는 않는다. 결국 현상 유지도 안 돼서 식당도 폐업했다. 그래도 손 놓고 있을 수가 없었다.

무슨 일이든 해야 했기에 인천 사시는 언니에게 300만 원을 빌려서 내일 이 지구의 종말이 온다고 해도 우리는 이 층 식당 자리에 원룸 만들기 시작했다. 1칸 만들어 세를 주면 그 돈을 받아 2칸을 만들고 2칸이 나가면 그 돈으로 4칸으로 만들었다.

시아버님이 목수 일을 하셨다고 하는데 남편은 손재주가 있어서 재료를 직접 사서 거의 손수 만들었다. 그렇게 5년 정도 건물 이 층은 꾸준히 공사만 했다. 원룸 안에 주방용품은 식당 할 때 쓰던 숟가락과 젓가락 접시 하나까지 방마다 정리해 주었다.

가전제품은 중고로 사고, 가구는 일 층에 가구점을 하던 세입자가 자기 건물 짓고 나가는 바람에 어쩔 수 없이 우리가 가구점을 했다.

버려달라는 가구를 고치고 닦아서 외국인 근로자가 보증금 없이 몸만 들어와도 살 수 있도록 하고 터미널이 가까이에 있어 교통이 편리해서 그런지 다행히 원룸이 만들어지는 대로 세가 잘 나갔다.

교회가 들어와서 옥상에 십자가를 세울 때는 하나님의 빽이 있어 모든 것이 잘될 거라는 자신도 생겼다. 건설회사 사무실로, 용역회사 기숙사로, 이삿짐센터 창고로도 세를 주고, 화장품 포장하는 공장도 있었다. 장소는 달라는 대로 주고, 돈은 형편 되는대로 받았다.

그러다가 1층에는 '바다 이야기'라는 성인 오락실이 들어왔다. 오락실에 다니는 성인이 그렇게 많은 걸 처음 알았다. 돈이 하룻밤에 수천만 원이 오고 간다고 했다. 모든 것이 불법이다. 저 남쪽 어느 지방 어느 동네 마늘밭에서 마늘 대신 수십억의 오만 원 돈다발을 포크레인으로 캐던 시절에 내 건물에도 불법 오락장이 있었다.

그때는 어지간한 빈 건물에는 이런 오락실이나 인터넷 도박 PC방이 우후죽순처럼 생겼다가 사라지고, 자고 나면 또 다른 이름으로 독버섯처럼 생기고 사라지기를 반복했다. 단속 경찰이 전경을 수십 명 동원해서 건물을 에워싸고 단속하는 날은 돈뭉치를 싸서 천장이고 쓰레기통이고 정신없이 집어던지고 달아났다. 잡히면 경찰서로 끌려가서 벌금 내고 나오면 다른 사람 이름으로 또 했다.

'다시는 오락실은 세를 주지 말아야지.' 하고 다짐은 하지만 막상 돈을 들고 와서 달라면 또 세를 주곤 했다.

법이 생기면 피해 가는 방법도 생긴다. 오락실 안에서 현찰이 오가면 안 되는 법을 만들었다. 법이라는 것이 묘해서 안 된다는 법만 없으면 되는 법이란다. 오락실 밖에 컨테이너를 놓고 여기서 현찰과 상품권을 교환해서 들어갔다. 이것이 안 된다는 법이 없으니 처벌할 법도 없다. 상품권을 교환해 주는 사람이 수입이 짭짤하다고 했다. 재주는 곰이 넘고 돈은 왕 서방이 챙긴다.

어느 날 새벽의 일이다. 개 짖는 소리가 유난히 마음에 걸렸다. 게임장은 수십 대 게임기 돌아가는 기계 소리와 옆 사람과 시비가 붙어 싸우는 사람, 돈을 잃고 술 먹고 와서 술주정하는 사람, 이런 사람 저런 일로 늘 시끄러웠다. 동네 개도 이제는 그런 시끄러움에 익숙해져서 그러려니 포기하고 웬만한 일에 그토록 자지러지게 짖지는 않았다. 그런데 그날 새벽은 검찰청에서 나온 단속반이라고 새벽에 건장한 남자 3명이 불시에 검문 나왔다고 을러댔다. 그때 주인은 없고 아르바이트하던 남학생 2명을 수갑 채우고 돈과 상품권을 몽땅 차에 싣고 검찰청으로 가야 한다며 출발했다. 차는 옥산 휴게소에 정차하더니 두 학생 수갑을 풀어주며 화장실에 다녀오라 했다. 화장실에 다녀오니 봉고차가 없어졌다. 많은 돈을 속절없이 도독 맞고 신고하지 못했다. 왜냐하면, 신고하면 이것저것 조사받는 과정이 더 힘들어 도독 놈이 도둑질하러 갔다가 개에게 물린 꼴로 사람 안 다치고 무사히 보내준 걸 감사하게 생각했다.

바다 이야기가 떠나고 일 층이 텅 비고 세가 안 나가니 또 돈이 가물기 시작한다. 남의 돈은 3년만 꼬박 이자를 주면 이자로 준 돈이 원금과 같아진다. 그러니 원금은 손도 못 대고 그대로 있고, 10년이고 20년이고 이자만 주기도 힘이 든다. 일단 빚을 지면 돈을 갈무리

하고 거기서 헤어 나오기 힘들다. 일숫돈, 딸라 돈도 써보았다. 그런 돈은 마약이고 언 발에 오줌 누기다.

5) 개인회생

아무리 노력해도 건물을 담보로 수억 대출 받은 이자 수렁에서 빠져나갈 수가 없다. 개인파산이나 개인회생을 신청만 하면, 서류를 검토하는 기간만이라도 경매도 중단되고 사채업자의 빚 독촉도 중단된다고 누군가 말했다. 개인파산은 건물이 있어서 안 되고 개인회생은 가능할 거라고 했다.

건물이 있어서 아무것도 되는 것도 없고 도망도 못 간다. 막상 경매로 넘어간다면 목숨 걸고 막아서는 저 애물단지에 족쇄 같은 건물이다. 서류만 접수해도 경매가 중단되고 사채업자 빚 독촉을 못 한다고? 세상에 그런 법이 어디 있을까.

그렇게 되나 안 되나 법원에 서류를 접수했다. 거짓말처럼 사채업자의 협박이 사라지고 농협에서 들어온 경매 진행이 일시 중단되었다. 이런 법이 있다는 것도 몰랐는데 모처럼 법에 보호받고 있다는 것이 든든하고 고마웠다.

시도 때도 없이 찾아오고, 밤중에는 전화로 생전 듣도 보도 못했던 욕설로 험하게 나를 위협하던 사채업자도, 저승사자보다 더 무섭던 농협 채권단도 법 앞에서는 꼼짝도 못 하니 법이 무섭긴 무서운가 보다. 회생절차를 검토하려면 수천만 원의 공탁금을 정해진 날까지 법원에 공탁하라는 통보가 등기로 배달됐다. 좋았다가 말았다. 누구약 올리는 것도 아니고 빌어먹을 여기도 돈이네, 돈이 없으면 아무것도 할 수 없다. 그러니까 세상 사람 모두 돈에 미쳐 돌아가는 거였다. 돈 없어서 집구석을 파산한다는데 나라에서도 돈을 내야 파산도 회생도 신청이 된단다.

이 돈을 공탁 못 하면 경매 절차는 다시 진행된다. 안 갚는다는 것이 아니라 돈이라는 돈은 이 건물이 다 삼켜버렸으니 공탁금을 구할 길이 없다. 돈도 없고 차라리 죽으면 죽었지 이제 와 빈손 들고 여기서 나갈 수도 없다. 안 될 때는 뭐를 해도 안 된다. 뒤로 넘어져도 코가 깨진다. 내일이라도 팔리기만 하면 다 해결되겠지만 건물이 이미 경매로 넘어간 물건을 그냥 주워 먹으려고 하지 누가 정상 가격을 주고 살까. 억지를 부리는 것은 나도 안다.

옛날 말에 "억지가 사촌보다 낫다."라지 않았던가.

이 건물이 경매로 넘어가는 날이 우리 식구 제삿날이라고 생각하고 줄기차게 붙잡고 돈을 퍼부으며 늘어졌다. 10년이면 강산도 변한다는데 지금은 5년이면 섬도 육지가 될 수 있는 세상에서 우리 집 건물에 관한 문제는 10년이 지나도 그냥 그대로다. 그나저나 수천만 원 공탁금이 있어야 한다니 큰일이다. 회생이나 파산이 안 될 시에는 일부 수수료를 제외하고 돌려준다고 했다. 그래서 용기를 냈다. 그 고지서를 들고 얼굴도 뻔뻔하게 교회로 씩씩하게 달려가서 목사님과 독대했다.

"일이 잘되면 경매가 안 들어가서 갚을 것이고 만약에 잘못돼도 그돈은 수수료만 빼고 돌려받는 돈이니까 목사님 우리 가족 살려주세요."

목사님은 잠시 기도를 하시더니,

"많은 성도님의 이런저런 사정을 들었지만 이렇게 답답한 일은 처음이네요. 기도 제목을 주셨으니 열심히 기도하셔요. 저도 기도하겠지만 집사님이 간절히 기도해야 꼭 필요한 일이라면 우리 주님이 들어주시겠지요. 이 고지서는 놓고 가셔요. 증축을 목적으로 모은 건축 헌금이 있지만, 교회 돈은 내 돈이 아닙니다. 장로님과 재정 회의를 열어서 사정을 말씀드려 보겠습니다."

6) 돈이 안 돌면 사람이 돈다

일주일이 지나고 목사님이

"집사님! 일이 잘됐으니 잠시 교회로 오시지요."

전화를 받고 교회로 달려가는 발길이 발이 땅에 닿지도 않고 몸이 새털처럼 가벼워 구름 속을 나는 것 같았다.

"집사님 기도에 주님이 감동하신 것 같습니다. 장로님과 재정의원 전원이 찬성하여 돈을 융통해 드리기로 했습니다."

하나님의 도움으로 서류를 접수했는데 6개월 정도 지나서 건물이 있어서 개인회생이 심사에서 탈락하였다는 통보가 왔다. 교회에서 빌린 돈은 이자는 고사하고 약간의 수수료를 뺀 돈을 법원에서 돌려받는 즉시 부족한 돈은 채우지도 못하고 그 돈마저 날아갈까 봐 정신없이 돌려 드렸다. 사기꾼 도둑년이 따로 있겠나? 이런 때 돈을 꾸면 내가 도둑년 사기꾼이라 생각하니 혹시 지인들에게 돈을 빌려달라고 전화할까 봐 전화번호 적은 수첩을 찢어 저버렸다. 언제나 돈이 거짓말 하지, 사람이 거짓말하지 않는다. 이 말은 죄는 미워도 사람은 미워하지 말라는 말과도 같다고 생각한다. 못 채워드린 돈 때문에 죄인이 되어 교회에 나가는데 어느 날 주보에 교회를 증축한다는 소식이 나더니 기초공사에 문제가 있어 증축이 아니라 신축한다는 소식이 실렸다.

교회를 신축하는 1년 반에서 2년의 기간 동안 잠시 예배를 드릴 임시 성전이 필요했다. 교회 성도님들이 적당한 장소를 백방으로 알아보고 천막이나 비닐하우스로 임시 성전을 만들 장소를 생각도 해보았지만, 허가 문제도 있고 비용이 만만치 않아서 그런 장소를 구하지 못했다. 그때 나는 또 한 번 용기를 내서 목사님을 찾아뵙고

"지난번 은혜도 갚을 겸 좀 거리는 있지만 필요하면 우리 건물을 임시 성전으로 사용하시지요."

목사님은

"왜 거기를 생각 못 했을까요. 건축위원님들과 상의해 보고 한번 들러보지요."

다음 날 건축 의원님과 오셔서 일 층은 예배를 보고 이 층 식당 자리는 주일에 점심까지 할 수 있다고 즉시 계약하고 성전 건축을 시작했다. 이 층에 양쪽으로 개척교회가 2곳이 있었는데 일 층에 임시 성전이 생기니 한 건물에 교회가 3곳이 있어서 주일이면 주차장이 복잡했다.

'혹시 이 건물에 귀신이 있다 해도 이제는 다 도망가겠지.' 이때는 든든했고 건물 가진 보람도 있었다. 한편으로는 개인회생이 탈락하니 바로 농협에서 경매 절차에 들어갔다. 서울에 사시는 아이들 큰고

모가 집을 팔고, 시집간 딸은 시동생에게서 수천만 원을 빌리고, 그래도 돈이 부족해서 큰고모 며느리 친정에서까지 돈을 빌려서 경매로 다시 그 건물을 잡는데 누구 이름으로 하느냐가 문제였다. 나와 남편, 그리고 큰아들까지 다 신용불량자라 딸과 막내아들 그리고 집까지 팔아온 큰고모 명의로 했지만, 깡통 건물 때문에 건강보험료부터 시작해서 여러 가지 불이익이 많다.

어느 날 딸아이가 '엄마, 나 살기 너무 힘들어. 내 이름으로 그 건물 경매 잡은 것, 내 발등 열 번이라도 찍고 싶어. 그때 차라리 그 건물 포기하고 그 돈으로 다시 시작했어도 되는 일을 왜 아빠는 포기를 못 했을까? 이 일이 도대체 언제 끝날까. 아빠가 열심히 하는 것은 알지만, 서류가 모두 내 이름으로 되어있어서 말씀은 안 해도 은근히 시부모님 눈치도 보이고 죄송한 마음도 들고 힘 드는 일이 한둘이 아니네.'라고 말한다. 알고는 있었지만, 막상 딸이 이렇게 말을 하니 온몸에 물이 다 빠지는 것 같은 탈수 증상을 느끼며 서있는 것조차 힘이 들었다.

의정부에서는 세 모녀가 생활고로 자살했다는 9시 뉴스가 남의 일 같지 않다. 한동안 무슨 일도, 무슨 말도 할 수가 없었다. 지진이라도 나서 그냥 땅속으로 '쑥' 들어가면 참 좋겠다. 딸아이 얼굴을 바로 볼 수가 없고 묵묵히 모르는 척하는 사위가 고맙다.

적당한 가격에 팔릴 때까지는 이제 와 어찌하는 방법이 없다. 딸이 꾸어온 시동생 돈은 적금처럼 조금씩 갚아서 얼마 전에 끝났다. 아이들 큰고모가 경매받을 때 돈을 백방으로 구하다 며느리 친정, 그러니까 사돈집 돈을 빌려왔는데 빨리 못 갚는 바람에 며느리가 화가 나서 시어머니에게 미친년이라고 욕을 했다. 얼마나 화가 나면 그랬을까 충분히 이해한다.

살아보니 남녀가 만나서 가정을 이루는 것은 이인삼각 경기와 같다. 사랑이고 서방이고 돈이 안 돌면 사람이 돈다.

7) 꽃이 보고 있어요.

보육해야 할 미성년 자녀도 없고, 재산이 있어서 법적 문제로 다툴 일이 없으니 합의 이혼은 5분도 안 걸리고 간단했다.

위자료는 고사하고 수억의 세금을 끌어안고 신용불량자에 복지 카드를 소지한 독거노인이 되었다. 이혼하고 살면 이혼하자고 싸울 일 없어서 좋았다. 아옹다옹 다투며 살기는 했지만, 다 잘살아보자고 한 일이지 둘 중에 누가 바람이 난 것도 아니다. 열심히 장사하다 폭삭 망해서 우선 발등에 떨어지는 불 먼저 이것저것 정신없이 끄다 보니 어느 날 갑자기 배달된 세금 고지서는 수억이다. 장사를 망해도, 건물이 경매로 넘어가도 책상머리에서 숫자놀이만 하는 나라님에게 세금을 내야 하는 세상이 미웠다. 이럴 때는 위장이혼을 해야 한다고 누군가 말했다. 위장은 무슨 개 자녀 족보 같은 위장이냐. 이참에 잘된 일이다. 죽는 것보다야 차라리 이혼이라도 하고 한번 살아보는 거야. 용감하게 먼저 말했다.

"내 앞으로 나온 세금 내가 안고 죽든지 갚든지 내가 책임질게요. 당신은 당신의 목숨보다 더 귀하게 생각하는 이 건물 꼭 지키고, 죽기 전에 남의 돈 한 푼이라도 남기지 말고 다 갚아요."

그렇게 이혼서류에 도장을 찍었다. 과정이야 어떠했든지 결과는 비참했다. 뭐든 해서 자립을 해야 했다. 그러나 육십이 넘은 나이에 할수 있는 일이 없었다. 주민자치센터에서 하는 공공근로 일자리는 내차례까지 오지도 않았다. 주공 임대 아파트를 장애인복지 카트 혜택을 받아서 방을 구했으니, 이번에도 장애인 일자리를 찾아 나섰다. 우선 고용 공단에 등록해서 교육받으라고 그곳에서 안내했다.

　3주간의 교육 동안 유익하고 친절한 교육을 좋은 식당에서 따뜻한 점심까지 같이 먹으며 재미있게 잘 받았다. 결혼하기 전 공순이 시절을 생각하면 사람 대우를 해주는 분에 넘치는 대우에 놀라서 세금이 이렇게만 쓰인다면 지금까지 낸 세금도 아깝지 않고, 못 내는 세금도 꼭 내야 하겠다고 그때는 다짐했다. 교육을 마치고 다시 사무실을 찾아가니 내가 할 수 있는 일은 식당에서 설거지 아니면 청소밖에 없다고 한다. 청소보다 더한 일이라도 해야 할 형편이다.

　일자리를 알아봐 주고 차를 태워서 면접 장소까지 오고 가는 일을 사무실 직원이 취업이 될 때까지 동행해 도와주었다. 이렇게 고맙고 감사한 일은 널리 알려서 장애가 있어서 취업을 포기하는 사람들이 정부에서 도와주는 여러 가지 복지 혜택을 받아서 나처럼 행복해졌으면 좋겠다. 포기는 어떠한 환경이나 장애도 내가 포기하기 전에는 단어 존재가 불가하다. 그래서 하늘은 스스로 돕는 자를 돕는다고 했다. 문도 앞에 가만히 서있지 말고 '두드려라. 그러면 열릴 것이다.'라고 했다.

　이렇게 해서 오창 공업단지에 있는 복사기 만드는 공장에 청소부 아줌마로 취업이 되었다. 아침 6시면 통근차 타고 출근하면 아침, 점심, 저녁을 다 회사에서 먹는다. 일요일은 교회에서 먹는 점심 한 끼로 견디었지만, 집에서는 음식을 안 해서 좋았다. 눈이라도 오면 사무실 직원들이 전부 나와서 눈 치우기를 해주었다. 먼지나 냄새 하나도 안 나고 회사가 깨끗했다. 자금 사정이 어려워서 월급이 밀려도 청소하는 사람이나 식당 아줌마 월급은 먼저 지급했다.

화장실 청소가 좀 거시기하기는 했지만, 특히 남자 화장실에 이상한 코(?)를 바닥에 푸는 사람이 있었다. 어쩌다 한두 번이 아니고 매번 그 자리에 누군가 일부러 그러는 것이 분명했다. 입사하고 얼마 안 돼서 생산 과에서 일한다는 아저씨가 지나가는 말로

"여사님 아저씨는 뭘 하시우?"

얼떨결에

"죽었어요."

그 아저씨 놀란 눈으로

"저런! 어쩌다가?"

잠시 망설이다가

"교통사고."

거짓말을 입술에 침도 안 바르고 하는 자신을 보며 깜짝 놀랐다. 그 순간 잠깐 스치는 생각은 과부도 팔자 좋은 사람이 된다는데 그 인간 지금 죽었다는 소식이 와도 눈물 한 방울 안 나올 것 같았다.

별생각 없이 지나가는 거짓말에 그 아저씨는 자기도 혼자 사는데 외로운 사람끼리 연애라도 하자며 적극적으로 작업을 걸어왔다. 속으로 '꼴에 눈은 높아서 사람은 볼 줄 아네. 이놈의 인기는 끝이 안

보이네.' 생각하면서 정중히 거절했다.

그 아저씨가 나를 골탕 먹이기 위한 화장실에 한 짓일 거라는 심증은 있으나 물증이 없으니 잊을만하면 그 화장실 그 자리에 끈적끈적한 이상한 코 푼 것을 청소해야 하는 일을 그만둬야 하나, 하는 고민까지 했다. 그러다가 어느 봄날 통근버스를 타고 꽃집을 지나다 꽃을 보고, 그 화장실 그 자리에 예쁜 꽃이 핀 작은 화분을 놓아보자. 생각하고 즉시 행동했다. 깨끗이 청소하고 그 자리에 꽃이 핀 작은 화분을 놓았다.

'꽃이 보고 있어요. 화장지를 사용해서 휴지통에 버려주셔요.'라고 써서 벽에 붙였다. 다행스럽게 끈적끈적한 화장실 바닥을 청소하지 않아도 되었다. 여자 화장실 한 칸을 내 전용으로 틈틈이 사용하기 시작했다. 변기를 도서관 의자라고 생각하고 부지런히 일하고 여분의 시간마다 책을 읽기 시작했다. 이곳에서 화장실과 도서관의 공통점을 발견했다. 학문에 힘쓰다. 학문을 넓히다. 학문을 닦는다. 그러다가 문득 '왜 남이 쓴 책만 읽을까? 내가 쓴 글을 책으로 만들 수는 없을까?' 하는 생각을 했다.

그러나 그 일은 너무 멀고 아득했다. 그러던 어느 날 휴게실을 생산과 여직원과 같이 사용하는데 같이 일하는 청소 아줌마가 친정이 괴산인데 사과 과수원을 한다며 쉬는 시간에 생산과 아가씨들과 나누어 먹는다고 사과를 1박스 가지고 왔다. 사과를 씻고 정성스럽게 깎아서 아가씨들에게 주었다. 별생각 없이 맛나게 먹고 있는데 그중에 한사람이 기분 나쁜 표정으로 '난 이 사과 안 먹어.'라고 하며 벌떡 일어나더니 휴게실에서 나가버린다. 말은 안 했지만, 청소하는 아줌마들이 주는 음식이라

더러워서 안 먹는다는 표정이다. '청소하는 아줌마는 똥을 손에 바르고 다니지 않는다. 싹수라고는 반 푼어치도 없는 네년보다 더 깨끗하다.' 마음을 달래보아도 그 사건은 충격이고 두고두고 나를 아프게 했다.

생산 공장에서 물건을 만드는 일을 하는 너나 청소하는 나나 피장파장 오십보백보인데 잘났으면 뭘 그리 대단하다고 주는 사과를 안 먹고 별스럽게 유난을 떨까? '나도 왕년에 반도상사 품질관리과 검사원 조장으로 일할 때는 2천 명이 넘는 생산과 직원을 관리하는 생산과 과장님 이름은 몰라도 품질관리과 검사원 조장인 내 이름을 모르는 사람이 없었다.' 잠시 생각만 했지 막상말로 하지는 못했다. 성공한 사람의 지난날이 초라하면 초라할수록 그 성공이 빛나고, 실패한 사람의 지난날이 화려하면 화려할수록 비례해서 초라해진다고 했다. 그 일이 야속했지만 지나고 보니 그 여직원이 잠자는 나의 정신을 번쩍 깨워준 은인이다. 직업에는 분명 귀천이 있다. 무슨 일을 하는 것도 중요하고, 어떻게 하느냐 하는 것도 중요하다. 청소일이 나쁜 것은 아니지만 영 마음이 불편했다. 청소 말고 다른 일을 하고 싶었다. 그러나 당장 방법을 모르겠다. 심각한 고민에 빠졌다. 그러던 어느 날, 퇴근길에 공단오거리 신호대기에 서 있는 차 안에서 무심히 창밖을 보았다. 평소에 안 보이던 '검정고시'라는 간판이 눈에 들어왔다. 순간 내 가슴에 웅크리고 있던 무언가가 용트림하듯 일어난다.

✎ 한옥례

한국문학 소설 등단. 저서 「에델바이스 피는 언덕」, 「이웃집 할매는 아무도 못 말려」 외

호박고구마

·

김미정

바람이 점점 거세지는 저녁이다.

올여름처럼 제발 태풍이라도 왔으면, 하며 간절히 바란 적이 있을까.

관측 이래 우리나라는 살인적인 폭염이 한 달 넘게 이어졌다. 한반도는 펄펄 끓는 중이다. TV 화면에서 남쪽 지방의 저수지 바닥이 쩍쩍 갈라진 모습을 보니 내 마음도 타들어 간다.

연이은 열대야로 잠 못 이루는 날들이 쌓이자 심신이 까무룩하다. 다행인지, 위험 예고일지 모를 태풍이 느리게 북상 중이다. 며칠 후면 솔릭이 중부권을 강타한다는 예보 때문일까. 폭풍전야의 고요함이다. 으스스하다. 이런 날씨에 외출하려니 물을 잔뜩 넣어 금세 터질 듯한 빵빵하게 부푼 풍선을 안은 느낌이다.

모임 날짜를 변경하는 일은 녹록지 않다. 모임 날짜를 짝수 달 두 번째 토요일로 정했다. 모임 날짜를 변경하면 누구에겐 혼란을 줄 수 있어서 그냥 정한 날짜에 모이기로 했다.

시간이 되자 회원들이 거의 식당에 도착했다. 상차림이 차려지고 회원들은 식사하면서 여담이 오갔다.

바람이 점점 세지니 이번 모임은 2차는 생략하고 일찍 귀가하자고 회장이 말한다. 우리 모임에서 2차라야 멋진 카페에 가서 커피를 마시며 잡담을 나누는 정도이다.

카톡, 소리가 울린다. 내 폰에서 울리는 소리였다.

아무래도 안 되겠어. 호박고구마 값 받고 보통 고구마로 팔았으니 그 차액을 계산해야겠지.

으스스한 기운이 맴돈다. 며칠 전에 홍 언니랑 만났을 때 물 흐르듯 소소한 일상을 보내지 않았는가. 날카로운 얼음조각이 내 목덜미에서 꼬리뼈로 흘러내린다. 오싹하다.

자기, 무슨 일이야? 옆에 있던 경희가 묻자 다른 회원들도 일제히 내게로 눈길이 쏠린다.

아니, 5년 전에 판 호박고구마를 이게 뭐지? 나는 잠시 말문이 막힌다. 정신을 가다듬는다. 언니랑 해결하라고 미루고 싶지 않다. 뭔가 내게 물고 늘어지는 이유가 도대체 뭔지…. 나는 톡을 보낸다.

오래된 일이라 아득하네요. 계산이 어떻게 되는지, 차액이 얼마이지요?

손해라고 생각하는 금액이 뇌리에 깊이 박힌 아픔을 우선 빼주고 싶다. 내 하찮은 측은지심이다.

그 당시 호박고구마 값은 얼마이고 그냥 고구마 값은 얼마라는 내용이 왔다.

당진서 농사짓는 친정 언니가 5년 전, 호박고구마를 팔았다. 남편이

생으로 호박고구마 먹는 걸 좋아한다면서 홍 언니는 3박스를 주문했다. 고구마를 배송받은 홍 언니는 호박고구마가 아니라고 내게 전화했다. 홍 언니는 내가 사는 동네서 좀 떨어진 동네에 살고 있다. 나는 당장 가게 문을 닫고, 호박고구마인지 아닌지 확인하러 갈 상황이 아니었다.

친정 언니에게 그런 사실을 전했더니 언니는 깜짝 놀랐다.

농산물 품질 검사가 까다로운 농협에서도 수매했는데, 호박고구마가 아니면 그럼 뭐라니? 세상 별일이네. 호박고구마가 아니라니, 지나가던 개미가 웃을 일이다, 정말.

친정 언니가 게거품 정도는 아니지만 홍 언니와 오랜 세월 친하게 지내왔던 나로선 난감했다. 두 언니들이 매사에 성실하고 너무도 분명한 성품인지라 혼란스러웠다. 더구나 두 분이 신앙심이 남달리 깊은 사람들 아닌가.

당진서 보내온 고구마를 쪄 남편과 먹어보았다. 이거 호박고구마 맞지? 후후 불어가며 고구마를 먹던 남편이 그럼, 호박고구마 중에도 이거 상품이구만. 그 집이랑 그 전에 부산 여행 때 겪어봤으면서…. 엔간한 사람들이어야지 원….

나는 더 이상 말하지 않았다.

고구마 속이 황금색에 말캉하고 달콤했다. 이게 진짜 호박고구마 맛인데, 홍 언니가 일부러 트집 잡는 사람도 아니고, 호박고구마가 아니라니. 깐깐한 친정 언니가 잘못 보낼 리 없지만 확인차 나는 언니에게 다시 전화했다.

호박고구마가 너무 좋아 농협에서 최고 상품으로 수매해 갔는데,

그 여자 참 이상하네….

언니는 홍 언니와 직접 통화하겠다고 했다. 그 후 서로 충분히 얘기하고 합의했다며 내게 전했다.

하나뿐인 내 동생과 절친한 사람인데 서로 옳다고 자꾸 우겨서야 될 일이니? 호응이 너무 좋아 올해 호박고구마가 다 팔렸으니 어쩌냐. 내년에 호박고구마 한 박스 더 주기로 하고 호박고구마 사건을 그리 끝냈다. 아무튼 구입한 쪽에서 영 불만이니 어떡하냐. 호박고구마네, 아니네 계속 따진들 서로 마음만 상하지. 그렇게 해결하기로 했으니 그리 알고 너는 너무 신경 쓰지 마. 너도 너무 예민한 성격이니 그러다가 또 병난다.

친정 언니는 자초지종을 설명한 후 호박고구마 사건 종결을 그렇게 전했다.

아니, 남 여사! 농사가 잘될 때도 있고 좀 안될 때도 있는 거지. 우리가 몇십 년씩 밥을 해봐도 그렇잖아? 어려운 농촌 도와주는 셈 치지, 뭘 그리 따지고 그러지?

○○에서 봉사하다가 다른 ○○ 봉사단체로 간 그 홍 여사 맞지?

음식이 목에서 자꾸 걸리며 영 입맛이 쓰다.

그 여자 사이코여. 우리 ○○ 봉사단체서 나가기 전에 자기주장을 내세우며 난리를 친 적 있었어. 그때 모두 사이코인 줄 눈치챘다니까. 앞장서서 봉사하며 설치는 사람이 본색 드러나면 진짜 무섭더라.

식사하는 분위기가 싸하다. 명치끝이 뻐근하다. 억지로 먹다간 체

할 것 같다.

자기랑 친하게 지내는 것 같아 그동안 말 안 했지만, 함께 봉사하면서 얼마나 불편했는데, 한마디로 그 여자 또라이라니까.

맞은편에 앉아있는 이 여사가 내게 슬쩍 눈을 흘기며 혀를 찬다.

이그, 자기가 다 들어주고 너무 이해해 줘서 개기는 거여. 요즘 봉사하면서도 갑질한다니까. 그 홍 여사 지금은 어느 봉사단체에 다녀? 우리 봉사단체서 나간 후 몇 군데 옮겨 다녔다던데….

소식통에 능통한 박 여사가 내게 묻는다.

으음, 홍 언니 퇴직 후 사회복지사 자격 따서 장애인 그룹홈에서 일한다고 했어.

홍 언니를 만난 건 1996년도였다.

뉴 밀레니엄 시대를 몇 년 앞두고 세계는 술렁거렸다. 새 천 년 새 시대적 희망과 기대도 나왔지만, 인류의 종말(終末)과 종말을 소재로 한 출판물과 영화, 음악이 더 쏟아져 나왔다. 종말론에 대해 뭔 터무니없는 예언이냐며 개무시하면서도 혹시, 하며 순간 흔들렸던 마음을 부인할 수 없다.

우리는 OO 봉사단체 교육 세미나에서 만났다.

그녀는 통통한 몸매에 둥그런 얼굴로 내게 먼저 웃으며 인사를 건네왔다. 나보다 5살이나 위였고 6급 공무원이었다. 대전에서 자라 여고까지 대전에서 나왔다는 공통점 때문에 더 반가워했다. 언니는 내가 명문 여고 출신이라는 걸 안 후에 더 살갑게 대했다. 자신도 공부를 잘했으며 무진장 노력했어도 두 번째 여고에 갔는데, 너는 세상에 얼마나 공부를 잘했으면 그 당시 전국 수재들이 모인 그런 명문 여고에 입학할 수 있었냐며 감탄했다. 나는 그 까마득한 옛날 일이 지금 와서 뭔 대수로운 일인가 생각했다.

우리는 통하는 게 많았고 쉽게 친밀해졌다.

홍 언니는 홀로되신 친정어머니 살림이며 생활비를 떠맡고 있었다. 맏딸인 데다 신앙인으로서 당연한 일처럼 생활하는 효녀인 홍 언니에게 감동이 밀려왔다.

세월이 갈수록 오직 하나님 말씀대로 살려는 몸부림을 옆에서 지켜보았다.

달콤하고 화려한 세상 속에 한 발을 담근 채 무늬만 신앙인이었던 나는 홍 언니의 신앙적인 삶을 바라보면서 흔들리던 자신을 추스르기도 했다.

어느 주일 예배 시간이었다.

목사님의 설교 말씀을 들으면서 홍 언니가 훌쩍거렸다. 옆에 앉아 있던 나도 전이되어 흐르는 눈물, 콧물을 닦느라 민망했다.

예배가 끝난 후 말했다.

언니가 우니까 은혜가 전염되어 눈물이 나서 혼났네.

나 콧물 나서 그랬는데, 비염이거든….

그 말에 감정의 선 하나가 툭 끊어지는 소리가 아득히 들렸다.

홍 언니는 요즘 장애인 그룹홈에서 전도사로 일한다. 그룹홈에 들어 온 식품이 넘쳐나 남은 식품은 집으로 가져와 식품비가 안 든다고 했다. 사회 전반적으로 요즘 기부문화가 많이 나아졌다. 식품일 경우 유통기한이 임박하거나 날짜가 막 지난 것도 있었다. 그런 식품에 거부감이 없는 지인에게 선심을 베풀었다. 식품을 받으면 뭔가 홍 언니에게 선물하는 품앗이가 이어졌다. 나는 친정 언니가 보내준 콩, 찹쌀, 꿀 같은 농산물을 홍 언니에게 나눠주며 이웃끼리 정을 주고 받는 일이라 생각했다.

회원들은 식사를 서둘러 끝내고 식당을 나왔다. 각자 집으로 흩어졌다. 아파트까지는 20여 분 걸리는 거리다. 바람이 심상치 않지만 걷고 싶다. 북상 중인 태풍이 오늘 밤이나 내일쯤 지나갈 것이라는 예보였지만 거리에는 거의 사람들이 보이지 않는다.

홍 언니가 왜 그런 혼란스러운 행동을 하는지 내가 어떤 오해할 행동이 있었나, 곰곰이 생각하며 걸었다. 혹시 해리성 정체성 장애가 있는 걸까. 5년 전 호박고구마 때문에 아직도 피해망상에 빠져 있는지 이해할 수 없다.

달빛이 희미했다. 바람은 후덥지근한 열기를 내뿜었다. 금세 등줄기에 땀이 흥건했다.

호박고구마 사건 이후 몇 년간 홍 언니와 관계를 조심하며 지냈다. 근데 다시 5년 전 호박고구마 얘기를 꺼내는 의도는 도대체 무얼까. 그 마음에 깔린 무의식의 피해는 도대체 뭐지…. 아무리 생각해도 난 이해할 수 없다.

폰이 울렸다. 마침 친정 언니였다.

어디니? 뭐? 빨리 집으로 들어가라! 길거리에 돌아다니다 나무나 간판이라도 떨어지면 어쩌려고. 이런 날 무슨 모임이야 위험하게….

언니의 잔소리에 홍 언니 얘기를 꺼낼까 하다가 나는 침을 삼켰다. 지금 집에 다 왔어, 하며 폰을 껐다. 다시 호박고구마 얘기를 꺼낸들 언니 마음만 상할 게 뻔했다. 호박고구마 일을 당장 해결해야 했다. 그러고 보니 호박고구마 때문에 난리를 피운 다음 해에 감자 사건이 터졌다.

호박고구마 한 박스 보낸다더니, 왜 소식이 없어?

호박고구마 사건 일 년이 지났을 때였다.

인숙이가 중간에서 심부름을 잘못했으니 일 처리를 책임져야겠지.

톡에 보낸 홍 언니의 말에 나는 아차, 싶었다. 호박고구마 사건 이후 무난하게 서로 지내는 중이라 여겼는데 다시 뒤통수를 후려 맞는 기분이었다.

나는 친정 언니에게 홍 언니네 호박고구마 한 박스 준다더니 어찌 됐냐고 물었다.

아이구! 일 년 전의 일이라 내가 깜빡했다 야. 너무 바빠서 호박고구마를 다 팔아버렸으니 어쩐다니? 할 수 없이 수미감자라도 보내야겠네.

나는 중간에 휘말리고 싶지 않았다. 그래서 친정 언니가 직접 홍 언니와 통화하고 해결하는 게 좋겠다고 말했다.

친정 언니는 홍 언니와 직접 통화해 수미감자를 보내며 사과하고 해결했다고 전했다.

인숙이도 옷 가게 운영하느라 정신없이 바쁜데 내 동생에게 더 이상 신경 쓰게 하고 싶지 않군요. 호박고구마 호응이 좋아 정신없이

다 팔아버렸네요. 우리 먹을 것도 없이…. 정말 미안해요. 대신 수미 감자 한 박스 보낼 테니 이렇게 마무리 짓는 게 서로 좋지 않겠어요?

언니의 말에 홍 언니도 그렇게 마무리하자며 호응했다고 했다. 이제 호박고구마 사건은 다 해결됐어. 너도 더 이상 신경 쓰지 마라. 아이구 질려라!

호박고구마 때문에 그동안 심란하고 꺼림칙했던 일이 드디어 끝났다고 언니는 사건 종결을 외쳤다. 그러나 끝날 때까지 끝난 게 아니었다.

다음 날이었다.

인숙아, 감자 도로 가져가. 이건 수미감자가 아니야. 우리는 이런 감자 안 먹어.

톡으로 보낸 내용을 읽고 나자 아, 이래서 사람들이 뚜껑 열린다는 말을 하는 거였다. 내 뇌가 공중으로 가출하는 줄 알았다.

둘이 해결했다더니, 내가 왜 감자를 가져와야 하는 거지.

누가 기가 센지 주고받는 듯한 놀음에, 새우 등 터지는 사건에 휘말리는 기분이었다.

전날 친정 언니가 보낸 감자를 쪘다. 속이 뽀얗고 포삭하니 분명 수미감자였다. 홍 언니네 동네까지 쫓아가서 확인해 볼 필요조차 없었다. 나는 화가 치밀어 올랐다. 홍 언니에게 전화를 걸었다.

언니 입맛에 수미감자가 아니면 아래층서 식당 하는 동생을 주든지, 지나가는 개에게 던져 주든지 알아서 처분하세요!

내가 농사지은 것도 아니고 판매한 당진 언니랑 직접 해결하라며 폰을 탁 닫았다. 그리고 친정 언니에게 전화하는 내 목소리는 한 옥타브가 올라갔다.

언니! 다시는 우리한테 농산물 팔아달라는 얘기하지 마! 내가 왜 농산물 소개하고 이리 스트레스받아야 하냐구!

그리고 5년이란 세월이 흐른 것이다.

5년 전이라 호박고구마 값이 까무룩 하네요. 아직도 또렷이 기억하는 홍 언니가 계산해서 알려주세요.

나는 심사가 꼬일 대로 꼬인 채 톡으로 전했다.

그냥 고구마 값은 15,000원인데, 호박고구마 값으로 25,000원 받았잖아. 언니가 나를 속였지.

'속였지, 속였지?'라는 말이 메아리 되어 내 심장에 날카로이 박혔다. 홍 언니가 이런 사람이 아니었는데 아찔했다.

일 년 전, 유방암 수술을 하며 한쪽을 아예 없앴어. 우리 나이에 모양은 상관없잖아. 전이만 안 된다면 뭔 짓을 못 하겠어.

홍 언니는 태연스레 말했다. 근데 듣는 나는 내 가슴을 도려내듯 쓰리고 허했다. 마음 한구석까지 도려낸 것일까. 마음의 구멍…. 그 아픈 구멍을 무엇으로든 채우려는 안간힘일까. 마음이 저려왔다.

의사가 검사 결과를 말하며 유감스럽게도 유방암 3기입니다, 하더라. 하늘이 무너져 내리더라. 나는 분노하며 하필 내가 왜 암이냐며 책상을 쾅 내리쳤어. 의사가 놀라며 회전의자에서 미끄러져 엉덩방아를 찧더라.

홍 언니는 그 상황을 얘길 하며 후훗 웃었다. 그 얘기를 할 때는 부정의 단계를 넘어 현실에 직면하고 순응하는 단계로 보였다.

평균수명까지 암에 걸릴 확률은 3명 중 1명이라고 해. 근데 하필이면 내가 왜 암에 걸렸을까. 물도 가장 좋은 정수기 물을 마시고, 좀 비싸도 유기농 식품만 먹었는데…. 몇 년 서울로 심리 공부하러 다니며 지나친 과로와 스트레스가 원인 것 같아. 일에 너무 욕심을 부렸던 거야. 피로가 겹치면 안 되겠더라. 인숙아, 너도 정말 과로 조심해.

홍 언니는 지난날을 떠올리며 암에 걸린 이유를 샅샅이 검증해 갔다. 참고 넘어갔던 일이나 억울했던 일을 다시 소환해 곱씹었다. 억울한 자신을 치유하는 시간으로 보내는 듯했다. 갱년기 우울증에다 암 투병 시기가 겹치며 캄캄한 삶의 터널을 통과하고 있었다.

결혼 후에도 가장 아닌 가장으로 평생토록 직장 생활한 세월이 분하고 억울하다며 하소연했다.

대학 때 만난 6살 연하 남편보다 늙지 않으려 건강에 엄청 신경 쓰고 살았어. 우리 남편 허우대는 얼마나 멋지니? 나는 우리 남편보다 잘생긴 사람을 본 적이 없어. 근데 하는 사업마다 족족 말아먹고 빚만 지니…. 너는 아들이 일찍 결혼해 벌써 기반 잡고 잘 살잖아. 노후 대책도 다 해놨으니 얼마나 좋으니? 난 늦게 결혼해 남매가 아직 대학 재학 중이니, 할머니가 되도록 뒷바라지하려니 힘에 겨워 죽겠다. 다행히 매달 연금이 꽤 나오지만, 얘들 교육비 때문에 이백만 원은 더 벌어야 하는데…. 결혼까지 뒷바라지하려면 아직 멀었어.

홍 언니는 낙담하는 눈빛으로 허공에 긴 숨을 그었다.

나는 분위기 전환을 위해 말했다.

언니 남편보다 잘생긴 사람 못 봤다고? 제 눈에 안경이지. 아무리 봐도 울 남편이 더 잘생긴 것 같은데….

오호! 그러니?

둘은 깔깔거리며 웃었다.

한참 후배인 내게 쉽지 않은 속내를 털던 사람이었다. 그런 언니가 5년 전 호박고구마 값을 다시 계산하라니, 도대체 뭐가 문제일까.

나는 더 이상 호박고구마 때문에 엮이고 싶지 않다. 고구마 값 피해의식에 꽂혀있는 걸 어찌해야 할까 고민했다. 3만 원으로 상처를 메꿀 수 있다면. 세상에서 그나마 수월한 방법은 돈으로 해결하는 일이다. 5년이 지나도록 호박고구마 3만 원 때문에 맺혀있다면 돈으로 해결하면 될 일이다. 친정 언니에게 알릴 필요도 없다. 나는 바로 폰으로 이체했다. 후련하다. 그리고 홍 언니에게 톡으로 알렸다.

신앙인이 세상의 인심보다 야박한 모습에 주님은 어떻게 생각하실까요? 호박고구마 값은 이제 다 끝난 거지요? 저는 더 이상 언니를 감당하기 부담스럽고 참 힘드네요. 잘 지내시기 바랍니다.

톡을 보내자마자 나는 아차, 하며 후회했다. 나는 내 심장을 후벼 팠던 송곳 같은 그 어투로 그대로 홍 언니에게 되돌려준 셈이었다. 그러나 한 번 보낸 톡의 내용은 삭제 기능이 없다. 이미 엎질러진 물이다. 톡의 삭제 기능은 한 달 후 2018년 9월 17일부터 가능해졌다. 21년간의 정이 툭, 끊어지는 소리가 심장을 예리하게 그었다. 그러나 은근히 괴롭히던 괴물과의 거래가 이제 끝났다는 생각이 들자 한편 후련했다. 하지만 세상사 끝날 때까지 끝난 게 아니었다.

인숙아 너, 나한테 지금 설교하니? 정말 웃긴다. 정말 혼자 잘난 척, 착한 신앙인인 척하더니 이젠 내게 설교까지 하시고! 아주 잘 나셨네. 그래서 매번 농산물을 속여서 팔아먹냐?

역시 호락호락한 인간이 아니었다. 후련했던 내 등줄기에 다시 소름이 오소소 일어섰다.

지금 갈등이 진짜 호박고구마와 가짜 호박고구마 때문에 비롯된 건가. 나는 진짜 호박고구마 맛을 정확히 알기 위해 검색했다. 검색하면서 내 마음은 점점 더 깊이 패이며 수치스러움이 밀려왔다.

조선통신사였던 문익공 조엄이 대마도에 들렀을 때 고구마를 처음 발견했다. 많은 통신사들이 대마도를 거쳐 갔다. 조선에 없는 고구마를 통신사들이 맛을 봤지만 굶주리는 조선 백성을 생각한 건 조엄뿐이었다. 백성들의 굶주림을 보며 긍휼이 여겼던 조엄은 대마도에 다시 들렀다. 고구마의 보관법과 재배법을 익혀 최초로 고구마 종자를 조선에 전파했다. 고구마는 조선 시대의 가난한 백성들의 구황작물로서 굶주림을 해결하는 초석이 되었다.

백성의 굶주림을 생각해 고구마를 들여온 조엄 같은 인물이 있는가 하면, 호박고구마 맛 때문에 5년 전부터 잇속을 따지며 갈등하는 우리. 20여 년간의 관계를 묵사발 내는 하찮은 관계였던 게 슬펐다.

홍 언니가 그리 정확한 사람이라면 손해라 생각한 3만 원을 받았으니 그럼 감자 한 박스는?

잇속을 따지는 나도 홍 언니와 다를 게 없다는 생각이 미치자 부끄러움이 밀물처럼 뼛속으로 스며들었다.

고구마는 겉으로 봐서는 호박고구마인지, 물고구마인지, 밤고구마인지 정확하지 않다. 쪄서 속을 먹어봐야 진짜 호박고구마 구별이 가능하다. 인간도, 신앙도 마찬가지일 것이다.

25여 년 전 귀농한 언니네는 조상에게 물려받은 땅에서 농사를 짓기 시작했다. 형부는 7남매 중 둘째 아들이지만 도시 생활을 접고 고향으로 내려왔다. 친척들은 주말이면 당진으로 몰려갔다. 바쁜 농사일 때마다 일손을 도왔다.

형부와 언니는 마음이 넉넉하고 푸근한 사람들이다. 100년이 넘은 뒤란의 황토집에 몰래 숨어들어 온 고양이들이 무전 숙식을 해도 예뻐하고 사랑했다.

ㄷ자인 본 집 중앙에는 둥그런 장독대가 있다. 장독대에는 사람이 들어갈 만한 커다란 항아리와 중간 크기, 조막만 한 항아리들이 어우러져 있다. 장독대 둘레엔 옹기종기 핀 봉숭아꽃과 맨드라미, 채송화가 앙증맞게 서로 어깨동무한 모습이다.

언니가 푸짐하게 챙겨 준 고구마, 감자, 콩 등 여러 토종 농산물을 싣고 오는 기분은 쏠쏠했다. 오만 가지 농산물을 정리하고 나면 육체는 널브러졌다. 한동안 농산물을 볼 때마다 어떤 값으로도 매길 수 없는 힘과 숙연함이 느껴졌다.

10여 년 전부터 참마가 건강식품, 다이어트 식품으로 방송을 타면서 인기가 치솟았다. 언니네는 송산면 가곡리 넓은 땅에 참마를 심고 수확 철이 되자 쩔쩔맸다.

판로를 미처 뚫지 못했으니, 일가친척들도 판로에 나섰다. 나도 동생으로서 나 몰라라 할 수 없었다. 지인들에게 참마 좀 사겠냐고 일일이 전화했다. 남에게 부담을 주지 않나 하는 남세스러운 마음보다 혈육을 떠나 어려운 농촌을 돕는 마음이 더 컸다.

참마가 지인들에게 배송되었다. 지인들은 한두 박스 사며 이리 싸게 팔아 씨 값이나 건지겠냐며 오히려 잘 먹겠다며 인사했다.

홍 언니도 선뜻 6박스를 주문했다. 농촌을 도와주려는 마음 씀씀이가 고마워 뭉클했다. 그러나 고마웠던 마음은 다음 날 썰물처럼 빠져나갔다. 참마를 모두 가져가라고 통고했다.

선물하려고 샀는데 참마 크기가 고르지 못해 선물하기가 좀 그러네…

10킬로 한 박스에 만 원이면 그럴만한 이유가 있는 거 아니었나. 그럼 날로 먹겠다는 거였어? 나는 화가 치밀었지만, 꾹 참았다. 요즘 일손 구하기가 너무 힘들다며 언니가 투덜거리던 말이 떠올랐다. 선별하는 인건비를 줄여 참마를 마구잡이로 담아 만 원에 판 거라 했다.

덥석 지인들에게 소개한 자신의 불찰이 한심스러웠다.

할 수 없이 남편에게 부탁해 6박스의 마를 회수해 옷 가게 입구에 쌓아놓았다. 한 시간이 채 지났을까. 단골손님과 가게 앞을 지나가던 사람들이 참마냐며 물었다. 박스에 쓰인 당진 참마, 라는 글자를 보며 참마가 참 좋다던데, 하며 가격을 물었다.

일손이 모자라 선별하지 않고 마구잡이로 박스에 넣었대요. 그래서 만 원에 판대요.

여기저기서 한 박스씩 들고 갔다. 만 원이면 거저지요, 농사짓기가 얼마나 힘든데, 하며 2박스 사가는 단골손님도 있었다. 참마는 금세 동이 났다. 다 팔리자 나는 더 허탈한 기분이었다.

전부 반품해 버린 홍 언니 행동에 대해 서운함이 새록새록 밀려왔다. 크기가 고르지 못하면 선별해서 선물하고 나머지는 집에서 먹으면 되지, 어쩜 자신들의 잇속만 챙기려는지….

평소 반듯한 신앙생활을 하며 새벽기도도 열심인 사람들이라 나는 더 이해할 수 없었다. 아니다. 야속한 마음이 드는 건 어쩌면 혈육의 정에 치우친 편견일 수 있다. 나는 스스로 마음을 다독였다. 고된 농사일에 삭아진 언니가 안쓰러워 남을 탓한다면 내 마음만 녹아내릴 뿐이다.

호박고구마 사건보다 더 오래전, 참마 반품했을 때의 일이 새삼 떠올리며 나는 자책한다. 그때 겪어봤으면서 홍 언니를 제대로 파악하지 못했을까. 나는 예민하지만 지난 일을 돌아보며 곱씹는 편은 아니다. 아둔한 내가 제 발등을 찍으며 비명을 지르는 꼴이라니….

그러고 보니 여행 사건도 떠올랐다. 호박고구마 사건이 있기 전이었다.

홍 언니의 남편이 더 이상 숨 막혀 못 살겠다며 이혼을 요구했다.

나를 평생 우려먹다가 퇴직하고 나니 이제 쓸모가 없어졌나 봐.

홍 언니는 서러운 마음으로 분개하며 내게 흉금을 털어놓았다.

인숙아, 나는 어떻게 아이들이 태어났는지도 모르겠어. 남편이 아예 옆에 오지 않는다. 아마 운동하는 사람이라 그럴 거야. 에너지를 운동하는 쪽으로 다 쏟아서겠지.

홍 언니는 쓴웃음을 지었다. 나는 홍 언니의 하소연을 들으며 생각했다. 어쩌면 남편도 이 언니에게 오싹하게 하는 그런 감정에 질린 것일까.

이혼 요구에 시달리던 홍 언니가 어느 날 말했다.

딸이랑 부산으로 여행을 떠나려고 해. 뭔가 정리가 필요해. 차를 없애 고속버스로 여행가야 하는데….

홍 언니의 말에 나는 우리랑 함께 갈까? 툭 던지며 말했다.

그래, 여행은 여럿이 가면 더 즐겁지. 홍 언니의 외로워 보이는 눈이 내 눈에 담겨 왔다.

남해와 동해가 만나는 지점, 해운대. 한류와 난류가 교차하는 바다에서 홍 언니 부부가 어쩌면 달라지지 않을까. 동백섬을 돌며 동백꽃길을 자분자분 밟다 보면, 상처와 원망으로 갈라진 사막 같은 마음에 꽃향기가 스며들지 않을까.

나는 남편에게 우리도 홍 언니네와 함께 여행 가면 좋겠어요. 아마 애원이 담긴 말이었을 것이다. 두 부부가 몇 번 식사를 한 적도 있을뿐더러 홍 언니네 남편은 소탈하고 둥글둥글한 우리 남편을 좋아했다.

원, 고지식한 사람들이라 재미나 있겠어. 괜히 나만 운전기사 노릇만 하는 거지. 남편은 시큰둥한 표정으로 신문을 들척이며 말했다.

홍 언니 부부와 친정 언니네도 아는 사이였다. 당진 땅을 구매하고 싶다고 해서 우리 부부와 함께 언니네를 방문한 적이 있다. 세 집 부부가 함께 저녁 식사도 했었다. 홍 언니는 활달하고 유쾌한 친정 언니에게 호감이 컸다. 언니들이 나이도 비슷하고 함께 여행 가는 걸 흔쾌히 합의했다. 그렇게 세 가족이 부산 해운대로 여행을 갔다.

안타깝게 홍 언니의 남편은 끝내 여행에 합류하지 않았다.

남편의 예감대로 2박 3일 여정에 기사 노릇을 혼자서 해냈다. 우리 부부와 친정 언니네는 그런대로 즐거운 여행이었다. 근데 홍 언니는 여럿이 있을 때는 함께 웃었지만, 우울한 그림자를 자주 드러냈다.

사달이 난 건 여행에서 돌아온 후였다. 남은 경비로 불화가 일어났다. 1인당 경비를 걷어 함께 쓰기로 했다. 하지만 홍 언니의 남편이 빠진 이유를 눈치채고 형부가 횟값을 지불했다.

남은 여행 경비는 식사를 함께해서 털어버리려 했다. 하지만 여행 뒤끝이 장난이 아니었다. 유치하게 일일이 풀어놓을 수 없는 소소한 일들을 따졌다.

나는 그날을 영원히 잊을 수 없을 것이다.

1월 1일, 새해 첫날이었다.

섣달그믐날부터 시작해 축복과 덕담들이 문자나 톡으로 오고 갔다. 좀 늦은 인사가 새해 첫날에도 연이어 쏟아졌다. 그런데 그런 날, 홍 언니는 여행 경비를 정확히 계산하자고 메시지를 보낸 것이다. 기가 막혔다.

언니, 새해 첫날인데 다음에 계산해요.

더구나 나는 장례식에서 막 돌아오는 길이었다.

절친한 교우의 남편이 새해 첫날 소천했다. 췌장암 선고를 받은 지 꼭 석 달 만에 50대 초반의 나이였다. 홍 언니도 잘 알던 교우였다.

황망한 이별에 친했던 교우들은 미성년자인 두 딸을 보며 함께 울었다. 오래도록 우는 것이 얼마나 기를 뺏는 일인지 오후가 되자 다들 기진맥진했다.

홍 언니는 장례고 뭐고, 자신과는 상관없다는 듯, 여행 경비만을 따졌다. 나는 다시 한번 오늘은 새해 첫날이니 내일 만나 해결해요, 하며 폰을 아예 꺼버렸다. 그런데 홍 언니는 내가 사는 아파트 근처까지 달려왔다. 새해부터 몰상식한 행동에 섬뜩했다. 나는 홍 언니를 데리고 아파트 근처 공원으로 갔다.

홍 언니는 여행하면서 불만이었던 일들을 조목조목 따졌다. 나는 오해하는 부분을 세세히 설명했다. 여행 경비까지 따지는데 나는 질려버렸다. 홍 언니는 더 이상 따질 게 없자 왜 우리한테는 그런 방을 준 거냐며 소리쳤다. 뜬금없는 소리였다. 콘도에서 방을 고를 때 홍 언니에게 먼저 선택권을 주었다. 공무원이었던 홍 언니 명의로 얻은 콘도여서 당연한 일이었다.

중학생이던 홍 언니의 딸은 난 침대 있는 방이 좋아, 하며 침대에 발랑 누웠다. 홍 언니는 바다가 보이는 방이 더 좋지, 하며 딸을 설득했다. 딸은 난 침대 있는 방에서 잘래, 하며 단호히 말했다. 그러자 홍 언니는 할 수 없이 웃으며 캐리어를 끌고 침대방으로 들어갔다. 근데 지금 무슨 뜬금없는 소리인가.

애가 그런 방을 골랐으면 바다가 보이는 방이 더 좋다고 더 설득했어야지, 너는 어른이 돼서 애가 그런다고 그걸 이용해 먹니? 그 좁아터진 방에 우리 처박아 놓고 너네 식구들은 아주 신났더라.

그 장소에 자신은 없었던 듯 말했다. 천사로 보이던 가면을 벗어던진 저 모습은 도대체 뭐란 말인가. 난 아연실색했다.

　나도 마침내 용서하고 이해하려던 가면을 집어 내동댕이쳤다.

　언니, 제발! 여러 사람 괴롭히지 말고, 정신 치료부터 받아요! 모진 말을 하며 쌩 돌아섰다.

　미친년, 진짜 미쳤잖아. 내 입에서 나도 모르게 모진 말이 튀어나왔다.

　조금도 손해 보지 않으려는 인간의 본성이 드러날 때마다 나는 마음이 쓰라렸다. 문득 홍 언니의 이기심이 금빛으로 타오르는 것을 본 것 같았다. 뜬금없이 호박고구마 속 황금색이 떠올랐다.

　선악과를 따먹어서일까. 가끔 율법적인 신앙인은 남을 판단하려 하며 자신의 의를 내세우며 잘 타협하려 들지 않는다. 입은 은혜로 섰다가 행위로 넘어지고 마는 것이다. 나는 어떤 신앙인인가. 신앙인에 대해 부끄러움과 회의가 밀려왔다.

　새해 첫날, 공원에는 발가벗겨진 나무들이 차가운 바람에 매질을 당하며 웅웅, 울부짖었다.

　존 비비어가 쓴 『관계』라는 책이 떠올랐다. 자유함과 영적 성장으로 이끄시는 하나님의 계획이 무엇인지 자세하게 써놓은 책이다.

　많은 사람이 이 책을 읽으면서 자유하며 치유 받고 회복되길 원한다는 내용이다. 신앙인이라면 실족하게 한 사람과 관계를 회복하기 위해서 기꺼이 자기방어적인 태도를 포기하고 자존심을 버려야 한다는 내용이었다. 성령님의 격려와 조언에 우리는 순종할 것이라는 얘기였다.

　나는 『관계』를 읽으면서 가슴이 뻐근해지는 걸 느꼈다.

　복잡한 인생을 살다 보면 누구든 마음이 병들 때가 있다. 홍 언니가 가장 아픈 시기에 죽을 것 같아 내게 살려달라는 투정이었을까. 그 상처를 보듬지 못하고, 형편없이 나약한 존재였던 나는 좌절하고 말았다. 마음이 병든 언니에게 정신 치료하라며 상처에 소금까지 뿌렸던 일. 나는 죄책감에 마음이 아렸다. 예수님은 원수도 사랑하라 하셨거늘…. 사랑은커녕 그런 모진 말을 내던지다니. 오랜 세월 친동생처럼 여기며 내게 아낌없이 대했었다.

　인숙아, 너는 내 절친한 친구들을 순위를 매기자면 두 번째야. 나는 너를 위해 목숨을 바칠 수도 있을 것 같아. 촉촉해진 눈빛으로 나를 바라보며 얘기한 적도 있잖은가. 자존심을 강철로 두른 홍 언니가 나이 차이에도 불구하고 자신의 마음을 열어 보인 사람이다.

　나는 홍 언니를 정말 용서할 수 없는 건가. 그 후 홍 언니와 2년간 냉담했다. 홍 언니와 가까이하면 내 마음이 베일 것 같아 두려웠다.

　해운대 여행 사건 2년 후에 나는 먼저 손을 내밀었다. 잘 지내시냐며 안부 문자를 했고, 홍 언니는 기다렸다는 듯 반가워했다. 우리는 다시 관계를 회복해 나갔다. 2년간의 냉담이 언제 있었냐는 듯 다시 친자매처럼 지냈다. 서로 식품이나 선물을 주고받으며 마음속에 깊은 우물을 퍼 올리는 얘기도 나누었다. 하지만 내 마음 한 자락에는 홍 언니에 대한 조심스러움이 차갑게 깔려있었다. 그렇게 2년 정도 잘 지내다가 또 고구마 사건이 터진 것이다.

나는 곧 닥칠 태풍 솔릭보다 두려운 홍 언니와의 역사를 소환해 반추했다. 21년간의 세월···. 첫 만남에서부터 이제까지의 일을, 테이프 재생하듯 천천히 생각했다.

그 언니가 직장 다닐 때는 어떤 작은 갈등이나 충돌이 없었던 거로 기억해 냈다. 퇴직 후부터 이상하게 꽈배기처럼 꼬여갔다.

퇴직 후 남편의 이혼 요구, 해운대 여행, 호박고구마, 감자 사건, 그리고 5년 전 다시 되돌린 호박고구마 사태.

홍 언니가 점점 부담스럽고 두렵다. 그녀의 정체성에 대해 혼란스럽다.

초등학교 때부터 절친했던 친구가 청주로 출장을 왔다. 지난달부터 하이닉스 반도체 직원들 종합검진일로 왔다고 한다. 청주로 출장을 오니 너를 만나 참 좋다며 수선스럽다.

우리는 점심을 먹으며 그동안 밀린 말들을 풀어낸다. 그래도 못내 아쉬워 예쁜 카페로 자리를 옮긴다. 친구는 프리랜서 병리 검사로 일하고 있다. 50대 초반에 대학원에 가서 석사학위를 따더니 모교 겸임 교수가 되었다.

나는 아메리카노가 가득 담긴 머그잔을 만지작거리며 묻는다.

태풍 솔릭이 북상 중이라 난리인데도 출장 다니니?

몇 달 전에 예약해 놓은 거라 미룰 수도 없어. 태풍이 들이닥쳐도 밥 먹고 살려면 별수 있냐.

나는 웃다가 홍 언니 일로 뇌리에 꽉 찬 불가해한 사건에 대해 조언을 듣고 싶었다.

그 언니 참 이해할 수 없는 사람이야. 내가 너무 내 중심적으로만 생각하는 건 아닐까 하는 생각도 들어. 교수님인 네가 조언 좀 해주라.

나는 친구에게 21년간 홍 언니와 지내온 이야기를 들려준다. 어제 있었던 5년 전 호박고구마 값을 계산하라는 얘기까지.

친구의 눈이 휘둥그렇게 커진다.

어머! 그 사람 소셜 패스야. 네 말 들으니까 오싹하다 야. 직장 다닐 때는 잘 나타나지 않아. 요즘 이상한 증후군인 사람들 정말 많아. 소셜 패스도 정신병적으로 분류되는 증후군이야.

뇌리를 바늘로 찌르는 듯하다.

뭐, 소셜 패스? 사이코패스, 소시오패스는 들어봤지만, 소셜 패스는 처음 들어보네…. 나는 테이블에 바투 다가앉는다.

소셜 패스라는 명칭이 정신병적인 분류로 밝혀진 건 얼마 되지 않아. 그런 사람들 결코 사과하지 않아. 자기를 합리화하는 성향이 강하고 전혀 죄책감을 느끼지 않거든. 자기 생각만 옳다고 생각해. 영리하고 똑똑한 편이고 그러니까 여자가 그런 직급까지 승진했던 거지. 소셜 패스는 타고나는 게 아니라 사회적 환경에서 비롯된다고 해.

홍 언니가 소셜 패스라는 말에 쎄하다. 환경이 원인이라는 말에 예전에 자신의 신세를 한탄하듯 들려주던 가족 이야기가 선명히 떠오른다.

아버지는 집에 잘 들어오지 않았어. 어머니가 딸만 줄줄이 낳은 이유만은 아니었어. 아버지는 호인인 데다 일반 공무원보다 직급이 좀 높았어. 쟁쟁거리는 어머니를 시간이 지날수록 멀리하더니 점점 바깥으로 돌았어. 큰딸인 내게는 자상한 아버지였는데… 엄마가 셋째까지 딸을 낳자 어느 날부터 아예 집에 들어오지 않더라.

아버지가 딴 살림을 차린 눈치였어. 아버지 부재 후 엄마는 내게 더 의지하며 집착했어. 초등학교 시절부터 고등학생 때까지 아, 말도 마.

시험 보는 날이면, 엄마는 꽃단장을 한 모습으로 학교에 왔어. 아예 교실 복도에서 내내 서있었어. 한 과목의 시험이 끝날 때마다 어떤 문제를 틀렸냐고 일일이 시험지를 체크했어. 그때부터 나는 숨이 턱턱 막혀왔어.

아마 그때부터 내 가슴에 멍울이 생기고 암세포가 서서히 자랐을 거야. 바로 아래 여동생은 이혼해서 골목식당 하며 근근이 살아가고, 셋째 여동생은 외국에 나간 후 소식이 뚝 끊기더라. 근데 몇 년 전에 연락이 와서 하는 말이, 언니 빚 좀 갚아 줘. 그래야 나 한국에 들어갈 수 있어. 기가 막히더라. 나 혼자 친정엄마를 평생 책임지며 사는 것도 힘겨워 죽겠는데…. 장서 간의 오랜 갈등으로 결국 엄마 집 얻어 나가시고 혼자 사시게 된 거지.

얘기를 듣던 나는 친정엄마는 돈을 벌지 않고 왜 언니한테만 의지하며 사냐고 물었다.

젊어서부터 금식기도를 많이 해 위염을 심하게 앓았거든. 돈 벌기는커녕 병원비와 약값만 안 들어가도 내가 살겠어. 홍 언니는 깊이 숨을 몰아쉬며 쓸쓸한 웃음을 보였다. 그 얘기를 들었을 때 가슴이 먹먹했다. 질병의 원인은 대부분 어릴 적 환경에서 비롯된다고 한다. 어릴 적부터 어머니의 강박증과 완벽주의 때문에 홍 언니가 소셜 패스가 된 걸까.

참마부터 시작해 부산 여행, 호박고구마, 수미감자의 진실을 다 따지고 밝히고 싶다. 그러면 나는 속이 후련해질까. 하지만 자신이 옳다는 것을 증명하는 것보다 넘어진 형제를 도와주는 것이 더 중요하다고 존 비비어는 말했다. 사랑이 정의보다 중요하다고…. 다행히, 나는 이제 홍 언니를 사랑하지 않는다. 사랑이고 뭐고 조목조목 따지며 옳고 그름을 확실하게 정의하고 싶은 마음이 가득하다. 그러나 그런 과정을 거치면서 또 스트레스를 받고 싶지 않다. 찝찝한 기분과 울분이 가라앉지 않는다.

진실을 덮고 오해를 받은 채 홍 언니와 관계를 끊는 게 상책이다. 영적인 시선으로 홍 언니를 바라본다. 히틀러도 자신의 생각과 행동이 진정성이 있다고 믿어서 역사에 그런 잔혹한 짓을 저질렀을 것이다.

홍 언니의 어깨를 잡고 외치고 싶다. 제발 착각과 피해망상에서 벗어나라고. 기도만 하지 말고 정신 치료받아야 한다고….

너는 홍 언니라는 그런 사람 감당 못 해. 아예 관계를 끊는 게 상책이여. 그런 사람 고지능으로 은근히 괴롭히는 괴물이야. 이제 우리 나이에 사는 것도 버거운데 그런 사람 위해 십자가 지려다가 네가 먼저 무거운 십자가에 깔려 죽는다.

그 무게에 깔려 죽는다는 친구의 말에 우리는 까르르 아이처럼 폭소를 터트렸다.

친구의 말이 귓전에서 뱅뱅 맴돈다.

그래, 나는 존 비비어가 아니다. 참 다행이다. 몇 번이고 홍 언니를 용서하고 이해하려던 나. 선한 사람이라는 교만이었다. 착각의 한계는 여기까지다.

　태풍이 중부권을 강타한다는 예보로 초긴장했던 밤이 지났다.
　열어놓은 창문 사이로 넘실대는 새벽바람이 모처럼 시원하다. 한 달 넘게 지속된 폭염과 열대야로 스멀스멀 소멸해 가던 심신에 생기가 차오른다. 다행히 태풍 솔릭은 중부권을 조용히 지나쳐 동해로 빠져나갔다.

　그러나 여름은 아직도 끝나지 않았다.
　한낮, 아파트 숲속에서는 매미의 떼창이 줄기차게 소란스럽다.

✎ 김미정
　　크리스천 문학 단편소설 부문 신인상, 소설집 『오래된 비밀』, 『자카란다』, 수필집 『스무고개』

빼빼로데이

•

김용훈

      엘리베이터 문이 막 닫히려다 다시 열렸다. 그 순간 한 여학생이 들어오면서 눈이 마주쳤다. 낯익은 얼굴이다. 갑자기 가슴이 뛴다. 초등학교 때 전교 회장이었던 은영이다. 아는 척하고 싶은데 은영이가 바로 돌아선다. 이렇게 만나다니, 이게 꿈이야 생시야. 믿어지지 않았다. 그런데 왜 가슴이 콩닥콩닥 뛰는 거지. 얼굴도 화끈거리는 것 같고. 조금 전까지 아무렇지 않았는데. 나를 알아보지 못하는 걸까. 아니면 알면서도 모르는 척하는 걸까.

  이런저런 생각이 빠르게 스쳐 지나가자, 다시 은영이 뒷모습이 눈에 들어왔다. 하얀 목덜미 위로 가지런한 단발머리, 어깨에 멘 옅은 분홍색 가방이 교복과 잘 어울린다고 생각할 때, 은은한 화장품 향이 코를 자극했다. 익숙한 향이다. 생각해 보니 누나가 쓰는 화장품과 같은 모양이다.

  "7층입니다." 하는 안내 음성과 함께 엘리베이터 문이 열렸다. 은영이가 학원 복도로 걸어가더니 오른쪽 세 번째 영어 강의실로 들어갔다. 나는 그 모습을 보며 맞은편 복도 맨 끝 쪽 맞은편 끝 강의실로 들어갔다.

***

중 3인 누나와 나를 위해 엄마는 예고했던 계획을 실행에 옮겼다. 부동산 사무실에서 연락이 오자 평창동 빌라를 세놓고 대치동 학원가와 가까운 개포동으로 이사한 것이다. 그것도 눈 내리는 크리스마스이브 날. 중 3인 누나와 5학년이었던 나는 하필이면 이런 날이냐고 투덜댔다. 우리는 그런 엄마가 얄미웠다.

해가 바뀌었다. 전교 어린이회장 선거 때였다. 한눈에 들어온 여자애가 있었다. 회장 후보였던 은영이다. 같은 반 친구들 말에 따르면 은영이는 소문난 '얼짱'에 공부도 인기도 '짱'인 아이라고 했다. 예상대로 은영이는 회장이 되었다. 물론 나도 찍었다. 그때부터 은영이가 내 마음속에 들어와 별이 되었다. 나는 밤마다 그 별을 만났다.

쉬는 시간이 되면 나는 일부러 복도에 나와 서성거렸다. 혹시 은영이가 교실 밖으로 나오거나 지나가면 보기 위해서였다. 그러다가 5반 교실을 몰래 엿보거나 기웃거리는 버릇까지 생겼다. 교실 문이 열려 있지 않으면 창문 너머로 봐야 하는데 그때마다 까치발을 들어야 힘들었다.

점심시간 때 운동장에 나가면 은영이가 노는 곳을 찾아 주변을 맴돌았다. 조금 떨어진 곳에서 몰래 지켜보다가 눈이 마주치기라도 하면 얼른 교실로 돌아왔다. 집에 가는 길에 말이라도 붙여보려고 기다렸다. 하지만 은영이 주변에는 항상 같이 다니는 또래 친구들을 많이 몰고 다녔다. 거기에 끼고 싶었지만, 뾰족한 수가 없었다.

졸업을 앞두고 걱정이 밀려왔다. 같은 학교에 배정되지 않으면 어떡하지…. 밤마다 마음속으로 기도했다. 그러나 은영이는 D 중학교, 나는 K 중학교에 다니게 되었다. 한동안 우울한 마음을 안고 학교에 다녔다. 그런데 참 이상하다. 그렇게 눈앞에 어른거리던 은영이가 생각나지 않았다. 그러다가 같은 또래 여학생을 보면 문득문득 예쁜 보조개가 선명한 은영이가 생각났다. 어떻게 변했을까. 궁금하기도 했고 보고도 싶었지만, 오래가지 않았다.

누나가 고1이 되자 엄마는 확 달라졌다. 누나는 학원에서 치르는 Level Test를 치른 후에 의대 준비반에 등록했다. 엄마는 여기에 그치지 않았다. 2학년 2학기가 시작되자, 나는 원어민 강사가 있는 회화 전문 학원까지 다녀야 했다. 엄마를 이길 수가 없다. 학원에 다니는 애들도 대부분 비슷한 처지였다. 불만이지만 엄마는 항상 이게 다 누나와 나의 미래를 위한 것이라 했다.

하지만 이런 엄마에게 고마운 게 딱 하나 있다. 덕분에 은영이를 다시 만나게 되었기 때문이다. 영어학원이 다니지 않았으면 볼 수 없었을 것이다. 따지고 보면 개포동으로 이사 온 거나, 학원에 다니게 된 것 모두가 엄마의 극성스러운 교육열 때문이지만 어쨌든 엄마 덕분인 건 분명하다.

학교에 가면 학원 갈 시간이 기다려진다. 그런데 고민이다. 어떻게 말을 붙여야 할지 답답하다. 문제는 용기가 없다. 좀 더 솔직히 말하면 소심한 내 성격이 문제다. 왜 은영이에게 말 붙이는 게 어려운지 모르겠다. 친구들을 보면 여자애들하고 말도 잘하는데…. 나도 모르게 애만 태우는 날이 길어진다.

***

일부러 반을 옮겼다. 옆자리에 앉고 싶은데 막상 강의실에 들어가면 다른 자리에 앉게 된다. 강의 시간이 끝나고 나갈 때, 말이라도 건네보고 싶은데 얼어붙은 입이 좀처럼 떨어지지 않았다. 미리 준비하고 학원에 왔는데 그게 잘 안된다. 벌써 일주일째다. 오늘도 심호흡 한 번 크게 하고 강의실로 들어갔다.

앞에서 세 번째 줄에 앉아있는 은영이를 슬쩍 보며 한 칸 건너 옆자리에 앉았다. 가방을 책상 옆에 놓으며 주변을 둘러보았다. 하나같이 스마트폰 삼매경에 빠져있는 모습이다. 늘 그렇듯 강의가 시작되기 전 분위기는 너무 조용하다. 나도 교재를 책상에 올려놓고 휴대폰을 꺼내 들었다.

수업은 'Lesson 8, Family Story.'이다. 엠마 왓슨을 닮은 미국인 강사와 눈이 마주쳤다. 나를 시킬 것 같아 고개를 슬쩍 돌렸다. 그때 "Min Woo." 하고 날 부르더니 읽어보라 시킨다. 떨렸다. 조금 지나니 나도 모르게 원어민처럼 술술 나왔다. Speaking이 끝나자, 강사가 "Good job." 하며 웃는다. 다른 애들도 놀란 표정으로 나를 쳐다봤다. 그때 은영이가 나를 보며 한마디 했다.

"어~주, 제법 하네."

"아~아, 아직 멀었어."

얼떨결에 은영이를 보며 대답했다. '어, 웬일이지? 얘가 말을 다 걸고.' 바로 그때 "No, No, Korean." Anna 선생님이 푸른 눈의 쌍꺼풀 눈을 크게 뜨고 웃으며 말하자 은영이가 곧바로 "Sorry, Teacher."라고 말했다. 이후 다른 애들도 몇 명 더 시켰다. 실력이 만만치 않은 애들이다. Speaking이 끝나자, Anna 선생님이 몇몇 단어의 발음을 되풀이하며 바로 잡아주었다. 그 와중에 나는 계속 곁눈질로 계속 은영이를 훔쳐봤지만, 은영이는 꿈쩍하지 않았다.

금방 한 시간이 지나갔다. 강의가 끝나자 얼른 은영이 뒤를 따라나가 엘리베이터를 같이 탔다. 은영이가 먼저 말을 걸어올 줄 알았는데 아무 말이 없다. "은영아!" 하고 부르고 싶은데 또 입안에서만 맴돈다. 엘리베이터 문이 열리자, 수강생들이 우르르 건물 밖으로 빠져나갔다. 은영이를 힐~끈 쳐다보며 옆을 막 지나갈 때였다.

"야, 강민우. 우리 떡볶이 먹고 갈래?"

"어어, 그러지 뭐."

어떡하면 말을 붙여볼까, 고민 중이었는데 한순간에 해결되었다.

"너, 언제 그렇게 영어 배웠냐?"

"엄마가 좀 유별나."

"그게 무슨 말이니?"

"말도 마. 영어유치원 때부터 눈만 뜨면 영어 동영상 보고, 방학 때마다 누나랑 같이 해외영어 캠프 다니느라 친구들하고 놀지도 못했어."

"어느 나라로?"

"미국, 영국, 뉴질랜드…. 그나저나 넌 공부도 짱인 애가 학원에 왜 다니니?"

"누군 다니고 싶어 다니니?"

은영이가 뾰로통한 표정으로 말했다.

"…"

"나 이민 가. 호주로."

"이민?"

그 말에 궁금해서 더 물어보려고 할 때, "다 왔다. 민우야. 여기 맛있어." 은영이가 말을 끊었다. 학원가 이면 도로 끄트머리에 있는 분식집이었다. 테이블마다 또래 학생들이 떡볶이와 김말이 튀김을 앞에 놓고 수다를 즐기느라 시끄럽다. '어떻게 주문할까?' 물어보려고 하자 은영이가 떡볶이 2인분에 김말이와 튀김까지 시켰다. 나는 양이 너무 많은 거 아닌가 생각했다. 내 표정이 이상했는지 은영이가 "쫄면도 하나 더 시킬까?" 하고 묻기에 괜찮다고 말했다.

BTS를 시작으로 은영이가 입을 열었다. 그뿐 아니었다. 다른 아이돌에 대해서는 모르는 게 없었다. 나도 좀 아는 편인데 한 수 위였다. 얘기를 주거니 받거니 하다 보니 새침데기인 줄로만 알았던 은영이도 또래 애들과 다르지 않았다. 예쁘기만 한 줄 알았던 은영이는 성격도 밝았다. 자신감 넘치는 표정이 초등학교 때와 다르지 않았다. 나는 그런 은영이가 부러웠다.

"야, 내가 수다 많이 떨었다고 뒤에서 흉보기 없기다."

"내가 왜 널 흉봐, 그런 일 없어."

"대신 오늘은 내가 쏠게. 다음엔 네가 쏘는 거야."

"아니야, 내가 살게."

분식집을 나왔다. 은영이가 버스 타고 가는 모습을 본 후 건너편 버스정류장으로 향했다. 날마다 오늘 같은 기분이었으면 좋겠다. 하늘을 날 것 같은 기분이다. 룰루랄라 흥얼거리며 횡단보도를 건너는데 휴대폰이 울렸다.

"강민우, 왜 이리 늦어?"

"어~ 친구랑 분식집에서 얘기하다 보니 그렇게 되었어."

"무슨 좋은 일이라도 있니, 목소리가 아주 밝은데."

"아 아냐, 그런 거 없어."

***

저녁 뉴스를 보는 아빠에게 BTS 콘서트 입장권 2장만 구해달라고 말했다. 아빠가 날 한번 보더니 다시 TV 쪽으로 눈을 돌리며 말한다.

"아들, TV에서 라이브로 공연을 중계해 주는 데 가야 하니?"

"평소 아빠답지 않게 왜 그래."

"뭐가?"

"아빠가 어떻게 그런 말을 해."

"그게 무슨 말이니?"

"아빠가 그랬잖아. 콘서트는 현장에서 직접 봐야 한다고."

"내가 그랬어?"

"아빠 왜 이래, 아이유나 트와이스 콘서트 초대권 갖다 주면서 그렇게 말해놓고. 엉뚱한 소리 해."

"맞아, 그건 맞는 말인데, 아빠가 OO기획사에 부탁하기가 좀 그래."

"그럼, OO기획사에서는 초대권 안 갖다 줘?"

"그건 그때그때 다르지."

"누나한테 부탁했더니 인터넷에서 예매하는 건 너무 힘들다는 거야."

그때 옆에서 듣고만 있던 엄마가 거들었다.

"여보, 하나밖에 없는 아들 부탁인데 좀 들어 주지그래."

"그럼, 민지는?"

"걔가 누구 딸인데. 벌써 구했지."

"그래."

"민우야, 이런 거까지 아빠 찬스 써야 하니?"

"여보, 이게 뭐 아빠 찬스야, 대학입시도 아닌데. 그냥 해주면 안 돼?"

"아~아, 알았어. 알았다고."

엄마의 지원사격 덕분에 아빠는 꼬리를 내렸다. 보아하니 말다툼하기 싫다는 표정이 역력하다. 나는 '야호!' 소리를 질렀다. 그때 예상치 못했던 말이 아빠 입에서 나왔다.

"민우야, 그런데 왜 2장이야. 혹시 여친 생겼니?"

"아~아 아니야. 그냥 친구랑 같이 가려고 그래."

"얼굴 빨개지는 거 보니까, 있구나."

"여보, 왜 그래. 눈치 없이."

"왜들 이래, 아니라니까."

나는 얼떨결에 아니라고 우겼다. 하지만 엄마는 벌써 눈치챘나 보다. 어쨌거나 서프라이즈할 수 있는 절호의 기회가 생겼다. 은영이도 좋아할 게 뻔하다. 어떡하면 점수 딸 수 있을까? 고민하다 생각해 낸게 은영이랑 함께 BTS 콘서트 가는 거였다. 그나저나 은영이에게 다른 남자 친구가 있으면 어떡하지. 물어볼 수도 없고, 초등학교 때를 생각하면 있을 것도 같은데⋯. 하지만 없을 수도 있어. 지금 나한테 하는 걸 보면 그런 생각이 든다. 아니야 쓸데없는 걱정할 필요 없어. 중요한 건 지금이야. 하루라도 빨리 은영이한테 점수를 따야 해.

＊＊＊

BTS 콘서트 생각만 하면 기분이 좋았다. 그럼, 언제쯤 얘기할까. 그래 학교 중간고사 끝나는 날로 하는 게 좋겠다. 그날은 보나 마나다. 시험 끝나면 스트레스를 푸느라 여자애들은 노래방으로, 남자애들은 피시방으로 몰려간다. 이때만큼은 인근 노래방과 피시방은 학원에 다니는 애들로 꽉 찬다.

나는 은영이에게 시험 끝나는 날 다른 약속하지 말라고 말했다. 그러자 "뭐 있니?" 하며 다그치듯 물었다. 내가 아재 개그 하듯 "궁금하면 오백 원." 하고 너스레를 떨자, 바로 "민우야, 썰렁한 거 너도 알지?" 하며 은영이가 웃어넘겼다. 우리는 그렇게 스스럼없이 다가가고 있었다.

그런데 은영이한테 이상한 게 있다. 초등학교 때 내가 알고 있던 은영이가 아니다. 그때는 시험문제 하나만 틀려도 울고불고 난리 칠 정도로 소문이 났던 애였다. 그런 애가 공부 얘기는 지금까지 단 한마디도 입 밖에 꺼내지 않았다. 혹시 밖에서는 신나게 노는 척하며 집에서는 밤샘 공부만 하는 게 아닐까. 나는 그렇게 생각했다.

　중간고사 마지막 날. 학원이 끝나자마자 우리는 다른 애들과 달리 단골 분식집으로 향했다. 은영이가 전과 같이 떡볶이와 김말이 그리고 튀김을 시키자마자 나왔다. 그도 그럴 것이 손님은 우리밖에 없다. 내가 김말이를 떡볶이 양념에 찍어 먹자, 은영이도 따라 하며 빤히 쳐다본다. 궁금하니 빨리 말하라는 눈빛이다. 나는 BTS 콘서트 티켓이 든 봉투를 가방에서 꺼내 은영이 앞쪽으로 살짝 밀며 열어보라고 말했다.

　"이게 뭐니?"

　"보고 기절하기 없기."

　"기절?"

　은영이가 날 한 번 보며 열어보더니 입가에 떡볶이 양념이 묻은 입술로 환하게 웃으며 말했다.

　"같이 가자는 얘기지?"

　"당근이지."

　예상대로였다. 활짝 웃는 은영이 모습이 너무 예쁘다. 이제부터 은영이는 누가 뭐라고 해도 내 여친이라 생각했다.

　"민우야, 오늘은 내가 살게."

"아니야, 내가 살게."

"민우야, 남은 김말이 네가 먹어. 난 배불러 못 먹겠다."

물티슈로 스마트폰 거울을 보며 입을 닦으며 은영이가 말했다.

"웬일이야, 김말이를 다 남기고."

나는 은영이를 한 번 보고 남은 김말이 두 개를 먹었다. 그러는 사이 은영이가 먼저 일어나더니 계산대로 가더니 얼른 돈을 내고 날 보며 웃는다. 나는 잽싸게 일어나 은영이에게 가서 "내가 낸다고 했잖아."라고 했더니 "야, 가방이나 챙겨." 하며 말한다.

분식집을 나오는데 은영이가 갑자기 내 오른쪽 손을 잡았다. 순간 심장박동이 빨라지면서 짜릿한 전율이 빠르게 온몸으로 퍼지는 것 같았다. 거울을 보지 않아도 금방 내 얼굴이 빨개진 걸 느낄 수 있었다.

"강민우, 너, 여친 없지?"

"어~어, 없어."

더듬거리며 말했다.

"바보, 떨긴 왜 떨어?"

"아, 아니야, 내가 왜 떨어."

이런 느낌 처음이다. 왜 이리 떨리는 걸까. 은영이 얼굴을 보며 걷고 싶은데 빨개진 내 얼굴을 볼 것 같아 부끄러웠다. 이런 나를 살짝 본 은영이가 피식 웃었다. 나는 안 그런 척하려고 애썼지만, 콩닥거리는 가슴이 수그러들지 않았다. 은영이는 아무렇지 않은 표정으로 말을 계속 이어갔다.

"강민우. 오늘은 내가 버스 타는 데까지 같이 가줄게."

"괜찮아, 너 먼저 가."

"야, 너랑 좀 오래 있고 싶어서 그래. 싫어?"

"아~ 아니."

내 마음을 어떻게 잘 알고 있지? 사실 나도 어떡하면 은영이랑 같이 있을 수 있을까 생각했는데, 딱히 방법이 떠오르지 않았다. 그때 은영이가 건너자며 잡은 내 오른손을 툭툭 쳤다. 신호등이 바뀐 것이다. 은영이 손을 잡은 채 횡단보도를 건너는데 손이 촉촉해지는 느낌이 들었다. 그게 이상했지만 싫지 않았다.

마음속으로 집에 가는 버스라도 조금 늦게 왔으면 좋겠는데, 하필이면 눈치 없는 버스가 저만치 오고 있는 게 보였다. 나는 못내 아쉬운 마음으로 은영이 손을 놓았다.

"갈게. 은영아, 내일 보자."

나는 손을 흔들고 뒤돌아 버스에 올랐다. 차창 밖으로 손을 흔드는 은영이가 시야에서 점점 멀어졌다.

***

4시간을 기다려 공연장 안으로 들어갔다. 온통 보랏빛 물결이다. 우리는 FLOOR 석 17구역 3열에 자리 잡고 앉았다. 저녁 7시, BTS가 등장했다. RM이 "리듬 탈 준비됐어요?" 하면서 콘서트가 시작되었다. 우리는 응원 봉을 높이 흔들어 크게 소리 질렀다. T자 형태의 무대 위로 BTS가 걸어 나오면서 노래를 부르기 시작했다.

그런데 생각보다 먼 거리여서 잘 보이지 않았다. 어쩔 수 없이 대형 스크린에 나오는 공연 모습을 볼 수밖에 없었다. 그래도 즐거웠다. 우리는 목이 아플 정도로 환호성을 치며 즐겼다. 그들은 하나같이 똑같은 동작으로 춤추고, 노래하는 모습이 정말 환상적이다. BTS는 각자 무대를 누비며 갈증을 마음껏 풀 듯 열창했고, 팬들은 너나 할 것 없이 아미밤(Army Bomb)과 클래퍼(Clapper)를 좌우로 흔들어 댔다. BTS가 20여 곡을 부르는 동안 우리는 시간 가는 줄 몰랐다.

2시간 반에 걸친 공연이 끝났다. 우리는 손을 꼭 잡고 공연장을 빠져나왔다. 혼잡한 인파 속에서 은영이와 나는 손을 놓치지 않으려고 애쓰며 버스정류장까지 걸었다. 주변 사람들과 소음 때문에 무슨 말을 해도 잘 들리지 않았다. 대치동 방향으로 가는 버스가 올 때까지 공연 이야기를 주고받으며 기다렸다. 마치 연인처럼….

승객들이 많아 서서 갈 수밖에 없었다. 은영이가 은마아파트 사거리에서 같이 내리자는 말에 나는 고개를 끄덕였다. 버스가 청담공원 앞 교차로에서 좌회전하자 은영이가 중심을 잃지 않으려고 두 손으로 나를 꽉 안았다. 순간 은영이 입술이 내 볼에 살짝 닿았다 떨어졌다. 은영이가 살짝 웃으며 손으로 내 볼에 뭐가 묻었는지 닦아주었다.

버스에서 내리자, 은영이가 내 오른손을 잡고 빵 카페로 이끌었다. 은영이 손에 이끌려 나도 안으로 들어갔다. 계산을 마친 은영이가 카페 라테 2잔, 블루베리 쿠키, 치즈케이크, 루벤 샌드위치를 나무로 된 사각 쟁반에 담아 들고 창가 쪽 테이블로 가 앉았다. 나도 은영이가 들고 있던 아미밤과 클래퍼를 옆에 내려놓으며 앉았다.

"배고프지? 집에 가서 엄마한테 밥 달라고 하지 말고 이걸로 때워."

"이걸로?"

"부족하면 말해."

"…."

더 먹자고 하고 싶은데 말이 나오지 않았다.

"민우야! 넌 어떤 노래가 가장 좋았니?

내가 'DNA.'라고 대답하자 은영이가 '난 FAKE LOVE.'라며 몸을 조금씩 좌우로 흔들더니 노래를 부르기 시작했다.

　

널 위해서라면 난 슬퍼도 기쁜 척, 할 수가 있었어.

널 위해서라면 난 아파도 강한 척, 할 수가 있었어.

사랑이 사랑만으로 완벽하길, 내 모든 약점은 다 숨겨지길.

이뤄지지 않는 꿈속에서 피울 수 없는 꽃을 키웠어.

　

"야, 창피해. 그만해."

은영이가 멈추었다.

"창피하긴 뭐가 창피해? 그러고 보니 의외로 부끄럼 많이 타네."

"그게 아니고, 다른 사람들이 우릴 쳐다보잖아."

"알았어. 그나저나 너, 엄마한테 전화 안 해도 되니?"

"아까 주문할 때 카톡 보냈어."

"그래."

"넌?"

"콘서트 보고, 저녁까지 먹고 온다고 했더니 엄마도 가보고 싶다는 거야."

"엄마도 팬이셔?"

"그런데 아빠가 말도 못 꺼내게 해."

"왜?"

"그 나이에 애들처럼 무슨 아이돌이냐는 거야."

"나이와 무슨 관계야."

"아니, 그게 아니고, 코드가 안 맞아. 아빤 트로트 열혈 팬이시거든."

"하하하. 그래."

"그만 일어나자. 오늘 정말 고마웠어. 진심이야."

"은영아, 우리 친구로 잘 지내자."

"하하. 당근이지. 그나저나 딴 여자애한테 눈 돌리면 안 돼. 약속할 수 있지?"

은영이가 오른손을 뻗어 세끼 손가락을 내민다. 나도 손을 내밀었다.

***

빼빼로데이를 손꼽아 기다렸다. 이번에는 좋아한다는 말을 꼭 할 생각이다. 은영이도 싫어하지 않는 것 같다. 어제 인터넷 쇼핑몰에서 BTS 사인이 된 앨범도 신청했다. 빼빼로 선물만 사면 된다. 그런데 걱정되는 게 딱 하나 있다. 떨지 않고 남자답게 고백하는 거다. 연습이라도 해야 할지, 아니면 그날 떨지 않게 우황청심원이라도 먹어야 할지….

토요일 오후, 시내버스를 타고 H 백화점으로 갔다. 인근 도로는 매우 혼잡했다. 백화점에 들어서니 할인행사 기간이 아닌데 쇼핑객들로 붐볐다. 에스컬레이터를 타고 지하매장으로 내려갔다. 빼빼로 행사매장도 상황은 다르지 않았다. 언제부터인가 빼빼로데이는 우리 또래 애들의 밸런타인데이가 되어버렸다.

매장을 두 바퀴나 돌았다. 어떤 걸 좋아할까. 빨간색 포장은 너무 흔하고, 분홍색은 유치해 보였다. 쉽게 고를 수가 없다. 망설이다 손에 집은 게 보라색 하트모양 상자였다. BTS 콘서트가 생각났기 때문이다. 체크카드로 계산하고 포장 코너로 갔다. 하늘색 상자에 다시 넣은 다음 리본까지 달고 나니 그럴듯해 보였다.

1층으로 올라가려고 할 때였다. 빼빼로 행사장 통로에 은영이가 보였다. 쟤도 나에게 주려고 사러 왔나 보다 하고 그쪽으로 가려는데…. 어! 이게 뭐지. 옆에 내 또래 남자애가 있다. 그것도 서로 손까지 잡고…. 갑자기 화가 끓어올랐다. 잠시 멍하니 바라만 보다 뒤돌아섰다. 한껏 부풀어 올랐던 풍선에서 바람이 확 빠져나가는 느낌이 들었다.

안 되겠다 싶어 다시 매장 쪽으로 갔다. 휴대폰을 꺼내 두 사람 반대쪽 사람들 뒤에 숨어 몇 초간 동영상을 찍고 매장을 빠져나왔다. 백화점을 나서는 데 왜 자꾸 눈물이 나오려는 걸까. 꾹 참고 참았는데 눈물 한 방울이 삐져나와 뺨을 타고 흘러내렸다. 얼른 오른손으로 닦았다. 스산한 가을바람이 보도 위에 떨어진 낙엽과 함께 저 멀리 도망치듯 달아났다. 빈 가슴에 비구름이 몰려왔다. 차디찬 가을비가 내 마음을 적신다.

***

　월요일, 학교 수업이 끝나고 생각했다. 학원에 갈까, 말까. 어차피 은영에게 줄 선물은 가져오지도 않았다. 학원에서 은영이를 만나면 어색할 게 너무 뻔하다. 만나면 눈치 빠른 은영이가 내 마음을 모를 리 없다. 그렇다고 아닌 척하는 것도 힘들다. 그렇다면 차라리 안 가는 게 낫다. 엄마에게 미안한 생각이 들었다. 그럼 어떡하지. 그래, 피시방에 가서 게임이나 하자.

　4일 연속 강의를 빼먹었다. 그러자 은영이한테 카톡이 왔다. 마땅한 핑계 댈 만한 게 생각나지 않았다. 어떡할까, 하다 「몸이 안 좋아서.」라고 보냈다. 바로 카톡이 날라 왔다. 「언제 나올 거니?」 아무 생각 없이 「내일.」 하고 카톡을 날렸다. 「그래, 내일 보자.」 하고 다시 카톡이 왔다.

　얘가 정말 뻔뻔하네. 양다리 걸치며 나를 속였으면서. 날 생각하는 척하는 거야. 기분이 나빴다. 그나저나 내일 만나면 어떡하지. 일단 동영상을 보여 주며 어떻게 된 거냐고 물어봐야 하나, 아니면 나 말고 남친이 있냐고 따져야 하나.

　다음 날, 은영이와 불편한 얼굴로 마주치는 걸 피하고 싶어서, 일부러 5분 정도 늦게 강의실에 들어갔다. 문을 열고 들어가며 영어로 미안하다고 인사를 했다. 피하고 싶은데 은영이와 눈이 마주쳤다. 은영이는 아무렇지 않은 듯 나를 보며 방긋 웃는다. 나는 얼른 뒤로 가 빈 자리에 앉아 영어교재를 꺼냈다.

　강의가 끝나자, 은영이가 다가왔다.

"몸은 어때?"

"어~ 어 괜찮아."

딴짓하듯 대답했다.

"얼굴이 많이 상한 것 같네."

"은영아, 조용한 데서 할 얘기가 있는데 시간 좀 내줄래?"

"시간, 그러지 뭐."

"세븐 일레븐 옆 목련공원 어때?"

"그래, 사람도 없고 조용하니까 거기가 좋겠다."

우리는 학원가 이면 도로를 지나 세븐 일레븐 맞은편 공원 쪽으로 갔다. 은영이 눈치챘는지 내게 아무런 말을 하지 않았다.

사실, 말이 공원이지 목련공원은 동네 놀이터 정도 크기밖에 안되는 곳이다. 노인정 같은 정자 하나가 모퉁이에 있고 나무 벤치 몇개가 고작이다. 내가 먼저 벤치에 앉자, 은영이가 내 표정을 살피며옆에 앉았다. 할 얘기가 뭔지 빨리 말해 보라는 듯 은영이가 나를 쳐다본다. 나는 머뭇거리다 말을 꺼냈다.

"은영아, 솔직하게 말해줘. 너, 나 말고 남친 있니?"

"뜬금없이 무슨 얘기야?"

"있어, 없어?"

나는 조금 흥분된 목소리로 말하자 은영이가 의아한 표정으로 대답한다.

"없어."

"정말?"

나는 은영이가 거짓말을 한다고 생각했다.

"…."

내가 휴대폰을 꺼내 동영상을 클릭해 보여주며 다시 말을 꺼냈다.

"그럼, 이게 뭐야?"

"…."

동영상을 다 본 은영이가 입을 열었다.

"H 백화점 맞지?"

"알면서 뭘 그러니?"

나는 퉁명스럽게 말했다.

"호호호."

은영이가 나를 빤히 쳐다본다. '야, 이게 웃을 상황이니?' 하고 말이 나올 뻔했다. '얘가 생각보다 뻔뻔하네. 증거가 확실한데 시치미 떼려고 해. 정말 어이가 없다. 어이가 없어.' 웃음을 멈춘 은영이가 다시 나를 쳐다본다.

"너 이것 때문에 안 나왔구나. 그렇지?"

"야, 너 같으면 열 안 받겠냐?"

"아니, 열 받아."

"그럼, 양다리 걸친 거 맞네."

"그렇게 믿고 싶니? 내가 그런 애로 보여?"

은영이는 끝까지 우겼다. 그리고 이상할 정도로 당당했다. '얘가 뭘 믿고 이렇게 나오는 거지.' 이해할 수 없었다.

"야! 강민우, 이게 내가 아니면 어떡할래?"

은영이가 세게 치고 나왔다. 전혀 예상치 못한 반응이다.

"아니면 내가 너를 누나라고 불러줄게."

"너, 진짜 그 말 책임질 수 있어?"

"책임? 야, 나 남자야. 왜 이래. 남아일언중천금(男兒一言重千金)이란 말도 모르니."

나는 큰소리쳤다.

"너, 분명히 말했다. 약속한 거야."

"물론이지."

"좋아. 그럼, 내일 전에 갔던 빵 카페로 2시까지 나와. 알았지?"

"그래, 알았어."

은영이는 뭔가 단단히 벼르는 표정이다.

"강-민-우, 너, 이거 때문에 한동안 잠도 못 잤겠구나."

"아, 아니, 아니야. 내가 왜 잠을 못 자."

은영이가 싸늘한 표정으로 일어났다.

"내일 꼭 나와. 알았지. 나 먼저 갈게."

못마땅한 얼굴로 돌아선 은영이가 총총걸음으로 사라졌다.

***

15분이 지났다. 혹시 얘가 큰 소리만 '뻥뻥' 치고 바람맞히는 거 아냐. 아니야, 그럴 리는 없을 거야. 그나저나 궁금하다. 동영상까지 보여줬는데 왜 오리발을 내미는지 도무지 이유를 모르겠다.

은영이 카페에 들어왔다. 옅은 분홍색 후드집업에 청바지 패션이 발랄한 느낌을 준다. 이제 가슴까지 봉긋 솟아오른 걸 보니 초등학생 티가 전혀 나지 않는다. 은영이가 다가오더니 들고 온 H 백화점 쇼핑백을 옆에 내려놓으며 앉았다.

"주문 안 했으면 치즈케이크 어때?"

좋다고 하자 은영이 다시 일어나 계산대로 가 결제한 후 치즈케이크 두 쪽을 가져왔다.

"강민우, 먹자. 맛있겠다."

은영이가 먼저 케이크 한 입 베어 먹으며 옆에 있던 쇼핑백을 내게 건네주면서 스마트폰을 만지작거리더니 테이블 위에 내려놓았다.

"어제 주려고 했는데 분위기가 좀 그랬잖아."

"뭔데?"

"빼빼로데이 때 주려고 산 거야."

나는 '이제야 꼬리를 내리는구나.' 생각했다. '그럼, 어제 큰소리친 건 뭐지. 앞뒤가 안 맞잖아.' 나도 케이크를 한 입 베어 먹었다.

"고마워, 난 준비하지 못했는데, 어쩌지."

"야, 강민우! 솔직히 말해. 너도 나 주려고 샀는데 안 가져온 거잖아. 내 말 맞지?"

"…"

'어라, 얘 봐라. 어떻게 내 마음을 들여다본 것처럼 다 알고 있지.'

"그나저나 너, 나한테 누나라고 부를 준비는 됐냐?"

"물론이지."

"두말하기 없기다."

은영이가 테이블 앞에 놓여있던 스마트폰을 들더니 화면을 클릭한다. 조금 전 나누었던 대화 내용이 그대로 흘러나왔다.

"들었지?"

다짐받듯 물어본 은영이가 어디론가 전화를 건다.

"은정아, 들어와."

"…"

잠시 후 한 소녀가 빵 카페로 들어왔다. 단발머리보다 약간 긴 머리, 분홍색 패딩, 버버리 체크무늬 치마를 입은 우리 또래 여자애였다. 키도 은영이와 비슷해 보였다. 그 소녀가 나를 보고 살짝 미소 지으며 은영이 옆에 앉았다. 순간 나는 석고상처럼 얼어붙고 말았다. 그리고 아무런 말을 꺼낼 수 없었다.

"내 동생 은정이야. 인사해."

"…"

나는 멍하니 두 사람을 번갈아 가며 쳐다만 보았다.

"강민우! 앞으로 나한테 누나라고 불러. 알았지."

"…"

싸늘한 은영이 목소리가 화살처럼 날아와 내 자존심에 꽂혔다.

"은정아, 가자."

***

　은영이가 학원에 안 나온 지 2주가 지났다. 카톡 대화방도 나갔는지 뜨지 않았다. 전화를 걸면 통화 정지된 번호라는 안내 음성만 들렸다. 단단히 화가 난 모양이다. 정말 이렇게 헤어지는 건가. 생각할수록 속상하고, 하루하루가 우울했다. 한동안 은영이에게 주려고 가지고 다니던 선물을 쇼핑백에 넣어 다시 책꽂이 아래에 내려놓았다.

　12월이다. 조금 있으면 겨울 방학이다. 은영이는 도대체 왜 연락이 되지 않을까. 또래 여자애들만 보면 자꾸 은영이 생각만 나고 공부도 집중이 안 된다. 화이트 크리스마스를 생각하며 선물은 무얼 할까. 어떤 영화를 보러 가자고 할까. 홍대 거리도 같이 가볼까 했는데…. 학원에서 돌아와 방으로 들어가는 나를 보고 본 엄마가 물었다.

　"강민우, 무슨 걱정거리라도 있니?"

　"아니, 없어."

　방에 들어오자마자 가방을 내팽개치듯 침대 위로 내던졌다. 학교에 가나, 학원에 가나, 은영이 얼굴만 떠올라 미치겠다. 친구들이 어디 아프냐고 물으면 '아니, 없어.'라고 대답하는 것도 짜증 난다. 수업 시간에 멍하니 은영이를 생각하다 선생님께 혼난 적도 있다. 그때마다 은영이가 너무 얄밉고 한편으로 더 보고 싶다.

　게임이나 하며 잊어볼까, 하고 컴퓨터를 켜는데 책장 쪽을 보는데 은영이가 준 선물이 눈에 띄었다. 쇼핑백 안에 든 선물을 꺼냈다. 파란색 포장지에 붙어있는 투명 테이프를 조심스럽게 뜯었다. 붉은색

빼빼로 과자 사이로 분홍색 종이가 눈에 보였다.

은영이 편지였다.

민우야!

나, 다음 주에 호주로 떠나. 원래 내년 1월이었거든, 갑자기 그렇게 됐어. 빼빼로데이 때 말하려고 했는데…. 막상 헤어진다는 말하려니까 섭섭하고 우울해지는 거 있지. 나도 모르게 자꾸 눈물이 나올 것 같고, 이상하게 슬퍼져.

사실, 네가 우리 반에 기웃거릴 때부터 알고 있었어. 점심시간 때 운동장에서도 나랑 눈이 마주칠 때면 얼른 피해 도망치듯 했었잖아. 애들한테 물어보니까 '1반 강민우야.' 하더라고. 중학교에 가면 꼭 사귀어 봐야지 생각하고 있었어. 그런데 아무리 찾아도 보이지 않는 거야. 인연이 없는가 보다 했어.

그런데 어느 날 네가 학원에 나타난 거 있지. 처음에는 믿기지 않았어. 너무 반가웠지. 그날부터 왜 그렇게 신났는지 몰라. 어쨌든 그동안 너랑 같이 보낸 시간이 너무 즐거웠어. 무엇보다 우리 BTS 콘서트 함께 본 거, 오랫동안 기억에 남을 거야.

참, 내 동생 때문에 많이 놀랐지. 또래 애들이 놀린다고 엄마가 어릴 적부터 옷도 다르게 입히고 학교도 1년 늦게 보냈어. 게다가 머리 스타일도 서로 다르게 하고 다니니까 그냥 동생인 줄 알아. 네가 오해할 만했어.

그리고 이런 말 하기는 좀 그런데, 내가 먼저 떡볶이 먹으러 가자고 해야 하니? 사실 그때 자존심 많이 상했어. 안 되겠다 싶더라고, 그래서 빼빼로데이 때 내가 먼저 좋아한다고 하려고 했는데…. 그걸 못해 아쉬워. 그나저나 너는 참 답답해. 남자다웠으면 좋겠어. 네가 먼저 해야 하는 거 아니니? 많이 기다렸는데. 너는 정말 바보야, 바보.

민우야, 아무튼 정말 고마웠어. 헤어져도 너를 잊지 않을게. 우리 만남 좋은 추억으로 오래오래 간직하자.

그럼 잘 있어. 안녕.

2019.11.16.

은영이가

창밖에 펑펑 눈이 날린다. 나도 모르게 눈물 한 방울이 흘러내렸다.

✍ 김용훈 ···

청주시 1인 1책 펴내기 활동. 장편소설 『별을 죽인 달』, 단편소설 『살구』, 『사랑하면 안 되니』

양동시장 왕 씨(희곡)

·

이강흥

등장인물

민숙자 (60대) 수다스러운 노점의 새우젓 가게.

이영희 (60대) 고려주단 한복집.

박순이 (60대) 참기름 집. 뿔테 안경의 수더분한 차림.

이현주 (60대) 노랑 파마머리에 야한 차림의 홍어 집.

홍성달 (60대) 양동 이발소.

김종운 (60대) 양동 공인중개사. 혈색 좋은 뚱뚱한 체격.

허정만 (60대) 일미 청과.

양진규 (붕대에 감겨 누워있는 모습으로만 등장한다.)

양진규 아들 (30대 후반)

의사 (40대)

변호사 (50대)

여자 손님 1, 2. (30대, 40대)

그 외 행인과 시장 상인들 다수

제1막

양동 전통시장. 때 저녁. 바람에 휴지가 날리는 황량한 분위기.

엎어놓은 양동이를 깔고 앉아있는 네 사람. 민숙자 허름한 차림에 배에 전대를 차고 있고, 홍성달은 흰 이발사 가운, 허정만은 작업복 차림이지만 김종운은 정장이다. 뒷배경으로 무등산 건강원과 일미 청과, 양동 이발소 간판이 보이고, 행인들 간간이 지나가며 왁자지껄한 소리.

김종운: (길게 한숨을 쉬며 고개를 젓는다.) 왕사장 소식 듣자마자 급하게 달려 갔지만 이미 중환자실 문이 닫힌 후였어. 면회가 보통 까다로워 야지. 사정을 해봐 아무 소용이 없더라고.

홍성달: 그것 보라니까? 중환자실은 면회가 엄격해. 한 시와 일곱 시, 두 차례뿐이야. 그 시간을 맞추지 못하면 헛수고야. 면회 시 간이 다가오면 중환자 대기실과 복도는 기다리는 사람들로 북 새통을 이루더라.

민숙자: (얼굴과 온몸을 감싸는 동작을 하며) 진규가 눈, 코, 입만 내놓고 온 통 붕대로 칭칭 감겨있다며? 군데군데 깁스까지 하고 있고.

허정만: 나도 병상에 붙은 이름표를 보고 나서야 왕 사장이라는 걸 알았어. 사실 면회 가봐야 알아보지도 못해. 우리가 할 수 있

는 일이라고는 아무것도 없더라.

홍성달: 희망은 있다니?

허정만: (고개를 흔들며) 희망은 무슨. 담당 의사는 최선을 다한다고만 하더라. 재차 물으니까 어렵겠다면서 머리를 흔들더라고. 뇌사 상태래. 의학적으로는 회복할 가능성이 거의…… 희박하대.

김종운: 왕 사장, (의자를 움직여 바짝 다가앉으며) 얼마나 버틸 것 같대?

허정만: 그것도 전혀 예측할 수가 없대. 가서 보니까 중환자실은 간이 역이야. 회복하는 환자는 일반 입원실이 있는 위층으로 올라가고, 운명하면 바로 지하 영안실로 내려가더라.

홍성달: (하늘을 올려다보며) 이거야 원 마른하늘에 날벼락이지.

민숙자: (혀를 차며) 그러게 왜 약초를 캐러 산엘 갔다 구르느냐고. 돈도 많은 놈이 사람 시키면 되지.

허정만: 귀한 약재라고 턱없이 비싸게 달라니까 그 구두쇠가 아까워서 그랬겠지.

민숙자: 그렇다고 그거 몇 푼 아낀다고 직접 산엘 가?

허정만: 나는 곳을 저는 아니까 그 꼭두새벽에 갔을 거야.

민숙자: 지가 무슨 심마니야? (허정만을 바라보며) 안 그래?

허정만: (눈을 동그랗게 뜨며) 그걸 내가 어떻게 알아?

민숙자: 너하고 제일 친하잖아. 별책부록처럼 맨날 같이 붙어 다니면서.

김종운: 짜아식, 백 살은 넘게 살 것처럼 건강 자랑을 그렇게 하더니…….

홍성달: 누가 아니래. 염병할…….

민숙자: 이제 저 건강원은 어떻게 하냐? (주변을 둘러보더니 목소리를 낮추며) 그보다, 걔 재산은 어떻게 되는 거지?

김종운: 어떻게 되긴. 노랭이짓 하는 게 다 누구를 위해서겠어. 자식 새끼를 위해서지. 아들이라면 껌뻑 죽었잖아. 이제 미국에 있는 자식이 얼씨구나 하겠지.

홍성달: 왕 사장 재산이 얼마나 될까.

민숙자: 꽤 되겠지. 과수원만 해도 그게 얼마냐. 건설회사에서 아파트 짓는다고 팔라고 계속 찾아왔었잖아.

허정만: 그렇게 지독을 떨더니만.

김종운: 역시 뭐니 뭐니 해도 돈이 최고야. 돈을 이길 수는 없어. 생각해 봐라. 세상에 돈과 전혀 관계없는 거, 그런 게 어디 있겠어? 돈 때문에 속 끓일 일 없고 아쉬운 게 없으면 죽기 살기로 공부는 왜 하고 아등바등 취직은 뭐라 해? 그냥 실컷 쓰면 되는 거야. 돈이면 안 되는 게 없지.

허정만: 종운이가 변호사를 했어야 되는 건데. 그럼 이름깨나 날렸을 거다.

김종운: 현실적으로 얘기해서 그렇다는 거야. 솔직히 옛날에야 사촌이면 얼마나 가까운 친척이냐. 요즘에야 몇 년에 얼굴 한 번 보기 힘들잖아. 왜 그렇다고 생각해? 본질보다는 교환가치가 더 중요하기 때문이지. 서로 이해관계가 없으면 교환가치도 없게 되는 거야. 이익이 없으니까 자연히 멀어지게 되는 거라고. 현대인들에게 돈과 연결되지 않은 인간관계란 있을 수 없다는 뜻이지.

홍성달: 지금도 늦지 않았어. 종운이를 국회로 보내면 돼. 그럼 한국

경제가 금방 살아날 텐데.

민숙자: 돈이 그렇게 좋은데 이걸 어쩌냐. 내 팔자에는 전혀 해당 사항이 없으니 원.

홍성달: 그럼 뭐해. 여기 시장에서 양 사장이라고 부르는 사람 봤어? 버젓한 남원양 씨를 전부 왕 사장이라고 부르고 있으니. 사람들은 진짜 성이 왕 씨인 줄 알고 있다니까.

민숙자: 왕소금 소리를 들어도 싸지, 말똥 싸. 짜기가 새우젓 장사하는 나보다 더 짜다는 건, 양동시장의 마스코트인 양동이와 양순이까지도 안다. 다들 마빡 찔러도 피 한 방울 안 나올 거라고 하니 왕소금이 아니라 아예 한주소금이지.

김종운: 그러고 보면 성이란 게 참 중요해. 어떤 성을 붙이면 이미지가 생기고, 그 이미지에 따라 생각이 바뀐다니까. 왕 씨라고 하면 우선 중국집이나 비단장사가 떠오르잖아.

허정만: 우리라도 왕 사장이라고 부르지 말자. 제대로 된 성을 부르든지 아니면 친구니까 차라리 이름을 부르는 게 낫지.

홍성달: 양동시장 상인들 천삼백 명 가운데 진규한테 밥 한 번 얻어

먹은 사람 있으면 나와 보라고그래. 식당에 가봐라. 얻어먹으면서 공깃밥은 꼭 두 공기씩 먹는다니까. 그것도 밥풀 한 톨 안 남기고 말이야. 내가 두 손 두 발 다 들었다.

허정만: 진규가 좀 그렇긴 해. 원래 고집이 센 사람이라 그런 걸 어쩌겠냐. 내가 옆에 있어도 생전 배 한 덩이를 돈 주고 안 사 먹는다. 곯아 버리려는 거나 얻어다 먹지.

민숙자: 나도 이젠 나이를 먹었나 봐. 어떤 땐 슬슬 왕 사장을 닮아가고 있다는 생각이 들더라니까. 싼 식당 찾아다니고, 밥값 낼 때 서로 눈치 보고 하는 게. 이게 다 늙어서 궁상떠는 초기 단계인 거지?

김종운: 그래도 양진규, 운은 타고난 놈이다. 별 볼 일 없는 땅도 이상하게 진규가 사기만 하면 옆에 뭐가 들어서고 택지개발이 되어 보상을 왕창 받아 떼돈을 벌고는 하잖아.

허정만: 사람들은 운이라고들 하지만 곰곰 생각해 보면 그렇지도 않아. 걔가 언제 욕심내는 거 봤어? 그렇게 평생을 살았으니까, 재산을 모으게 된 거지. 낙숫물이 바위를 뚫는 거야. 왜, 배 아파서?

김종운: 배 아프긴. 친구가 부자면 우리도 좋은 거지 뭐. 잘 됐다. 이 기회에 그 재산 내가 좀 팔아줘야 하겠다.

허정만: (삿대질을 하며) 너는 그게 지금 할 소리냐? 이 판국에 그런 얘기를 하다니! 기가 막힌다. 진규만큼은 병상을 떨치고 일어날 거라고 난 믿어. 걔가 원래 강골이잖아. 내가 중환자실을 매일 찾아가는 것도 그런 믿음이 있어서야.

박순이가 걸어온다.

김종운: 어디서 고소한 냄새가 솔솔 난다 했더니 역시 우리 순이구나.

허정만: (김종운을 향해 비아냥대며) 흥! 넌 여전히 말 돌리는 데는 선수구나.

박순이: (슬며시 고개를 끄덕이며) 오랜만에 보니 반갑다. 진규 소식 듣고 깜짝 놀랐어. 어쩌다 그런 변을 당했는지……. 서로 지척에 있으면서도 바쁘다는 핑계로 못 보다가 하나가 다치니까 다 만나게 되는구나.

김종운: 난 순이가 엄청 출세하고 대단하게 한자리 해먹을 줄 알았어. 여고 졸업할 때까지 한 번도 전교 일등을 놓친 적이 없었잖

아? 우리 동창들의 자랑이었지.

박순이: 그거 따지고 보면 별거 아닌 거야. 우리 집에서는 성적이 우선이었고, 다른 집에서는 생존이 먼저였을 뿐이야.

김종운: 그랬더니 별수 없이 말단 공무원이더라고. 다 소용없는 짓이야. 여자 공부 잘해 봐야 예쁜 년 못 이기고, 예뻐봤자 팔자 좋은 년 못 이긴다더라.

허정만: 왜 말단이야? 명색이 서기관으로 퇴직했는데.

김종운: 게다가 이젠 엄마가 하던 참기름 집을 물려받아? 좀 놀랐다.

박순이: (슬며시 웃으며) 물려받은 게 아니라 엄마가 아프셔서 잠시 도와드리는 거야.

김종운: 그래도 이 박순이 알아줘야 한다. 공부만 하는 줄 알았더니 보기와는 다르게 강단이 있더라고. 5·18 때 진짜 주먹밥을 얼마나 많이 쌌다고. 다들 알잖아? 그건 진짜 알아줘야 한다니까?

민숙자: 종운이는 아마 무지 오래 살 거다. 많이 배워서 아는 것도 많고 돈 많은 년놈들과 어울려 다니며 좋은 건 다 처먹고 다니니. 하

지만 예쁜 여자 조심해라. 현주 봐라. 그 나이에 여기 와서 그러고 있는 걸 보면 딱하기도 하고.

김종운: 예쁜 것들은 꼭 인물값을 하더라. 못생긴 것들은 꼭 꼴값을 떨고.

이때 야한 차림의 이현주가 등장한다.

김종운: 호랑이도 제 말 하면 온다더니 드디어 등장하셨군.

이현주: 배 아프긴. 친구가 부자면 우리도 좋은 거지 뭐. 잘 됐다. 이 기회에 그 재산 내가 좀 팔아줘야 하겠다.

민숙자: 어라? 진짜 이상하다. 둘이 사귀는 거 아니었어?

이현주: 누가 아니래? 서로 생일을 챙기고 살림을 합치느니 어쩌느니 하는 말까지 쫙 돌았었는데.

김종운: 그거 다 뜬소문이야. 돈 많은 홀아비다 보니까 진규한테 중매 들어오는 데가 한두 군데가 아니었어. 젊고 예쁜 여자들도 많은데. 말이야 바른말이지 영희가 뭐 볼 게 있냐? 성격이 되냐, 인물이 되냐? 가깝게 지내니까 괜히 남 말하기 좋아하는

사람들이 지어낸 얘기지. 미모 하면 뭐니 뭐니 해도 이현주가 한 인물 했었지. 인근 고등학교 남학생들 인기투표에서 단연 일등이었잖아. 거의 여신 수준이었지.

이현주: (고개를 까닥이며) 좀 그렇긴 해. 맞춤법도 틀려가며 밤새 정성스레 쓴 연애 편지들은 내 자존심을 살려주는 유일한 기쁨이었지.

김종운: 넌 그 편지들을 보는 데서 박박 찢어 훅 날려버렸고. 참 멋지더라. 넌 명백히 오만했고, 그 오만은 눈부셨어.

이현주: 아, (허공을 바라보며) 지금도 사그라질 줄 모르는 그놈의 인기.

민숙자: 그래 봤자 니네 홍어집에 들락거리는 놈들 다 별 볼 일 없는 인간들뿐이잖아?

이현주: (민숙자를 째려보며) 얘가! 별 볼 일이 있는지 없는지 네가 어떻게 아니! 나 참 기분 나빠서! (가방에서 봉투를 꺼낸다) 나, 바빠서 병원에 못 가니까 잘난 니덜이 전해줘라! 나 먼저 간다! (총총히 사라진다.)

민숙자: 기집애, 승질머리 하고는.

김종운: 아들한테는 연락했겠지?

허정만: 사실… 어릴 때 봐서 얼굴도 가물가물해. 중학교 땐가…. 지가 못 배워 그런지 무조건 큰물에서 가르쳐야 된다며 조기 유학을 보냈잖아. 다행히 아들 전화번호는 휴대폰에 입력되어 있더라.

홍성달: 나도 가끔씩 휴대폰 속에 저장된 사진을 보여주며 자랑을 해서 그나마 얼굴을 알지. 늘 아들을 그리워했지. 무척 보고 싶어 했잖아.

김종운: 야, 이거 큰일이다. 미국에서 박사 아들 온다고 보나마나 또 한 차례 법석을 떨 텐데.

민숙자: 그런데 네가 왜 큰일이냐?

김종운: 그걸 몰라서 물어? 기죽어서 그런다. 선물을 얼마나 많이 들고 오겠냐.

홍성달: 박사면 뭘 해, 미국에서 노랑머리와 결혼해서 시민권도 나왔다던데. 이제 한국은 고사하고 광주로 돌아오겠어?

민숙자: 안 됐어. 애들 엄마 거기서 사고로 죽고, 아들 하나 기다리며 살았는데……. 결국 아들, 여편네 다 잃어버린 꼴이지. 그래도 그 노랭이가 아들이라면 자다가도 일어나서 송금해 달라는 대로 재깍재깍 송금해 주는 걸 보면 애비 마음은 어쩔 수 없는 모양이더라.

허정만: 걔가 어릴 적부터 너무 오냐오냐 키워놔서 버릇이라곤 원래 없었어. 그래도 자식 이기는 부모 없는 거야. 이번 생일 때 미국 간다며 좋아했는데. 뉴욕도 가보고 그랜드캐니언 구경한다고 그렇게 자랑하더니만…….

김종운: 해외여행이 처음이잖아. 환갑 때 제주도 가느라 비행기 처음 탔다니 알아줘야지. (주변을 둘러보며 목소리를 낮춘다.) 사실 우리끼리 얘기지만 그렇게 살면서 돈 있으면 뭐하냐? 등신이 따로 없는 거지.

허정만: 그건 너희들한테도 다 책임이 있어. 특히 너, 종운이는 툭하면 일본이나 백두산 트레킹 한다며 중국을 다니면서 어쩌면 친구 한번 안 데리고 가냐?

김종운: 야, 그게 내가 가고 싶어서 가냐? 영업 차원에서 어쩔 수 없이 손님들과 같이 가는 거지.

홍성달: 어쨌든 간에 진규가 의식이 돌아와야 할 텐데.

잠시 침묵

종운: (훌쩍거리며 눈물을 찍어내는 허정만을 바라보며) 어라? 넌 왜, 지랄하고 처 울고 있어? 누가 죽기라도 했어?

허정만: 어릴 적 생각나서 그래. 우리 친구들 얼마나 좋았냐. 생각나지? 발가벗고 개울에서 가재 잡고 같이 멱 감으며 놀던 일이며……. 밤에 과수원에 서리 갔다 들켜서 끌려갔던 일……. (풀어진 시선으로 허공을 올려다본다.)

홍성달: 너 나 할 거 없이 가난했지만 생각해 보면 그때가 제일 좋은 시절이었어. 국수에 라면 하나만 넣어도 얼마나 맛있었냐.

허정만: 돈 번다고 바쁘게 사는 동안 어느새 우린 모두 고향을 잃어버렸어. 그 자식, 제일 못 배웠지만 그래도…… 똑똑했잖아. 그렇게 구두쇠 소릴 들어가며 개지랄을 떨더니, 결국 그 꼴이 되었느냐 말이야……. 짜아식, 왜, 그 꼴이 되었느냐구! (양동이를 발로 걷어찬다.)

홍성달: (양동이를 다시 제자리에 놓으며) 넌 왜 우리 시장의 마스코트를 차고 그래.

제2막

양동 공인중개사사무소. 토지, 임야, 상가라는 선팅이 보이고 부동산 사무실에 어울리지 않는 호화스러운 분위기. 탁자에는 공인중개사 명패와 컴퓨터, 응접 세트가 있고, 벽면에는 대형 도시계획지도가 걸려 있다. 정장 차림의 김종운 화려한 차림(진한 화장에 귀걸이, 목걸이, 팔찌 등)의 여자 손님 두 명에게 손짓을 해가며 열심히 설명하고 있다. 허름한 점퍼 차림의 허정만 들어와 두리번거리다 슬며시 의자에 앉는다.

김종운: (고개를 까딱이며) 어, 왔어? 결국 요즘 부동산의 핵심은 바로 환금성 아닙니까. 환금성이 없다면 결국 싸다는 건 아무 의미가 없는 셈이죠. 생각해 보세요. 거래하는 은행에서 연 삼십 프로씩 이자를 준다고 해도, 원금과 이자를 합쳐 백 년 뒤에 준다고 하면 무슨 소용이 있겠습니까.

손님 1: 어머! 진짜 귀에 쏙쏙 들어오는 말씀만 하시네요.

김종운: 허허. 제가 누굽니까? (어깨를 으쓱한다) 공인중개사협회 중앙위원에다가 대학 평생교육원에 출강도 하고 있지 않습니까. 저도 따지고 보면 공인이라면 공인입니다.

손님 1: 어쩐지…….

손님 2: 그런데, 중개 수수료가 너무 비싸네요. (계산하는 듯 잠시 허공을 응시하더니) 법정 수수료의 몇 배나 되잖아요.

김종운: 허허. 하나만 알고 둘은 모르시네. 걱정하지 마세요. 그래 봤자, 셈 흐린 놈 빌려주는 것보다 훨씬 나을 테니까.

손님 1: 왜요? 그게 무슨 말이죠?

김종운: 소금 먹은 놈이 물켜는 법 아닙니까. 저기서 소금 먹는 거 보고 가는 길에 물 떠놓고 있으면 어김없이 그 물 먹고 가게 돼 있어요. 세상에 공짜 있는 거 봤어요?

손님 2: 그래도 이건 좀… 심하다는 생각이 드네요.

김종운: 내 말을 잘 못 알아들으시네. 자본주의 국가에서 인간은 절대 평등하지 않습니다. 기회의 균등일 뿐이지 능력의 균등은 아니거든요. 자, 똑같은 자리에서 리어카에 똑같은 과일을 판다고 칩시다. 하지만 수입도 똑같겠어요? 하루에 오만 원 버는 사람도 있고 십만 원 버는 사람도 있고 이십만 원 버는 사람도 있지 않겠어요? 호객이나 진열하는 방법, 흥정하는 상술에 따라 이익금은 아마 제각각일 겁니다. 능력 없는 놈들은 법정 수수료만 받지만 저같이 뛰어난 사람은 그만큼 능력

의 대가를 받아야 된다, 이 말입니다.

(여자 손님들을 빤히 바라보자 둘은 그렇다는 듯이 고개를 끄떡인다.)

투자의 승패는 바로 타이밍입니다. 이런 물건 흔치 않아요.
자, 언제 계약하실래요?

손님 1: (손님 2와 잠시 소곤거린다.) 일단 알았고요. 위성지도로 봐서는 잘
모르겠으니까 내일 현장을 보여주세요. 그리고서 결정할게요.
손님도 와 계신데 그럼 우린 이만.

(여자들 고개를 까딱이고 총총히 사라진다.)

허정만: 어이구, 놀고 있네. 야, 놀랐다. 아주 술술 나오는구나. 술술
나와. 김종운이 완전 달변가가 된 걸 보니 역시 부동산이 좋
긴 좋은 모양이다. 하지만 명심해라. 지나친 친절은 사기의 일
종이라는 거.

김종운: 야! 부동산이라는 게 다 그런 거지. 사람은 세월 따라 변하는
거야. (허공을 멍하니 바라보며) 어느새 세월이 참 많이도 흘렀지.
법대 나와 고시 공부할 때 심심풀이로 본 공인중개사 시험이
내 평생 직업이 될 줄은 진짜 꿈에도 몰랐다. 당연히 판사나
변호사가 될 줄 알았지.

허정만: 너 고시 공부한다고 진규가 칡즙이나 붕어 내린 거 종종 보내

줬잖아. 친구 중에 판검사 생긴다고 얼마나 좋아했는데. 지금 와서야 하는 말이지만, 솔직히 네가 어디 사법고시 깜이냐?

김종운: (정색을 하며) 얘가 사람을 막 무시하네?

허정만: 너 법대도 커닝으로 들어간 거라고 나한테 그랬잖아?

김종운: (의자에서 벌떡 일어서 삿대질한다) 야! 그게 왜 커닝이냐?

허정만: (눈이 휘둥그레져 김종운을 바라만 본다) 그럼…….

김종운: (슬며시 앉으며) 다 작전이지.

허정만: 솔직히 그땐 네가 친구들 거들떠나 봤냐? 판검사 금방 되기라도 할 것처럼 어깨에 힘을 잔뜩 주고 거들먹거렸지. 그때 네 별명이 뭔지 알아? 까스였다. 까스.

김종운: 야, 넌 왜 쓸데없는 쪽으로 기억력이 그렇게 좋으냐? (웃으며) 그런 옛날 얘기는 빨리빨리 잊어버려라. 그러지 않아도 여편네는 자기 인생 최대의 실수가 나와 결혼한 거라고 하더라. (한바탕 크게 웃으며) 사법고시에 꼭 패스할 줄 알았나 봐. 자기는 결혼이라는 벤처에서 완전히 실패한 투자자라나?

허정만: 인생이라는 놈이 원래 그래. 인정머리라곤 되게 없지. 나도 과
일가게를 하고 싶어서 한 줄 아냐? 대학 나와 취직은 안 되고
빌빌거리고 있는데 집에서 도대체 돈을 줘야 말이지. 하고 싶
은 게 좀 많으냐. 여행도 다니고 영화도 보고 싶고, 친구들 만
나 놀고 술도 마시고 싶은데 돈을 안 주니 미치겠더라고. 넌
용돈 풍족하게 쓰던 놈이었으니까 그 심정 모를 거다. 면접시
험 본다고 둘러대고 타가는 것도 한두 번이지 나중엔 아예 속
질 않더라니까. 그때 기가 막힌 아이디어가 하나 떠오른 거지.

김종운: 그게 뭔데?

허정만: 우리 집이 과수원을 하니까 창고에 과일은 많았었잖아. 사과
궤짝을 빈 궤짝과 바꿔치기하는 거야. 그걸 누가 확인해 보겠
어? 팔 때까지 아무도 모를 테니까 그때 가서 들통이 날 때
나더라도 일단 돈을 쓰고 보자는 심사였지. 그때 이미 진규
는 건강원을 하고 있었잖아. 밤에 경운기로 몰래 사과를 내가
면 진규가 전부 팔아줬거든.

김종운: 그게 기가 막힌 아이디어냐? 소경 제 닭 잡아먹는 꼴이지.

허정만: 그 돈 쓰는 재미가 얼마나 쏠쏠하던지 너는 죽었다 깨어나도
절대 모를 거다. 덕분에 너희들도 나이트 같이 갔었잖아?

김종운: 어, 그랬었나?

허정만: 금남로에 몰려들 갔었잖아? 술집 이름이 뭐였더라. 넌 꼭 네가 산 것만 기억하고 얻어먹은 건 깡그리 잊어먹더라.

김종운: 기억이 별로 없는데…….

허정만: 바늘 도둑이 소도둑 된다는 말이 딱 맞더라. 그러다 보니 빈 궤짝이 수십 개가 된 거야. 그때서야 덜컥 겁이 나더라고. 취직될 때까지 한 철만, 아니 빈 궤짝을 채울 때까지만 해본다고 시작한 과일 장사를 이 나이 되도록 하고 있으니 내가 생각해 봐도 주변머리라고는 약에 쓸려고 해도 없는 위인이 틀림 없어. 아버지는 뼈 빠지게 일해서 대학까지 가르쳐 났더니 효도는 못할망정 기껏 하는 게 과일 장사라고, 친구들 만나면 창피해서 고개를 못 들겠다고 하시더라. 화가 단단히 나셨는지 몇 년간은 아예 오지도 않으셨다니까.

김종운: 심청이마냥 아버지 눈뜨게 하려고 인당수에 몸을 던지기라도 하길 바라셨던 모양이네. 그래도 과일 장사로 자리 꽉 잡았겠다, 결과적으로 별로 밑지는 장사는 아니었잖아?

허정만: 맞아. 주위에 학사 청과라고 은근히 빈정대는 사람들도 있지만

난 크게 불만 없다. 출세하고 성공한 사람이나 서민이라고 생각하는 사람이나 자세히 들여다보면 사는 건 다 똑같더라. 그래도 너나 나나 이때까지 자식들 키우고 먹고살았으니 그게 우연은 아니었던 거야. 어쩌면 천직이라는 생각도 든다. 그나저나 우리 고향은 땅값도 안 오른다니? 맨날 제자리고 그대로더라.

김종운: 길도 나쁜 그 산골에 오를 턱이 있냐. 다 제 복이지. 내일 그 아줌마들이랑 땅 보러 갈 때 너도 바람이라도 쐴 겸 같이 가자.

허정만: 알지도 못하는 여자들하고 내가 왜 같이 어울리니? 누가 보기라도 하면 어쩌라고.

김종운: (눈을 찡끗하며) 돈 있는 여자들 알아둬서 손해날 거 없는 거야.

허정만: 돈이 얼마나 많은지 몰라도 둘 다 어쩌면 그렇게 못생겼냐. 내가 보기엔 성형외과 모델 감이더라.

김종운: 솔직히 인물은 없지만 웬 모델? 그것도 성형외과?

허정만: 한 사람은 얼굴이 딱 이거던데? 이런 사람도 수술 가능함.

김종운: (한바탕 크게 웃으며) 그럼 또 한 사람은?

허정만: (전혀 웃지 않으며) 이렇게 수술하면 변상해 줌.

김종운: 야, 너무 심했다. 그 정도는 아니다. 여자를 얼굴로 보면 절대 안 되는 거야. (능글맞게 웃으며) 통장 잔고로 봐야지.

허정만: 도대체 뭐하는 여자들이 화장을 그렇게 요란하게 하고 다녀? 통 나이도 알아볼 수 없는 게 화장이 아니라 아예 변장이더라.

김종운: 신랑 잘 만나 팔자 좋은 여자들이라고 보면 되겠지. 주거지역 도 있고, 상업 지역도 있고 그래.

허정만: 그게 뭔 소리야?

김종운: 부동산 업자들끼리는 여자 나이를 도시계획에 비유해. 이십 대는 자연녹지라고 불러. 싱싱한 녹지라는 개념이지. 또 건폐 율이 이십 프로니까. 삼십 대는 주거지역이야. 그 나이면 집이 나 안정을 찾는다는 뜻이겠지.

허정만: 말 된다. 그럼 사십 대는 상업 지역이겠네?

김종운: 역시! 눈치 하나는 빠르구나. 사십 대 여자를 만나려면 그 지 역의 노른자 땅인 상업 지역 같은 여자를 만나라는 얘기래.

오십 대는 중심상업지역이고, 유효기간 다 지난 육십 대는 운
동 휴양지구야. (둘 다 웃는다.)
그럼 십 대는 뭘까?

허정만: 십 대? 십 대가 무슨 여자냐? 미성년자인데.

김종운: 그래서 개발제한구역이다. 그린벨트! 이거 개발하면 이익은
많이 나는데 잘못 건드리면 바로 형무소 가는 거라는데? 그
럼 숨겨둔 애인은 뭐라고 할 거 같아?

허정만: 글쎄······.

김종운: 군사시설 보호지역이래. 군부대 입구의 경고 문구 있잖아. 사
진 촬영 금지, 접근하면 발포함! (둘 다 한동안 크게 웃는다.) 사실
은 말이야. 진규한테는 좀 미안한 얘기지만······. (궁리를 하듯)
걔네 과수원 말이야. 이번에 내가 매매를 해볼까 하는데, 넌
어떻게 생각해?

허정만: 진규는 생사의 문턱을 왔다 갔다 하는데 친구라는 놈들의 이
해타산은 다 제각각이구나. 진규가 이 소리를 들었다면 지금
뭐라고 했을까? 아마 틀림없이 너한테 눈을 부라리며 주먹을
쳐들었을 거야. 그게 어떻게 장만한 땅인데. 두고 봐라. 진규,

분명히 병상을 털고 일어날 거다.

김종운: 일어나면야 좋지. 하지만 밥 먹고 살려면 별수 있냐. 이렇게
해서라도 산 사람은 살아야지. 아들이 귀국한다면서?

허정만: 그래. 비행기 표를 끊었다고 연락받았어.

김종운: 아들이 오면 그때 과수원을 처분하라고 해. 그게 아들한테도
유리하거든. 아직 숨을 쉬고 있을 때 빨리 처리해야지, 죽고
나면 늦어. 그러다가 상속세라도 왕창 맞아봐. 그땐 세금으로
엄청 뺏긴다니까. 내가 누구냐, 우린 모두 부랄친구 아니냐.

허정만: 아직 사람이 살아있는데 어떻게 그런······.

김종운: (펄쩍 뛰며) 내 말대로 하자니까. 네가 몰라서 그렇지. 이런 건
내가 전문이야. 도와줘라. 친구가 좋다는 게 뭐냐. 우리 솔직
히 얘기하자. 개가 지 애비 보러 오는 것 같아?

허정만: 당연히 애비 보러 오겠지? 그게 아니면?

김종운 물론 그것도 이유 중 하나야 되겠지. 하지만 그게 전부는 아
닐 거다. 사고 나기 전에도 아버지한테 정이 그렇게 두터웠던

건 아니잖아? 그렇게 보고 싶다고 전화를 해도 몇 년에 한
번 올까 말까라고 술김에 나한테 하소연 비슷하게 하더라.

허정만: 그건 맞아. 나도 그 얘기 여러 번 들었으니까.

김종운: 사실 따지고 보면 싸가지 없는 놈이지. 저를 어떻게 유학까지
보낸 건데 몇 년째 코빼기도 한 번 안 보이니?

허정만: 요즘 애들 다 그렇지 뭐.

김종운: 걔가 부랴부랴 오는 이유는 이참에 지 애비 재산을 정리해서
한 몫 챙겨 가기 위한 걸 거야. 두고 봐. 내 말이 틀리나. 역
시 뭐니 뭐니 해도 돈이 최고야. 걔가 그 말을 꺼내면 넌 머뭇
거리지 말고 나를 얼른 불러대. 거기까지가 네 임무야. 아주
쉽지? 그 땅 내가 거저나 마찬가지로 사 준 거잖아. 지금 와
서 하는 말이지만 그때 친구라고 중계료도 안 받았다니까.

허정만: 그래. 친구니까 말은 똑바로 하자. 나도 들은 소리가 있으니까.
그 땅 바가지 옴팍 썼다고 동네방네 소문이 다 났던 건 어떻게
된 일이냐? 어디 바가지 씌울 사람이 친구한테 씌우냐?

김종운: (당황하며) 어? 너 무슨 말을 그렇게 해? 내가 그때 개업하고

얼마 안 돼서 경험은 좀 없지만 설마 친구한테 그랬겠냐? (삿
대질을 하며) 사람을 어떻게 보고 하는 소리야! 왜 나만 보면
못 잡아먹어 난리야!

허정만: (기가 막혀 웃으며) 못 잡아먹기는 누가 누구를 못 잡아먹어?

김종운: 생각해 봐라. 어쨌든 땅값이 그렇게나 많이 올랐는데 그럼 엄
청나게 잘 사 준 거 아니냐? (갑자기 다정하게 어깨를 다독이며) 이
번 일만 잘되어봐라. 내가 가만히 있을 사람이냐? 세상에 공
짜는 없는 거니까. 내가 누구냐. 네 친구 아니냐! (신이 나 관객
앞으로 가서) 이런 게 바로 좋은 일입니다. 인생 살맛 나는 거
그렇게 어려운 일 아니거든요.

허정만: 거기가 완전 금싸라기가 됐다던데, 더 있으면 좋아지지 않겠
어? 그때 팔면 지금보다 훨씬…….

김종운: 얘가? 넌 내 말을 그렇게도 못 알아들어? 정신 차려. 물론 두
면 오르겠지. 중요한 건 현실이야. 이것도 기회라면 기회인 거
다. 미국 사는 놈이 여기 땅값을 알겠냐? 이십억이 적정선이
다. 사실 이런 건 그 이하로 끊어야 되는 거야. 그래야 우리가
중간에서 챙길 수 있는 거야.

허정만: 그렇게까지 해서 돈을 벌어야 되는 거니?

김종운: 얘가? 요즘 세상이 어떤 세상인데, 우리가 무슨 유니세프냐? 아니면 대한적십자사냐?

허정만: 잘한다. 잘해. 진규는 의식불명으로 누워있는데, 친구라는 놈이 중간에서 챙길 궁리나 하고, 진짜 이래도 되는 거냐? (한숨을 쉬며) 우리가 어쩌다가 여기까지 왔는지 모르겠다.

김종운: 답답하긴! 다 먹고 살자고 하는 짓이다. 요즘 수수료만 받는 부동산이 어디 있냐! 그래도 내가 그 금액을 쥐어주겠다는 건 친구이기 때문이야. 그러니까 나한테 고마워해야 돼. (달래며) 나도 요즘 분양하는 새 아파트로 이사 좀 가자. 마누라가 친구들은 전부 얼굴에 주름살 폈다고 난리더라. 이참에 성형외과 데려가 주름살 좀 싹 펴주자. 우리 해외여행도 같이 가고.

허정만: 몇 년 전에 폈다는 얘기하지 않았어? 들은 거 같은데…….

김종운: 그때가 벌써 언젠데. 요즘은 의학이 더 발달해서 표도 안 나고 이십 년은 젊어진대나 어쩐대나.

허정만: 그렇게 똑똑한 김종운이 왜 이렇게 살고 있는지 모르겠다. 세

계 칠대 불가사의에 하나를 더 보태 팔 대 불가사의로 기네스 북에 등재해야 될 판이다.

김종운: 어떻게 보면 세상은 운이라는 생각이 들어. 전에는 그런 말은 나약한 사람들이나 하는 자기합리화라고 믿었었지. 하지만 생각해 봐. 어떤 사람이 지진이나 전쟁터에서 구사일생으로 살아남았다고 치자. 그게 꼭 그 사람의 능력만으로 될 수 있는 거라 생각해?

허정만: 물론 그럴 순 없겠지.

김종운: 노래 잘한다고 꼭 가수가 되는 건 아니잖아. 어떤 사람은 머리도 좋고 배경도 있어. 그런데 죽어라고 노력을 해도 번번이 실패만 하고 안 되는 거야. 또 어떤 사람은 참, 쉽게 성공을 하기도 하더라고. 그렇다고 진규를 두고 하는 말은 절대 아니다. 결국 인생이란 개인의 능력과 노력이라는 씨줄과 시대적 상황과 운이라는 날줄이 함께 짜여 이루어지는 거라 생각해. 다 운이야, 운. 진규가 의식불명인 것도 우리한테 운이라면 운인 거야.

허정만: 물론 운이라는 게 있긴 해. 하지만 그 운이라는 것도 본인이 노력했을 때에만 따라오는 거야. 열심히 산 사람한테 주어지

는 일종의 선물 같은 거지.

김종운: 꼭 내가 노력을 안 한다는 얘기처럼 들린다?

허정만: 요즘 친구들 사이에 네 별명이 뭔지 알아? (웃으며) 뜬구름이
　　라고 하더라.

김종운: (벌떡 일어서며) 뭐? 뜬구름? 어떤 개자식이 그래? 내 당장 그
　　자식을!

허정만: 원래 소문이란 본인이 가장 늦게 듣기 마련이다. 좋은 뜻으로
　　해석해라. 이상이 높다는 뜻으로.

김종운: (가까이 다가와 귀에 대고) 구입할 사람은 이미 물색해 놨어. 그 정도
　　도 준비하지 않고 내가 친구를 불렀겠냐? 빨리 처분하지 않으면
　　더 손해일 수도 있어. (허정만 듣는 둥 마는 둥 하더니 슬며시 일어선다.)
　　왜 표정이 그렇게 떨떠름해. 점심 같이 먹고 가지 그래?

허정만: 송 사장하고 같이 먹어라. 오다 보니 가게에 있더라.

김종운: (단호하게) 됐어. 점심은 뭐.

허정만: 웬일이냐? 아닌 적엔 같이 식사하게 자리 좀 한번 만들어달
    라고 그렇게 통사정을 하더니만.

김종운: (눈치 보며) 그 땅 이미 매매시켰다.

허정만: 벌써? 야, 빠르다 빨라. 역시 김종운이다. 잘됐네? 안 판다는
    땅 매매시켰으면 한몫 단단히 챙겼을 텐데 네가 밥 자주 사
    야 되는 거 아니니?

김종운: 어느 낚시꾼이 이미 잡힌 물고기에 또 미끼를 주냐. (따라 나오
    며) 이건 우리 둘만의 비즈니스니까 다른 친구들한테는 얘기
    하지 말자. (손가락을 입술에 갖다 댄다) 이런 일은 여럿이 알아서
    좋을 게 하나도 없거든. (귀에 대고) 이제부터 네가 할 일만 남
    은 거야. 알았지? (가는 뒤에다) 언제 소주 한잔하자고!

제3막

중환자실. 입구와 중환자실이 반반 나뉘어져 있고, 양쪽에서 배우들
이 연기할 수 있는 구조. 중환자실이라는 문이 있고 입구에는 대기자들
이 앉을 수 있는 긴 의자가 있다. 막이 오르면 입구에만 조명이 있다.
의자에 앉아 자꾸 시계를 보고 있는 허정만. 잠시 후 커다란 덩치

에 야구 모자를 쓴 양진규 아들이 나타난다. 180이 넘는 큰 키와 건
장한 체격에 수염을 길렀고 찢어진 청바지에 귀걸이를 하고 있다. 허
정만 위아래로 훑어보며

　　허정만: 진규…… 아들인가? 원철이가 맞아?
　　　　　(손을 내밀자 아들이 꾸벅 머리만 숙인다.)

　　허정만: 너무 오랜만이라 이젠 몰라보겠어. 아버지가 그렇게 보고 싶
　　　　　어 했는데…….

　　아들: (퉁명스럽게) 아예 의식이 없다면서요?

　　허정만: 한 번에 한 명씩밖에 안 되거든. 내가 먼저 들어갔다 얼른 나
　　　　　올게.

　　앞치마 식으로 된 위생복을 입고 마스크와 비닐장갑을 낀다. 중환
자실로 들어가는 허영만. 아들은 의자에 다리를 꼬고 앉아 스마트폰
을 들여다보기 시작한다.
　　입구의 조명은 꺼지고 중환자실의 조명 중 양진규 침대만 켜진다.
　　의료기기에 둘러싸여 죽은 듯 누워있는 양진규. 입과 팔뚝에는 튜
브가, 코에는 인공호흡기가 꽂혀있다. 머리와 다리를 칭칭 감은 붕대
와 깁스.

허정만: 어제 그대로네요.

의　사: (미안해하는 표정으로 손을 비비며) 저희로서는 최선을 다하고 있습
　　　니다만, 안타깝게도 환자분의 상태는 전혀 차도가 없습니다.

허정만: 진규야, 니 아들이 귀국했어. 그렇게 보고 싶어 하던 니 아들이
　　　왔어. 그러니까 이제 일어나야지? 얼른 일어나 봐. 얼른……. 숨
　　　은 쉬고 있지만 이렇게 죽은 거나 다름없으니 이걸 어쩌면 좋으
　　　냐. (한숨을 길게 내쉬며 눈물을 훔친다.)

　갑자기 건너편 병상에서 여자의 비명 소리 들린다. 그쪽으로 바삐
뛰어가는 간호사들. 흰 가운을 펄럭이며 뛰어가는 의사. 이어 통곡
소리. 조명 꺼진다.

　입구의 조명 켜지자, 중환자실에서 나오는 허정만. 위생복을 입고
마스크를 쓴 아들을 마주 보는 서먹서먹한 시간이 잠시 흐른다.

허정만: (마스크와 위생복을 벗으며) 오른쪽 네 번째 병상이야. 놀라지 마라.
　　　아버지 같지 않을 거야. (아들 중환자실로 들어간다.)

　중환자실은 여전히 조명 꺼진 상태. 잠시 뒤, 중환자실에서 나오는
아들.

허정만: (손목시계를 보며) 왜? 면회 시간도 다 채우지 않고….

아　들: (덤덤한 얼굴로) 왔다 가는 것도 전혀 모르시잖아요?

허정만: 의지가 강한 사람이니까 일어날 거야. 끝까지 희망을 잃지
　　　　말자.

아　들: (아무렇지도 않게) 미국에서 팩스로 의사 소견서를 받아 보았어
　　　　요. 이젠 면회 올 필요도 없을 것 같던데요. (피곤한 듯 연신 하
　　　　품을 한다.)

허정만: 그래도 와야지. 아들을 얼마나 기다리던 아버진데. 교육열이
　　　　워낙 남달라서 자넬 조기유학 보냈지만, 곁에 없다 보니 늘
　　　　후회하는 눈치던데……. 맛있는 음식이라도 먹을라치면 꼭 자
　　　　네 얘기를 했어. (잠시 마주 보다) 우리 점심이라도 같이 할까?

아　들: (고개를 흔들며) 제가 전화 드릴게요. 시차를 극복하지 못해서
　　　　그런지 힘드네요. 우선 호텔에 가서 잠을 좀 자야겠어요.

(밖에서 피해자와 가해자가 다투는 소리. 목소리만 들린다.)
　그렇게는 합의를 해줄 수 없어! 사람을 이 지경을 만들어 놓고! 그
럼 맘대로 해! 앙칼진 목소리에 이어 악다구니가 마구 쏟아져 나온다.

제4막

커피숍. 혼자 앉아있는 허정만 앞에 야구모자에 빨간 점퍼 차림의 아들이 나타나자, 허정만은 엉거주춤 의자에서 일어난다. 아들은 풀썩 그대로 의자에 앉는다.

허정만: 잠 좀 잤어? 푹 자라고 일부러 연락 안 했는데.

아 들: 잠이 와야 말이죠.

허정만: 그럼 나가서 저녁이나 먹지. 요 옆에 번호표를 받고 줄 서서 기다렸다가 먹어야 하는 유명한 맛집이 있거든.

아 들: 그냥 차나 시키시죠? 사실은요⋯. 부동산을 정리하려고요. 미국이 투자가치가 훨씬 높고 또, 이제 그래야 할 것 같아서요.

허정만: (화가 나서) 그건 아버지 허락이 필요한 것 아닌가?

아 들: 지금은 아버지가 허락할 처지가 아니잖아요? 어차피 집과 상가는 가격이 뻔하고, 과수원은 삼십억쯤 나가더라고요. 급매물로 내놓는 것이니까 약간 다운될 테지만⋯⋯.

허정만: 언제 그런 것까지 조사를 다 했나?

아　들: 혹시, 아버지 재산 가운데 그 외로 알고 계신 것은 없으세요? 통장과 인감도장은 찾았어요. 근데…… 통장에 들어있는 잔고가 생각보다 훨씬 적더라고요. 돈 몇만 원에도 발발 떠시는 우리 아버지의 성격 잘 아시잖아요. 워낙 유명하시니까……. 그렇다면, 재산이 그것밖에 안 될 리가 없잖아요? 어딘가 다른 데 나누어 두신 것은 확실한데, 도무지 찾을 수가 없어요. 혹시 다른 데 투자를 했거나 누굴 빌려준 게 아닐까요?

허정만: 난 모르는 일이야.

아　들: 혹시…… 절에나 교회 같은데 나가신 적은 없나요?

허정만: 그랬다면 내가 모를 리가 없지.

아　들: 통장 정리를 해보니까 뭉텅이 돈이 빠져나가서 그래요. 아니면 혹시 여자 관계라도…….

허정만: 그게 무슨 뚱딴지같은 소린가?

아　들: 카드 사용 내역을 조회해 보니까……. 정기적으로 극장표를 예매하셨더라고요. 그것도 꼭 두 장씩.

허정만: 단지 그것만으로? 왜? 핸드폰 통화 내역까지 조회하지?

아 들: 그게 주로 심야극장 티켓이라서……. 이상하잖아요?

허정만: 금시초문일세. 난 전혀 모르는 일이야. 낮엔 가게 지켜야 했으
        니까 시간이 없었을 거야.

아 들: 제일 가깝게 지낸다고 들었어요. 좀 가르쳐주었으면 좋겠어요.

허정만: 진짜 모르는 일이야. 아무리 둘도 없이 지냈다고 하지만 그런
        걸 알려줄 친구가 아니야. (마른기침을 토해낸다.) 그런 건 서로 말
        하지 않아. 내가 알려고도 하지 않았고.

아 들: 도대체 돈을 어디에 두었을까요. (답답하다는 듯이 야구 모자를 벗
        고 머리를 긁적거린다. 파마와 염색을 한 그의 노랑머리가 보인다.)

제5막

1막의 양동시장. 일미 청과에서 과일에 먼지를 털고 있는 허정만.

허겁지겁 뛰어오는 정장 차림의 김종운. 넥타이를 느슨하게 풀며 가쁜 숨을 몰아쉰다.

김종운: (자리에 앉자마자 따지듯 묻는다) 만났다면서? 얘기했어?

허정만: 얘기할 필요도 없었어. 걔가 먼저 그 말을 꺼냈으니까.

김종운: (놀라는 표정) 그래? 그럼 더 잘되었군. (감격한 표정으로) 내 얘긴
했어?

허정만: (머리를 흔들며) 그날 이후 다시 만날 수가 없었어. 중환자실에
도 통 나타나지 않고 통화를 계속 시도해 보았지만, 그것도
소용이 없더라. 또 다른 재산을 찾아냈는지 원.

김종운: 이걸 어쩌지. (아쉽다는 듯이 한숨을 쉬며) 무슨 꿍꿍이속인지 알
수가 있나. 어쩔 수 없지. 기회를 놓칠 수 없으니 내가 직접
뛰는 수밖에. 그럼, 아들 전화번호나 가르쳐줘라. (허정만 김종
운을 바라본다.)
왜? 그것도 싫어?
(째려보는 듯한 싸늘한 눈매에 허정만 말없이 전화기를 내민다. 김종운
전화번호를 입력하며)
빨리 서둘러야 해. 아들이 벌써 다른 부동산 업자를 물색했

는지도 모르니까.

곱게 한복을 차려입은 이영희와 민숙자, 홍성달이 나타나 의자에
앉는다.

허정만: 이 여사가 여긴 웬일?

이영희: 왜, 내가 못 올 데라도 왔어?

허정만: 그건 아니지만…….

이영희: 나 양 사장과 늬덜이 생각하는 것처럼 그런 사이 아니야. 심
　　　　지어는 돈을 빌렸다는 말까지 별말이 다 돌던데, 고향 친구
　　　　이상도 이하도 절대 아니야.

민숙자: 아들이 왔다며? 만나봤어?

홍성달: 진규가 제 아들은 알아보데?

허정만: (말없이 고개만 흔든다.)

민숙자: 어디 큰 병원으로 옮긴다는 얘기는 없고?

홍성달: 혹시 미국으로 데려가 치료한다는 얘기는 안 하디?

김종운: 미국은 무슨 얼어 죽을 놈의 미국. 애비 재산 다 팔아서 미국
으로 간다는데.

홍성달: (기운 없이) 결국 그렇게 되는구나. 이런 꼴 안 보고 의식 없는
게 차라리 다행이지.

민숙자: 그럼 난 어떻게 되는 거냐.

허정만: 어떻게 되긴 뭐가 어떻게 돼? 지 재산 지가 처분하겠다는데
네가 왜 그래?

민숙자: (다짜고짜) 그건 아니지! 나 이거 혈압 오르네! 박사 아들 돌아
오면 가게는 그만둔다고 했어. 아들 창피할까 봐. 그리고 가게
는 날 준다고 약속했단 말이야!

(일행 모두 두리번거리며 서로의 얼굴을 바라본다.)

김종운: 그런 얘기는 처음 듣는데?

홍성달: 나도. 그 녀석이 언제 그런 말을?

민숙자: 야! 진짜야! 그런 약속이 있으니까 내가 좋은 데서 오라는 걸 뿌리치고 여길 왔지. 그러니까 진규는 나한테 빚이 있는 거나 마찬가지야.

홍성달: 너, 피라미든가 네트워큰가 할 때 뻔질나게 진규한테 찾아왔었지?

민숙자: 오면 뭐하냐. 소 귀에 경 읽기였지.

홍성달: 내가 네 속을 모를 줄 알고? 틀림없이 얼마라도 투자했을 거다. 그리고 한동안 안 보이더니. 결국 홀라당 다 들어먹고 쫄딱 망했다며?

민숙자: 그 얘긴 왜 하냐? 내 인생 최대의 비극인데.

홍성달: 친정집까지 박살 냈다며? 홀라당 말아먹고 오갈 데 없는 처지였던 걸 진규 챙겨줘서 그나마 이만큼이라도 산다는 걸 우리가 다 아는데 어떻게 그런 뻥을 치고 있냐? 고마운 줄 알아야 하는 거 아냐? 보자 보자 하니까!

민숙자: 야! 너 무슨 말을 그렇게 하냐? 그리고, 늬덜은 버젓한 가게라도 하나씩 차고 있으니까 그렇지, 내가 노점에서 발발 떠는

게 불쌍하지도 않냐? 동창끼리 서로 돕고 살아야 되는 거 아니냐. 연약한 여자가 살아보려고 이렇게 발악인데 친구라는 놈들이 도와주지는 못할망정 한다는 소리가. (화장지를 집어 손에 감고 팽하고 세게 코를 푼다.) 나, 이제 헛된 꿈은 다 버렸고 양동시장에 가게 하나 갖는 게 소원이다. 무슨 일이 있어도 가게는 내 몫이니까 너희들이 무조건 도와줘야 된다. 대신 진규 죽으면 내가 꼬박꼬박 제삿날 챙기고 무덤에 잡초 하나 없이 돌볼 거다. 그럼 되는 거 아니겠냐?

허정만: 겉으로는 왕소금이니 수전노니 욕하지만 사실 따지고 보면 우리 모두 진규한테 신세 지고 산 폭이야.

이영희: 맞아. 우리가 누구 때문에 여기 자릴 잡게 되었나 생각해 봐. 모두 양 사장 때문에 여기에 하나둘 모이기 시작한 건데. 그런데 친구가 죽기도 전에 벌써부터….

홍성달: 야! 늬덜은 몰라도 난 신세 진 거 하나도 없다. 얼마 되지도 않는 거 보증 한 번 서달라고 그렇게 사정을 해도 끝내 못들은 체 하더라. 얼마나 쪽팔리든지, 콱 죽어버리려고 광주 댐으로 갔는데 날씨가 좀 추워야지. 물에 들어갔다간 감기 걸릴까 봐 못 들어갔다. 그때 성질 같아선 다시는 안 보려고 했다. 그리고 진규 아녔으면 내가 평생을 여기서 깍새로 보냈겠냐?

자식들도, 이 애비가 이발소 하는 게 창피해서 쉬쉬하는 걸
생각하면 진짜 원망스러워 가슴을 칠 때가 다 있다. 내가.

김종운: 나도 참 그게 의아했다. 넌 도대체 어떻게 생뚱맞게 이발소를
하게 된 거냐. 경험도 전혀 없었잖아?

홍성달: 아, 그거? (혼자 낄낄대며 웃는다) 내가 군대에서 고참들 머리를
좀 깎아줬었거든. 좀 편하게 지내보려고. 처음엔 잘못 깎아서
귀싸대기도 몇 번 얻어터지고 했지만 사실 군대 머리라는 게
다 똑같잖아. 그러다 보니 머리 깎으며 장난삼아 한 거짓말이
새끼를 치고 또 치게 되더라. 나중에는 호텔 이발부에 근무했
었다고 소문이 쫙 퍼져서 장교들까지 머리를 깎으러 오기 시작
하는데 얼마나 진땀을 흘렸는지. 어쨌든 그래서 군대가 좀 풀
리긴 했었지. 말년휴가를 나왔는데, 돈이 있어야지. 진규는 그
때 우리 친구들 중 유일하게 돈을 벌고 있었잖아. 건강원을 하
고 있었으니까.

허정만: 그게 진규가 하고 싶어서 한 게 아니었어. 농사일 거들며 틈틈
이 약초를 캐서 양동시장에 내다 팔았었어. 겨울이면 칡을 캐
다 시장 입구에서 팔았고. 억척스럽게 일을 한 거야. 그땐 겨울
이면 돈벌이할 게 없었으니까. 다른 친구들은 다 학교에 다니는
데 시장 바닥에 있는 자신의 모습이 그렇게 부끄러울 수가 없

었대. 그래서 아는 사람들 만나면 얼른 숨었다고 하더라고. 건
강원과 거래를 트고 눈이라도 쏟아지면 거기서 자며 일을 거들
어 주었어. 주인이 보니까 얘가 워낙 성실하잖아. 그렇게 점원
비슷하게 있다가 주인이 병이 나자 가게를 넘겨준 거야. 벌어서
갚으라고.

김종운: 하여튼 운은 타고난 놈이라니까.

허정만: 운은 무슨 운! 인수할 사람이 아무도 없어 한 철을 그냥 문
닫았었다던데. 억지로 떠맡겼는데 얘가 워낙 착하고 성실하니
까 입소문이 나고 결국 대박이 난 거지. 식품에서 제일 중요
한 게 믿는 거잖아. 그게 커다란 밑천이 되었던 거야.

민숙자: 우리가 허송세월 하는 동안 진규는 성실하게 산 거야. 결국
티끌 모아 태산을 이룬 거지.

김종운: 진규 얼굴 보면 '성실!'이라고 써있다니까. 그거 보면 틀은 진
규가 딱 부동산 틀인데 말이야.

허정만: 너 하는 짓 보니까 진규가 부동산 했다간 굶어 죽기 딱 십상
이던데?
(모두 한바탕 크게 웃는다.)

홍성달: 말년휴가 와서 건강원을 찾아갔더니 진규가 반갑게 맞아주며 계란까지 넣고 라면을 삶더라. 라면을 안주 삼아 소주를 한 잔 한 잔 마시고 있는데 손님이 온 거야. 시장 안쪽의 이발소 주인이라던데 엄청 바쁘다고 호들갑을 떨더라. 그때가 마침 설 무렵이었거든. 술도 얼근하고 해서 약간 뻥을 좀 쳤지. 왜 그때 소주는 지금보다 훨씬 독했잖아.

김종운: 혹시 호텔 이발부에 있었다고 사기를 친 건 아니겠지?

홍성달: 왜 아니겠냐. 이 거짓말이라는 게 말이야. 한 번 하기 시작하면 나중에는 나도 모르게 청산유수가 되더라고. 게다가 진짜 호텔 이발부에 있었던 거 같은 착각이 다 들더라니까?

김종운: 하여튼 저 자식 이빨은 알아줘야 돼. 홍 구라야. 홍 구라.

홍성달: 이튿날부터 거기서 알바를 했지. 까짓거 내가 여기 다시 올 일이 언제 있겠나 싶어 되는대로 막 잘라댔지. 간혹 항의를 하는 손님들한테는 서울에서 유행하는 최신 스타일이라고 대충 둘러대면서. 그렇게 며칠 정신없이 보냈는데 막상 주인이 주는 돈이 장난이 아닌 거야. 노가다에 비할 바가 아니더라고. 부모님 용돈도 드리고 여동생 선물도 사 줬지. 귀대해서 고민 많이 했다. 제대하고 서울에서 호텔 옆에 있는 이발학원 다니며 자

격증을 딴 뒤 결국 평생을 이발사로 늙게 된 거야.

김종운: 호텔 이발부는 아니래도 호텔 옆에 있는 학원은 다녔네.

허정만: 그런 걸 보면 진규가 정은 참 많은 놈이야.

민숙자: 참 이상한 게 있어. 내가 젊었을 때 미장원 이발소에 재료 파느라 전국 방방곡곡을 다 다녔잖아. 그런데 전국 어딜 가더라도 이발소 풍경은 왜 다 똑같더라. 참, 신기하게도 생활이 그대를 속일지라도 하는 푸시킨의 시와 새끼 낳은 돼지 그림 액자가 작정한 것처럼 전부 걸려있더란 말이야. 협회에서 그걸 걸기로 정하기라도 한 거야?

홍성달: 이상해서 나도 그런 생각을 해본 적이 있어. 우연의 일치일지도 모르지만, 신기한 것만은 확실해. 전국의 이발소 액자가 다 똑같다는 건.

민숙자: 우연이라고 하기엔 진짜 지나친 우연이다.

홍성달: 한곳에서 수십 년째 붙박이로 이발소를 하다 보니까 별의별 걸 다 알게 되더라. 이발소라는 곳이 가만히 보면 동네 사랑방이야. 묻지 않아도 서로의 사정을 자연스레 알게 되더라니

까. 잘나가는 사람도 있고 어려운 사람도 있고, 사람 사는 게 천차만별이긴 하지만 난 왠지 그런 생각이 들어. 이발소 풍경이 어디나 다 똑같은 건……. 겉보기엔 우리네 인생이 각자 전혀 다른 것 같지만 가만히 속을 들여다보고 있으면 사는 게 전부 거기서 거기더라고.

허정만: 그건 맞는 말이야. 부자라고 해서 엄청나게 잘 먹고 또 걱정 없이 사는 건 아니잖아.

홍성달: 사람들이 남에게 보여지는 걸 의식하다 보니까 자꾸 비교하게 되는 거지. 머리 감기고 면도해 주다 보면 잘난 사람이나 못난 사람이나 다 마찬가지야. 따지고 보면 사람 사는 건 다 똑같다는 생각이 들었어. 그걸 인정하지 못하니까 불안해 견딜 수가 없는 거야. 그래서 누가 돈이 좀 있다 싶으면 와와하는 거지. 결국 그렇게 살다가 나가떨어지는 거야. 평생 질투나 하고 부러워하면서 말이야.
(일행 모두가 숙연해진다. 잠시 침묵이 흐르고)
이 짓도 이젠 얼마 안 남았어. 젊은 사람들은 죄 미장원으로 가고 누가 배우려고 해야 말이지. 눈은 점점 침침해지고 있으니 얼마나 버틸지 모르겠다. 넌 어때?

민숙자: 뭐 그리 신날 일은 없지만 그나마 단골이 꽤 늘었어. 뜨내기

같아도 자세히 살펴보면 아는 손님이 많더라고. 전통시장을 찾는 사람은 계속 오게 되어있어. 대형마트에 비해 가격도 저렴한 데다 덤도 주잖아. 게다가 흥정하는 재미도 있으니까, 정이라는 걸 느낄 수 있잖아.

허정만: 우리가 그 끈끈한 정 때문에 아직까지도 이렇게 모이고 있는 거다.

지나가던 행인이 붕어빵 리어커에 서서 주변을 두리번거리자 민숙자가 쏜살같이 달려가 봉지에 담아준다.

허정만: 박 씨는 장사 안 하고 어디 갔어?

민숙자: 미장원에서 전화 와 배달 갔잖아. 아무래도 오래 걸리는 게 좀 수상한데? 혹시 파마하는 아줌마들이 납치라도 한 거 아닐까?

김종운: 아무려면 붕어빵 아저씨를 납치야 하겠냐? 뭐 가진 게 있다고.

민숙자: 얜, 말이 그렇다는 거지. 웃자고 해본 소리다. 붕어빵에 붕어 들어있는 거 봤냐?

홍성달: 맞아. 침대는 가구가 아니라고 버젓이 광고를 하지만, 그럼 침대를 가구점에서 팔지 어디서 파냐.

김종운: 생각해 보니까 궁금한 게 있다. 붕어빵 자녀들은 부모 직업란에 뭐라고 쓸까? 붕어빵 장사라고는 안 쓸 테니까, 그냥 노점상이라고 할까? 아니면 자영업?

민숙자: 넌 그것도 몰라? 수산업이다. (일행 모두 크게 웃는다.) 그럼 국화빵 장사 직업은 뭔지 알아? 원예업이다.

행인 발을 멈추더니 새우젓을 이것저것 먹어본다.

행인 1: 아저씨 이거 어떻게 팔아요?

민숙자: 에이 맛봤으면 그냥 가쇼!

행인 1: 예? 아니 왜요?

민숙자: 안 살 거잖아! 나도 알아.

행인 1: 그래도요.

민숙자: 그래도는 무슨 그래도야. 어차피 당신은 행인 1이잖아. 대사 끝났으니까 엑스트라는 빨리 지나가라고.

행인 1: 맞아요. 나는 엑스트라에요. (혀를 낼름 내민다.)

(뛰어오는 행인 2)

행인 2: 저도요. (둘은 활짝 웃으며 엉덩이를 흔들고 춤추다 총총히 사라진다.)

제6막

장례식장. 빈소와 식당으로 나뉘어져 있다. 빈소만 조명. 화환들이 길게 늘어서 있다. 하얀 국화꽃이 둘러싸고 있는 영정사진과 향로, 촛대가 있다. 문상객이 없어 빈소는 한산하다. 검은색 양복 차림의 허정만 영정에 절을 하고, 웃고 있는 영정사진을 한동안 들여다보고 있다. (상복을 입은 아들과 마주치자)

허정만: 어떻게 된 거야? 영정이나 제대로 준비했을까 난 걱정 많이 했었는데. 그새 웬 화환은 이렇게나 많이 들어왔어? 한국에 아는 사람도 별로 없을 텐데.

아 들: (검은 넥타이를 한 차례 치켜올리며) 옆 빈소에 비해 너무 초라한 것 같아서요. 관리사무실에 맡기니까 다 알아서 배달해 해주더라고요. 얼마나 편리해요. 돈만 주면 다 돼요. 돈만 주면 모든 게 다…….

허정만: (입술을 달싹이며 나직이) 그래. 돈만 주면 다 되지……. 그런데 며느리는 언제 와?

아 들: 거기가 여기서 얼마나 먼데 와요? 그냥 거기에서 애도하라고 했어요.

허정만: 장지는?

아 들: 화장해서 뿌리려고요.

허정만: (놀라 눈을 크게 뜨며) 아니, 어떻게 그런 생각을? 고인의 뜻은 절대 그렇지 않을 거야. 다시 한번 생각해 봐. 고향에 선대 산소도 있고, 명당이라고 자신의 가묘까지 번듯하게 잘 써 놓았는데?

아들: 요즘 세상에 명당이 무슨 필요가 있겠어요. 명당에 묻히면 미국도 보이나 보죠? 죽으면 그만이에요. 게다가 생각해 보세요. 산소를 쓰거나 납골당에 안치해 봐야 어느 누가 돌보겠어요?

죽으면 다 끝나는 겁니다. (피곤한 듯 벽에 몸을 기댄 채 눈을 감자
허정만 슬며시 눈치를 보다 옆 식당으로 간다.)

빈소 불 꺼지며 식당 조명 들어온다.

허정만이 가끔씩 찾아오는 조문객들을 아들에게 소개시킨다. 검은
색 양복을 입은 홍성달과 검정 원피스의 민숙자가 자리에 앉는다. 한
산한 식당. 소주병을 몇 병 앞에 놓고 앉아있는 남자 친구들과 짙은
색 한복차림의 이영희와 박순이, 청바지 차림의 이현주 모두 침통한
표정. 혀가 약간씩 꼬부라져 있다.

빨간색 등산복 차림의 김종운이 들어선다. 모두 빤히 쳐다보지만
전혀 의식하지 않는 듯 성큼성큼 걸어와 자리에 앉는다.

민숙자: 넌 옷차림이 그게 뭐냐?

김종운: 도대체 옷 갈아입고 올 시간이 있어야지.

민숙자: 그래도 그렇지. 여기가 무슨 산악회냐? 하긴 요즘 산악회는
　　　　전부 묻지 마 관광이라더라.

김종운: 그래도 소식 듣자마자 만사 제쳐놓고 헐레벌떡 왔어. 어쨌든
　　　　봉투만 보내고 코빼기도 안 보이는 놈들보다야 낫잖아?

이현주: 김 사장은 워낙 바쁘니까 네가 좀 이해해라. 요즘은 상가도 편하게들 입잖아.

유니폼을 입은 도우미 음식을 날라 온다.

박순이: 옆집은 도대체 상가냐 잔칫집이냐. 전부 싱글거리는 게 어째 분위기가 좀 수상하다.

허정만: 기뻐서 죽은 사람이라서 그런가 보다.

이영희: 그렇게 죽는 사람도 있어?

허정만: 평생 노점상을 했다는데 로또에 당첨됐다나. 당첨금이 십칠억 이란 걸 알고는 바로 심장마비로 죽었대. 웃고 떠드는 게 완전 축제 분위기더라.

김종운: 그 양반 돈을 한 푼도 써보지도 못하고 아깝게 죽었네. 진규도 짜식, 그렇게 억척을 떨더니만….

민숙자: 다 소용없는 거더라. 우리도 남은 인생 돈에 너무 집착하지 말고 살자.

김종운: 돈이라는 건 말이야. 쓸 줄을 알아야 되는 거야. 그래야 대접도 받는 거지. 쓸 줄 모르면 병신이 따로 없다니까. 어쨌든 죽은 놈은 죽은 놈이고 산 사람은 먹어야 하는 거야. (육개장에 손을 대며) 안 그래?

이영희: 인생 공수래공수거라더니 허망하다.

박순이: 다음 순서는 누굴까?

민숙자: 누가 먼저일지 그건 아무도 모르지.

허정만: 아직도 그렇게 허무하게 갔다는 게 도무지 믿어지지 않아. 그녀석의 건강은 자타가 인정했잖아. 그런 놈이 한 달도 버티지 못하고 가다니, 현실로 받아들이기 어렵다.

김종운: 오히려 잘된 일인지도 모르지. 생각해 봐라. 그렇게 의식도 없이 식물인간으로 계속 누워 있어봤자 좋아할 사람 아무도 없다. 남은 재산만 축내는 거지. 안 그래?

허정만: 그런데 좀 이상하다. 남 애경사에 절대 빠지지 않고 찾아다닌 녀석인데, 생각보다 조문객이 없네. 이게 도대체 어떻게 된 일이지?

민숙자: 정승 집 개가 죽었어야 되는데 정승 자신이 죽었잖아.

이현주: 이래저래 아들만 땡잡게 생겼어.

이영희: 그래도 그렇지 이건 장례식장이 쓸쓸해도 너무 쓸쓸하다. 우리도 죽으면 결국 이런 꼴이겠지?

민숙자: 그러기에 죽기 전에 인심을 팍팍 쓰고 갈 것이지. 요즘이야 곡을 안 하지만, 상주가 호상도 아닌데 전혀 슬픈 표정이 아니니까 내가 더 민망하더라.

갑자기 아들의 흐느끼는 울음소리가 터진다. 울음소리 점점 커지기 시작한다.

민숙자: 상주가 이제껏 안 하던 곡을 왜 갑자기 하고 그래?

박순이: 이제야 죽음이 실감 나나 보다. 사실 얼마나 황당하겠어.

이영희: 드디어 철이 드는 모양이지. 상주가 혼자라서 쓸쓸하겠다.

이때 가방을 들고 나타난 변호사. 일행에게 명함을 돌리며 일일이 악수를 청한다.

변호사: 안녕하세요. 열린 법무법인의 황근창 변호사라고 합니다.

박순이: (명함을 들여다보며) 그런데 조문을 오신 거요, 지금 영업을 나오신 거요?

변호사: (놀라는 표정으로) 당연히 조문하고 고인을 추모하러 왔습니다. 가까운 친구분들이라고 들었는데 저도 슬픔을 함께하겠습니다.

이현주: (허정만의 귀에 대고) 역시 틀려. 변호사라 말을 잘해.

김종운: 사법연수원 몇 기요?

변호사: 이십이 기입니다.

김종운: 그럼 이정섭이나 임준용 변호사도 알겠군요. 같은 법대 나왔어요. 내 후뱁니다. 나야 뜻한 바 있어 지역 발전을 위해 토지 거래 활성화에 힘쓰고 있지만.

민숙자: (고개를 갸우뚱거리며) 그런데 고인과는 어떻게?

변호사: 의뢰인이기도 하지만 저와 모임을 오랫동안 같이 해왔습니다.

허정만: 모임이요? 처음 듣는데?

변호사: 심장병 어린이를 돕는 재단입니다. 해마다 여러 명의 어린이
　　　　에게 심장 수술을 해왔습니다. 그동안 양 사장님의 도움이 여
　　　　러모로 컸었습니다.

이영희: 예? 양 사장이 그런 일을 했어요? 금시초문인데?

변호사: 주위에 알리지 말아달라고 간곡히 부탁하셔서…….

상주 풀어진 눈으로 나타난다. 옷매무새가 많이 흐트러져 있다.

아　들: 개새끼들! 얼마나 감언이설로 꼬였으면 그런 말도 안 되는 유
　　　　언을 했겠어요? 내가 그냥 손 놓고 가만히 있을 줄 아세요?

일행들 당황하여 놀란 모습들.

변호사: (손사래를 치며 엄숙한 표정으로) 그런 게 절대 아닙니다. 고인의
　　　　순수한 뜻이었습니다.

아　들: 거짓말하지 마세요. 건강하고 멀쩡하신 분이 왜 갑자기 유언
　　　　을 합니까? 미국의 고문변호사와 상의해야 되겠어요.

(핸드폰으로 영어 통화를 한다. 점점 언성 높아지더니 불같이 화를 내기 시작한다.)

변호사: (가방을 열고 서류를 꺼낸다) 갑자기가 아니고요, 유언 공증을 하신 지 이미 오 년이 넘었습니다.

박순이: 유. 언. 공. 증?

친구들: (동시에) 예?

(모두 놀란 표정이 되어 서류를 받아 읽기 시작한다.)

변호사: 미리 유언장을 작성하여 두셨습니다.

민숙자: 이게 뭐냐? 아들한테는 집만 상속한다고 되어있는데? 그럼 나머지는?

이영희: 갖고 있는 예금과 현금은 모두 모교에 장학금으로 기부한다고 되어있네?

박순이: 와! (서류를 들고 허공을 바라본다) 아무리 못 배운 게 한이라도 정말 대단하다. 출세한 놈들도 못 하는 걸 진규가 한 거야.

이현주: 그런데 거기 지금 전교생이 오십 명도 채 안 돼. 가만있자, 그 럼 전부 장학생이 되겠는걸? 빨리 손자들 그리로 전학시켜야 되겠다.

김종운: 부동산을 양동시장 상가 번영회에 기부한다는 게 맞아요? 전 재산을 몽땅? 참, 나 믿을 수가 없네. 그게 어떻게 번 돈인 데? 진짜 확실한 겁니까? 나도 법대 나왔고, 변호사 친구들 이 수두룩하다는 걸 잊으시면 큰일 납니다.

변호사: 고인이 평생을 양동시장에서 보내셨잖아요. 여러분들의 도움 이 없었다면 지금의 자신은 있을 수 없었다며 여기서 번 돈, 여기에서 쓰고 싶다고 유언하셨어요. 사실 그 누구보다도 여 기 실정을 잘 알잖아요. 그래서 협동조합도 만들고 싶어 했 고, 자녀들 학자금도 지원하는 게 뜻이었습니다. 그래서 더 찾아오고, 소통하고, 웃는 양동 전통시장이 되길 바라셨는 데…. 그 꿈을 이루지 못하고 떠나셨으니 우리가 그 뜻을 이 어가야 되지 않겠어요?

상주가 분이 풀리지 않는지 씩씩거리며 다가온다.

아 들: (설움이 복받쳐서) 어떻게 한마디 상의도 없이 이렇게 뒤통수를 칠 수가 있죠? 이건 사기나 마찬가지예요. 아버진 이미 죽었

는데 어디 가서 따져야 되는거죠? (울며) 이제 다 끝났어요. 끝났다고요. 어, 흐흑!

(격렬하게 흐느끼자 모두 숙연해서 서로 눈치만 보자 아들 휑하니 나간다.)

허정만: 그러길래 평소에 잘했어야지. 저래 봤자 죽은 자식 불알 만지기가 아니고, 거 뭐시냐. 죽은 아버지 뭐 만지기지. 안 그래?

민숙자: 진규가 어떻게 그런 결정을 했을까? 혹시 이런 상황을 미리 예견이라도 한 걸까?

박순이: 양동시장 백 년 역사 이래 이런 일은 처음이야.

민숙자: 고인의 숭고한 뜻을 기리기 위해 장례는 양동시장 상인회장으로 하자. 그게 남은 우리의 도리야. 여기서 평생을 웃고 울다 떠났으니 노제도 지내야겠어. 우리 신명지게 한판 놀아보자고.

허정만: 다들 상여 멜 거지?

김종운: 그럼. 우린 모두 친구잖아.

이때 양동시장의 상인들이 식당으로 들어온다. 웅성거리며 왁자지껄한 모습. 도우미들 음식 나르느라 분주하고 어수선한 분위기.

상인 1: 왕 사장, 아니 양 사장이 그렇게 큰 뜻이 있는 줄은 몰랐어.

상인 2: 그런 줄도 모르고 놀려댔으니 어떻게 사과를 하지?

상인 3: 우리가 이러고 있을 때가 아니야. 무언가 보답을 해야지.

상인 4: 평생 모은 걸 시장 기증했는데 우리가 기념비라도 하나 세워
야 하는 거 아닐까.

상인 5: 맞다. 비석을 세우자.

상인들: 모두 기념비를 세우자! 기념비를 세우자! 기념비를 세우자!

(구호를 외치며 퇴장하고 무대에는 친구들만 남는다.)

홍성달: 진규가 살아서는 구박만 받더니 죽어서야 제대로 대접을 받
는구나.

김종운: 사람은 죽어서 이름을 남긴다는데 왕 씨로 바뀐 성도 이제
양 씨로 다시 되찾아줘야지.

민숙자: 진규 얘기가 텔레비전 뉴스에 나왔대.

이현주: 그 방송을 본 내 딸이 감격해서 울었다는 거 아니냐. 갑자기 엄마가 자랑스럽다는데 나 원, 민망해서 혼났다니까.

민숙자: 진규가 떠나고 난 뒤로 우리 생각이 많이 바뀐 거 같지 않아?

이영희: 막상 친구가 이렇게 죽고 나니 산다는 게 너무 허무하다. 앞만 보고 열심히 뛰다 보니 어쩌면 소중한 걸 그냥 지나친 건 아닌가 하는 생각이 든다. 누구보다 열심히 살았다고 자부했지만 돌이켜보면 그냥 세월에 떠밀려서 여기까지 온 것 같아. 나 자신이 누군지, 어디서 왔다가 어디로 가는지도 모르는 채 주변을 힐끔거리다가 나이만 먹었어.

민숙자: 하루는 길은 데 일 년은 후딱 지나가잖아. 그러고 보니 세월이 너무나 빨라. 시간은 복수라도 하듯이 매몰차게 쌩, 하고 달아난다니까.

박순이: 어쩌다 창밖으로 노을이 지는 걸 보면 갑자기 가슴이 탁, 막히며 막 미어질 것 같은 때가 있더라. 내 인생이 지금 어디로 가고 있나. 무얼 찾아서 여기까지 달려왔나 하는 생각이 들더라. 우린 지금 어디로 가고 있는 거지?

홍성달: 어라? 이건 도저히 순이의 입에서 나올 대사가 아닌데?

이현주: 생각해 보면 찬물에 잘못 타버린 커피처럼 그렇게 살아온 세월이었어.

박순이: 뭘 하든 간에 후회를 남기지 않으면 되는 거 아닐까. 인생은 생각보다 훨씬 짧으니까.

이영희: 우리도 다들 언젠간 죽겠지?

민숙자: 당연하지. 단지 때가 서로 다를 뿐이야. 이승은 선착순이고 저승은 선발순이니까.

홍성달: 진시황도 막지 못한 걸 우리가 무슨 재주로 막겠냐. 누구도 시간의 공격을 당해내지는 못해.

민숙자: 한 치 앞도 내다보지 못하고 이렇게 사는 게 정말 우리가 바라고 꿈꾸던 인생일까?

이현주: (훌쩍거리며) 그런데 왜 눈물이 자꾸 난다냐.

민숙자: 나도 그러네.

박순이: 이상하네. 나도 괜히 눈시울이 뜨거워진다.

김종운: 뭔지 모르지만 왠지 빚지고 못 갚은 거 같은 묘한 기분이 든다. 정말 이상해……. (친구들을 둘러보며) 이럴 게 아니라 우리도 십시일반으로 돕자. 모교에 장학금도 내고, 상가번영회에 성금도 내자. 이제부터라도 좀 떳떳하고 보람 있는 일을 찾아보자.

(일행들 모두 서로를 두리번거리다 동시에 좋았어! 크게 외친다.)

민숙자: 오늘따라 종운이가 달라 보인다.

홍성달: 아무렴, 시작이 반이라고.

김종운: 우리에게 이젠 새로운 꿈이 생겼어.

인공호흡기와 튜브, 몸통을 칭칭 동여매었던 붕대 차림의 양진규 모습이 영상으로 무대 뒤에 떠오른다.

허정만: (무대 앞으로 나와 관객을 바라보며 독백) 녀석은 지금 어디쯤 가고 있을까. 우린…… 잘 살았다고 할 수 있는 걸까.

깔깔거리는 맑은 아이들 웃음소리와 함께 전영의 어디쯤 가고 있을까 노랫소리 점점 크게 들린다. 잠시 후 어두워진다.

　(사이)

　관객들은 극이 끝났다고 생각하는 순간, 갑자기 밝은 조명과 음악소리. 배우들 뛰어나와 춤추며 노래 부른다. 이때의 노래는 관객과 같이할 수 있는 노래가 좋다. (예. 조용필의 「여행을 떠나요」) 연기자들 손뼉 치며 관객과 함께 노래하며 막이 내린다.

✎ 이강홍

『동양일보』 신인문학상. 직지소설문학상. 소설집 『빛에 대한 예의』, 장편소설 『직지견문록』, 『레옹을 만나는 시간』, 『무이가 나가신다』

부 록

충북소설가협회

충북 小說家 주소록

박희팔 010-5324-3780, palwu@hanmail.net

(27734) 충북 음성군 맹동면 덕금로 2-65

안수길 010-8344-3135, kwonsw77@hanmail.net

(28701) 충북 청주시 서원구 청남로 2005번길 45 우성2차A 201동 306호

강준희 010-2669-3737, joonhee37@hanmail.net

(27355) 충북 충주시 번영대로 48 연수동 세원A 103동 1010호

지용옥 010-5463-0463, jiok99@hanmail.net

(28009) 충북 괴산군 장연면 미선로 추점5길 44-58

전영학 010-5468-0191, ayou704@hanmail.net

(28604) 충북 청주시 흥덕구 신율로 86번길 20

문상오 010-5460-6678, munsango36@gmail.com

(27000) 충북 단양군 적성면 적성로 174-54

김창식 010-4812-7793, dmr818@naver.com

(30124) 세종특별자치시 다정중앙로 77 가온마을6단지 602동 1003호

강순희 010-2319-1052, kang5704@hanmail.net

(27347) 충북 충주시 연수상가 1길 13 행복한 우동가게

이귀란 010-5511-4179, dlrnlfks77@naver.com

(28193) 충북 청주시 상당구 낭성면 호정전하울길 150

김미정 010-5492-3722, mj4571@naver.com

(28791) 청주시 서원구 1순환로 1137-130, 분평주공A 322동 105호

오계자   010-8992-4567, okj0609@hanmail.net

(28939) 충북 보은군 보은읍 어암길 19-5

정순택   010-2465-0376, jungstaek@hanmail.net

(28129) 충북 청주시 청원구 오창읍 복현3길 16 재원A 101동 402호

김홍숙   010-6343-3763, sanjigi1004@hanmail.net

(28471) 충북 청주시 흥덕구 흥덕로 88번길 5-12

이종태   010-5232-6894, mist558755@hanmail.net

(27348) 충북 충주시 국원대로 166 임광A 106동 1004호

이영희   010-3498-4925, nandasin1206@hanmail.net

(28692) 충북 청주시 서원구 매봉로 26-1 계룡리슈빌A 102동 704호

박아민   010-9132-5789, esder0416@naver.com

(28413) 충북 청주시 흥덕구 서경로 16번길 3, 203호 이룸영어

정진문   010-3521-2353, jungsjin2000@naver.com

(28594) 충북 청주시 흥덕구 사직대로 30번길 15호 3층

이강홍   010-4461-6263, lkhongkr@hanmail.net

(28150) 충북 청주시 청원구 내수읍 도원세교로 63 203동 302호

한옥례   010-4409-2002, okhan0703@hanmail.net

(27830) 충북 진천군 진천읍 문화6안길 7

김용훈   010-3757-9912, james9911@hanmail.net

(28582) 충북 청주시 흥덕구 대신로 74번길 21 금호어울림A 210동 1301호

김애중   010-5462-3271, kajstar@naver.com

(28114) 충북 청주시 흥덕구 옥산면 신촌길 71-7

김도환   010-4828-0015, malaynjoy@naver.com

(28208) 충북 청주시 상당구 문의면 문의시내1길 24-9

최한식   010-7113-3576, chsjys5@hanmail.nrt

(28606) 충북 청주시 흥덕구 장구봉로 101번길 54. 1층 유리문

김경재   010-5156-0338, kimgyungzae54@gmail.com

(28206) 충북 청주시 상당구 문의면 문의도원 2길 44-3

이근형   010-9620-1125, leekh7272@hanamil.net

(28754) 충북 청주시 상당구 이정골로 94번길 44-16 포도원교회

2024 충북 소설가 동정

❖ 2024년 1월 9일 2023 충북소설 회계 감사(정진문 감사, 회장, 사무국장)

❖ 2월 23일 1/4분기 정기 모임

❖ 2월 23일 김경재, 김도환, 김애중, 최한식 신입회원 입회

❖ 5월 2일 정진문 수필집 『주마등』 출간

❖ 5월 25일 2/4분기 정기 모임

❖ 3월 15일 문화재단 창작지원금 수혜 선정

  −단체: 충북소설 제27집 발간

  −개인: 전영학, 김창식, 김미정, 정진문

❖ 7월 8일 김미정 수필집 『스무고개』 출간

❖ 7월 25일 김창식 소설집 『도미노 아홉 조각』 출간

❖ 8월 10일 3/4분기 정기 모임

❖ 8월 10일 이근형 신입회원 입회

❖ 9월 4일 전영학 장편소설 『맥궁, 울다』 출간

❖ 9월 21일 「충북 시인 축제」 김창식 시 「마즈막재」 대상 수상

❖ 9월 28일 강순희 작가와 만남− 책이 있는 글터

❖ 10월 4일 한옥례 작가 인생 나눔 토크− 카페 150

❖ 10월 15일 충북소설 27집 『화양동 가는 길』 출간

❖ 10월 31일 충북소설 27집 출간기념회 및 4/4분기 정기 모임

❖ 11월 10일 김미정 소설집 『자카란다』 출간